Nach einer gescheiterten Ehe wagt Romea den Absprung in ein neues Leben und zieht mit ihren drei Kindern in eine Wohnung am Stadtrand. Die Entscheidung scheint goldrichtig, zumal sie Glück mit den Nachbarn hat und wunderbare Freundschaften knüpfen kann. Da ist der attraktive Lukas, der durchaus eine Sünde wert wäre, und da ist sein Hausgenosse Tom, der bald zum unkomplizierten Helfer in allen Lebenslagen avanciert. Zwar lässt die Liebe auf sich warten, aber Romeas Leben ist wieder farbig geworden. Als Romeas Exmann arbeitslos wird und kaum noch Unterhalt zahlt, kommt es zur Katastrophe. Wovon soll sie leben, wie die Kinder ernähren? Nach langem Ringen bleibt angesichts ihrer Finanznot nur der Weg zum Sozialamt. Schließlich beschert ihr der Zufall einen außergewöhnlichen Job, und plötzlich klappt es auch mit dem Traummann Lukas und der Liebe. Alles könnte wunderbar sein, wäre da nicht die leise Ahnung, dass ihre Beziehung auf wackligen Beinen steht. Doch Cupidos Pfeil fliegt manchmal in Schlangenlinien, man muss es nur merken.
Ein Roman über die Umwege des Lebens, humorvoll, mit Biss und einer Prise Melancholie.

Karin Hartig, Jahrgang 1959, absolvierte eine Redakteursausbildung und arbeitete für verschiedene Tageszeitungen. Sie lebt mit ihren vier Kindern als freie Journalistin in Aachen. Im Fischer Taschenbuch Verlag erschienen ihre Romane ›Reihenhaus-Blues‹ (Bd. 13239) und ›Ehemänner und andere Irrtümer‹ (Bd. 13881).

Unsere Adresse im Internet: www.fischer-tb.de

Karin Hartig

Ein Hausfreund kommt selten allein

Roman

Fischer Taschenbuch Verlag

Die Frau in der Gesellschaft
Herausgegeben von Ingeborg Mues

3. Auflage: November 2001

Originalausgabe
Veröffentlicht im Fischer Taschenbuch Verlag GmbH,
Frankfurt am Main, Januar 2001

Gesamtherstellung: Clausen & Bosse, Leck
Printed in Germany
ISBN 3-596-14859-6

Inhalt

Ich muss mein Kissen küssen
auf dem du gelegen hast

Ich muss meine Finger küssen
die dich liebkost haben

Ich muss meine Zunge küssen
aber das kann ich nicht

Erich Fried

Prolog: Und tschüs und weg

Das Schlafzimmer lag in völliger Dunkelheit, von ein paar Lichtlinien abgesehen, die durch die metallenen Lamellen der Jalousette drangen. Im Schlafanzug saß ich auf der Bettkante und betrachtete die Spiegelungen der Lichtreflexe auf der Wand. Ich ließ mir viel Zeit. Nachts ist Zeit eine dehnbare Angelegenheit, insbesondere vor dem Tag, an dem man ein neues, ein ganz frisches Leben beginnen wird.

Dieses Fenster ist so unterkühlt und seelenlos wie der ganze Raum, dachte ich. Überall nüchterner Designerkram, überall harte Kontraste. Und wie soll man einschlafen, wie den Geist in jenen taumeligen Zustand zwischen Wachen und Wegtauchen entlassen, wenn da nichts ist, was ihn dämpft? Am meisten war mir immer dieses nackte schwarze Fenster zuwider gewesen. Absurderweise hingen auf beiden Seiten üppige Stoffbahnen aus weißer Voile, ein Gespinst aus dünnsten Baumwollfäden, das sich beim geringsten Luftzug zu blähen begann und das von der Straße einfallende Licht sanft filterte, immer vorausgesetzt, man hätte den Vorhang vor das Fenster gezogen. Eben dieses durfte man jedoch nicht, eine Vorschrift, die dem Mann neben mir im Bett zu verdanken war. Seiner Meinung nach behinderte der Stoff die Frischluftzufuhr.

Ich lauschte für einen Moment. Der Mann, mit dem ich vierzehn Jahre meines Lebens geteilt hatte, atmete gleichmäßig und sehr ruhig. Für gewöhnlich neigte er zum Schnorcheln.
Morgen früh gehe ich, dachte ich, morgen früh sind das alles nur noch Relikte aus vergangenen Ehezeiten. Sowohl der Mann als auch die Geräusche und die ständig wiederkehrende Diskussion um den Vorhang, meist zu nächtlicher Stunde in gereiztem Zischton geführt. Vorhang kommt mit, Mann bleibt hier.
Übrigens besteht für dich absolut kein Anlass zur Sorge. Weder gedenke ich, dich finanziell auszunehmen, noch werde ich dich in einer leer geräumten Wohnung deinem Schicksal überlassen. Ich beanspruche nur das, was mir zusteht: die Hälfte von allem. Ungeachtet deines Standpunktes, dass sich eine abhauende Frau mit dem berühmten Nötigsten zufrieden zu geben habe. Du wirst dich wohl damit abfinden müssen, dass für eine Frau mit drei Kindern der halbe Hausrat mit dem »Nötigsten« gleichzusetzen ist, ob sie nun gerade im Begriff steht abzuhauen oder nicht.
Für den morgendlichen Ritualkuss auf die rechte Wange, diese flüchtige und seit langem überflüssige Kenntnisnahme meiner Person, gibt es längst eine neue Adressatin. Der Ersatz meiner Person ist in deinem Handy gespeichert, hat brünettes Haar und wartet vermutlich darauf, den frei werdenden Platz in diesem Bett einnehmen zu dürfen. Auch der Ersatz wird lernen müssen, dass von dir nur das Nötigste zu erwarten ist.
Mein Nötigstes ist ein anderes Leben.
Der Mann neben mir im Bett wälzte sich von der rechten Seite auf den Rücken. Noch immer atmete er fast geräuschlos. Die Lichtlinien von der Jalousette fielen schräg auf die Bettdecke und verliefen sich über dem Kopfkissen, waren aber zu schwach, um die Konturen des schlafenden Gesichts erkennen zu lassen.
Ach ja, das Bett, dieses polierte anthrazitfarbene Ungetüm. Behalte es ruhig. Meinem Ersatz wird das vorhandene Doppelbett wohl genehm sein, zumindest für den Übergang. Sie wird sich am Ziel wähnen, wo ihr Weg doch erst begonnen hat, sie wird das Schlafzimmer betreten und die dort herrschenden Minustemperaturen registrieren und vielleicht für einen kurzen Moment er-

schrecken. Dann wird sie, im Umgang mit dir noch unverbraucht und mutig, den Erwerb eines neuen Bettes anregen, wird aber schätzungsweise an deinem materiellen und emotionalen Geiz scheitern. Ersatzweise räumt sie daraufhin den Neonkaktus vom Designerschrank und tauscht ihn durch einen heimeligen Strohblumenstrauß aus, wobei ihr möglicherweise zu dämmern beginnt, dass ihr Ziel noch in weiter Ferne liegt.
Aber meins nicht. Lieber Ex, ab morgen behindert nichts mehr deine Frischluftzufuhr. Morgen gehe ich.
Ich werde wahrscheinlich einen Schutzengel brauchen, dachte ich. Dann stand ich auf, zog den Voile-Vorhang zu und verließ das Schlafzimmer.

Was Frauen nicht alles können

Zwölf Stunden später kniete ich in einem der Kinderzimmer und fluchte. Der Wutausbruch galt weder dem infernalischen Chaos um mich herum noch der Tatsache, dass der Fliesenleger im Bad noch nicht ganz fertig war. Er galt der sperrigen, fünf Meter langen Rolle mit Teppichboden vor mir, die diagonal im Zimmer lag.
Das kommt davon, wenn man unbedingt sparen will, dachte ich reumütig. Die beiden Jungs von der Teppichfirma, die vorhin mit der aufgerollten Auslegeware angerückt waren, hatten so kräftig und vertrauenswürdig ausgesehen. Ruck, zuck wäre der Teppich zugeschnitten, eingepasst und verklebt gewesen, hätte ich nicht darauf bestanden, das bisschen Velours in dem Kinderzimmer selber zu verlegen. Im Badezimmer pfiff der Fliesenleger vor sich hin. Da zu befürchten stand, dass alle drei Kinder demnächst ein menschliches Bedürfnis überkommen würde, hoffte ich sehr, dass er gleichzeitig pfeifen und zügig seine Arbeit vollenden konnte. Kurzer Blick aus dem Fenster Richtung Garten: Ninni, meine Jüngste, grub ihre Füße im Sandkasten ein, der noch von den Vor-

Vormietern stammte, die beiden Großen spielten unter den uralten Riesentannen und bewarfen sich mit Tannennadeln. Noch hatte keiner Hunger, noch wollte keiner nach Hause. Alles in Ordnung – noch.

Energisch rollte ich die Hälfte des Teppichbodens ab. Mittlerweile betrachtete ich es als persönliche Herausforderung, mit diesem Ding klarzukommen. Wäre doch eine Schande, erst große Töne zu spucken und anschließend gleich beim ersten kleinen Problem nach männlichem Beistand zu jammern, auch wenn dieses Problem Ausmaße und Gewicht eines jungen Kanalisationsrohres hatte. Ächzend zerrte ich die Kante bis zur Wand und rollte den Rest ab. Blieben nur noch drei Arbeitsgänge: Ausrichten, zuschneiden und verkleben. So schwierig konnte das eigentlich nicht sein.

Es *war* schwierig. Zwanzig Quadratmeter Teppichboden sind für einen allein kaum zu handhaben, es sei denn, man hat keine andere Wahl. Schwitzend ruckelte ich mal an dieser Seite, mal an jener Seite, bis wirklich kein Fleckchen des grünen Linoleums mehr zu sehen war, trampelte das faltenschlagende und sich überall wellende blaue Ungeheuer notdürftig glatt und griff zum Teppichmesser. Dann säbelte ich genau an der Wand los. Nun ja, ganz sauber war der Schnitt nicht, aber ich hieß schließlich nicht Christiaan Barnard.

»Könnse mal dat Wasser an- un widder abstellen?«, meldete sich der Fliesenleger aus dem Badezimmer.

Ich tat wie geheißen und begab mich daran, die gegenüberliegende Teppichbodenkante zu schneiden. Wenn das geschafft war, bedurfte es nur noch der Feinarbeit; die Seite mit der Türfüllung und dem Heizkörper schien leider etwas kniffeliger zu sein.

»Hörense mal, wat jibt dat denn, wenns fädisch ist?«, vernahm ich plötzlich direkt neben mir. Weiß der Himmel, wie der Fliesenleger es geschafft hatte, sich mit seinem Kugelbauch an den Möbeln vorbeizuzwängen.

»Ein Zimmer mit Teppichboden«, sagte ich kurz und prüfte, ob das Messer noch scharf war.

»Wennse de Fußleisten nit abnehmen, wööd dat aber nix.« Er

grinste ebenso breit wie die beiden Jungs von der Teppichbodenfirma vorhin.
Verflixt, die Fußleisten hatte ich glatt vergessen. Schweigend zog ich einen kleinen Schraubenzieher aus meiner Latzhose.
»Fußleisten werden immer jenagelt«, feixte der Fliesenleger.
»Das ist mir bekannt«, sagte ich kühl und wartete auf die Frage, die jetzt unweigerlich kommen musste, diese eine Frage, die ich schon im voraus hasste, an die ich mich aber besser baldmöglichst gewöhnte.
»Sarense mal, warum macht dat denn nit Ihr Mann?«
»Der kann das nicht«, fauchte ich und rammte den Schraubenzieher zwischen Wand und Fußleiste, »Sie sind fertig mit Ihrer Arbeit, nehme ich an?«
»Fädisch?« Er warf mir einen empörten Blick zu. »Fädisch? Näh. Dat Klo is noch nit drin, dat kütt nachher noch. Un verfugt werden muss auch noch.«
»Was meinen Sie mit ›dat kütt nachher‹?!«
»So um fünnef«, meinte er und betrachtete meine fußleistenabreißende Wenigkeit sehr geringschätzig, »und dunnse de Fußleisten lieber auf de Terrasse, wejen de Näjel. Nit dat Se sisch noch verletzen.«
Danke, Chef, dachte ich. Ohne deine Hinweise würde sich das dumme Frauchen garantiert sämtliche Gliedmaßen perforieren oder eine der Fußleisten unter dem Teppichboden vergessen und sich des Abends über die sonderbare Beule mitten im Zimmer wundern. Ich sah auf die Uhr: halb vier. »Und was soll Ihrer Meinung nach geschehen, wenn vor fünf einer mal muss?«
»Dat könnse vorläufisch sowieso nit, hat Ihnen der Vermieter dat nit jesaacht?«
»Ich kann vorläufig *was* nicht?« Langsam richtete ich mich auf. Insgesamt war die Absicht des Vermieters, unseretwegen die dreißig Jahre alten Fliesen erneuern zu lassen, ja durchaus als freundliche Geste zu werten, doch dass dies eventuell *nach* unserem Einzug geschehen könne, hatte ich in der Tat nicht in Betracht gezogen.
»Also, vor morjen abend könnse auf keinen Fall in dat Bad«, sagte der Fliesenleger seelenruhig, »erst müssen de Fugen austrocknen.

Vorher jeht mir da keiner rein. Könnse nit dem Nachbarn sein Klo benutzen?«
Na, der wird sich bedanken, dachte ich und schluckte. »Darf ich fragen, warum Sie die Fliesen im Badezimmer nicht eine Woche früher verlegt haben? Ich habe einen Mietvertrag zum ersten August, das war Ihnen doch bekannt!«
»Minge Chef is in Urlaub. Wat meinen Sie, wievill Überstunden isch wejen Ihre Bad schon jemacht han. Und mehr als arbeiten kann isch nit.«
Rheinische Gemütlichkeit, was liebe ich dich.
Unvermittelt wurde es laut im Garten. Bäuchlings im Sandkasten liegend, brüllte Ninni Zeter und Mordio. Die beiden Älteren waren nicht zu sehen. Beunruhigt stolperte ich zum Fenster. »Carlo, Suse! Wo seid ihr?«
»Hier, Mama! Pssst«, kam es voll unterdrückter Aufregung von scharf links aus dem Nachbargarten. Entsetzt stellte ich fest, dass meine Sprösslinge mit der Nase direkt an der Fensterscheibe der Erdgeschosswohnung klebten.
»Was macht ihr da?«, rief ich halblaut, »Ninnischatz, warum weinst du?«
»Guck mal, hier stehen drei Computer nebeneinander!«, tuschelte Suse mir zu, »und das ganze Zimmer ist voller Kartons!«
»So ungewöhnlich ist das nicht, Liebes«, sagte ich, »wirf doch mal einen Blick bei *uns* rein.«
»Garantiert ein Hehler«, sagte Carlo ehrfürchtig, »das Lager einer internationalen Diebesbande. Alles teure elektronische Spielereien, die Dinger hier.«
»Quatschkopf. Nun komm schnell wieder rüber, bevor es Ärger gibt.«
In diesem Moment setzte nebenan wildes Gekläffe ein, eine Frequenz aus dem Kleinhundbereich. Wie von der Tarantel gestochen rasten Carlo und Susanne zurück auf unser Grundstück. Meine Jüngste brüllte noch immer. »Kinder, was ist mit Ninni los? Könnt ihr euch nicht mal ein bisschen um sie kümmern?«
Carlo hob den Kopf. Ich registrierte sogleich einen bräunlichen Schmutzfilm in seinem Gesicht. »Mama, ich *hab* sie eben schon

getröstet! Aber sie hat Sand im Mund, den kriege ich nicht raus.«
»Dann gib ihr was zu trinken. Schau doch mal im Auto nach, in der Seitenablage könnte noch Sprudel liegen. Sonst gib ihr Leitungswasser.«
»Das hab ich längst versucht, aber es kommt ja nichts aus dem Hahn! Können wir jetzt endlich drinnen spielen?«
Ninni schrie und spuckte Sand und schluchzte: »Will zu Mama!«
»Ninni, meine Süße«, redete ich ihr gut zu, »ich bin gleich fertig mit dem Teppich. Nun hör auf zu weinen. Und nachher essen wir Eis, ja?«
»Wir warten schon so lange«, sagte Suse sauer und schoss Ninnis Ball mit Karacho ins Gebüsch, »ich will jetzt ins Freibad.«
Auf der Terrasse nebenan tauchte ein Mann mit brauner Jogginghose und fettigen Haaren auf. Leider machte er durchaus nicht den Eindruck, als wolle er mir einen labenden Willkommenstrunk reichen. In Knöchelhöhe kläffte das Hündchen, ein schneeweißer Malteser. Schade, dass sein Herrchen nicht annähernd so gepflegt und hübsch war. »Geht das hier ein bisschen leiser?«, rief er mürrisch. »Ich habe meinen freien Nachmittag!«
»Das trifft sich gut«, sagte ich liebenswürdig, »ich nämlich auch, deswegen ziehe ich auch heute um.«
»Diese Kinder hier, spielen die immer draußen?«
»Bei schönem Wetter schon«, sagte ich, »wo haben *Sie* denn als Kind immer gespielt?«
»Gespielt? Dazu hatte ich keine Zeit. Und jetzt sorgen Sie bitte dafür, dass dieses Gebrülle aufhört. Wir sind hier nicht im Zoo.« Er schlurfte zurück ins Haus und knallte die Tür zu.
Während ich ihm mehr oder minder fassungslos nachsah, kam Carlo mit dem Sprudel zurück. »Mama, die Flasche lag in der Sonne und das Wasser ist jetzt total warm und vergammelt. Also, ich trink das nicht.«
»Gib's Ninni«, sagte ich leise verzweifelnd, »sie soll sich damit den Mund spülen. Bitte seid lieb und spielt noch eine Weile. Es dauert nicht mehr lange.« Das war die Untertreibung des Jahres, dachte

ich, selbst Kinder lassen sich irgendwann nicht mehr an der Nase herumführen. Für den Teppich würde ich mindestens noch eine Stunde brauchen.

»Das sagst du schon seit zwölf Uhr, dass es nicht mehr lange dauert«, schrie Suse aufgebracht.

»Muss Pipi«, fügte Ninni hinzu, die den Sand im Mund offensichtlich losgeworden war. Zu allem Überfluss bekundete Carlo nun, mir beim Zuschneiden helfen zu wollen. Dann ginge es vielleicht schneller.

Gott bewahre. Gab es denn in dieser Straße keine anderen Kinder, denen sich die meinen anschließen konnten? Hallo, hat hier zufälligerweise jemand Lust, meinem entwurzelten Nachwuchs für drei bis vier Stunden Familienanschluss zu bieten? Leider ließ sich niemand blicken. Es half also nur noch eins: straffe Organisation kombiniert mit dem Prinzip Hoffnung.

»Kinder, kommt alle her!«, rief ich. Einer nach dem anderen dackelte in meine Richtung. Als Letzte baute sich Suse vor dem Fenster auf. Mit dem rechten großen Zeh bohrte sie missmutig im Gras herum. »Jetzt hört mal zu, ihr drei. Carlo, wie alt bist du?«

»Dreizehn«, sagte er mit einem leichten Kiekser, der auf den Stimmbruch zurückzuführen war.

»Sehr gut. Suse, und du?«

»Elf, Mama, aber das wissen wir doch alle, und außerdem –«

»Ruhe jetzt. Hier stehen also zwei Kinder, die –«

»Und ich bin schon so viel Jahre!«, schrie Ninni dazwischen und brach sich fast die rechte Hand bei dem Versuch, demonstrationshalber drei Finger abzubiegen.

»Genau«, sagte ich, »eine ganz große Ninni bist du schon.«

»Wolltest du nicht mit dem ollen ›Ninni‹ aufhören und sie richtig ›Nadja‹ nennen?«, warf Suse ein.

Mir brach schon wieder der Schweiß aus. Wenn das so weiterging, würde ich bei Einbruch der Dunkelheit noch nicht mit der Ansprache an mein Volk fertig sein. »Doch, Suse, du hast natürlich Recht, aber das ist jetzt nicht so wichtig –«

»Muss *jetzt* Pipi«, meldete sich Ninni erneut und klemmte beide Hände zwischen ihre Beine. Offenbar eilte es wirklich.

»Carlo, geh bitte mit ihr hinten im Garten ins Gebüsch. Das gilt übrigens für euch alle, wenn ihr mal müsst. Stellt euch vor, das Klo ist noch nicht eingebaut! Lustig, nicht?«

»Ich will nicht in einem Haus wohnen, in dem es kein Klo gibt«, sagte Suse beleidigt, »ich will nach Hause. Wieso konnten wir heute nicht bei Papa bleiben?«

»Weil der arbeiten muss, und –«

»Und warum durfte ich nicht zu Steffi?«

»Ruhe jetzt!«, schrie ich entnervt, »deine Freundin Steffi hat eine Magen-Darm-Grippe, deswegen! So, und nun passt auf: Ich gebe euch jetzt Geld, und dann könnt ihr zum Laden gehen und euch dort ein Eis kaufen und es ganz, ganz langsam essen! Und wenn ihr danach noch Hunger habt, könnt ihr euch *noch* ein Eis kaufen! Und dann kommt ihr zurück, und bis dahin habe ich wahrscheinlich den Boden hier fertig, und die Mädchen können in ihr Zimmer und ihre Spielsachen auspacken! Und Ninni nehmt ihr an die Hand!!!« Ich verstummte erschöpft.

»Cool«, sagte Carlo, wobei seine Stimmbänder einen erstaunlichen Oktavsprung bewältigten, »dürfen wir auch drei Eis?«

»Will auch Eis«, sagte Ninni.

Suse sagte ausnahmsweise mal nichts. Ich klaubte einen Zwanzigmarkschein aus meiner Hosentasche, faltete ihn zu einem Miniaturflieger und ließ ihn ins Freie gleiten. »Alles klar jetzt?«

»Alles klar«, sagte Carlo. Er fischte den Zwanziger aus den Tannennadeln und nahm Ninni an die Hand. »Ich pass schon auf.«

»Danke, mein Großer. Kauft bitte noch eine Flasche Sprudel, okay?«

Keine Beschwerden mehr. Abmarsch der Kompanie. Aufatmend zog ich mich ins Zimmer zurück und überlegte, wie viel Zeit Kinder benötigen, um drei Eis am Stiel zu verdrücken. Fünf Minuten? Eine halbe Stunde? Wie auch immer, die Frist galt es zu nutzen. In einem ungeheuren Tempo riss ich die letzte Fußleiste von der Wand, schnitt den Teppichboden zu und bewerkstelligte das ganze Unternehmen insofern halbwegs ordentlich, als ich dabei nur ein einziges Mal heftig mit dem Messer abrutschte. So, weiter, linke Hälfte des Teppichs umschlagen und Zimmerboden einkleistern. Ich schritt

außerordentlich forsch, aber konzentriert zu Werke, vergaß nicht einmal das vorschriftsmäßige Ablüftenlassen des Klebers; schon machte sich so etwas wie Stolz in mir bemerkbar, weil ich keine der nägelbestückten Fußleisten eingearbeitet hatte und der Teppich nirgendwo überstand, als mir ein paar Beulen unter dem Teppich ins Auge fielen. Luftblasen! Da ich nicht wusste, womit der geübte Do-it-yourselfer diese entfernt, ließ ich mich kurzerhand auf die Knie nieder und schob ein Regalbrett Bahn für Bahn über den Boden. Kurz nachdem ich schmerzlich zu begreifen begonnen hatte, warum der Mensch sich üblicherweise auf seinen Füßen und nicht etwa auf den Kniescheiben fortbewegt, nahm ich Stimmengemurmel im Hausflur wahr. O Gott, die Kinder. So schnell?
Nein, nicht die Kinder, sondern der Fliesenleger erwies mir die Ehre. Verstärkung hatte er sich auch mitgebracht. Schweigend lehnten die beiden Herren an der Türfüllung des Kinderzimmers und sahen mir ein Weilchen zu, wie ich auf allen vieren hinter dem Regalbrett herkroch. Obacht, Jungs, dachte ich, wenn ihr auch nur eine *einzige* bissige Bemerkung macht, haue ich euch die Fußleisten um die Ohren!
Sie ließen sich viel Zeit. Ich war schon drauf und dran, mich zu erkundigen, ob der Anblick einer kriechenden Frau ihnen irgendeinen Lustgewinn verschaffte, als sich der Neuankömmling von der Türfüllung löste. »Wat Frauen nit alles können«, sagte er in anerkennendem Tonfall und verschränkte die Arme vor der Brust, »Schmitz mein Name, ich bin der Installateur.«
»Sieht rischtisch professionell aus«, bestätigte der kugelbäuchige Fliesenleger, »dat könnt isch auch nit besser.«
Ein Handwerker zollte mir Lob, mir, dem ahnungslosen Frauchen! Beschwingt schlug ich die zweite Hälfte des Teppichs um und kleisterte den Boden ein, alles noch immer unter den interessierten Blicken der beiden Herren. Möglicherweise machten sie sich so ihre Gedanken, ob ich nach Abschluss der Teppicharbeiten auch den Fliesenschneider an mich reißen und die Fertigstellung des Bades in Eigenregie erledigen wollte. Einer wie mir war wahrscheinlich alles zuzutrauen. Dann kam mir plötzlich ein Gedanke. »Herr Schmitz, wofür genau sind Sie zuständig?«

»Na, für die Leitungen und Anschlüsse und die gesamte Warmwasserversorgung«, teilte er mir auf Hochdeutsch mit. Schon sein ernstes Gesicht drückte in aller Deutlichkeit aus, um welch bedeutungsvolle Tätigkeit es sich hierbei handelte. Einen Wasserhahn aufdrehen konnte jeder Schimpanse, aber damit aus diesem Hahn tatsächlich klares Nass rann und nicht etwa das Abwasser der Dachwohnung – dafür brauchte man ihn, Herrn Schmitz. Diesen Mann musste ich mir unter allen Umständen warm halten. »Dat kann ich aber alles erst anschließen, wenn der Kolleje hier fertig is«, teilte er mir mit und fiel dabei ganz leicht wieder ins Rheinische zurück.

»Und janz zum Schluss kriejen Sie noch Handtuchstangen un dat janze andere Jedöns«, fuhr der Fliesenleger fort, »'ne Ablage für unter de Spiejel un esu, alles jute Machkenqualität. Da is nix ausm Baumarkt.«

»Dann mal tschö«, sagte der Installateur und wandte sich zum Gehen.

»Halt!«, rief ich. »Kriegen Sie wenigstens die Dusche ans Laufen? Heute, meine ich?«

»In dat Bad jeht mir keiner rein«, beharrte der Fliesenleger.

»Aber ich bin dreckig, und die Kinder sind dreckig, und das hält kein Mensch aus bis morgen Abend!« Ich hielt ihm meine klebrigen Hände entgegen.

»Dat jeht nit, junge Frau, da sind doch jar keine Armaturen an der Wand, und die Duschkabine fehlt auch noch«, versuchte der Installateur seine Notlage – das heißt, genau genommen war es ja *meine* Notlage – zu erklären.

»Aber die Badewanne hat doch schon welche«, flehte ich, »darf ich bittebitte die Badewanne benutzen? Ich verspreche auch, dass wir nicht spritzen!«

»Enäh«, sagte der Fliesenleger stur, »solange de Fugen nit trocken sinn, jeht hier niemand erin. Zähneputzen könnse in de Küsche. Hörense mal, mer ham Sommer, nehmse doch den Jachtenschlauch!«

Der Installateur schien zu zögern. Sogleich witterte ich meine Chance. Ich sah ihn von unten an, ganz kleinmädchenhaft, ganz

hilflos. Dann brachte ich die Kinder zur Sprache, wiederholte mehrfach die Wörter »drei« und »Gestank«, flocht ein paar Bemerkungen bezüglich der großen Seuchen der Menschheitsgeschichte ein und kehrte mit einem eleganten Schlenker über die Spätfolgen bakterieller Infektionen in die Jetztzeit zurück.
Herr Schmitz war sehr nachdenklich geworden. Offenbar wollte er sich an der vollständigen Ausrottung dieser vierköpfigen Familie nicht beteiligt wissen. »Pas op, Jupp, wenn mer ne stabile Holzplatte auf den Boden lejen, dann kann doch den Fugen nix passieren. Dat kriste doch hin, Jung.«
Jupp machte ein bedenkliches Gesicht. Wahrscheinlich verwandelten sich vor seinem inneren Auge meine Kinder in eine Horde verdreckter Elefanten, die auf seinen kostbaren Fugen herumtrampelten und auf diese Weise sein Lebenswerk zerstörten. »Na jut«, sagte er schließlich skeptisch, »aber nit in de Fugen treten! Um Himmels willen nit in de Fugen treten! Und versprechen tu isch jetzt noch jaanix!«
Ich garantierte ihm drei brave, wohlerzogene Kinder mit dem Gewicht unterernährter Ameisen, log dabei kunstvoll das Blaue vom Himmel herunter, drückte dem Installateur dankbar den Unterarm und schoss dann ins Kinderzimmer zurück, um die zweite Hälfte Teppichboden zu verkleben. Eilig hämmerte ich die Fußleisten wieder an die Wand. Insgesamt einwandfreie Arbeit, und über der Stelle, an der mir das Messer abgerutscht war und ich wüste Schlangenlinien geschnitten hatte, würde ohnehin Ninnis Bett stehen. Stellte sich nur noch die Frage, wie frau zwei Kinderbetten, einen Schreibtisch und einen Kleiderschrank in das Zimmer bekam. Schieben? Ziehen? Hilfe!
Außerdem musste ich aufs Klo, und zwar pronto. *Vor* dem Möbeltransport.
Nachbar oder Nachbarin, dachte ich, welche Einstellung auch immer du schmutzigen, klebrigen, verschwitzten Frauen in Latzhosen gegenüber hast – wenn du mir jetzt nicht aus der Patsche hilfst, dann passiert ein Unglück. Ich zwängte mich durch den Flur ins Treppenhaus, rannte nach oben und wandte mich der Wohnung im ersten Stock zu. Vor der Tür eine Fußmatte mit der In-

schrift »Welcome on board«, an der Wand ein blankes Messingschild mit zwei Namen: Zoeppel und Steinkrüger. Sturmklingelnd betete ich, dass jemand zu Hause sein möge.
Endlich näherten sich Schritte, die Tür wurde aufgetan, und ein völlig verschlafenes Männergesicht gähnte mich an. »Was – huua – gibt's?«
»Dürfte ich bitte mal Ihre Toilette benutzen?« Ich wusste, dass ich ihn niederwalzen würde, wenn er ablehnte.
»Bitte«, sagte er nur, gähnte nochmal ausführlich und strich sich dann eher anstandshalber die verstrubbelten Haare aus dem Gesicht, »zweite Tür links.«
Drei Minuten später stand ich wieder im Flur. Der verschlafene groß gewachsene Herr trug einen dunkelroten Frotteebademantel und lehnte mit halb geschlossenen Augen an der Wand; sein Kopf stützte das gerahmte Foto einer Segeljacht. »Tut mir Leid, dass ich Sie geweckt habe«, sagte ich verlegen.
»Macht nix. Ich kann prima wieder einschlafen.«
»Toll«, freute ich mich, »also wenn *ich* einmal wach war, dann geht bei mir gar nichts mehr, dann wälze ich mich nur noch so herum.«
»Ach ja?« Er gähnte erneut. Es trieb ihm schier die Tränen in die Augen. Wenigstens hielt er sich diesmal die Hand vor den Mund.
»Am besten komme ich noch mal wieder, wenn Sie wach sind«, sagte ich und dachte kurz an meinen Vater, der in solchen Fällen immer lakonisch »Tobias sechs, Vers drei« murmelte. O Herr, er will mich fressen. »Wissen Sie, ich bin Ihre neue Nachbarin. Bei uns im Bad wütet noch der Fliesenleger. Haben Sie vielen Dank.«
»Schon in Ordnung. Man hilft ja, wo man kann.« Offensichtlich fiel die Verschlafenheit nun doch von ihm ab. »Ich bin übrigens Thomas Steinkrüger.«
»Romea Becker«, sagte ich und hielt ihm wohlerzogen die Hand hin.
Er drückte kräftig zu. »Na, das ist aber ein seltener Vorname. Um ehrlich zu sein, habe ich den noch nie gehört.«

»Meine Eltern hatten jedes Mal eine künstlerische Phase, wenn sie Kinder bekamen«, erläuterte ich, »obwohl sie von der Veranlagung her eigentlich grundsolide sind. Mein Bruder heißt Danilo, das ist fast noch schlimmer als Romea. Ein Operettenname.«
Er lachte. »Und Sie, sind Sie eine lustige Witwe?«
Pluspunkt, dachte ich leicht beeindruckt, weil man die Leute an einer Hand abzählen kann, die auf Anhieb wissen, dass der Danilo eine Figur aus der *Lustigen Witwe* ist. Ich registrierte: Mein Nachbar hat a) extrem wirres Strubbelhaar, b) genügend schlechte Manieren, um ungehemmt in Anwesenheit anderer Leute zu gähnen und c) ein gewisses Bildungsniveau. Interessante Mischung. Seine Augenpartie erinnerte mich übrigens ein bisschen an Gérard Depardieu.
»Witwe mitnichten«, sagte ich herausfordernd, »und wie lustig ich bin, hängt unter anderem von meinem Gegenüber ab.«
Nun zeig mal, was du kannst, Mann, immerhin werden wir es auf Jahre hinaus miteinander zu tun haben! Nur damit du's weißt: Ich habe Jahre des nachbarlichen Elends hinter mir, von dem ehelichen Elend gar nicht erst zu sprechen. Man hat mich beobachtet und über mich getratscht und gnadenlos gestänkert, beispielsweise wenn der Kinderwagen nicht nach den vertraglich festgelegten trigonomischen Berechnungen des Vermieters ausgerichtet in der Flurecke stand. Deswegen, lieber Herr Thomas Steinkrüger, deswegen dürstet mich nach netten Nachbarn und kleinen, eigentlich selbstverständlichen Hilfeleistungen. Zum Beispiel brauche ich manchmal abends um neun zwei Eier oder eine Zwiebel. Dafür revanchiere ich mich gerne mit Backpulver oder Olivenöl, je nach Bedarf. Ich mag freche Wortwechsel im Treppenhaus und Leute, die nicht bei der kleinsten Nichtigkeit zum Rechtsanwalt rennen, klar? Außerdem bin ich ein friedfertiger Mensch mit einem ausgefüllten Alltag und der Devise »Leben und leben lassen«. Weder pliere ich im Minutenabstand auf die Straße, noch interessiere ich mich für eure nächtlichen Ankunftszeiten, und falls ihr mal nackt und betrunken im Vorgarten die Nationalhymne singen solltet, würde ich das eventuell zur Kenntnis nehmen, aber keinesfalls dem ganzen Viertel davon Mitteilung machen. Im Gegenzug wün-

sche ich, gleichfalls nicht ausspioniert zu werden. Geht das in Ordnung? Ja?
Ich muss ihn wohl unglaublich flehend angesehen haben, denn er sagte fast erschrocken: »Ist jemand hinter Ihnen her?«
»Nein, nein, es war nur alles ein bisschen viel heute. Und es wird noch Stunden dauern, bis ich halbwegs fertig bin.«
»Wollen Sie vielleicht einen Kaffee?«, gähnte er liebenswürdig. »So 'n Tässchen zwischendurch, das belebt, sogar bei dieser Affenhitze. Ich hab auch noch ein paar Lebkuchen da, aber ob die noch gut sind?«
Ach, kein Gedanke an irgendwelche Erholungsphasen. Im Gegenteil, es würde sich schnellstmöglich eine Lösung für das sanitäre Problem finden müssen. Schlafen konnte man zur Not auf Matratzen, fehlende warme Mahlzeiten ließen sich ein paar Tage lang in Form von belegten Brötchen überbrücken, alles ließ sich improvisieren, eine gewisse Toleranz vorausgesetzt, aber das Klo –
»Tausend Dank«, sagte ich, »aber leider lässt der anarchische Zustand meiner Wohnung keine Pause zu. Vielleicht morgen? Das heißt, wenn Ihnen das recht ist.«
»Na gut. Dann lese ich eben ein bisschen Zeitung. Wissen Sie, ich bin ein Nachtarbeiter, vor zwölf Uhr stehe ich selten auf. Und wenn, dann mache ich nachmittags noch ein Nickerchen. So wie heute.«
»Also, auf gute Nachbarschaft«, sagte ich, »wir sind zwar manchmal laut, aber insgesamt ziemlich nett.«
»Wer, wir? Sie und Ihr Mann?«
»Ich und meine Kinder.«
»Ist Ihr Mann nicht nett?«
»Nicht besonders. Deswegen wohnt er auch nicht hier.«
»Nur Sie und die Kinder?«
»Nur ich und die Kinder.«
»Fein. Dann kommt jetzt wohl Leben in die Bude. Ganz oben wohnt ein kinderloses Ehepaar, und wir hier in der Mitte haben ja nun auch keine Kinder, leider.«
»Das wird bestimmt noch«, sagte ich und freute mich sehr, dass er nichts gegen den Einzug meiner Brut einzuwenden hatte und nicht

schon Beschwerden über verschossene Fußbälle, herumliegende Fahrräder und Dreckklumpen aus Gummistiefelprofilen losließ, bevor er die Kinder überhaupt zu Gesicht bekommen hatte. Irgendwie war mir dieser verschlafene Kerl fürchterlich sympathisch.

»Na ja«, er zögerte, »ich glaub nicht mehr daran, dass da noch was kommt. Übrigens, wie viele Kinder haben Sie?«

»Drei. Einen Carlo, eine Susanne und eine Nadja, aber wir nennen sie anders, und sie sind momentan auch nicht da.«

»Aha«, sagte er.

»Sie sind gerade Eis essen«, versuchte ich zu erläutern, »und drei Eis, das dauert mal länger und mal kürzer. Heute mal länger, zum Glück.«

»Natürlich«, sagte er und musterte mich so besorgt, als litte ich gleichzeitig unter einem Hitzschlag und akutem Umzugskoller. »Wann ist Ihr Bad eigentlich benutzbar?« Sein grüblerischer Gesichtsausdruck deutete darauf hin, dass ihm allmählich bewusst wurde, wie sehr diese verschwitzte Frau samt Nachwuchs in der Klemme steckte.

»Wenn ich sehr viel Glück habe, schon heute Abend. Wenn ich Pech habe, dann allerdings erst ab morgen. Der Fliesenleger scheint ziemlich pingelig zu sein, was seine Fugen betrifft.«

»Das war Johann Sebastian Bach wahrscheinlich auch«, erwiderte er so trocken, dass ich in lautes Gelächter ausbrach. Sieh mal an, dachte ich, der Mann im dunkelroten Bademantel besitzt Wortwitz, und genau die Art von Wortwitz, die ich liebe! Und dann sagte er etwas, was genügte, um bei mir auf ewig einen Stein im Brett zu haben, nämlich: »Im Keller haben wir so ein chemisches Campingklo. Nichts Dolles, aber man könnte es sich sogar ins Wohnzimmer stellen, so sauber ist es. Wollen Sie's haben? Dann stehen Sie bis morgen nicht so unter Druck, sozusagen. Papier schenke ich Ihnen auch dazu.«

Um ein Haar wäre ich ihm um den Frotteehals gefallen. »Toll«, rief ich begeistert, »genau das ist die Rettung!«

»Wissen Sie was? Ich ziehe mich eben um, und dann bringe ich Ihnen das Ding runter, okay?«

»Okay.« Ich strahlte ihn an, und tiefe Zufriedenheit breitete sich in mir aus. Hier ist gut sein, hier bleib ich!
Ich sprang wieder nach unten. Von den Kindern noch keine Spur; schätzungsweise waren sie mittlerweile beim fünften oder sechsten Eis angekommen. Oder sie hatten sich verlaufen und irrten gerade jammernd durch ihnen völlig unbekannte Straßen. Allmählich wurde ich nun doch unruhig. Ich lief hinaus ins Freie, kontrollierte den Garten, den Fußweg vor dem Haus. Nichts. Nervös stürmte ich die Wolframstraße entlang. An deren Ende verlief eine relativ stark befahrene Straße, und wenn Ninni sich losgerissen hatte –
Und dann fand ich die Kinder doch noch. Das heißt, ich sah sie nicht, aber ich hörte sie: Erst Carlos Stimmbruchorgan, mal kieksend, mal sonor, dann Suse, die grundsätzlich ohne Punkt und Komma redete, wenn sie erst mal in Fahrt gekommen war, und dazwischen das helle Stimmchen meiner Jüngsten. Das Ganze wurde begleitet von einem penetranten Quietschgeräusch. »Kinder? Wo seid ihr?«
»Hier, Mama!«, jubelte Ninni von links.
Ich riss den Kopf herum. Verborgen von einer dichten Hainbuchenhecke saßen sie zu dritt in einer Hollywoodschaukel. Carlo hatte Ninni auf dem Schoß, hielt sie am Bauch fest und schwang die Beine derart heftig auf und ab, dass die Metallkonstruktion bedenklich schwankte. Vor ihnen stand eine Frau ins Jeans, die energisch »Herrschaften, bitte nicht so fest!«, rief.
»Entschuldigen Sie«, stammelte ich, »tut mir Leid, wenn die Kinder Sie belästigt haben sollten – Leute, bremsen! – Schluss jetzt!!!«
Suse schlurfte so lange mit den Füßen auf dem Boden herum, bis die Hollywoodschaukel wieder sicher stand. »Ach, Mama, es war gerade so schön! Und wir kriegen noch Apfelsaft von Frau Bronski!«
»Feierabend«, sagte ich streng, »ihr kommt jetzt sofort wieder mit in unseren Garten.«
»Aber –«
»Jetzt«, sagte ich unmissverständlich.
Die Frau wandte sich mir zu. Überrascht stellte ich fest, dass sie

mindestens Mitte sechzig war. Trotz der legeren Jeans ging von ihr eine irritierend vornehme Ausstrahlung aus, die durch die hochgesteckten silbergrauen Haare noch verstärkt wurde. Eindeutig Upperclass, dachte ich und kontrollierte unbewusst, ob ich saubere Hände hatte, aber was tut sie dann hier in dieser kleinbürgerlichen Wohnstraße?

»Sie sind die Mutter?«

»Ja«, sagte ich kleinlaut.

»Nett, Ihre Kinder«, stellte sie fest, »und erstaunlich gut erzogen.«

»Ach was«, murmelte ich verblüfft.

»Es ist mir ernst. Die junge Dame hier hat höflichst gefragt, ob sie ein Weilchen in der Schaukel Platz nehmen dürfe, dieweil ihre Mutter gerade umzieht.«

»Einzieht. Vier Häuser weiter im Erdgeschoss.«

»Ich weiß. Und dieser junge Mann bat in wohlgesetzten Worten um die Erlaubnis, wie sagte er gleich, den Ort aufsuchen zu dürfen, an den sogar die Könige zu Fuß gehen.«

»Sie spaßen«, sagte ich fassungslos.

»Mitnichten. Und nun wollte ich den jungen Herrschaften noch einen Apfelsaft zur Begrüßung anbieten. In dieser Straße wohnen fast nur alte Leute, müssen Sie wissen, und ich finde es großartig, dass hier eine Familie mit Kindern einzieht. Endlich wieder Leben und junges Blut! Sie können doch sicher ein halbes Stündchen auf die Anwesenheit Ihrer Sprösslinge verzichten, nicht wahr? Danach müsste ich einige Besorgungen machen, denn morgen verreise ich nach Frankreich. Einverstanden?«

»Aber ja«, sagte ich und starrte blöde auf meine Brut. Da erzieht man jahrelang vor sich hin und sagt elfmal am Tag: »Ellenbogen vom Tisch« und »Lass diese Gossensprache« und »Hand vor den Mund beim Gähnen« und »Schmatz nicht«, jahrelang, ohne jede Resonanz, und längst hat man sich gefragt, ob man nicht ebenso gut ein Tonbandgerät in irgendeiner Ecke des Wohnzimmers aufbauen könnte, das wieder und wieder die gleichen Worte herunterleiert – und dann passiert das Unvorstellbare: Zufällig und bei einem völlig nichtigen Anlass stellt sich heraus, dass wider Erwarten doch etwas hängen geblieben ist. Offensichtlich gibt es doch noch Wunder. »Sagt mal, wie viel Eis habt ihr eigentlich gefuttert?«

»Jeder drei«, sagte Carlo, »wie abgemacht. Nur für den Sprudel hat's dann nicht mehr gereicht.«

Nun gut, dann trank ich eben Leitungswasser. Nein, trank ich nicht. Unsere Leitungen waren ja trockengelegt.

»Der Blödmann musste ja auch unbedingt ein Magnum haben«, keifte Suse dazwischen.

»Petze! Und wer hat heimlich eine Dose Cola gekauft?«

Es war nicht zu überhören, dass meine erstaunlich wohlerzogenen Kinder im Begriff standen, ohne Umwege wieder zu ihrer Normalform zurückzukehren. »Leute, wenn ihr euch streitet, wird Frau, äh –« ich sah die ältere Dame fragend an.

»Bronski«, sagte Suse.

»Quatsch, sie heißt Growski!«

»Borowski«, stellte sie lächelnd richtig, »ist für Kinder auch schwer zu behalten.«

»Also, wenn ihr euch so streitet wie zu Hause, wird Frau Borowski sich hüten, euch Apfelsaft anzubieten, meint ihr nicht auch?«

Suse und Carlo sahen sich an. An diesem heißen, chaotischen Tag in einer schattigen Hollywoodschaukel sitzen und Apfelsaft trinken zu dürfen, war ein Angebot, für das man durchaus gewisse Abstriche zu machen bereit war. Später, wenn es dann nur noch Mutters abgestumpfte Trommelfelle waren, die man quälte, würde man alles nachholen. Sie nickten eifrig.

»Prima! Schicken Sie mir die Kinder danach einfach nach Hause, ja?«

»Will auch Apfelsaft«, krähte Ninni.

Alles bestens, dachte ich. Mein Nachbar hilft mir gleich aus der bewussten Verlegenheit, die Kinder kriegen Apfelsaft von dieser netten Frau Borowski und stehen mir infolgedessen nicht zwischen den Füßen herum – alsdann, weiterschaffen! Keines der Kinder nahm noch groß Notiz von mir. Durch die Hecke hindurch vernahm ich die Stimme meines Ältesten. Ohne jeden Kiekser sagte er gerade: »Kann ich Ihnen vielleicht das Tablett abnehmen?«

Völlig perplex trabte ich zurück nach Hause.
Was war als Erstes dran? Ohne große Begeisterung sah ich mich in meiner neuen Wohnung um. Eigentlich war alles als Erstes dran. Wie handhabte ein Single möglichst geschickt die Auflösung einer Möbelblockade, ohne sich dabei drei Wirbel zu brechen? Bald wurde mir bewusst, dass keine andere Möglichkeit blieb, als Kleiderschrank und Schreibtisch auseinander zu schrauben. Leise jammernd durchsuchte ich ein paar Kartons nach dem Tütchen mit den verschiedenen Ikea-Imbusschlüsseln, leider ohne Erfolg. Hatten die Jungs von der Umzugsfirma also meine gebetsmühlenartig wiederholten Aufforderungen, Werkzeug und Papiere gesondert zu verpacken, schlichtweg ignoriert. Und so was nannte sich dann »Profi«.
Lieber Fliesenleger, nun bist du fällig, dachte ich, mit ausgedörrter Kehle Richtung Bad stolpernd. Mittlerweile hätte ich inflationäre Preise für ein Glas Wasser bezahlt. »Hallo, Herr Jupp!«, rief ich, »können Sie mal mit anpacken?«
Niemand antwortete. Niemand pfiff vor sich hin. Das Bad war zwar fertig verfliest und verfugt, aber menschenleer. Und irgendjemand hatte zwei weißbekleckste Bretter diagonal in der Türleibung verkeilt und die Bude somit buchstäblich verrammelt. Nun gut, sei's drum, dann würden wir eben bis morgen Abend stinken. Ich bedachte die jungfräulichen Fliesen mit einem Fluch, fühlte mich anschließend nur wenig besser und schritt zur Tat, die Kinderbetten betreffend. Sehr überraschend stellte sich heraus, dass der Teppichboden ein ausgezeichnetes Gleitmittel war, sodass sie sich problemlos ins Kinderzimmer ziehen ließen. Die Matratzen waren zwar unhandlich und sperrig, besaßen aber seitliche Griffe, also bereitete auch dieser Transport keine größeren Schwierigkeiten. Nur Suses Schreibtisch passte nicht hundertprozentig durch die Türfüllung, nun, die beiden Schrammen im Lack würde ich später ausbessern, wenn ich mal Zeit hatte.
Fehlte noch der Kleiderschrank. Und der war tonnenschwer. Halbherzig drückte ich ein bisschen hier und da, was jedoch lediglich zur Folge hatte, dass eine der beiden Rückwände aus ihrer Führungsschiene rutschte. Der Schrank selber bewegte sich keinen

Millimeter. Erneut sagte ich »Ach, verflucht«, dieses Mal noch etwas wütender und lauter, und ganz unverhofft erwiderte eine Männerstimme im Flur: »Da bin ich! Wo soll ich das Ding hinstellen?« Thomas Steinkrüger, Retter der umziehenden Exehefrau!
»In irgendeine diskrete Ecke«, lachte ich.
»Verehrteste, Sie sind zwar keine lustige Witwe, aber doch ein lustiges Weib. Alle Ecken sind zugestellt, ob nun diskret oder nicht!«
»Probieren Sie's mal im Schlafzimmer, da könnte noch Platz sein.«
Es folgte ein Quietschgeräusch, anschließend der Kommentar: »Müsste mal geölt werden, die Tür«, und ganz zum Schluss lautes Gelächter.
»Was ist?« Ich hörte auf, die Schrankrückwand wieder in die Schiene zurückzufriemeln, und begab mich in mein zukünftiges Schlafzimmer. Dort lag zum einen meine Matratze auf dem Boden, war allerdings kaum noch zu sehen, da die Umzugsjungs sinnigerweise zwei Etagen Kartons darauf abgestellt hatten. Daneben stand mein Kleiderschrank ohne Türen, unter dem Fenster lehnten zwei Kinderfahrräder. Zwischen Matratze und Schrank stand nun auch noch ein ziemlich unförmiger Kunststoffkasten mit eindeutig brillenförmiger Konstruktion im oberen Bereich herum. »Hübsch«, sagte ich zweifelnd, weil ich noch nie neben einem Klo geschlafen hatte und auch nicht so genau wusste, ob es sich als Nachttisch eignete.
»Eigentlich stören hier drin ja nur die Fahrräder«, bestätigte mein Nachbar. Er hatte sich Jeans und ein weißes T-Shirt angezogen und sah trotz der unveränderten Strähnenfrisur ausgesprochen proper aus. Nun bin ich mit meinen einsneunundsiebzig nicht gerade ein Zwerg, doch musste ich den Kopf ein wenig nach hinten neigen, um ihm in die Augen sehen zu können. Mindestens einsneunzig lang, der Mann.
»Ist ja nur bis morgen Abend«, redete ich mir selber gut zu, »ich hab schon ganz andere Sachen ausgehalten, und das länger als vierundzwanzig Stunden.«
»Sehr lobenswert, diese Einstellung!«

Überlebenswichtig ist das, dachte ich müde und blickte auf sein T-Shirt. »Ich bin ein Clown und sammle Augenblicke«, hieß es dort. Dass mein Nachbar genau elf dieser literarischen T-Shirts besaß, welche er je nach Stimmungslage anzog, konnte ich zu diesem Zeitpunkt noch nicht wissen. Heimlich begann in mir der Gedanke zu schwelen, ihn um Hilfe beim Möbelschleppen zu bitten.
Nein, das wirst du nicht tun, Romea. Dieser nette Herr Steinkrüger hat dir schon mehr geholfen, als du zu hoffen gewagt hattest. Und du wirst klug genug sein, ihm nicht schon am ersten Tag auf die Nerven zu gehen. Du wolltest unbedingt weg von Uwe? Nun sieh du zu!
»Na, geht's denn voran?«, erkundigte er sich und ließ seinen Blick über den chaotischen Wohnungsflur schweifen. Er sah nicht unbedingt aus, als sei er in Eile.
»Es ist furchtbar, aber es geht«, sagte ich. Der Spruch stammte von irgendeinem Kabarettisten, passte aber zu fast jeder unschönen Lebenslage. Dann dachte ich an meinen schmerzenden Rücken und überwand mich. »Hätten Sie eventuell noch zehn Minuten Zeit?«
»Klar, auch zwanzig. Ob ich nun in einer Stunde zu arbeiten anfange oder erst später, interessiert glücklicherweise keinen Menschen.«
Halleluja! Ich packte ihm am Oberarm. »Kommen Sie, der Kleiderschrank ist mein größtes Problem. Und ich hatte schon befürchtet, das Biest auseinander schrauben zu müssen!«
Gemeinsam bewegten wir den Schrank in das Mädchenzimmer, zentimeterweise nur und unter lautem Keuchen, aber wir bewegten ihn. Und dann verteilte mein Nachbar alle Kartons, die bisher den Flur blockiert hatten, in die richtigen Zimmer, er brachte die Fahrräder aus dem Schlafzimmer auf die Terrasse und organisierte zwischendurch eine Flasche Sprudel, und er befreite sogar meine Matratze von den acht Kartons. Währenddessen verstaute ich die Spielsachen der Mädchen und packte Kleidung und Bettwäsche aus. Auf einmal ging alles rasend schnell. Nach einer halben Stunde gemeinsamen Schaffens waren die Kinderzimmer so gut wie fertig.

»Toll«, sagte ich überwältigt, setzte mich mitten in den leeren Flur und soff den restlichen Sprudel aus. »Ich hätt's ja eigentlich auch alleine geschafft, bis auf den Schrank natürlich, aber so war es doch bedeutend einfacher. Und mehr Spaß hat's auch gemacht.«
Mit einer hochgezogenen Augenbraue sah er mich an. Stand auf und holte eine Tafel dreieckiger Schweizer Schokolade von einem der Kartonstapel herunter, ohne den Blick von mir zu wenden. »Müssen Sie sich und der Menschheit was beweisen?«
»Unsinn.«
»Na also. Immerhin ist mir durch Sie endlich klar geworden, was man unter einer ›selbstsichernden Mutter‹ versteht.« Er zwinkerte mir zu. »Hier, ich habe ein bisschen Marschproviant mitgebracht. Wer schuftet, muss auch essen.«
Sehr einträchtig teilten wir uns die Toblerone. Zwischendurch deutete er mit dem Kopf auf die Tür neben dem Wohnzimmer. »Bei uns ist dahinter die Küche. Bei Ihnen auch?«
»Sicher.« Gierig schob ich mir das letzte Stück Schokolade in den Mund. »Bisschen sehr klein, finde ich. Eher ein Hausfrauenknast als eine Küche.«
»Tja, wir haben oben einen Durchbruch zum Wohnzimmer machen lassen, seitdem wirkt die Küche etwas großzügiger. Aber sagen Sie, gibt es hinter dieser Tür vielleicht auch noch ein paar Dinge, die geschleppt werden müssen?«
»Nö«, sagte ich leichthin, »da drinnen stehen nur Kartons mit Geschirr und Töpfen und so. Die packe ich heute Nacht aus, wenn die Kinder im Bett sind. Alles kein Problem.«
»Im Wohnzimmer auch alles kein Problem?« Irgendwie wirkte er wieder besorgt.
»Na ja ... können Sie zufälligerweise mit Bücherkisten umgehen? Die Deppen von der Umzugsfirma haben sie so voll gepackt, dass nur ein Schwarzenegger sie heben könnte, und dann auch noch vor der Terrassentür gestapelt.«
Schweigend stand mein Nachbar auf und marschierte ins Wohnzimmer. Kurz darauf hörte ich Schleifgeräusche und zwei laute Ächzer und dann gar nichts mehr. Obwohl mir alle Muskeln wehtaten, war ich in Sekundenschnelle im Wohnzimmer. Es wäre mir

ganz und gar nicht recht gewesen, wenn er von all den Kisten begraben worden wäre und nun bewusstlos zwischen Taschenbüchern, Comics, Klaviernoten und dem fünfbändigen Literaturlexikon läge. Nun, er lag mitnichten. Stattdessen stand er vor einem geöffneten Karton und blätterte ganz versunken in einem Bildband über die Ausgrabungen in Troja. Durch die weit geöffnete Terrassentür drang Sommerduft aus dem Garten herein. Draußen zwitscherte es in allen Tonlagen. Die Riesentannen hinten im Garten bewegten sich ganz sachte. »Ach, ist das herrlich«, sagte ich und atmete vor Zufriedenheit ein paar Mal tief durch.
»Mit der Wohnung haben Sie wirklich Glück gehabt«, bestätigte Steinkrüger kurz und vertiefte sich unverzüglich wieder in die Geschichte Trojas.
Ja, Glück war das richtige Wort. Traumhafte Lage in einer ruhigen Nebenstraße, und die Bushaltestelle nur fünfhundert Meter entfernt. Direktverbindung in die City. Einkaufen um die Ecke. Perfekt! Zum ersten Mal am heutigen Tag hätte ich die Idylle von ganzem Herzen genießen können, wenn da nicht plötzlich das undeutliche Gefühl gewesen wäre, dass etwas mit dem Wohnzimmer nicht stimmte. Aber was? Ratlos setzte ich mich auf die Klavierbank, betrachtete das Chaos und dachte nach. Der Raum war relativ klein, aber in Anbetracht unseres spärlichen Mobiliars spielte das keine Rolle; mehr als einen Zweisitzer, einen Sessel, Bücherregale, Esstisch und Stühle besaßen wir ja nicht. Das antike Vertiko war gerechtigkeitshalber bei meinem Ex geblieben. *Was* war es, was hier fehlte? Gedankenverloren nahm ich den Telefonhörer ab. Tot.
»Ich müsste jetzt allmählich mal was tun«, unterbrach Steinkrüger meine Gedanken, »würden Sie mir dieses Buch für ein paar Tage ausleihen?« Behutsam klappte er es zu.
»Klar, mit Vergnügen«, sagte ich überrascht und wollte ihn gerade fragen, was das für eine sonderbare Arbeit war, der er immer so spät am Tag nachging, als es plötzlich Sturm klingelte. Gleichzeitig wummerten mindestens vier Kinderfäuste gegen die Wohnungstür. »Mamaaaa, wir sind's! Mach auf, wir haben Hunger!«
Ich rannte zur Tür, ließ meine Brut herein und hob Ninni hoch.

Au! Mein Rücken meldete wieder Protest an. »Seht mal, das Schlimmste ist geschafft! Und das ist Herr Steinkrüger, unser Nachbar von oben. Sagt ihm doch mal, wer ihr seid.«
Nun, offensichtlich hatten die beiden Großen sich in Sachen gutes Benehmen bei Frau Borowski völlig verausgabt. Mehr als ein genuscheltes »Tach« und ihren jeweiligen Vornamen brachten sie nicht mehr heraus.
Ninni hingegen lächelte so bezaubernd, wie ein dreijähriger Fratz nur lächeln kann. »Du-hu? Ich heiße Ninni, und ich bin schon so viele Jahre.« Wieder bog sie so lange an ihren Händchen herum, bis nur noch Mittel-, Ring- und kleiner Finger aus dem Kuddelmuddel herausragten.
Daraufhin lachte der nette Herr Steinkrüger und erklärte kategorisch, man möge ihn mit »Tom« anreden. »Du-hu, Ninni«, ging er vor meiner Jüngsten auf die Knie, »kennst du das: Ritze Rotze Ringelratz, zwei Miezeschwein, ein Grunzekatz, mein Großpapa heißt Lali, der wird des Nachts ganz lila.«
Während Ninni sich noch verschämt hinter mir versteckte, faltete Steinkrüger seine Gliedmaßen wieder auseinander, klopfte Carlo und Suse kollegial auf die Schulter und verabschiedete sich mit der Bemerkung, ich solle nachher nach oben kommen und ein schönes kaltes Bier mit ihm trinken, sofern ich Lust hätte. Wie dies denn funktionieren könne, wo er doch gerade auf dem Weg zur Arbeit sei, erkundigte ich mich. Daraufhin teilte er mir mit, sein Arbeitsplatz liege ein Stockwerk über dieser Wohnung, und dann und wann sei er schon mal dankbar für eine Ablenkung. Meine nächste Frage, ob denn Frau Zoeppel nichts dagegen einzuwenden habe, verneinte er geradezu energisch. Das habe sie mit Gewissheit nicht, im Gegenteil; über einen kleinen Antrittsbesuch meinerseits würde sie sich ebenso freuen wie er selber.
Ich konnte mein Glück kaum fassen. Bis auf den Kinderhasser nebenan hatte ich heute nur liebe Menschen kennen gelernt. Ich hatte eine Wohnung, die zumindest ansatzweise wie eine solche aussah und nicht mehr wie das Lager einer Spedition. Wenn jetzt noch das Telefon funktionierte –
»Carlo«, flüsterte ich, »nimm doch mal ganz vorsichtig den Tele-

fonhörer ab. Wenn's tutet, bestelle ich uns gleich eine Riesenpizza mit allem drauf. Also mach schon – ganz langsam – naaa?«
»*Ich* will's ausprobieren!«, schrie Suse und rempelte Carlo beiseite, der gerade die Hand nach dem Hörer ausgestreckt hatte.
»Mama hat aber gesagt, *ich* soll den Hörer abnehmen!«, brüllte Carlo. Und dann droschen sie aufeinander ein und schubsten sich und zerrten beide an dem Telefonhörer, und erst als dieser ihnen aus den Händen glitt und laut polternd zu Boden ging, stellten sie die Keilerei für einen Moment ein.
»Pssst«, sagte ich, »nun seid doch mal still!«
Und dann lauschten wir alle gemeinsam und sehr feierlich dem »tuuuut«, das aus dem Hörer tönte.

Ein Piccolo für den Single

Zwei Stunden später hingen wir satt, todmüde und windschief um den Esstisch herum, vor uns ein Stillleben aus Papptellern und einer Hand voll Plastikbesteck. Ich hatte es für sinnvoller gehalten, Glühbirnen in die nackt herunterbaumelnden Fassungen zu schrauben und den Vorhang im Schlafzimmer aufzuhängen, als in den Küchenkartons nach Besteck und Tellern zu graben. Nun war bei allen die Luft raus. Vor lauter Erschöpfung hatten Carlo und Suse beim Essen sogar davon abgesehen, um die Oliven zu streiten oder sich mit den Plastikgabeln die Augen auszustechen, wofür ich ihnen ausgesprochen dankbar war. Ninni rieb sich schläfrig die Augen, ihr Kopf rutschte mehr und mehr Richtung Tischplatte. Armes Kind. Um sechs Uhr morgens war sie aus dem Bett gezerrt worden, weil die Möbelmänner vor der Tür standen, und einen Mittagsschlaf hatte man ihr auch nicht gegönnt. Wie und wo auch?
»Kommt, Leute, ab ins Bett«, gähnte ich, »Zähneputzen findet heute in der Küche statt, ich räume derweil den Tisch ab. Wenn ich

es nachher noch schaffe, die Kartons in der Küche auszupacken, dann können wir morgen früh richtig frühstücken.«
»Au ja«, sagte Suse begeistert, »ich hole dann Brötchen und frische Milch.«
»Ist gut. Und nun geht und wascht euch.« Ohne Gegenwehr ließ Ninni sich auf den Arm nehmen. Ich schleppte sie in mein Schlafzimmer zum Campingklo, setzte sie auf die Brille und hoffte inständig, dass die außergewöhnlichen sanitären Umstände sie nicht zu Fragen animieren und infolgedessen wieder aufwecken würden. Besorgt betrachtete ich mein Herzenskind. Mit geschlossenen Augen saß es da, den Kopf auf beide Hände gestützt. Ihre Füßchen baumelten irgendwo auf halber Höhe, am rechten großen Zeh hing ihr gepunktetes Unterhöschen. Nun musste ich doch lachen. Dieser Anblick mitten in meinem provisorischen Schlafzimmer hatte etwas Absurdes.
»Fertig«, murmelte sie im Halbschlaf, und ich nahm sie wieder auf den Arm und trug sie ins Bett. Von der Küche aus drangen plötzlich Kampfgeräusche zu mir herüber. Offenbar focht man ein Scharmützel wegen des Wasserhahns aus.
»Mama, das ist Scheiße hier!«, schrie Suse schrill. »Wie soll man sich die Zähne putzen, wenn alles so total vollgestellt ist! Und Carlo hat mich angespuckt!«
»Ach, Kind«, sagte ich erschöpft und schlurfte Richtung Küche, »nun mach mal halblang, Ninni schläft!«
In diesem Augenblick sah ich es. Und dann wusste ich, was mir vorhin aufgefallen war, als Thomas Steinkrüger noch in dem Bildband über Troja herumgeblättert hatte. Das undeutliche Gefühl, dass irgendetwas im Wohnzimmer nicht stimmte. Dass etwas fehlte.
Das Klavier. Es stand in der Küche. Vor dem Kühlschrank.
»O Gott«, sagte ich schwach. Dann sagte ich eine ganze Zeit lang gar nichts mehr. Betrachtete nur schweigend den Hausfrauenknast, die zwölf Kartons und das querstehende Klavier, ein schwarzes Kawai. Sehen konnte ich von meinen Kindern zwar nicht viel, aber den Geräuschen nach zu urteilen hantierten sie noch immer mit Wasser und Seife. »Carlo«, rang ich mir mühsam

ab, »weißt du zufälligerweise, warum die Möbelpacker das Klavier in die Küche gestellt haben?«
»Ja, dasch wollte ich dir noch schagen, dasch war doch wegen den Bücherregalen«, nuschelte er halb erstickt hinter dem Waschlappen. Er hatte zurzeit eine Phase der Reinlichkeit, zumindestens im Gesichtsbereich, seiner Pubertätspickel wegen. »Mama, wo isch mein Clearasil?«
»Vergiss es«, sagte ich kurz, »was war denn nun mit den Bücherregalen?«
»Ach, dasch Klavier war im Weg«, er nahm den Waschlappen aus dem Gesicht, »und dann sagte der Packer, er kriegt die langen Bücherregale nicht rein, weil's im Wohnzimmer so knüppelvoll und eng war, und da haben sie's übergangsweise in die Küche gestellt. Tschuldigung, habe ich vergessen, dir auszurichten.«
Ich hatte große Lust, meinen Erstgeborenen anzubrüllen, aber mir fehlte mittlerweile die Kraft dazu, zumal er nun kleinlaut hinzufügte, er habe es doch nicht absichtlich vergessen. »Ist ja schon gut«, sagte ich und drückte ihm einen Kuss auf die Wange, was ich nach zwei Jahren des strikten Kussverbotes so langsam wieder durfte, ohne dass er jedes Mal das Jugendamt zu verständigen drohte. »War alles ein bisschen viel heute, ich weiß. Nun geht schön ins Bett. Suse, sei bloß leise, sonst wird Ninni wieder wach.«
Die letzte Ermahnung war völlig überflüssig gewesen. Meine Elfjährige hatte sich längst in ihrem Bett zusammengerollt. »Mama? Irgendwie ist es hier cool.«
Sie wollte also nicht zurück in die alte Wohnung im dritten Stock. Na bitte.
»Und der Garten ist megacool. Und hoffentlich ist die neue Schule nicht so blöd.«
»Das hat noch zwei Wochen Zeit, meine Süße. Gute Nacht, bis morgen. Nacht, Carlo.«
»Nacht, Mama«, kam es ohne jeden Stimmbruch-Kiekser aus dem zweiten Kinderzimmer. Eine ziemlich baritonale Stimmlage hatte sich der Junge im Laufe der letzten zwei Monate angeeignet. Haare auf den Beinen bekam er auch schon.
Ich schleppte mich zurück in die Küche und warf einen außeror-

dentlich unfrohen Blick auf das Karton-Klavier-Stillleben. Diese hohlköpfigen Möbelpacker! Und das Schlimmste daran war, dass im Kühlschrank und somit unerreichbar genau jener Gegenstand lagerte, nach dem ich mich gerade heftig sehnte. Mein Piccolo. Das Single-Fläschchen Sekt für die Single-Frau zum Feiern der neuen Freiheit! Grimmig starrte ich auf das Klavier und dachte heftig über dessen Gewicht nach.

Das ist doch Wahnsinn, sagte mein Rücken. Morgen ist auch noch ein Tag.

Wahnsinn ist es allerdings, dachte ich trotzig, aber ich will jetzt meinen Piccolo, den hab ich mir weiß Gott verdient. Ich will jetzt mit dem Fläschchen Mumm auf dem Sofa lümmeln und mich an dem Blick auf den dämmerigen Garten erfreuen und die letzten Vögel zwitschern hören. Ich will mich jetzt freuen!

Das gab den Ausschlag. Also, los. Ich nahm sämtliche Kraft zusammen, legte beide Hände um einen der Griffe hinten an dem Kawai und zog, was mein Rücken noch hergab. Mit einem schaurigen Schleifgeräusch rutschte das Klavier vom Kühlschrank weg, etwa fünf Zentimeter weit. Das reichte leider nicht, um den Piccolo zu angeln. Ich kann nicht mehr, dachte ich, lehnte mich gegen einen der Unterschränke und sank langsam bodenwärts. Nichts geht mehr. Blöde Möbelpackerbande. Mit einem letzten Aufflackern meines Kampfgeistes streckte ich beide Beine aus und trat dem Klavier langsam, sehr gezielt und voller Wut in den Bauch. Daraufhin war es erstaunlicherweise zehn Zentimeter weitergerutscht.

Es dauerte ein paar Minuten, bis ich dieses Phänomen begriffen hatte.

Romea, nun denk doch mal nach. Wo liegt der Schwerpunkt bei einem Klavier?

Unten natürlich. Klarer Fall.

Und wo ist der Mensch am stärksten, hm?

Am Oberschenkel. Vorausgesetzt, er hat Halt.

Eben. Mit dem Schrank im Rücken hast du Halt. Und deine Oberschenkel sind nicht aus Pappe. Also worauf wartest du noch? Auf einen Mann???

»Okay«, sagte ich laut, »du kriegst mich nicht klein. Du nicht!«

Und so nahm ich den absurden Kampf auf. Stemmte mich mit dem Rücken gegen den Küchenschrank, holte tief Luft und begann, mit beiden Füßen das Klavier nach hinten wegzudrücken. Keuchend und fluchend zwar, aber ich gewann wieder zehn Zentimeter. Schubweise ging es voran. Und irgendwann stand das Kawai zu zwei Dritteln im Flur. Woher ich dann noch die Kraft nahm, aufzustehen, weiß ich nicht mehr. Vollkommen außer Atem torkelte ich zum Kühlschrank; ein paar Sekunden lang musste ich mich am Griff festhalten, weil meine Beine so zitterten. Aber dann hielt ich ihn in der Hand, meinen Befreiungs- und Umzugspiccolo! Ganz sanft rutschte der Plastikkorken aus dem Flaschenhals. Geschafft.
Was Frauen nicht alles können.

Es irrt der Mensch, solang er strebt

Anderntags erwachte ich mit einem Aufschrei. Jemand bohrte mit einer Stricknadel in meinem rechten Ohr herum. Ich bekam jedoch keine Stricknadel zu fassen, sondern ein Händchen meiner Jüngsten. »Ninni, was machst du denn da? Das tut doch weh!«
»Der ganze Finger war drin«, teilte sie mir zufrieden mit, ließ aber netterweise von meinem Gehörgang ab und rutschte zu mir unter die Decke.
»Mach die Augen noch mal zu«, schlug ich vor. Gott, war ich noch immer müde.
»Kann ich nicht. Guck doch mal, Mama. Meine Augen wollen nicht mehr zugehen! Jetzt guck endlich!«
Gequält sah ich neben mich. Mein kleiner Goldschatz zog sich gerade mit Daumen und Zeigefingern die Lider hoch, so weit, dass beide Augäpfel fast frei lagen. Es sah dermaßen gruselig aus, dass ich trotz aller Müdigkeit kichern musste. »Lässt du mich noch zehn Minuten schlafen, Süße?«

»Och nee, das ist langweilig.«
»Dann geh zu Suse ins Bett.« Ich drehte mich auf die Seite und zog mir die Decke über das Gesicht. In meiner Bandscheibengegend stach es gewaltig. »Oder zu Carlo.«
»Na gut.« Ich hörte noch ihre nackten Füße durch den Flur patschen, dann war wieder alles still. Sofort schlief ich wieder ein. Solange, bis sich die Stricknadel von neuem in mein Ohr bohrte.
»Ich hab Hunger, Mama«, sagte mein goldiges Kleinkind, »und es ist langweilig, wenn man Hunger hat. Und Suse hat auch Hunger.«
»Suse hat doch immer Hunger«, murmelte ich schläfrig und zog Ninnis kleinen Finger aus meinem Ohr. Aufstehen? Schrecklicher Gedanke. Jeder einzelne Muskelfaser schmerzte. Mein Blick wanderte zum Fenster, landete jedoch nicht auf einer kahlen Scheibe, sondern auf zartem weißen Stoff, der sich im sommerlichen Morgenwind blähte. Wunderbar! Und wenn der Fliesenleger nachher sein Werk vollendet hätte, würde ich endlich meinen geschundenen Körper in einem Vollbad abschlaffen lassen können. Ich beschloss, Jupps Lebenswerk systematisch unter Wasser zu setzen. Probeweise machte ich ein paar Schritte hin und her. Mit beiden Händen mein lädiertes Steißbein stützend, watschelte ich in die Küche und hielt mein Gesicht unter kaltes Wasser.
»Carlo? Antreten!« Da war auch schon die Teekanne. Und der Darjeeling. Wie überaus freundlich von den Möbelpackern, diese heilige Zweifaltigkeit nicht in getrennten Kartons verstaut zu haben. Kurz darauf tauchte mein verschlafener Erstgeborener in der Küche auf und begehrte gähnend zu erfahren, warum ich ihn mitten in der Nacht zu sehen wünschte. Und dann klingelte es. Jupp!
»Schönen juten Morjen«, murmelte er und drängte sich schnöde an mir vorbei Richtung Bad.
Ach, hier war wohl jede Kritik, jedes Wort sinnlos. Heimlich schnitt ich eine Grimasse und wandte mich dem neuen Tag zu. Es wurde ein wunderbares Frühstück bei weit geöffneter Terrassentür. Himmlischer Duft nach noch warmen Brötchen durchzog die Wohnung. Zu dritt packten wir schließlich das Geschirr aus, wäh-

rend Ninni im Garten spielte und alle paar Minuten in die Küche kam, um uns einen Sandkuchen zu kredenzen. Bei jedem Besuch zog sie eine breite Sandspur hinter sich her, die ich ebenso wie das Ziehen in meinem Rücken ignorierte. Wir bildeten ein hervorragendes Team, wir vier, und noch immer wollte keiner zurück in die alte Wohnung.

Es klingelte häufig an diesem Tag. Erst statteten mir die Stadtwerke einen Besuch ab und notierten sich verschiedene Zählerstände, dann vergewisserte sich der Postbote, ob die neue Mietpartei im Erdgeschoss tatsächlich Becker heiße, was ich bestätigte, woraufhin er mir meine erste Post, nämlich eine Karte von meinem Bruder Danilo mit guten Wünschen zum Einzug, aushändigte.

Kurz nach zwölf schließlich tauchte der Installateur auf. Neben seiner Hüfte ringelte sich vorwitzig der Duschschlauch. Mit wichtigem Gesicht klärte Schmitz mich über seine gestrige Sonderleistung auf: Eigenhändig hatte er in einer zwanzig Kilometer entfernt liegenden Filiale des Sanitärbetriebes ein Tütchen Metallklemmen besorgt, damit der Spiegel über dem Waschbecken noch heute montiert werden konnte!

»Danke«, sagte ich ergriffen.

»War doch selbstverständlisch«, wehrte er ab, »isch weiß doch, wie Frauen sind. Wenn die sisch mal einen halben Tach nit im Spiejel ansehen können, werden die wahnsinnisch.«

Genau. Wir Frauen werden ja mit allen möglichen Dingen fertig, die Männer uns so einbrocken: mit Klavieren vor dem Kühlschrank und halb fertigen Badezimmern, zum Beispiel. Aber wenn man uns den Spiegel wegnimmt, drehen wir durch, klar. Stille Tage in Klischee.

Es vergingen noch etwa vier Stunden des angestrengten Montierens, Bohrens, Schraubens und Silikonabspritzens, bis Herr Schmitz mich in meinem Schlafzimmer aufsuchte. »Kommen Sie mal gucken«, winkte er mich gut gelaunt in das sanitäre Paradies. Offenbar sprach er immer dann Hochdeutsch, wenn es um etwas Wichtiges ging. »Nun ist es fertig.«

Ich auch, dachte ich und registrierte gequält, dass das Hinterlassen der Wirkungsstätte in sauberem Zustand offensichtlich nicht im

Preis inbegriffen war. Sämtliche Fliesen waren mit einem weißen Schleier bedeckt, dem garantiert nur mit Scheuerlappen und viel Kraftaufwand beizukommen sein würde. Allein der Gedanke an jene typische halb gebückte Putzstellung ließ mich die Zähne zusammenbeißen. Abgesehen davon sah das hell geflieste Bad wirklich hübsch aus. Ungeduldig wartete ich darauf, dass die Herren endlich ihre Utensilien zusammenpackten. Die Wohnungstür hatte sich noch nicht richtig hinter ihnen geschlossen, als ich schon am Warmwasserhahn drehte.

Es war die beste Dusche meines Lebens. Nach einem viertelstündigen Aufenthalt in der Kabine hatte ich mich genug regeneriert, um für morgen die Behördenbesuche vorzumerken, die nach einem Umzug so anstehen und demselben erst offizielle Gültigkeit verleihen.

»Wer baden will, darf kommen!«, schrie ich durch das Fenster in den Garten. Es wurde dann ein bisschen kompliziert, weil Suse zwar baden wollte, aber nicht mit Ninni gleichzeitig, Ninni hingegen darauf bestand, zusammen mit Suse in der Wanne zu sitzen, und Carlo sich mit einem plötzlichen Anfall von Gschamigkeit rundweg weigerte, in Anwesenheit weiblicher Menschen auch nur das T-Shirt auszuziehen, eine Phase, die ich eigentlich schon überwunden glaubte. Die Mädchen fluteten längst die Bodenfliesen, als er sich noch immer zierte.

»Im Freibad sieht doch auch jeder deinen nackten Oberkörper und deine Beine«, brummte ich und scheuerte ein bisschen an den Wänden herum.

»Freibad ist auch was anderes«, sagte Carlo stur, wickelte sich ein Handtuch um die Jeanshüften, stieg in die Duschkabine, hängte ein zweites Handtuch als Sichtschutz über den oberen Rand und wurschtelte sich mühsam aus der Jeans. Anschließend nahm er mir das feierliche Versprechen ab, ihm nicht auf den Po, geschweige denn auf seine einundzwanzig Intimhaare zu gucken. Erst dann ließ er seinen Lendenschurz fallen.

Im Bad duftete es mittlerweile nach einer betörenden Mischung aus Schaumbad und Meister Proper. Quietschend bewarfen sich die Mädchen mit einem nassen Waschlappen, während ich die zweite Wand putzte, mittlerweile nur noch mit Jeans und BH bekleidet, da der Waschlappen bereits mehrfach sein Ziel verfehlt und statt Suse mein T-Shirt getroffen hatte. Irgendwann klingelte es mal wieder. Triefend riss ich die Tür auf.

»Aber hallo«, sagte Thomas Steinkrüger und musterte mich sehr überrascht, »es kann kein Mensch vor Damenwäsche gähnen. Wusste schon Ringelnatz.«

Was? Ach so. Begreifen und verschämt die Unterarme über meinem Dessous verschränken war eins, obwohl es sich an sich um ein ausgesprochen anständiges Wäschestück aus grau-weiß-geringeltem Baumwolljersey handelte.

»So viel Radau hatten wir noch nie in diesem Haus«, sagte Steinkrüger, »gehe ich Recht in der Annahme, dass das Bad seiner Bestimmung übergeben worden ist?«

Strahlend bejahte ich und nahm erneut zur Kenntnis, dass er ausnehmend nett gewachsen war. Seine dunkelblonden Haare fielen ihm schräg in die Stirn.

»Sie sind gestern Abend nicht mehr bei uns aufgetaucht.« Ein Hauch von Vorwurf begleitete diese Feststellung. In ein paar Sätzen fasste ich zusammen, weswegen der Antrittsbesuch ausgefallen war, erwähnte dabei das Klavier nur am Rande, trotzdem fiel er mir unverzüglich ins Wort. »Sie haben doch nicht etwa selber –«

»Na ja –«

»Also müssen Sie sich doch was beweisen«, konstatierte er sachlich, »heute Abend wird der Besuch nachgeholt! Und das Klavier schiebe ich mit einem Freund weg, keine Widerrede! Übrigens, darf ich fragen, wer in diesem Haushalt die Tasten des Instruments bedient?«

»Meine Tochter. Und ich auch.«

Sorgenvoll sah er mich an. »Sind Sie beide über das Stadium von *Für Elise* hinweg?« Wahrscheinlich überlegte er, ob der Erwerb von Ohropax notwendig werden würde.

»Ich schon, ich war mal auf der Musikhochschule. Meine Tochter allerdings noch nicht«, teilte ich ihm mit einem warmen Lächeln mit, »zurzeit spielt sie ein Stück von Strawinsky, tam-tam-pling, tam-tam-pling, kennen Sie das? Suse übt aber nur eine halbe

Stunde am Tag, und dreißig Minuten gehen relativ schnell vorüber.«
Diese Aussage schien ihn nicht unbedingt zu beruhigen, im Gegenteil. »Und die anderen beiden – ich meine, hat der Große auch ein Instrument?«
»Der spielt Kontrabass«, sagte ich freundlich, »und Ninni ist noch zu klein. Sie kann aber absolut tonrein ›Zehn kleine Zappelmänner‹ singen. Ich hab mich schon gefragt, ob ich ihr nicht demnächst eine Sechzehntelgeige kaufen soll.«
Steinkrüger schwieg, aber sein Gesicht bewölkte sich zusehends. Hinten im Badezimmer schwoll der Geräuschpegel an. Bald würde man das Straßenschild »Wolframstraße« durch »Krachmacherstraße« ersetzen können.
»Oder vielleicht eine Trompete?«, überlegte ich. »Es gibt viel zu wenig Mädchen, die Trompete spielen, finden Sie nicht auch?« Romea, hör sofort auf, den armen Mann zu vergackeiern, dachte ich, das hat er nicht verdient. Schonend solltest du ihn behandeln, schonend!
»Keine Angst, war nur ein Witz«, sagte ich milde und horchte Richtung Badezimmer. Carlos Bariton dröhnte gerade: »Mamaaaa, wo sind meine Unterhosen?«, Ninni jammerte: »Mamaaaa, ich will raus!«, und Suse schrie etwas, was ich nicht verstehen konnte, aber das Wort »Scheiße« kam mehrfach darin vor. Ich sah den netten Herrn Steinkrüger an. Nicht nur seine Wangen, auch seine Augen lachten. »Entschuldigen Sie, aber ich muss jetzt Ninni aus dem Wasser holen und Carlos Unterhosen suchen.«
»Wenn ich mich nicht sehr irre, dann habe ich diese gestern in seinem Schulranzen gesichtet«, sagte er lapidar, »ich hab mich schon gewundert. Versprechen Sie mir, dass Sie das Klavier nicht anfassen? Und Sie besuchen uns heute Abend, sagen wir zwischen acht und neun?«
»Mit Vergnügen. Besonders freue ich mich darauf, endlich Ihre Frau kennen zu lernen.« Im Stillen hoffte ich, dass man mit ihr ebenso gut auskommen konnte wie mit ihrem Mann. Eine Freundin im selben Haus wäre nicht das Schlechteste, was mir passieren konnte.

»Mamaaaa«, krähte Ninni aus dem Hintergrund, »meine Füße sind schon ganz verschrumpelt!«
»Übrigens, wie kommen Sie darauf, dass ich verheiratet bin?«, rief Steinkrüger mir aus dem Flur nach, einen schnellen Blick auf meine geringelte Vorderpartie werfend.
»Na, das Schild an der Tür – steht da nicht auch noch der Name Ihrer Frau? Außerdem haben Sie gestern gesagt, dass das Kinderkriegen nicht so richtig ... ähm, dass es in Sachen Nachwuchs ... ach, Sie wissen schon.«
»Sie haben gut aufgepasst. Wir sind aber noch nicht verheiratet.«
Abends zog ich mich richtig flott an. Neue und ziemlich enge Jeans, dazu ein blütenweißes ärmelloses Top, das sowohl meine dezente Bräune als auch meine Schultern hervorragend zur Geltung kommen ließ. Überhaupt meine Schultern: Sie sind ziemlich ansehnlich und genau passend bemuskelt. Dass sie sich ganz nebenbei auch zum Anlehnen vorzüglich eignen, hatte mein Ex Uwe seinerzeit rasch erkannt und ausgiebig ausgenutzt. Jahre später hatte er in irgendeinem angetrunkenen Augenblick sogar die Stirn gehabt, zu behaupten, meine Schultern seien mit Abstand das Beste an mir, ein Satz, der mich langfristig zum Nachdenken anregte. Wer lässt sich schon gern auf die Form seiner Schultern reduzieren?
Nun, dieses Kapitel hatte sich ja gottlob erledigt. Ich war nun frei und ungebunden und bestenfalls den Kindern Rechenschaft schuldig über mein Tun und Lassen. Mit einem wohligen Seufzer atmete ich tief durch. Freiheit, welch erhebendes Gefühl! Deutlich weniger erhebend war – leider – mein Spiegelbild. Mit dieser Besenfrisur würde ich niemals einen Mann zum Hingucken animieren können, vom eventuellen Sündenfallen gar nicht erst zu sprechen.
Gemach, Romea, dachte ich. Bist doch erst seit einer Nacht Single!
Trotzdem. Die nächsten Jahre keusch und ausschließlich in Gesellschaft meiner Kinder zu verbringen lag nicht in meiner Absicht. Und zumindest theoretisch war ich mir der angenehmen

Seiten eines Mannes durchaus noch bewusst. Allerdings hätte ich momentan, so frisch nach der Trennung von Uwe, lediglich benennen können, aus welchem Holz meine zukünftige Beziehungskiste *nicht* geschnitzt zu sein hatte. Erstens, niemals wieder Druck oder emotionale Fesseln. Zweitens, niemals wieder einen Egoisten. Und drittens, niemals wieder so-tun-als-ob im Bett. Unwillkürlich huschte ein Gedanke an jenes »letzte Mal« mit Uwe durch meinen Kopf; übrigens brutto wie netto mein letztes Mal und zum Sterben langweilig. Fünf Minuten des angestrengten Rackerns, maximal dreißig Sekunden später der erste Schnarcher, Todsünde! Viertens, nie wieder nasse Dilettantenküsse, womöglich noch in die Ohrmuschel, dachte ich und schraubte geradezu rabiat das Mascara zu. Fünftens: Nie wieder einen, der Gefallen an primitiven Frauenwitzen findet. Also, was mich betraf, so würde die Selektion für den Wachwechsel sehr, sehr sorgfältig erfolgen.
Kritisch betrachtete ich die Schrammen und blauen Flecken auf meinen Armen. Griff zu meiner Körperlotion. Las wahrscheinlich zum fünfzigsten Mal die Aufschrift der Plastikflasche: »Verwöhnt, ohne zu reizen«. Und brach prompt in lautes Gelächter aus. Genau so wünscht frau ihn sich doch, den Traummann: Verwöhnt, ohne zu reizen! Dazu ein ansprechendes geistiges Niveau und nettes Aussehen und möglichst wenig Haare auf der Brust. Eine gewisse Liebenswürdigkeit sollte er sowohl an den Tag als auch an die Nacht legen. Und, ach, einer ohne Stil verbot sich von selbst.
Aber so einen Mann gab es nicht. Konnte es nicht geben.
Mal sehen, was so unsere Wege kreuzt, dachte ich entschlossen, die Sache hat viel Zeit. Ich sprühte ein bisschen Lagerfeld in meine Armbeugen und griff nach dem Babysender. Welcome on board, sagte die Fußmatte im ersten Stock. Und dann öffnete ein Mann die Tür, der so unverschämt gut aussah, dass es mir die Sprache verschlug. Kein rustikaler Cowboy-Charme, keine strähnigen Haare. An dem Kerl vor mir war alles gepflegt und glatt und attraktiv. Und er verströmte Erotik aus jeder einzelnen Pore.
»Guten Abend«, sagte ich leicht betäubt, »ich werde erwartet.«

»Sie also sind die legendäre Romea Becker«, stellte der Beau mit einem Lächeln fest. In seiner rechten Wange ließ sich ein winziges Grübchen erahnen.

»Die bin ich, aber wieso ... ich meine, wo ist Herr Steinkrüger?«

»Tom«, rief der überwältigend schöne Mann, meine Schultern betrachtend, welche sich mit einem Mal sehr nackt anfühlten, »Tom, sie ist da.«

Im Flur polterte es. »Verflixt, wo ist mein zweiter Schuh?!«

»Herr Steinkrüger ist manchmal desorganisiert, gewissermaßen«, erläuterte mein Gegenüber mit samtener Stimme. Deren Schwingungen bahnten sich sogleich einen Weg in meine Kniegelenke und Oberschenkel, und ich bedauerte heftig, den Friseurbesuch nicht schon vor dem Umzug absolviert zu haben. Nun stand ich ganz unvermutet dem schönsten Mann des ganzen Rheinlands gegenüber und sah ausgerechnet dann aus wie ein ungekämmter Bobtail. Und meine Schultern waren zwar Bilderbuchschultern, aber *alles* konnten sie schließlich auch nicht wettmachen.

Jetzt tauchte Herr Steinkrüger an der Wohnungstür auf, humpelnd, weil er seinen zweiten Schuh noch immer nicht hatte auftreiben können. »Ich bin in Sachsen als Neger geboren, zickzackbeinig und unehelich«, rief er freudig, »hinein mit Ihnen, wir haben schon gewartet!«

Hochgradig irritiert ließ ich mich am Unterarm in die Wohnung ziehen. Der Schöne mit dem schmalen Gesicht stand keine dreißig Zentimeter hinter mir. Hoffentlich ging er bald nach Hause, so viel geballte Männlichkeit vertrug ich entwöhnter Neu-Single noch nicht. Mein Blick blieb an einem schnörkeligen braunen Bilderrahmen haften, der einen Sinnspruch in altmodischer Frakturschrift enthielt. Mit einiger Mühe entzifferte ich Folgendes: »Frauen, welche schlecht kochen und welche kein gemütliches Heim zu schaffen vermögen, treiben ihren Mann aus dem Haus und dem Schnapsteufel in die Arme«.

»Das hat sich Dr. August Oetker im Jahre achtzehnhundertfünfundneunzig einfallen lassen«, erläuterte Steinkrüger harmlos.

»Brillant formuliert eigentlich«, meinte ich, um überhaupt etwas zu sagen. Übrigens war außer Steinkrüger und dem unbekannten

Schönen noch immer niemand zu sehen. »Sagten Sie nicht, Frau Zoppel würde heute Abend ebenfalls hier sein?«
»Zoeppel«, sagte die Samtstimme hinter mir, »Zoeppel mit oe. *Ich* bin hier der Hausmann. Tom ist eher fürs Schöngeistige zuständig.«
»Ach so. Seine Freundin ist also ... Ihre Schwester?« Irgendwie konnte ich ihm nicht folgen.
Steinkrüger legte alles, was er an Unschuld besaß, in seinen Augenaufschlag. »Frauen führen wir hier nicht.«
»Aber –« Dann wurde mir in Sekundenschnelle alles klar. Da redete man tagelang über Ehefrauen und übers Kinderkriegen, bis sich die Frau als Mann entpuppte – und diese beiden Männer waren demzufolge leider schwul. Applaus. »Nett, Sie kennen zu lernen«, sagte ich schwach.
Man lächelte mich herzlich an. Plötzlich sagte der Schöne ganz überraschend in meine Gedanken hinein: »Übrigens, bevor Sie uns für eine schwule WG halten – wir sind eine reine Zweckgemeinschaft.«
»Und der Weiblichkeit immens hold«, ergänzte Steinkrüger, »vor allen Dingen der Zoeppel. Wär in seinem Fall ja auch Verschwendung, finden Sie nicht?«
Verdutzt stand ich im Flur herum und wusste vorläufig nichts zu sagen. Angeschmiert hatte er mich, der saubere Herr Nachbar, und ich in meiner unglaublichen Naivität war prompt darauf reingefallen! Erst nach geraumer Zeit gelang es mir, mich zu erkundigen, aus welchem Grund eigentlich zwei Männer um die vierzig eine Mietergemeinschaft bildeten. Die zweite Hälfte des Satzes – »wo doch vermutlich an jeder Ecke mindestens fünf weibliche Wesen lauern, die sich alle Finger danach lecken, mit einem von euch Bett und Kühlschrank zu teilen!« – verschluckte ich.
Daraufhin teilte man mir mit, vor vielen Jahren gemeinsam Germanistik studiert zu haben. Steinkrüger sei dann während des Studiums der Fehler unterlaufen, die Ehe mit seiner Jugendliebe einzugehen, ein Unternehmen, welches in beiderseitigem Elend endete. Und Lukas Zoeppel war nach eigener Aussage ohnehin nicht für die Ehe geschaffen. So hatte man sich irgendwann wiederge-

funden: Der beziehungsgeschädigte Thomas Steinkrüger ohne Bleibe und Lukas Zoeppel mit seiner großzügigen Wohnung.
»Hat über ein Jahr gedauert, bis wir alles im Griff hatten«, sagte Steinkrüger, »Sie wissen schon, Haushalt, Frauenbesuche und so. Aber jetzt klappt's prima. Meistens jedenfalls.«
»Und was machen Sie so beruflich?«, sprach ich endlich jene Frage aus, die mir in Anbetracht seiner sonderbaren Arbeitszeiten schon mehrfach durch den Kopf gegangen war.
»Och, ich hab eine Assi-Stelle an der Uni«, sagte Steinkrüger, »nichts Weltbewegendes, aber auf alle Fälle stressfrei.«
»Reine Hilfsbremsertätigkeit«, kommentierte Zoeppel schnöde, »zurzeit schreibt er an seiner Doktorarbeit.«
»In Ihrem Alter noch?«, entfuhr es mir.
»Gut Ding will eben Weile haben. Und Ringelnatz braucht seine Zeit. Der Zoeppel jedenfalls hat *nicht* promoviert.«
Daraufhin gerieten sich die beiden Herren lautstark in die Wolle. Zoeppel mit oe rechnete Steinkrüger die Vorteile seines geregelten Arbeitsverhältnisses bei der Pressestelle eines Kaufhauskonzerns in Mark und Pfennig vor, während Steinkrüger darauf beharrte, dass man geistige Werte nicht mit Gold aufwiegen könne. Zoeppel habe sich bei seiner Arbeitsstelle in Anbetracht des abgeschlossenen Studiums sowieso eindeutig unter Wert verkauft, und er, Steinkrüger, er werde schon noch früh genug zum »richtigen« Arbeiten kommen, nämlich nach Fertigstellung seiner Dissertation.
»Also nie«, sagte Zoeppel spitz.
»Nächstes Jahr«, knurrte Steinkrüger, »oder übernächstes. Im Übrigen: Alles Zukunft erraten ist –«
»– wie kalter Braten, ich weiß. Lass mich endlich mit dem Ringelnatz in Ruhe!«
Ihren weiblichen Gast hatten die beiden Männer längst vergessen. Wie immer, wenn ich an anderer Leute Privatstreit teilnehmen muss, wurde mir zunehmend unbehaglich. Ablenkungshalber betrachtete ich die stark maritime Wanddekoration im Flur. Mehrere Fotos von Segeljachten, auf der Telefonkonsole ein leerer Kaffeebecher mit der Aufschrift *Skipper.* Am beleidigendsten für die Augen war der ölgemalte Schinken zwischen Wohnzim-

mer und Küche, Marke »Dreimastbark im gischtenden Novembersturm«.

Der Schöne und der Cowboy stritten sich noch immer. Momentan handelten sie den effektiven Wert eines Studiums in Zeiten hoher Arbeitslosigkeit ab. Steinkrüger schimpfte über den ewigen Dünkel des Bessergestellten, wohingegen Zoeppel argumentativ das Cabrio ins Felde führte, welches er statt der Steinkrügerschen Rostbeule besaß. Allmählich wurde es mir langweilig. Wenn ich es geschickt genug anstellte, würden die beiden meinen Abgang gar nicht mitbekommen. Ich war schon mit einer Schulter im Flur, als mich jemand am Ellenbogen zu fassen bekam und »Das könnte Ihnen so passen!« in mein Ohr raunte. Eine knappe Minute später saß ich auf einem todschicken Ledersofa, hatte ein Glas Champagner in der Hand und wurde von zwei äußerst schuldbewussten Männern mit Abbitten quasi überschüttet. Was ihnen sonst selten passiere, sei ihnen ausgerechnet heute passiert: Ihre Erziehung hätten sie vergessen, Entschuldigung! Seit Tagen habe eine Meinungsverschiedenheit in der Wohnung geschwelt und geknistert, und nun sei genau im falschesten aller Momente der Streit ausdiskutiert worden, Entschuldigung! Und sie seien beide blöde Hammel, Entschuldigung!

Ich sah mir die beiden Herren genau an. Lukas Zoeppel war eine feine Röte ins Gesicht gestiegen, Thomas Steinkrüger raufte sich erregt die Haare. »Jungs«, sagte ich, »es reicht. Setzt euch hin, ihr blöden Hammel.« Um ein Haar kam es zu einem erneuten Streit, weil beide zielsicher den Platz neben mir ansteuerten und keiner dem anderen den Vortritt lassen wollte. Kneif mich doch mal jemand, dachte ich entzückt. Da ist man gerade mal zwei Tage getrennt, und schon balgen sich zwei hinreißende Männer darum, neben mir, der dreifachen Mutter, auf dem Sofa sitzen zu dürfen! War so etwas Wundervolles nicht ausschließlich den geschiedenen Müttern in Frauenromanen vorbehalten? Im wirklichen Leben lebte diese Spezies meiner Erfahrung nach anders. Ohne hinreißende Männer, stattdessen mit wenig repräsentativen 630-Mark-Jobs und dem ewigen Kampf um den Kindesunterhalt. Aber bitte, offensichtlich ging es auch anders!

Genussvoll lauschte ich dem Disput, wer denn nun die Pizza aus der Küche holen sollte. Der bunte Stilmix im Wohnzimmer deutete darauf hin, dass man auch in Einrichtungsfragen nicht unbedingt einer Meinung war. Designerstücke, Plunder, alles bunt durcheinander. Übrigens gingen wir dann alle gemeinsam in die Küche, was ich ausgesprochen komisch fand. Auf einem Regalbrett stand pausbäckig und verschmitzten Blickes ein entzückender Cupido. Ich bekam selbst gemachte Pizza mit Pilzen, Artischocken und Thunfisch, dazu einen feinen Soave, und dann begannen sie erneut zu streiten, nämlich darüber, wer das Besteck herbeischaffen müsse. Steinkrüger sagte mit einem listigen Lächeln, Pizza könne man auch mit den Fingern essen, woraufhin der schöne Herr Zoeppel mit der Bemerkung konterte, nur Dumpfbacken äßen in Anwesenheit einer Dame mit den Fingern. Wieder sagte ich »Es reicht, ihr blöden Hammel« und konnte beide fürchterlich gut leiden. Vorausgesetzt, Lukas Zoeppel hielt sich nicht in meiner unmittelbaren Nähe auf. Kam er mir näher als anderthalb Meter, kräuselte sich unverzüglich die Haut auf meinem Rücken.
Ich genoss jede Minute. Ich genoss die Pizza, den Wein, den trockenen Humor von Thomas Steinkrüger und die dunkelbraunen Augen des Lukas Zoeppel. Und das Beste daran war, dass ich das alles genießen *durfte*. Ich genoss so ausschweifend, dass ich darüber sogar meine Rückenschmerzen vergaß.
Im Laufe des Abends erfuhr ich eine Menge über die Bewohner der Straße im Allgemeinen und im Speziellen. Die Mieter im Dachgeschoss hießen Ännchen und Walter Wolnischek, und wenn man Steinkrüger glauben durfte, so nahm Ännchen seit fünf Jahren Fahrstunden, fiel ununterbrochen durch die Prüfung und gab dennoch nicht auf. Auch Frau Borowski, die vornehme alte Dame in Jeans, kam zur Sprache, allerdings war man sich bezüglich ihrer Herkunft nicht so ganz einig. Alter Landadel, behauptete Zoeppel, aber Steinkrüger widersprach heftig und wollte sie als steinreiche russische Emigrantin verstanden wissen. In einem Punkt jedoch waren sie einer Meinung: Frau Borowski wurde allgemein nur »die Gräfin« genannt. Und sie verreiste häufig, auch darüber bestand Einigkeit.

Den Kinderhasser von nebenan kannten sie natürlich ebenfalls. Steinkrüger berichtete, nur sehr vereinzelt überschreite eine Frau dessen Schwelle, und erinnerte sich prustend vor Vergnügen an eine Grillparty vor einigen Jahren. »Stellen Sie sich vor – er hatte das ganze Fleisch schon Stunden vor Eintreffen der Gäste gegrillt und anschließend im Backofen warm gehalten. Ist Ihnen eigentlich klar, wie Grillwürste nach einem längeren Aufenthalt im Ofen aussehen?! Wie verschrumpelte ... na, Sie wissen schon.«
Gegen elf hob ich mein Glas und sagte: »Jungs! Ihr seid zwar blöde Hammel, aber ihr dürft Romea zu mir sagen.«
Der Vorschlag stieß allgemein auf großes Entzücken. Thomas Steinkrüger war so begeistert, dass er jede Vorsichtsmaßnahme vergaß und tatsächlich Zoeppel und mich allein im Wohnzimmer zurückließ, um eine Sektflasche aus dem Kühlschrank zu holen. Währenddessen bemühte ich mich, den dunkelbraunen Augen des Lukas Zoeppel auszuweichen und gleichzeitig den Bauch einzuziehen. Morgen gehst du zum Friseur, Romea, dachte ich. Und morgen schmeißt du alle Kekse weg und begibst dich auf eine Diät, damit die vier überflüssigen Kilo endlich schwinden.
Unser Akt der Verbrüderung wurde ein Ereignis, das ich bis heute nicht vergessen habe. Beide Herren zwängten sich neben mich auf das Sofa, einer rechts, einer links.
»Ich heiße Tom«, sagte Steinkrüger. Eins seiner blauen Augen blitzte mich an, das zweite war von einer Haarsträhne verdeckt. Vorsichtig neigte er sein Glas dem meinen zu. Kling. »Darf ich dich küssen?«
Er traf meinen linken Mundwinkel. Obwohl ich ihm die Wange hingehalten hatte.
»Ich heiße Lukas«, sagte Zoeppel mit einem gefahrvollen Unterton in der Stimme, »und in Anbetracht dessen, dass ich noch nie eine dreifache Mutter geküsst habe, möchte ich diese Erfahrungslücke liebend gerne schließen.«
Dann schließ sie doch, dachte ich benebelt und hielt mein Glas hoch.
Lukas traf meinen rechten Mundwinkel. Obwohl ich ihm gar nicht die Wange hingehalten hatte.

Und dann ging ganz plötzlich der Radau im Babysender los. Ein lautes Poltern, ein lang gezogener Schrei, verzweifeltes Schluchzen. Ninni! In Sekundenschnelle war ich unten. Mit beiden Armen ihren blauen Bären umklammernd, stand Ninni heulend mitten im Flur. »Mama – fhh – ich bin – fhh – aus dem Bett gefallen!«
Sachte wiegte ich meine Jüngste hin und her, bis das Schluchzen verebbte. »Ist ja schon wieder gut. Jetzt gehst du schön schlafen.«
»Genau wie ich«, sagte eine Männerstimme hinter mir. »Alles in Ordnung?«
»Alles okay«, sagte ich und drehte mich vorsichtig um. Jede Bewegung mit dem zusätzlichen Gewicht des Kindes auf dem Arm schmerzte. »Danke, Tom, es war ein toller Abend.«
»Unbedingt. Hier, den Babysender wollte ich dir noch bringen. Dann schlaft jetzt gut, ihr zwei.«
»Tschüs, Lukas«, sagte ich auf Verdacht, aber es kam keine Antwort.
»Lukas ist oben geblieben. Ciao.«
Natürlich ist Lukas oben geblieben, dachte ich und registrierte fast ärgerlich den Hauch von Enttäuschung in mir, warum auch hätte er hinter mir her galoppieren sollen? Nun fang nicht an zu spinnen, Romea.
»Tschüs, Tom«, sagte ich.
Aber Tom war schon verschwunden.

Männer sind auch nur Menschen

Von meinen Rückenschmerzen einmal abgesehen, verliefen die nächsten Tage weitgehend problemlos. Zug um Zug räumte ich Kartons aus, brach mir beim Lampenaufhängen den einen oder anderen Fingernagel ab und hängte die ersten Bilder auf. Zwischendurch erschienen Lukas und Tom und schoben mit einem dieser praktischen Rollbretter das Klavier ins Wohnzimmer. Sogar zu einer Tasse Tee ließen sie sich im Anschluss an ihre segensreiche Tat nötigen. Tags drauf trafen wir das Ehepaar Wolnischek im Treppenhaus. Ännchen war so stämmig wie gesprächig und roch nach Lakritz, während ihr Gatte Walter eher schmalbrüstig daherkam. Binnen kürzester Zeit vertraute Ännchen mir die kompletten medizinischen Krankheitsbilder ihrer weit verzweigten Verwandtschaft an, was insofern interessant war, als ich bis dahin von den vielfältigen Faktoren einer hämorrhoidenbegünstigenden Lebensweise nicht einmal etwas geahnt hatte. Des Weiteren durfte ich mich daran erfreuen, dass Cousine Magda letzthin vier Richtige hatte und Oma Gertrud endlich einen Platz im Altersheim. Gatte Walter schwieg sich aus.

Ich wunderte mich mal wieder sehr darüber, warum moppelige Quasseltanten so oft mit dünnen schweigsamen Männern verheiratet sind. Verstummen die Männer, weil sie nichts zu sagen haben? Werden Frauen gesprächig, weil ihre Männer im Laufe eines Wochenendes bestenfalls vier kurze Sätze herausbringen, deren grammatikalischer Schwierigkeitsgrad »Es regnet« oder »Toooor!«, nicht übersteigt? Werden Frauen aus purer Verzweiflung moppelig, weil in Anbetracht des stummen Ehemannes dem Frust nur noch mit verstärkter Kalorienzufuhr begegnet werden kann?

Wenige Tage später nahm ich das Unternehmen »neues Bett« in Angriff und fuhr zwei Möbelhäuser an. Dort betrachtete ich lange und sehr nachdenklich japanische Futons, Bettgestelle aus massiver Buche, Kiefernbetten mit gedrechselten Beinen und Verchromtes mit viel Schwarz. In beiden Möbelhäusern ließ ich mich beraten, erfuhr eine Menge über schlaffreundliche Bettgestelle ohne Metallbestandteile, ließ mich über Latexstiftkerne und Matratzenbezüge mit serienmäßig eingebauter Milbensperre aufklären, lag dutzendfach Probe, erkannte erschrocken die Gefahren, die von meinem bisherigen Lattenrost ausgingen, weil er einen Haufen Metallteile und keine Schulterabsenkung besaß, und starrte ebenso dutzendfach auf kleine Preisschildchen mit überwiegend vierstel-

ligen Zahlen. Dann fuhr ich zu Ikea und wurde sofort fündig. Verstaute Kinder und siebenhundertfünfzig Einzelteile auf abenteuerliche Weise in meinem Fiesta. Konnte so eben noch gewährleisten, dass die Kinder während der Fahrt weder aus dem Auto fallen noch bei einer Vollbremsung von dem Bett erschlagen würden, und fuhr mit offenem Kofferraum nach Hause. Keine zehn Minuten später hatte sich herausgestellt, wo der Grund für den günstigen Preis meiner künftigen Bettstatt zu suchen war (von der Milbensperre und dem Schulterkomfort einmal ganz abgesehen): Bei den Schweden setzt sich nicht nur das Bett, sondern auch der Lattenrost aus Einzelteilen zusammen. Aus vielen Einzelteilen!
Die folgenden vierundzwanzig Stunden war ich ausgelastet. Während ich mich redlich mühte, aus den bewussten siebenhundertundfünfzig Einzelteilen ein Bett zusammenzuschrauben, lungerten die Kinder vor dem Fernseher herum, sahen sich etwa hundert Folgen »Gummibärenbande« und »Sesamstraße« und »Bill-Cosby-Show« an und fragten in regelmäßigen Abständen, warum ich so wenig erlesen fluchte.
»Wisst ihr, in Schweden sind die Nächte dunkel und sehr, sehr lang«, erklärte ich launig, »deswegen pflegen die Menschen dort ungewöhnliche Hobbys. Lattenroste basteln, zum Beispiel. Nur bin ich keine Schwedin und demzufolge auf diesem Sektor leider ungeübt. Noch!«
Als Suse sich zum zehnten Mal erkundigte, wann ich endlich mit dem Ikea-Bett fertig wäre, sagte ich nur: »Erwähne in meinem Beisein niemals wieder das Wort Ikea.« Dann schleuderte ich den Imbusschlüssel aus dem Fenster. Es fehlten nämlich zwei Schrauben.
Nach zwei weiteren Besuchen beim Kundendienst nahm auch diese Angelegenheit ein glückliches Ende. Mit letzter Rückenkraft, aber voller Stolz wuchtete ich den Lattenrost auf das Gestell. Trotz der fehlenden Milbensperre war es ein prima Bett geworden, die ganze Familie passte hinein. Und dass die heftigen Rückenschmerzen nicht nachlassen mochten, lag weder an der fehlenden Schulterabsenkung noch an den überreichlich vorhandenen Metallschrauben, sondern einzig und allein an den vergan-

genen Zweikämpfen mit Kartons, Klavieren und ähnlich schweren Gegenständen. Zwei Tage später gesellten sich zu dem konstanten Ziehen in meiner Bandscheibengegend auch noch üble Kopfschmerzen. Die Aspirinpackung im Schrank leerte sich zusehends. Schließlich klemmte ich mir den Babysender unter den Arm und suchte meine Herren Nachbarn auf. So miserabel ging es mir, dass ich nur noch den Wunsch verspürte, meinen Kopf auf eine mir wohlgesonnene Schulter zu legen und freundschaftlichen Trost zu empfangen.

Tom freute sich sichtlich über den späten Gast. »Aber hallo, wen haben wir denn da?«, trompetete er frohgemut durch das Treppenhaus. Ich war zwar halb tot, aber noch nicht tot genug, um nicht erneut zu bemerken, dass mein rustikaler Nachbar ähnliche Augen hatte wie Gérard Depardieu und hinreißend damit gucken konnte. Das Beste daran war, dass er wahrscheinlich gar nicht wusste, wie hinreißend er guckte.

»Tom, mir geht's dreckig«, jammerte ich, »darf ich reinkommen?«

»Na klar. Treten Sie ein, Gnädigste.«

»Ist Lukas da?«, erkundigte ich mich sicherheitshalber.

Tom warf mir einen forschenden Blick zu. »Nein, der ist mit irgendeiner Eroberung essen gegangen.«

Die Auskunft missfiel mir. »Und was treibst du so?«

»Ich? Ich koche gerade Spaghetti.« Er winkte mich geschäftig in die Küche. Leider waren zwischenzeitlich die Nudeln übergekocht. »Oje oje, was für eine Sauerei!«

Na, dann wisch mal schön, dachte ich. Mangels Anwesenheit des schönen Lukas Zoeppel litt ich nicht unter einem beschleunigten Puls und konnte mich demzufolge in Ruhe umsehen. Der Mauerdurchbruch zum Wohnzimmer ließ die Küche in der Tat um Klassen großzügiger wirken als unseren Hausfrauenknast einen Stock tiefer. Sogar für einen kleinen Tisch mit drei Stühlen hatte man hier Platz. Und bis auf die Schmiererei auf dem Herd befand sich alles in tadellosem Zustand. Polierte Schrankfronten, keine Krümel auf dem Boden, nirgendwo Staub, nicht einmal auf dem Bilderrahmen über dem Tisch. Das Fotomotiv hieß übrigens Lukas Zoeppel,

braun gebrannt und strahlend auf einem schneeweißen Segelboot stehend.
»Meistens kocht Lukas ja das Essen«, sagte Tom und wischte auf der Herdplatte herum, wobei er sichtlich Mühe hatte, sich nicht an dem übergelaufenen kochend heißen Spaghettiwasser zu verbrennen, »in der Hinsicht geh ich eher kunstlos zu Werke, leider.« Er schenkte mir einen treuherzigen Kleinejungenblick.
»Kann man alles lernen«, sagte ich freundlich, »immer schön weiter üben. Sag mal, kennst du vielleicht einen guten Orthopäden? Seit dem Umzug hab ich's im Kreuz.«
»Musst du Lukas fragen. Einer seiner Freunde ist Chirotherapeut.«
»Was ist ein Chirotherapeut?«, fragte ich bang.
»Der macht's mit den Händen«, grinste Tom und warf den Wischlappen in hohem Bogen in die Spüle, »so, fertig! Möchtest du vielleicht ein paar Spaghetti?«
»Immer her damit.« Zwar war mein erlaubtes Kalorienkontingent für heute längst erschöpft, doch mit Spaghetti und Weißwein kann man mich fast immer locken. Kleine Sünden beleben den Alltag, dachte ich, sie erzeugen Wohlbefinden und streicheln die Seele. Los, gönn dir was!
Fasziniert beobachtete ich, wie Tom einen größeren Brocken Parmesan aus dem Kühlschrank holte und diesen von Hand in ein Schälchen zu reiben begann. Bei uns gab es immer nur den fertig gemahlenen Parmesan aus der Tüte. Sehr kultiviert, diese Männerwirtschaft. Auf der Suche nach Tellern öffnete ich ein paar Schränke und blickte auf exakt ausgerichtete Tellerstapel, nach Größe sortierte Gläser und gebügelte Geschirrtücher. Wenn ich da an diesen Beckerschen Oberschrank dachte, den mit den Plastikbehältern, die kunterbunt durcheinander flogen und einem beim Öffnen der Schranktür jedes Mal unkontrolliert entgegenkamen … »Mann, seid ihr gut organisiert«, sagte ich beeindruckt.
Tom lachte. »Ist alles Lukas' Werk. Der Junge ist pingeliger als meine eigene Mutter, und das will was heißen! Sieh dir doch mal den Vorratsschrank an, dann wirst du nie wieder behaupten, Män-

ner könnten keine Ordnung halten. Dritte Tür von rechts. Nun guck schon!«
Weisungsgemäß öffnete ich die dritte Tür von rechts und erstarrte. Vor mir stapelten sich mindestens dreißig kleine Plastikbehälter, alle ordnungsgemäß verschlossen, alle mit einem Etikett versehen. Einer für Tortenguss, einer für Nüsse, einer für Soßenpulver, einer für Rosinen. Grundgütiger! Ich besaß zwar auch einen Behälter für Backzutaten, aber dieser enthielt *alle* Backzutaten auf einmal, und wenn die Rosinentüte umfiel, was sie regelmäßig tat, so trat ihr Inhalt in freundschaftliche Beziehung mit den umgefallenen Nüssen und dem gleichfalls umgefallenen offenen Tütchen Backpulver.
»Ich staune«, sagte ich, »ich staune ganz ernsthaft. Habe ich noch nie gesehen, einen so aufgeräumten Küchenschrank.«
»Lukas geht sogar so weit, regelmäßig den Inhalt zu kontrollieren und darüber Buch zu führen, stell dir vor!« Kopfschüttelnd lud Tom mir eine Portion Nudeln auf den Teller. »Seit er mal Ungeziefer im Müsli hatte, ist er in der Hinsicht gnadenlos. Sobald das Puddingpulver oder das Mehl auch nur einen Tag übers Datum hinaus ist, kommt es in den Müll.«
Beschämt dachte ich an die Tüte Maggifix für Rouladen, die mir beim Packen der Küchenutensilien in die Hände gefallen war. Genau fünfundzwanzig Monate war das Verfallsdatum überschritten gewesen. Aber wenn doch zwei Jahre lang kein Mensch Appetit auf Rouladen gehabt hatte –
Übrigens schmeckten die Spaghetti ausgezeichnet. Ich sündigte mit großem Genuss, während Tom lautstark die Nudeln in sich hineinschlürfte und zunehmend rote Mundwinkel bekam. Kauend sagte er, das sei doch nicht schlimm, es gucke ja keiner zu, und so begann auch ich, die Spaghetti zu schlürfen. Wahrscheinlich hörten wir uns an wie zwei Wildschweine am Trog. Nach der Mahlzeit lehnte ich mich zurück, faltete beide Hände auf meinem Bauch und sah ihn fast gerührt an. Dieser Tom Steinkrüger war etwas Besonderes, das stand fest.
»Möchtest du einen Espresso? Oder lieber heißen Kakao? Den trinke ich abends immer beim Arbeiten«, riss er mich aus meinen

Gedanken. »Oder eine Banane? Lukas kauft aber immer nur giftgrüne. Er hasst reife Bananen.«
Lachend wehrte ich ab. »Mit grünen Bananen kann man mich jagen.«
»Nicht nur dich«, sagte er, »Toblerone hätte ich übrigens auch noch da, und –«
Den Rest des Satzes verstand ich nicht genau, weil die Wohnungstür klapperte und sich jemand pfeifend näherte. »Irgendwie riecht es hier angebrannt«, stellte eine Männerstimme im Hausflur fest, und dann betrat der Schöne die Küche. »Ach, die Nachbarin ist's, die teure«, Lukas blieb dicht neben mir stehen und legte eine Hand auf meinen Nacken, »hat dir Tom seinen italienischen Fraß vorgesetzt?«
»Also, mir hat's hervorragend geschmeckt«, sagte ich. Trotz des in der Küche hängenden Spaghettiaromas nahm ich noch wahr, dass er nach Davidoff roch. Der Duft passte zu ihm.
»Wie war die Dame, Kumpel?«, erkundigte sich Tom und füllte neuen Frascati in mein Glas.
»Schrecklich.« Mehr sagte er nicht. Die Antwort gefiel mir gut; mit einer schrecklichen Person verabredet man sich wohl kaum ein weiteres Mal. Ich hatte ganz plötzlich große Lust, Lukas Zoeppel zu erobern.
»Übrigens habe ich damit begonnen, unsere Frau Nachbarin mit den Eigenheiten dieser WG bekannt zu machen«, bemerkte Tom sehr liebenswürdig, »über deine Manie mit dem Verfallsdatum weiß sie schon Bescheid. Und noch was, Romea, du solltest unbedingt wissen, dass er sich immer blaue Boxershorts über die Augen legt, wenn er mal tagsüber ein Nickerchen macht.«
»Psst, das ist privat«, brummte Lukas, »im Übrigen benutze ich die Boxershorts ausschließlich zu diesem Zweck. Darf ich in diesem Zusammenhang erwähnen, dass der ehrenwerte Herr Steinkrüger beim Einkaufen regelmäßig die Leute betrügt?«
»Wie dieses?«, sagte ich fast somnambul, weil Lukas' Hand noch immer auf meinem Nacken lag.
»Ganz einfach. Er schiebt einen Plastikchip in den Einkaufswagen, kauft ein, dann geht er auf den Parkplatz und gibt den Einkaufs-

wagen an den Nächsten weiter, verschweigt jedoch den Plastikchip. Stattdessen kassiert er eine blanke Mark!«
»Pfui, wer petzt denn da!«, rief Tom entrüstet, »was soll Romea denn von mir denken?«
Denken tat ich zurzeit eher nichts, nebenbei gesagt. Ich saß nur da, verspürte ein leises Glühen an meinem Nacken, dort, wo Lukas' Hand lag, und ließ den Wortwechsel der beiden Herren auf mich einwirken.
»Und der Steinkrüger ist so bescheuert, dass er sich einen schwarzen Sylt-Aufkleber auf sein schwarzes Auto geklebt hat«, fuhr Lukas genüsslich fort, »unvorstellbar, nicht?«
Tom fuhr hoch. »Also, jetzt mach aber mal einen Punkt! Du weißt ganz genau, dass Sylt-Aufkleber zu neunundneunzig Prozent der Angabe dienen! Petra wollte den Aufkleber unbedingt, nicht ich, also war schwarz auf schwarz doch ein prima Kompromiss, oder?!«
»Petra war eine doofe Kuh«, sagte Lukas gehässig und nahm endlich die Hand von meinem Nacken, »weißt du noch, wie sie deinen Blouson in der Waschmaschine gefärbt und vergessen hat, vorher deine Brieftasche rauszunehmen? Romea, lass dir bei Gelegenheit mal Toms Papiere zeigen. Er hat wahrscheinlich den einzigen violetten Führerschein in der ganzen Bundesrepublik!«
»Petra war keine doofe Kuh!«, schnauzte Tom.
»War sie doch! Besitzergreifend und doof!«
»Und du vergisst immer, Eier zu kaufen!«
»Und du machst nie die Schnürsenkel auf, bevor du dir die Schuhe ausziehst!«
»Und du bist eitel wie ein brünstiger Pfau!«
Mittlerweile lag ich mit dem Oberkörper auf dem Tisch zwischen den Spaghettitellern und schüttelte mich vor Lachen. Männer sind auch nur Menschen, dachte ich, also sei tolerant, wie seltsam auch immer sie sich gebärden.
Lukas holte nun Luft. Offenbar war das Finale angesagt. »Und du, du würdest es nicht einmal schaffen, nah am Bürgersteig zu parken, wenn die Parklücke zwanzig Meter lang wäre!«, brüllte er. »Dein Auto steht immer mitten auf der Straße!«

»Es reicht, Jungs«, sagte ich erschöpft und griff nach der Serviette, um mir die Lachtränen abzuwischen, »ihr hört euch an wie Suse und Carlo. Kann mir jetzt endlich mal jemand mit dem Orthopäden weiterhelfen, bitte?«
Augenblicklich ließ Lukas sich auf dem Stuhl neben mir nieder und legte eine Hand auf mein Knie; wahrscheinlich nur eine mitfühlende Geste, aber sie reichte aus, um mich enorm unruhig werden zu lassen. »Was ist passiert, hast du dir den Knöchel verknackst?«
»Nein, habe Rückenschmerzen. Kann kaum noch gehen. Brauche Arzt.« Vor lauter Nervosität vergaß ich den Gebrauch jeglichen Personalpronomens, weswegen meine Ausführungen zu militärisch knappen Meldungen verkümmerten. Verwöhnt, ohne zu reizen? Der hier nicht. Lukas jedoch nahm offenbar an, mein Geschwafel sei auf die Rückenschmerzen zurückzuführen, denn er äußerte nur ein bedenkliches »Oh, oh, oh« und griff dann zu Kuli und Notizblock. Wenig später schob er mir einen Zettel mit einer Telefonnummer zu. »Hier, das ist die Nummer von Robert, der bringt dich wieder auf die Beine. Er ist ein äußerst fähiger Manualtherapeut.«
»Und ein notorischer Frauenheld dazu«, fügte Tom wegwerfend an, »der springt doch auf alles, was sich bewegt.«
»Quatsch«, widersprach Lukas, »sagen wir mal, er lässt nichts anbrennen.«
»So wie du, Zoeppel«, sagte Tom beiläufig. »Romea, nimm dich in Acht, du bist genau sein Fall.«
Ich erschrak. Wen meinte Tom, den Orthopäden oder vielleicht gar Lukas? Indes, meine Hoffnung zerschlug sich schnell. Lukas schüttelte nämlich den Kopf und meinte, ich sei wohl nur unter der Voraussetzung Roberts Fall, dass ich ihm die drei Kinder verschwiege. Also, keine zarten Gefühle. Na ja, *noch* nicht.
»Beruf dich ruhig auf mich, wir sind befreundet«, sagte Lukas selbstbewusst und schenkte sich ein Glas Wein ein. Ich betrachtete erst die geschmeidigen Bewegungen seiner Hände, dann den pausbäckigen Cupido auf dem Regalbrett. Komm, Kleiner, tu mal was für mich!

Tom war meinem Blick gefolgt. »Niedlich ist der, nicht? Seit fünfzehn Jahren schleppe ich den Kerl schon mit mir herum. Leider scheint er mit seinem Pfeil nicht allzu zielsicher zu sein.«

»Mit dem schießt's tief ins Herz hinein und macht dir's liebenswund«, rezitierte ich automatisch. Haydn, Liederabend Musikhochschule, die englische Sopranistin hatte immer »liebenswand« gesungen. Ich lächelte die kleine Statue an. »Ach, Liebchen, fleuch sein Schelmenspiel, und –«

»– und trau und bau ihm nicht«, unterbrach mich plötzlich Tom voller Begeisterung, »er schießt der Herzen allzu viel –«

»– der kleine Bösewicht!« Die letzten Worte trompeteten wir zweistimmig.

Lukas machte ein erstauntes Gesicht. »Lyrik aus deinem Munde? Bist du etwa auch Germanistin?«

»Ach was. Ich habe vor Jahren mal einen Haufen Haydn-Lieder einstudiert.« Verwirrt registrierte ich wieder einen seiner verflixten Blicke. »Sag mal, warum hängt in dieser Wohnung eigentlich so viel Maritimes an der Wand?«

»Nun, ich bin passionierter Segler.« Voller Eifer deutete er auf das Bild über dem Küchentisch. »Das Schmuckstück dort ist das Boot meiner Eltern. Als das Foto gemacht wurde, hatten wir gerade die Schleibrücke passiert.«

»Toll«, sagte ich beeindruckt, obwohl ich keine Ahnung hatte, wo die Schleibrücke überhaupt war und was es damit so Besonderes auf sich hatte. »Wer, wir?«

»Lukas und seine Damalige und Petra und ich«, sagte Tom. »Tempi passati. Haben sich mittlerweile beide erledigt, die Damen.«

Ist auch besser so, dachte ich und stemmte mich mühsam hoch, um den Heimweg anzutreten. Tom ergriff meinen Ellenbogen und geleitete mich die Treppe hinunter, Lukas hingegen blieb, genau wie bei meinem ersten Besuch, in der Wohnung zurück. Aber das würde ich ihm schon noch abgewöhnen.

»Ausziehen, hinlegen, umdrehen«

Dieweil sich Doktor Freck gerade auf einer Fortbildung befand, musste ich geschlagene zehn Tage auf einen Behandlungstermin warten. Während dieser anderthalb Wochen hinkte ich in schiefer Haltung durchs Leben und bemühte mich sehr, nicht mit dem Glöckner von Notre-Dame verwechselt zu werden. Dann kam der Donnerstag. Ich versprach den Kindern meine baldige Rückkehr in quasi neugeborenem Zustand und schleppte mich in die orthopädische Praxis, wo es mir endlich vergönnt war, die Bekanntschaft von Dr. Robert Freck zu machen. Ich machte sie gern, das vorweg. Er war Mitte vierzig, mit einem sportlich-durchtrainierten Körperbau gesegnet und hatte interessante grünblaue Augen. Trotz meiner verheerenden Kopfschmerzen wurden mir sogleich zwei Dinge klar: Erstens wohnten im Osten dieser Stadt überproportional viele gut aussehende Männer, und zweitens schleuste das Schicksal sie freundlicherweise alle an mir vorbei. Zu meiner Überraschung warf der Herr Doktor einen strahlenden Blick in meine Richtung und verstrickte mich in ein nettes Privatgespräch, in welchem ich ihm erst gestand, dass ich a) Schweres hinter mir hätte, b) Herr Zoeppel mich geschickt und c) er mir versichert habe, ich befände mich bei ihm, dem Doktor, in allerbesten Händen.

»Das sagt Lukas?«

»Das sagt Lukas.«

Unübersehbar geschmeichelt erkundigte er sich nach meinen Gebrechen. Ich begann, meine mörderischen Kopf- und Rückenschmerzen zu schildern. Dr. Freck verlangte, ich möge aufstehen, legte von hinten beide Hände um meinen Nacken und glitt dann, Wirbel für Wirbel abtastend, nach unten. »Der Wirbel ist blockiert. Der auch. Kein Wunder, dass Sie Kopfschmerzen haben! Und außerdem sind Sie total verspannt; da, alles bretthart. Und da auch, ja?« Er machte sich an einer meiner Rippen zu schaffen.

»Ja!«, schrie ich schmerzgepeinigt auf und vergaß für einen Moment, dass er so gut aussah.

»Ausziehen. Hinlegen. Umdrehen.«

Wunderbar. Deinen ersten Chirotherapeuten vergisst du nie. Ich tat wie geheißen, woraufhin er sich am Kopfende der Pritsche aufbaute und seine Hände um meine Kinn-Ohren-Partie legte. Hochsehend bekam ich sein Gesicht um hundertachtzig Grad gedreht direkt ins Visier. Der Einblick von unten in seine Nasenlöcher war etwas sonderbar.

»Entspannen Sie sich. Langsam ausatmen. Und jetzt locker lassen.«

Misstrauisch ließ ich so locker, wie es nur ging, atmete ein bisschen aus und sagte dann sofort »hoppla«, weil er begann, meinen Kopf von den Schultern abzudrehen.

»Locker lassen, Frau Becker!«

Also noch mal. Ganz unvermittelt flog mein Kopf in eine harte Rechtskurve und direkt anschließend scharf nach links. Es krachte laut, einmal, zweimal. Dann ließ er meinen Kopf los. »Besser?«, strahlte er.

»Weiß noch nicht so ganz«, sagte ich benommen.

»Aber ich. Morgen sind die Kopfschmerzen weg. Und jetzt machen Sie bitte Ihre Hose auf, damit ich mir die Bescherung weiter unten ansehen kann.«

Interessante Formulierung, dachte ich und assoziierte unter stummem Kichern ein paar Zweideutigkeiten. Leider bohrte er mir in dieser Sekunde einen Finger in die Stelle an der Bandscheibe, die am meisten wehtat, sodass ich »Au!« brüllte und mir nicht mehr nach Kichern zumute war.

»Meine Güte! Was haben Sie bloß gemacht?«

»Ein Klavier geschoben«, sagte ich beiläufig und überlegte, ob er wohl an Einzelheiten interessiert sei.

»Was haben Sie?«

»Ein Klavier geschoben. Sie wissen schon, so ein schweres Dings mit Tasten. Ein schwarzes Kawai, um genau zu sein.«

»Ich weiß, was ein Klavier ist. Und warum mussten Sie es schieben?«

»Es stand genau vor dem Kühlschrank«, sagte ich und kam mir ziemlich blöd vor. Wahrscheinlich würde er jetzt Erkundigungen anstellen, warum das Klavier ausgerechnet vor dem Kühlschrank

gelandet war, und dann würde ich so lange peinlichen Unfug stammeln, bis er mich zum Seelenklempner nebenan überwies. Doch erstaunlicherweise passierte nichts dergleichen. Statt irgendeinen desavouierenden Kommentar abzugeben, setzte er sich mit einer Pobacke neben mich auf die Pritsche. Seine rechte Hand lag noch immer auf meinen Bandscheiben. Kritisch überlegte ich, ob die Hand schon zur Therapie oder noch zum Diagnoseprogramm gehörte. Nicht dass er das extra berechnete. Einmal Handauflegen zwanzig Mark, Spontanheilung macht dann fünfzig.
»Ich mach Ihnen das jetzt weg«, sagte er seidenweich, »aber Sie müssen unbedingt Ihre Rückenmuskulatur stärken, Verehrteste. Übrigens, ich würde gerne heute Abend mit Ihnen essen gehen. Und nun legen Sie sich bitte auf den Bauch.«
Der Versuch, irgendeinen Zusammenhang zwischen diesen drei Sätzen zu finden, scheiterte. Nun ging es also los mit dem Nicht-Anbrennen-Lassen. Ob er nach dem Essen, rein tendenziell gesehen, meine Rückenlage anordnen würde? »Ich ... also ... vorläufig geht es nicht«, sagte ich und dachte an die Kinder: kein Babysitter.
»Schade«, meinte er ganz ernsthaft und kam noch ein Zentimeterchen näher, so nah, dass mir der leichte Apfelshampooduft seiner weißblonden Haare in die Nase stieg, »darf ich Sie wenigstens mal anrufen?«
Du meine Güte, diese Form der Anmache war mir noch nie untergekommen. Also wirklich! »Hm«, sagte ich, »nun ja –«
»Herr Doktor?« Mit einer Krankenakte wedelnd, platzte eine der Arzthelferinnen ins Zimmer. »Dem Herr Jacke sein Ellenbogen, soll ich den unter ›Weichteile‹ eintragen?«
»Später, Helga«, sagte Freck sachlich. »Wenn Sie sich jetzt bitte auf den Bauch legen wollen, Frau Becker? Und die Hose müsste ein Stück herunter.«
Ja doch. Ächzend wälzte ich mich herum, zerrte an meinen Jeans. »Entspannen Sie sich«, sagte er zum wiederholten Mal und kletterte halb auf die Pritsche. Dann drückte er mir etwas Hartes ins Steißbein. Ich nahm an, es handelte sich um sein Knie, schloss die Augen und wartete auf ein Knackgeräusch. Nichts knackte. »Ich

krieg ihn nicht rein«, murmelte er, »legen Sie sich doch mal auf die Seite, vielleicht geht's dann. Nein, nicht mit dem Rücken zu mir! Mit den Knien!«
Ich drehte mich erneut. Bald hatten wir alle Stellungen durch. Eigentlich kein schlechtes Ergebnis fürs erste Mal.
»Weiter vor, bitte. Noch weiter. Bis zur Kante.«
In einer reichlich bizarren Position lag ich nun unter ihm, halb auf der Pritsche, halb in der Luft. Die Aktivitäten in meiner Beckengegend nahmen an Heftigkeit zu, und alsbald ging mir der Gedanke durch den Kopf, dass ich gleich mit ihm von der Pritsche kippen würde. Ich fing an zu kichern, musste darob mehrfach heftig ein- und ausatmen, und endlich signalisierte ein lautes Knackgeräusch, dass der Doc sein Ziel erreicht hatte. Aufatmend ließ er von mir ab. »Das wäre geschafft. Ich gebe Ihnen gleich ein Anleitungsblatt für die Übungen mit, die Sie unbedingt machen müssen«, befahl er streng, »und zwar regelmäßig und konsequent! Sonst stehen Sie bald alle zwei Wochen hier.«
Während er in meiner Patientenakte herumkritzelte, registrierte ich beglückt, dass meine diversen Schmerzen stark nachgelassen hatten. Insgesamt ein recht eigentümliches Gebaren, das dieser Dr. Freck an den Tag legte. Nicht das ewige »Wo tut's uns denn weh« und zack, ein Rezept ausgeschrieben und zack, den Wirbel eingerenkt, nein, der Charmebolzen hier machte es auf die gefühlvolle Art. Und die tiefen Blicke plus Essenseinladung waren im Preis inbegriffen und dienten vornehmlich der muskulären Entspannung. Ausgesprochen affig eigentlich, nun ja.
Freck ließ den Kuli fallen. Kam zu mir herüber, lehnte sich an die Liege und sagte nichts. Noch nicht einmal »Entspannen Sie sich.« Dafür küsste er mir die linke Hand. Für einen Moment ließ er das Kinn auf meinem Handrücken liegen. »Wenn das Klavier wieder einmal vor dem Kühlschrank steht, dann sagen Sie mir Bescheid, ja? Ich mache auch Hausbesuche. In Ausnahmefällen.« Dann federte er zur Tür hinaus.
Von der Einladung zum Essen war keine Rede mehr. Und nach meiner Telefonnummer hatte er sich auch nicht erkundigt. Affiger ging es wirklich nicht.

Frieden, Flusen und ein Flop

Wir verbrachten ein paar wundervolle Wochen. Jeden Dienstag wurde mein lädierter Rücken vom Masseur drei Straßen weiter auf das Angenehmste durchgeknetet und -gewalkt. Die nachbarschaftliche Beziehung zu den beiden Herren im ersten Stock vertiefte sich auf erfreuliche Weise. Was die Kinder betraf, so hatten Suse und Carlo sich ausgezeichnet in der Schule eingewöhnt und brachten regelmäßig neue Freunde mit nach Hause. Und vormittags, während ich den Haushalt in Ordnung brachte, dackelte Ninni durch den Garten, spielte im Sand und schleppte mich regelmäßig auf kleine Spaziergänge um den Block. Diese genoss ich sehr. Wenn man monatelang unter Druck gestanden hat, dann kann man einem halbstündigen Trödelspaziergang im Oktobersonnenschein enorme Qualitäten abgewinnen. Keine Eile, kein Beziehungsstress, nur ein herumhopsendes Kleinkind und der Frieden, der über dem Wohnviertel lag.

Jeden Tag aufs Neue sprach Ninni die älteren Herrschaften an, die in ihren Vorgärten herumpusselten, und jeden Tag fragte sie ungefähr fünfzigmal »Du-hu? Was machst du da?«, und angesichts des blonden Engelchens mit den tiefblauen Augen hielten alle Rentner gerührt inne und stützten sich auf ihre Harke oder ihren Rechen und gaben bereitwillig Auskunft. Auch die »Gräfin« Borowski trafen wir und führten über die Buchenhecke hinweg ein geradezu herzliches Gespräch, wobei sie mir ankündigte, bald erneut zu verreisen. Zwar bekam ich nicht heraus, ob sie nun einer russischen Adelsfamilie entstammte oder nicht, aber ich lobte ihre Aktivitäten und beglückwünschte sie dazu, dass sie ihre alten Tage nicht vor dem Fernseher verbringe, sondern sich die Welt lieber mit eigenen Augen ansehe.

Vorsichtig fragte sie nach, ob sich der Herr Papa denn ausreichend um seine Kinder kümmere. Ich zog die Schultern hoch und dachte, dass ausreichend im Zusammenhang mit halbwüchsigen Kindern ein ziemlich dehnbarer Begriff ist, und dann seufzte ich und erwähnte, dass viele Väter nach einer Trennung ihren Pflichten nur unvollkommen nachkämen. Daraufhin sah sie mich an und sagte sehr bestimmt: »Versprechen Sie mir, dass Sie ihm die Hammelbeine lang ziehen, wenn er sich verdünnisiert!«

Ich versprach ihr, im Falle eines Falles mein Bestes zu tun. Zwar war ich bislang noch nicht in Versuchung gekommen, Uwe den Orden »leidenschaftlichster Vater Deutschlands« umzuhängen, doch grundsätzlich gesehen hielt er sich an die Vereinbarungen. Es war kein exorbitant hoher Geldbetrag, den er jeden Monat auf mein Konto überwies, jegliche Luxusausgaben verboten sich daher von selbst, aber in Addition mit dem Kindergeld kam man halbwegs komfortabel über die Runden. Jeden Samstag holte Uwe die Kinder ab und verbrachte den Tag mit ihnen. Übrigens schien die Brünette noch nicht bei ihm zu wohnen; weder Suse noch Carlo hatten bisher eines jener untrüglichen Anzeichen für die häufige Anwesenheit einer Frau bemerkt. Kein Parfüm, keine Zahnbürste, kein vergessener Ohrring. Nun, Uwe würde schon seine Gründe haben. Hauptsache, die Kinder und ich konnten in Frieden leben.

Vier Wochen lang lebten wir tatsächlich in Frieden.

Eines Nachmittags stand ich am Wohnzimmerfenster und betrachtete die herbstliche Färbung der Bäume im Garten. Ninni hockte mal wieder im Sandkasten. Nebenan sägte Carlo auf seinem Kontrabass herum. Er gab sich zurzeit viel Mühe, da er möglichst bald ins Schulorchester aufgenommen werden wollte; dies nicht unbedingt ob der göttlichen Klänge, die dort zustande kamen, sondern vornehmlich der jährlichen Orchesterfahrt wegen, die ihn zusätzlich zur Klassenfahrt eine ganze Woche von den Zwängen des Schulalltags befreien würde.

Jemand müsste mal die Blätter im Garten zusammenrechen, dachte ich und holte das Bügeleisen aus dem muffigen Verschlag im Flur. Auf der Nachbarterrasse tauchte nun der kleine weiße Malteser auf, der sinnigerweise Zorro hieß und gewöhnlich schon zu kläffen begann, sobald auch nur eins der Kinder den großen Zeh ins Freie schob. Mein Nachbar hantierte auf vorbildliche Weise mit einem Laubrechen. Aus Langeweile stellte ich den Fernseher an, fand jedoch keine vernünftige Sendung. Überall wurde getalkt, überall menschelte es, und alles bei Stärke sieben auf der nach oben offenen Einfaltquoten-Skala. Ich knipste die Glotze wieder aus und widmete mich der Wäsche. Die Kinder hatten mal wieder benutzte Tempotaschentücher in ihren Hosentaschen vergessen. Warum haften zerlegte Taschentücherflusen so vorzüglich auf schwarzen Jeans?!

»Mama, gehen wir zum Spielplatz?« Ninni tauchte an der Terrassentür auf. Aus ihren goldenen Haaren rieselte unentwegt Sand. Das ganze Kind war buchstäblich paniert.

»Nachher, Süße. Wenn ich hier fertig bin, okay?«

Unzufrieden trollte sie sich in Richtung Legokiste und schickte sich an, unter dem Couchtisch ihren Zoo aufzubauen, wobei sie Löwen und Hühner zusammen in einen Käfig sperrte und ununterbrochen vor sich hin redete. Kurz darauf klingelte es. Wahrscheinlich Suse; an sich war sie seit einer Stunde überfällig. Ich rannte zur Tür, rief: »War aber höchste Zeit, dass du kommst, Schatz!«, und riss sie auf, ohne vorher durch den Spion zu sehen. Dann erstarrte ich. Vor mir stand der Orthopäde Doktor Robert Freck, grünblauäugig und attraktiv.

»Wie nett, so willkommen geheißen zu werden«, scherzte er, »offenbar sind Sie sowohl erfreut, mich zu sehen, als auch beschwerdefrei. Was macht die werte Rückenmuskulatur? Stärken Sie diese auch fleißig?«

»Ich, ähm, also …«, sagte ich und überlegte heftig, ob ich wahrheitsgemäß mit nein antworten oder besser lügen sollte. War es ratsam, ihn in mein Familienchaos aus Bügeleisen und Legozoo hereinzubitten? Insgesamt erschien mir dies arg verfrüht. Ich verlagerte das Gespräch also nicht in die Wohnung, sondern blieb an der Tür stehen. »Was verschafft mir die Ehre, Herr Doktor Freck?«

»Das Anleitungsblatt mit den Übungen«, sagte er in einem völlig unaffigen Stimmbereich, der mich plötzlich wünschen ließ, vor dem Öffnen der Tür rasch etwas Mascara und Rouge aufgetragen zu haben. »Die Rückenübungen, Sie erinnern sich? Ich hatte ganz vergessen, Ihnen den Zettel auszuhändigen. Und da ich gerade auf dem Weg zu Herrn Zoeppel, also in der Nähe war – hier, bitte schön.« Auf dem Bogen Papier war zwanzigfach ein Strichmännchen abgebildet, das sich auf vielfältige und ziemlich abenteuerliche Weise die Gliedmaßen verrenkte.

»Und noch etwas«, fuhr er fort und betrachtete meine Beine, »würden Sie mir wohl nächste Woche die Ehre erweisen, mit mir essen zu gehen?«

Diese Wortwahl! Ach, gegen ein harmloses Date im Restaurant war wohl nichts einzuwenden. Die Babysitterfrage hatte sich ja zwischenzeitlich erfolgreich erledigt. Eine Straße weiter wohnte eine ganz bezaubernde Siebzehnjährige, die wunderbar mit Ninni umging und genügend Autorität besaß, um zu verhindern, dass die beiden Großen die Nacht zum Tage machten. Gut, Doktorchen, sag einen Tag und eine Uhrzeit!

»Mama«, dröhnte Carlos Bariton plötzlich aus der Küche, »kann ich mir ein Brot schmieren? Ich hab Hunger!«

Robert Freck hüstelte. »War diese tiefe Stimme im Hintergrund der Herr Gatte?«

»Der würde mich ja wohl kaum mit ›Mama‹ anreden.« Interessiert beobachtete ich, dass im Mienenspiel des Herrn Doktor die ersten Veränderungen zu verzeichnen waren. »Das war mein Sohn Carlo.«

»Ach, Sie haben einen Sohn«, meinte er mit etwas gekünsteltem Lächeln, »der Stimme nach schon ein junger Mann! Wie schön es doch immer ist, wenn die Jungs aus dem Gröbsten heraus sind, nicht?«

»Genau«, sagte ich und fragte mich, ob Ninni noch immer mit ihrem Legozoo beschäftigt war. Denn wenn der Herr Orthopäde ihrer gewahr würde, so stellte er im gleichen Atemzug auch fest, dass *dieses* Kind allein aufgrund seiner Körpergröße noch nicht aus dem Gröbsten heraus sein konnte.

»Was halten Sie von nächstem Mittwoch?«

»Mittwoch ist ganz ausgezeichnet.« Ich überlegte gerade, ob ich es riskieren könnte, in Jeans und Blazer zu gehen, als vor der gläsernen Haustür ein mittelgroßer Schatten auftauchte. Der Schatten hieß Suse und klingelte Sturm.

Robert Freck lächelte. »Wie man hört, bekommen Sie weiteren Besuch!«

»Ach«, sagte ich und drückte auf den Türöffner, »ach, wissen Sie –«

Und dann marschierte Suse durch den Hausflur, sagte nur flüchtig: »Hallo Mama, kann ich was essen?«, und drängelte sich an Freck vorbei in die Wohnung. Wie üblich ließ sie alle Türen hinter sich weit offen. Auf diese Weise wurde dem Doktor ungehindert Einblick in das Wohnzimmer und die Sitzecke gewährt, wo Ninni noch immer vor dem Couchtisch kniete, ihren kleinen Popo steil in die Höhe gereckt. Sie ließ gerade die Giraffen in den Löwenkäfig einbrechen, warf mit Zaunelementen um sich und begleitete den Akt mit lautem Kampfgeschrei. »Doofer Löwe! Tot bist du! Und dir beiß ich ins Bein! Weg mit dir! Assloch!«

Ich sah den Doc an. Er hatte eine ausgesprochen steife Haltung angenommen. »Sie kann ›Arschloch‹ noch nicht richtig aussprechen«, sagte ich entschuldigend und ahnte längst, was kommen würde.

»Ja, das ist eigentlich schade«, erwiderte Robert Freck, aber vermutlich meinte er etwas ganz anderes.

Ich grinste. »Wahrscheinlich wird sie's schon noch lernen, meinen Sie nicht auch?«

»Doch, ja.« Er räusperte sich, dann warf er einen letzten Blick auf meine Familienidylle. »Also, ich mache mich mal auf den Weg nach oben, Lukas wartet sicher schon. Ich rufe Sie in den nächsten Tagen an. Wiedersehen.«

Wetten, dass nicht, dachte ich und sah ihm nach, wie er elastischen Schrittes die Treppe hochlief. Und dann wurde ich von einem Moment zum anderen sehr heiter. »Assloch«, sagte ich laut, schloss die Wohnungstür und nahm nacheinander alle meine Sprösslinge in den Arm.

Schokolade beruhigt die Nerven

Manchmal ändert sich das Leben von einem Tag zum anderen. Ursache kann ein Lottogewinn sein, eine vernichtende ärztliche Diagnose, die Liebe. Nun, *meine* Variante des neuerlichen Umbruchs ließ sich Zeit. Sie kam in mehreren Etappen daher und schickte sogar eine Ouvertüre in Dur voraus.

Eines Vormittags also rief mein Bruder Danilo an und forderte mich voller Glückseligkeit auf, mich seelisch auf die Ankunft eines neuen Familienmitglieds einzustellen. Im Übrigen sage ihm sein Gefühl, es handele sich unzweifelhaft um einen Jungen. Ich war eigentlich noch voll und ganz damit beschäftigt, mich zu freuen, als das Telefon von neuem klingelte. Uwe, mein Ex, meldete sich. Eher neutral gab er sich dem Smalltalk hin, so lange, bis ich misstrauisch fragte: »Sag mal, ist eigentlich irgendwas los?«

Daraufhin teilte er mir in sachlichem Tonfall mit, dass man ihn entlassen habe. Zum ersten Januar, um genau zu sein.

»Verflucht«, sagte ich düster. Neigte sich die unbeschwerte Zeit bereits wieder ihrem Ende zu? War das alles nur ein Luftschnappen, ein Innehalten gewesen?

»Vielleicht handelt es sich ja nur um ein paar Wochen«, murmelte Uwe. Plötzlich war seiner Stimme anzuhören, wie derangiert er unter der glatten Fassade war. »Ich finde bestimmt bald wieder was Neues.«

Das sagen viele, dachte ich und schwieg.

»Außerdem bin ich erst einundvierzig. Und ich bin gut!«

»Warum haben sie dich dann gefeuert?!«

»Personalabbau. Es hatte nichts mit mir zu tun.«

Ich erwiderte nichts, sondern dachte an die Miete und die drei Paar Winterschuhe, die demnächst fällig sein würden. Daraufhin wurde es mir etwas eng um den Brustkorb.

»Ach, das wird schon wieder«, sagte Uwe, stark bemüht, Zuversicht auszustrahlen, »mach dir erst mal keine Sorgen. Ein bisschen einschränken werden wir uns wohl müssen, aber das Arbeitslosengeld ist mir ja sicher.«

Arbeitslosengeld war ein stigmatisierendes Wort, das starke Unruhe in meinem Kopf auslöste. Schutzengel, sei auf der Hut, dachte ich, pass ein bisschen auf uns auf! Es folgte eine Viertelstunde des heftigen Nachdenkens, die folgendes Ergebnis brachte: Erstens, wenn es finanziell schwierig zu werden drohte, musste ich mir unbedingt einen dieser 630-Mark-Jobs organisieren. Und zweitens, ich brauchte einen Kindergartenplatz für Ninni. Nein, falsche Reihenfolge, den Kindergartenplatz benötigte ich *vor* dem Job. Ohne Betreuung taugt bekanntlich die gemütlichste Halbtagstätigkeit nichts. Ich fackelte nicht lange, sondern fragte telefonisch im nächstgelegenen Kindergarten nach einem freien Platz für meine dreijährige Tochter Nadja. »Es eilt ein bisschen«, sagte ich und fügte hinzu, ich sei allein erziehend.

Die Dame begann zu blättern, murmelte zwischendurch, es sehe ganz gut aus, und meinte dann, wahrscheinlich werde zu Beginn des neuen Jahres ein Platz frei. Hervorragend! Das neue Jahr stand ja quasi vor der Tür.

»Aber eine definitive Zusage ist das nicht«, schränkte die Dame ein, »fragen Sie im April doch noch mal nach.«

»Wieso im April?«

Daraufhin rief sie mir in Erinnerung, dass das neue Kindergartenjahr nicht im Januar, sondern erst nach den Sommerferien beginne. Wenn ich den Platz dringend benötigte, möge ich das Kind doch bei allen Kindergärten anmelden, die infrage kämen, so sei ich in jedem Fall auf der sicheren Seite.

»Und was ist mit dieser ... dieser Garantie auf einen Kindergartenplatz für Dreijährige?«, fragte ich verblüfft.

»Die gibt es. Aber wenn bei uns nichts frei ist, ist eben nichts frei«, erläuterte man mir recht schlüssig. Es stünden noch drei Vierjährige auf der Warteliste, welche naturgemäß Vorrang hätten, und auch unter Berücksichtigung der Tatsache, dass ich allein erziehend sei und eine Berufstätigkeit aufnehmen wolle, könne sie mir keine andere Auskunft geben.

Fassungslos legte ich auf. Rief den nächsten Kindergarten an und schilderte erneut mein Begehr. Immerhin konnte man hier garantieren, dass Ninni im Sommer aufgenommen werde. Erneut verfiel

ich ins Grübeln. Möglicherweise arbeitete man in diesen beiden Kindergärten mit besonderen pädagogischen Konzepten, was den enormen Zulauf durchaus erklärt hätte. Vielleicht war ja beim nächsten Kindergarten die Situation eine vollkommen andere. Leider war sie es nicht. Nirgendwo war man willens, Ninni vor den Sommerferien aufzunehmen, nirgendwo war Platz in der Herberge. An diesem Tag meldete ich meine Jüngste bei vier Kindergärten im Umkreis an, ohne nennenswert weitergekommen zu sein. Dann flüchtete ich in den ersten Stock, ließ mir von Tom einen Kakao kochen, schüttete ihm mein Herz aus und aß dabei eine halbe Tafel Toblerone.
»Nun wart's doch erst mal ab«, sagte er sehr streng, »jetzt schon die Flinte ins Korn zu werfen halte ich für verfrüht!«
»Aber ohne Betreuung kein Job, ohne Job kein Geld!«, schimpfte ich, »Mann, nun ging's mir *einmal* gut! Nun hatte ich *einmal* keine Probleme!«
»C'est la vie«, sagte er. »Leider ist es im Leben hässlich eingerichtet, dass bei den Rosen gleich die Dornen stehen. Joseph Viktor von Scheffel.« Er stützte sein Gesicht in beide Hände und machte ein sehr tiefsinniges Denkergesicht. Obgleich mir an sich nicht besonders komisch zumute war, musste ich lachen. Er lachte zurück. Hob die mal wieder unter dem Tisch herumlungernde Ninni schwungvoll auf seinen Schoß und band ihre losen Schnürsenkel zu ordentlichen Schleifen. »Ganz im Ernst, Romea, du kannst wirklich unbesorgt in die Zukunft schauen. Uwe bekommt sein Arbeitslosengeld und findet bald einen neuen Job. Na, geht's jetzt wieder?«
Er hatte Recht, es ging mir tatsächlich etwas besser. Irgendwie wuchs mir dieser Nachbar allmählich ebenso ans Herz wie der andere, auf *seine* Weise. Schade, wenn er sich eine Freundin zulegte und ich dann abgemeldet wäre. Wirklich jammerschade.

Blues mit dem Hausfreund

Viel änderte sich nach Uwes Anruf zunächst nicht, jedenfalls nichts, was man hätte sehen oder anfassen können. Unser Alltag blieb der Gleiche, wir selbst blieben die Gleichen, die ganze Situation blieb die Gleiche. Mit dem einzigen Unterschied, dass ein grauer Schatten auf unsere so mühsam arrangierte kleine Welt gefallen war. Das Leben hatte einen anderen Beigeschmack als noch vor einer Woche; ein mir bis dato unbekannter Beigeschmack, der nicht besonders mundete. Und die Wolke, die den Schatten verursachte, weigerte sich hartnäckig, weiterzuziehen.

Wenn auch die Notwendigkeit noch nicht gegeben war, erschien es mir im Hinblick auf möglicherweise ungewisse Zeiten sicherer, mein Geld beisammen zu halten. Frau Borowski, der ich recht freimütig von der neuen Sparpolitik berichtete, weil sie mich ebenso freimütig befragte, ließ mich wissen, dass sie damals nach dem Krieg mit einem Kleinkind und wenigen Habseligkeiten durchzukommen gezwungen gewesen sei, und das ohne den Rückhalt eines fest gesponnenen, stabilen sozialen Netzes. Ein paar Sekunden lang betrachtete sie den blauen Siegelring an ihrem linken Ringfinger, bevor sie, so fest und bestimmt wie immer, sagte: »Wer arbeiten will, der kann! Sagen Sie das Ihrem Ex-Mann!«

Natürlich hatte sie Recht. Der trostspendende Effekt ihrer Worte jedoch war eher begrenzt.

Weihnachten näherte sich, die Zeit der parfümimprägnierten Zeitschriften und tannenzweiggeschmückten Wohnzimmer brach an. Übrigens besaß die WG über uns ebenfalls einen Adventskranz, den Tom so am sechsten oder siebten Dezember aus dem Keller holte. Es handelte sich um ein sehr haltbares, sehr teures und ganz besonders scheußliches Exemplar aus Kunsttanne mit ebenso künstlichen Elektrokerzen, deren rote Plastikflammen sogar das Flackern im Luftzug simulierten.

»Toll, nicht?« Begeistert knipste Tom den Schalter an und aus und wieder an.

»Ganz toll. Und nun schaff mir dieses Ungetüm vom Leibe«, sagte

ich schwach und warf einen Trost suchenden Blick auf unser wenig repräsentatives, aber immerhin nach Tanne duftendes Natur-Adventskränzchen.
Einige Tage vergingen. Statt sich zu verflüchtigen, hing die Wolke weiterhin zäh und unbeweglich über uns, ungeachtet dessen, dass Uwe regelmäßig von sich hören ließ und voller Optimismus die vielen Bewerbungen aufzählte, die er losgeschickt hatte.
»Und?«, fragte ich. »Hat man dich schon zu Vorstellungsgesprächen eingeladen?«
Er zögerte. »Doch, ja, bei einem bin ich sogar in die Endrunde gekommen.«
»Und?«, sagte ich wieder.
»Na ja, das Rennen hat dann leider der jüngere Bewerber gemacht. Aber das will nichts heißen. Erfahrene Außendienstler werden *immer* gebraucht.«
Zeitgleich gab es eine Menge Papierkram für die Scheidung zu erledigen. Es handelte sich dabei überwiegend um mehrseitige, für meine Begriffe äußerst komplizierte Formulare, die bis auf drei Stellen hinter dem Komma genau ausgefüllt werden wollten und so bedeutungsvolle Dinge wie Rentenanwartschaften und den Versorgungsausgleich betrafen. Mein Rechtsanwalt, ein freundlicher schnauzbärtiger Mittfünfziger namens Ruprecht Schorn, wurde nicht müde, mir solche Anträge sowie Kopien von allerlei Schriftsätzen zu schicken. Leider verstand ich diese größtenteils nicht, weil Termini wie »Antrag auf Feststellung von Kindererziehungszeiten« und »beabsichtigter Zugewinnausgleich« bisher nicht zu meinem gängigen Vokabular gehört hatten. Vor allen Dingen mit der Feststellung von Kindererziehungszeiten hatte ich so meine Schwierigkeiten. Ein simples »Jetzt« kam in dem Fragebogen nirgendwo vor.
Ich rief mal wieder ein Stockwerk höher an und bat Tom flehentlich, mir beizustehen. Es handelte sich um einen der seltenen Momente, in denen ich es geradezu begrüßte, dass Lukas nicht zur Verfügung stand. Mein schöner, eleganter Nachbar war einfach nicht der Typ Mann, mit dem frau gerne Formulare ausfüllt. In seiner Gegenwart hätte ich nur wieder auf meine Haltung statt auf den Fragebogen ge-

achtet. Mit Tom war das eben anders. Tom war praktisch, außerdem hatte er schon eine Scheidung hinter sich gebracht.
Zehn Minuten später saßen wir zu fünft um den Esstisch, Tom, die drei Kinder und ich. In der blauen Teekanne dampfte der Weihnachtstee. Ninni malte Strichmännchen und kringelförmige Herzen in ein ausrangiertes Schulheft, neben ihr lernte Carlo die »Kraniche des Ibikus« auswendig, derweil sich Suse mit einer Hausaufgabe über die Irrfahrten des Odysseus beschäftigte, leise schimpfend und den Mund voller Lebkuchen. Hätten vor mir nicht diese verflixten Formulare ihrer Bearbeitung geharrt, wäre es ein unbeschreiblich gemütlicher Adventsnachmittag gewesen.
»Tom, nun hilf mir mal auf die Sprünge«, sagte ich unter heftigem Blättern, »du kennst dich doch aus! Also, die schreiben: ›Das Familiengericht hat um eine Rentenauskunft zur Durchführung des Versorgungsausgleichs in Ihrer Scheidungssache gebeten. Die Auskunft über die Höhe der Rentenanwartschaft aus der gesetzlichen Rentenversicherung kann nur dann zutreffend erteilt werden, wenn dem Versicherungsträger alle bis zum Ende der Ehezeit zurückgelegten versicherungsrechtlich bedeutsamen Zeiten bekannt sind, das Versichertenkonto also vollständig geklärt ist. Das vorliegende Versichertenkonto enthält klärungsbedürftige Lücken.‹ Mann, was bedeutet das alles? Dieser verdammte Schrieb hier enthält für meine Begriffe jede Menge klärungsbedürftiger Lücken!!!« Genervt biss ich in einen Lebkuchen. »Den Fragebogen V1 soll ich dreifach ausfüllen! Glauben die vielleicht, ich hätte sonst nichts zu tun? Warum benutzen die keinen Kopierer?! Und hier: Angeblich fehlt der Antrag auf Kinderberücksichtigungszeiten! Erstens, was soll das? Zweitens, wer sich solche Formulierungen ausdenkt, gehört verklagt, und drittens berücksichtige ich meine Kinder, seit sie auf der Welt sind, und das ohne jeden Antrag!«
Tom lachte und legte beschwichtigend die Hand auf meinen Unterarm. »Keine Panik, Romea, nun reg dich erst mal ab. Die wollen nur wissen, *wann* genau du *was* gemacht hast, und das lückenlos, verstehst du? Hast du irgendwelche Unterlagen, die weiterhelfen würden? Bescheinigungen von Arbeitgebern?«
»Arbeitgeber, ha!«, sagte ich und konnte Ninni gerade noch daran

hindern, mit dem roten Filzstift Kringelherzchen auf die Tischplatte zu kritzeln. »Kurz bevor ich mit dem Studium fertig war, hat Uwe mich das erste Mal geschwängert. Richtig fest angestellt war ich nie! Und glaubst du vielleicht, dass irgendwelche Nachweise über die ganzen Klavierstunden existieren, die ich gegeben habe? Nee.«

Er wiegte bedenklich den Kopf hin und her. »Du musst unbedingt alles herauskramen, was irgendwie deinen Lebenslauf dokumentieren könnte.«

»Die Geburtsurkunden der Kinder und die Impfpässe hätte ich griffbereit«, sagte ich muffig, »die Papiere von der Musikhochschule und mein Abizeugnis müsste ich allerdings im Keller suchen. Wenn ich mich sehr anstrenge, finde ich vielleicht noch mein Fahrtenschwimmerzeugnis und ein paar Liebesbriefe.«

»Mama«, Suse sah nachdenklich hoch, »können Elefanten schwimmen?«

»Bestimmt, mein Schatz.«

»Klar können Elefanten schwimmen«, mischte sich Carlo ein, »aber halt jetzt die Klappe, ich muss lernen. Von Theseus' Stadt, von Phokis Strand – Mist, nu hab ich's vergessen!«

»Mama?« Das war wieder Suse. »In einer Woche ist Weihnachten, ne?«

»Kind, mach deine Hausaufgaben«, sagte ich zunehmend gereizt. Trotz intensivsten Grübelns war mir kein einziges amtliches Dokument eingefallen, das ich noch aus dem Hut hätte zaubern können, weder ein Diplom fürs Staubsaugen noch ein Zeugnis fürs Einkaufen noch einen Beleg für den regelmäßigen Besuch von Elternsprechtagen. Keine Urkunde, dass ich zwei Kindern die unfallfreie Handhabung von Messer und Gabel beigebracht hatte. Keinen Abschluss mit Summa cum laude in der Disziplin »Wir basteln uns ein Karnevalskostüm aus Eierkartons«. Für nichts, womit ich mich familienhalber beschäftigt hatte, gab es einen offiziellen Beweis, und ohne Beweise war ich aufgeschmissen. Wahrscheinlich würde man mir demnächst mitteilen, ich hätte keine versicherungsrechtlich bedeutsamen Zeiten zurückgelegt, somit überhaupt nicht existiert und demzufolge auch keinerlei An-

spruch auf irgendwelche Anwartschaften. Ratlos kaute ich auf meinem Kugelschreiber herum.
»Mama, wie paaren sich Fische?«
»Weiß nicht«, sagte ich. Ich wusste ja nicht einmal mehr, wie Menschen sich paaren.
»Mama, würdest du dich für fünfzig Mark in Hundescheiße wälzen?«
Bevor ich verneinen konnte, hatte Carlo längst grienend von seinem Balladentext umgeschaltet: »... und horchen von dem Schaugerüste des Chores grauser Melodie, also, das kommt ja wohl auf die Hundescheiße an. So ein winziges Pudelköttelchen wär doch okay.«
Suse kicherte begeistert. »Und wenn's Bernhardinerscheiße wär? Mama, was ist eigentlich ein Bratkartoffelverhältnis? Würdest du deinem Biolehrer eine Nacktschnecke aufs Pult legen?«
»Kind«, sagte ich gequält, »während ich diese Papiere ausfülle, ist das private Auskunftsbüro bis auf weiteres geschlossen. Heb dir deine Fragen für später auf und kümmere dich endlich um Odysseus. Und du um deine Kraniche, Carlo.«
Beleidigt verzog er die Mundwinkel. »Tu ich doch! Also, von Theseus' Stadt, von Aulis Strand, von Phokis ... von Phokis ... Mann, es ist viel zu laut hier drin! Wie soll man da lernen?«
»Du hast ein eigenes Zimmer, Herr Sohn«, sagte ich kurz und vertiefte mich wieder in das Formular.
»Da bin ich aber ganz allein.«
»Eben.«
»Mama, ich hab einen ganz dicken Popel in der Nase«, teilte Ninni mir nebenbei mit und bohrte versonnen in ihrem linken Nasenloch herum.
Gott, war das heute wieder kurzweilig bei uns. Jeder quasselte vor sich hin, unablässig riss des Chores grauser Melodie mich aus meinen Gedanken. Wie sollte ich unter so chaotischen Umständen diesen Versorgungsausgleichskrempel durchschauen?
»Mama, heute hat uns Frau Milster von einem Mann erzählt, der hatte ... der hatte ... wie heißt noch mal die Krankheit, bei dem einem alles abfällt? Pest?«
Ich seufzte mit zunehmender Verzweiflung. Frau Milster war Su-

ses Religionslehrerin und legte großen Wert auf spannenden Unterricht. Letzte Woche erst hatte sie mit ihren Sechstklässlern »Prophetenfußball« gespielt, was konkret bedeutete, dass sie einen Ball in die Klasse warf und dazu eine Abkürzung wie beispielweise »HSK« rief, und wer dann »Hesekiel« wusste, der bekam einen Punkt. Plötzlich knallte Carlo sein Deutschbuch auf die Tischplatte. Ich zuckte so heftig zusammen, dass mein Kuli mitten im Wort abschmierte. »Fertig!«, brüllte er. »Mama, pass auf! Wer zählt die Völker, nennt die Namen, die gastlich hier zusammenkamen? Von Theseus' Stadt, von Aulis Strand, von Phokis, von Spartanerland, von Asiens entlegner Küste, von allen Inseln kamen sie, und horchen von dem Schaugerüste des Chores grauser Melodie! Siehste, ich kann's!«
»Sehr gut, Carlo«, sagte ich.
Suse überging die mnemotechnische Leistung ihres Bruders kommentarlos. »Mama, legen Rektilien Eier? Hast du schon mal die Saugnäpfe von einem Tintenfisch gegessen?«
»Nein«, wimmerte ich.
»Dann vielleicht die Arme?«
»Nein! Ruhe! Wenn ihr mich nicht sofort das Formular ausfüllen lasst, dann kriege ich keine Anwartschaften!!!«
»Mama, die Sache ist doch völlig vergebungslos«, grinste Suse und begann, mit einem Streichholz am Adventskranz herumzukokeln, »wir sind in der Überzahl.«
Ninni war zwischenzeitlich wieder zum Malen von Strichmännchen zurückgekehrt. »Punkt, Punkt, Komma, Strich, fertig ist die Miezekatze«, sang sie sehr melodisch, »und ein dickes Bäuchlein dran, damit er besser sehen kann. Guck mal, Mama!«
»Toll, Ninni!«, rief Carlo, »Mama, sie hat sogar vier Füße gemalt!«
»Und einen Daumen«, sagte Ninni stolz.
Ich werde gleich wahnsinnig, dachte ich, vollkommen und vergebungslos wahnsinnig. Wird sowieso das Beste sein. Dann brauche ich keine Anwartschaften und keine Kinderberücksichtigungszeiten mehr. Und den verdammten Versorgungsausgleich auch nicht.

»Mama, und in Bio, ne«, plauderte Suse unverdrossen weiter, »in Bio machen wir bald Dings, du weißt schon, Sex. Häuten Fische eigentlich ihre Schuppen? So wie wir unsere Milchzähne?«
Ich barg mein Gesicht in beiden Händen. Wenn jetzt jemand noch einen einzigen Satz von sich gab, der mit »Mama« begann, würde ich die Wolframstraße zusammenbrüllen.
Dann meldete sich zu guter Letzt auch noch Tom zu Wort. Er hatte in der vergangenen Viertelstunde zwar häufig gelacht, sich aber dankenswerterweise jeden Kommentars enthalten. Seine sehr löbliche Hauptbeschäftigung war gewesen, mit Bleistift Kreuzchen an die vielen Stellen im Formular zu machen, die ich auszufüllen hatte. »Romea, du verziehst dich jetzt mit dem Fragebogen in ein stilles Eckchen. Ich regele derweil die Herren Odysseus und Schiller.«
»Aber –«
»Keine Widerworte. Suse, was hast du bis jetzt geschrieben?«
Ich stand so geräuschlos wie möglich auf, stapelte die Fragebögen aufeinander und machte ein paar Schritte Richtung Tür. Keiner schrie »Halt, hier geblieben!«, keiner zückte ein Paar Handschellen, im Gegenteil, Suse klappte tatsächlich ihr Geschichtsheft wieder auf. »Ich hab geschrieben: Odysseus war noch mitten auf seiner Irrfahrt, als die Freier sich schon in seinem Haus breit machten. Sie blieben ganz lange und verprasselten sein Hab und Gut.«
Eine knappe Stunde später befand ich mich zwar am Rande eines spektakulären Nervenzusammenbruchs, doch war es mir tatsächlich gelungen, die Anträge ordnungsgemäß auszufüllen. »Da«, sagte ich und warf Tom die Papiere vor die Nase, »fertig, erledigt. Die spinnen, die Fragebogenerfinder.«
»Tun sie nicht. Dir steht nun mal ein Teil von Uwes Rente zu, und anders als mit solchen Fragebögen ließe sich das wohl kaum berechnen.«
»Es ließe sich aber durchaus anders formulieren«, zürnte ich, »nämlich allgemein verständlich! Sind denn wir für die Behörden da oder die Behörden für uns?!«
»Gib mir mal Geld, Mama«, unterbrach mich Carlo, »ich muss mir noch ein neues Matheheft kaufen.«

Da war er wieder, der berühmte Satz. Erst lernen sie »Mama« und »Papa«, doch die ersten zusammenhängenden Worte lauten: »Gib mir mal Geld«. Ich schob ihm einen Fünfer zu. »Wo ist eigentlich Ninni abgeblieben?«
»Unterm Tisch, wo sonst«, sagte Suse.
Tatsächlich, das goldige Kleinkind hockte zu Toms Füßen, hatte ihm die Schuhe ausgezogen und dekorierte nun seine blaubesockten Füße mit Puppenkleidung. Weiß der Himmel, woher das Kind diese aparten Ideen hernahm.
»Okay, Leute«, sagte ich sehr befreit und ließ mich auf einen Stuhl plumpsen, »der Stress ist ausgestanden. Jetzt dürft ihr mich löchern, so viel ihr wollt!«
Da ich jetzt nichts Dringendes mehr zu erledigen hatte, sondern voll und ganz meiner Familie zur Verfügung stehen konnte, gab es logischerweise keine Fragen mehr, weder zu Tintenfischarmen noch zu Hundekötteln. Suse sagte nur: »Och, im Moment weiß ich eigentlich alles«, Abgang. Carlo stand auf, brummte: »Ich geh 'n bisschen zu Hendrik«, Abgang. Ich seufzte leise. Anzunehmen, dass auch Tom gleich sagte: »Ich geh'n bisschen zu Ringelnatz«, Abgang. Irgendwie war mir im Moment so gar nicht nach Alleinsein.
Tat er aber nicht. Stattdessen deutete er auf das Klavier und machte ein bittend-aufforderndes Gesicht. Ich lachte auf. »Jetzt?! Außerdem hab ich momentan nicht viel drauf.«
»Ha, da bin ich aber anderer Meinung! Vorgestern Abend erst habe ich dich noch etwas Jazziges spielen hören. Hörte sich toll an.«
Sehr taktvoll von ihm, die Tatsache zu vernachlässigen, dass ich mich anschließend bei Chopins Minutenwalzer etwa tausendmal verspielt hatte. »Zu viel der Ehre, momentan fehlt mir einfach die Routine. Vor zwei Jahren habe ich ja noch nebenbei in einem Jazztrio gespielt und gelegentlich Kammermusik gemacht, aber seit der Bratschist nach Altötting –«
»Willst du damit etwa sagen, dass du alles brachliegen lässt?«, fiel er mir sehr kritisch ins Wort. »Wofür dann überhaupt das Studium und alles?«

Typische Männerfrage. Ich zog die Schultern hoch. »Tja, Tom, das alte Lied: Frau macht Ausbildung, trifft Mann, wird schwanger und verschwindet von der beruflichen Bildfläche. War früher üblich, ist heute noch oft der Fall und wird's vermutlich immer geben.«

»So 'ne Verschwendung aber auch«, entrüstete er sich, »was hattest du eigentlich für ein Berufsziel, wenn ich fragen darf, musikalische Mutter etwa?!«

Ich sagte, dass ich mangels außergewöhnlichen Talents an eine große Konzertlaufbahn nie einen Gedanken verschwendet hätte, dass ich aber durchaus eine gute Begleiterin hätte werden können. Allerdings seien drei Kinder plus ein dauernd abwesender Gatte bekanntlich ein relativ stringentes Argument *gegen* ein karriereorientiertes Leben.

»In dieser Gesellschaft ist immer noch der Wurm drin«, erklärte er düster, »du hast Talent und Können und musst alles verschimmeln lassen, während dein Ex auf der faulen Haut liegt. Ach, wie ist das doch deprimierend! Bitte spiel was für Flottes mich, das wird mich wieder aufheitern. Ich liebe Jazz und besonders die ganzen alten Blues-Strategen. Kennst du zufälligerweise *Makin' Whoopee*?«

»Sicher.« Spätestens seit den »Fabelhaften Baker Boys« und der berühmten Szene mit Michelle Pfeiffer auf dem Flügel kannte das ja nun jeder. Keine Party, auf der ich den alten Hit nicht hatte darbieten müssen. Ironisch schaute ich mich um. Wirklich eine originelle Kulisse für eine Blues-Nummer, dieser adventlich geschmückte Raum, von der lautstark in der Legokiste herumwühlenden Ninni ganz zu schweigen.

Also gut. Ich klappte den Klavierdeckel hoch und legte los. Übrigens liegt die Stimme, mit der der liebe Gott mich ausgestattet hat, im unteren Altbereich und wurde immer schon als »etwas rau, aber angenehm« definiert. Unbrauchbar für klassische Partituren also, doch mit Blues und Soul verträgt sie sich ganz ausgezeichnet. Ich räusperte mich, setzte eher verhalten ein, während Tom mit aufgestützten Ellenbogen am Klavier herumlungerte. Aber dann bekam ich von einem Moment zum anderen mörderischen Spaß an der Sache und hauchte das *Makin' Whoopee* so bluesig, wie es nur ging, es waren unerhört schräge Harmonien, die meine rechte Hand zustande brachte. Pling, verklang der gebrochene Schlussakkord.

»Hut ab, Mädchen!« Tom deutete Applaus an. »Von wegen ›nichts drauf‹!«

»Im Vergleich zu früher schon.« Spielerisch klimperte ich die ersten Takte von *Tuxedo Junction*, ein Stück, bei dem man gar nicht anders kann, als mitzuswingen, und Tom rief begeistert: »Hey, gut!«, schnippte rhythmisch mit den Fingern und machte an passender Stelle hingebungsvoll »duuaa-duuaa«. Nun gesellte sich auch noch Ninni dazu und hopste unter lauten »duuaa-duuaa«-Rufen durch das Wohnzimmer. Eine Mordsgaudi! Ich war voller Vergnügen bei der Sache und wie befreit, und die verdammte dunkle Wolke schien endlich weitergezogen zu sein. Und weil es so schön war, spielte ich noch *Fly me to the moon* und als Zugabe *My baby cares for me*, wobei ich allerdings ziemlich schummeln musste, weil ich es lange nicht mehr geübt hatte. Schließlich nahm ich sehr aufgekratzt die Hände von den Tasten. »Ha, was meinst du, wie hier die Post abgeht, wenn Carlo seinen Kontrabass erst richtig beherrscht!«

Tom zog die Stirn kraus und sah mich leise erstaunt an. Sein Blick war fast so schräg wie die Akkorde, die ich eben gespielt hatte. »Meine Güte, Giraffenkind, noch nie habe ich eine dreifache Mutter unter lautem Zetern behördliche Formulare ausfüllen und anschließend Jazz spielen sehen, und das auch noch an einem verregneten Nachmittag kurz vor Weihnachten!«

Unwillkürlich errötete ich. So etwas Nettes wie »Giraffenkind« hatte lange keiner mehr zu mir gesagt. Uwes Vergleiche aus dem Tierreich waren seinerzeit weit uncharmanterer Natur gewesen.

»Nächste Woche machst du das wieder, ja?« Er wartete mein bejahendes Nicken ab, bevor er mich bat, ihn nun in Gnaden zu entlassen.

Natürlich mache ich das wieder, dachte ich, dann aber ohne vorherigen Zweikampf mit Behördenformularen und ohne ein herumspringendes Kleinkind. Stattdessen mit Lukas, bitte, oder noch besser, mit Lukas und Kerzenschein. Oh, was hatte ich plötzlich Lust auf frische, unverbrauchte Liebe. Mit Schmetterlingen im Bauch und *la vie en rose* und Champagner im Bett.

Immer mit der Ruhe, sagte meine innere Stimme, was willst du mit neuem Beziehungsstress? Du bist noch nicht mal geschieden!

Trotzdem. Jetzt war ich endlich frei, und was passierte? Nichts. Jedenfalls nichts, was auch nur entfernt mit *la vie en rose* zu tun gehabt hätte.

Das ist Unsinn. Man muss warten können! Denk doch mal daran, was du an Tom und Lukas hast!

Ich dachte an Tom und Lukas und daran, was ich an den beiden hatte, stellte jedoch nur zum wiederholten Mal fest, dass mein Verhältnis zu den beiden Herren aus dem ersten Stock ausgesprochen ambivalent war. Längst gab es keine Wortgefechte mehr darum, wer nun das Besteck aus der Küche holen müsse, damit ich nicht etwa dreißig Sekunden allein mit dem anderen im Wohnzimmer zurückbliebe. Es wäre auch keinem der beiden mehr eingefallen, so offen und direkt um meine Gunst zu buhlen wie in der ersten Woche. Nur, insgesamt buhlte jetzt niemand mehr offen und direkt um meine Gunst!

Interessent Nummer eins, der affige Orthopäde Robert Freck, war komplett von der Bildfläche verschwunden, was ich nicht bedauerte. Mein einziges Erinnerungsstück, das Anleitungsblatt mit den Rückenübungen, hing unbeachtet an der Pinnwand.

Interessent Nummer zwei, der elegante Lukas Zoeppel, gab sich gerne mysteriös, und nachbarliche Besuche »einfach mal so« stattete er mir grundsätzlich nicht ab. Zwar streiften seine Blicke nach wie vor wohlgefällig über meine Kurven, wann immer wir uns begegneten, zwar flogen bei diesen Gelegenheiten verwegenste Wortbälle hin und her, doch außer diesen Zufallsflirts tat sich nichts Konkretes. Jedes Mal bremste Lukas das ganze wundervolle Prickeln zu eben jenem Zeitpunkt ab, an dem eigentlich zwingend eine Einladung zum Essen oder anderweitigem Ausgehen hätte folgen müssen. Dass Lukas Zoeppel Katz und Maus mit mir spielte, lag ebenso klar auf der Hand wie die Rollenverteilung. Die Maus war ich.

Immerhin besaß ich trotz meiner Verknalltheit in diesen schönen dunkelhaarigen Mann genügend Vernunft, um nicht unablässig »zufällige« Begegnungen herbeizuführen, weder indem ich dringend nach der Post zu gucken hatte, wenn ich seine Stimme im Treppenhaus vernahm, noch indem ich abends oben klingelte und Mehl zu leihen wünschte, obgleich bei mir noch zwei Kilo im Küchenschrank herumstanden. Wenn das Objekt der Begierde nur einen Stock höher wohnt, mögen einen solche Ideen zwar stark in Versuchung bringen, mich womöglich lächerlich zu machen war jedoch nicht meine Absicht. So beließ ich es bei den echten zufälligen Begegnungen.

Steter Tropfen höhlt den Stein, Romea, dachte ich, man muss sich eben regelmäßig in Erinnerung bringen. Aber dennoch: Ich würde mich hüten, Lukas Zoeppel direkte Avancen zu machen. Jedenfalls nicht, bevor ich genau wusste, ob und wie viele andere Eisen er noch im Feuer hatte und ob er zu einem dieser Eisen möglicherweise eine Beziehung pflegte. Und Tom, der höchstwahrscheinlich sowohl über amouröse Aktivitäten wie über deren Details genauestens informiert war, hatte bislang leider davon abgesehen, mir sein Wissen weiterzureichen. Sehr viel mehr, als dass Lukas zweimal in der Woche Handball spielte, hatte ich nicht in Erfahrung bringen können.

Lukas und Tom, unterschiedlicher ging es nun wirklich nicht. Lukas war dazu imstande, mich mit einem Blick erstarren zu lassen. Tom dagegen konnte etwas, was wiederum Lukas *nicht* konnte: Mit den Augen lachen. Er war ein Fall für sich, und zwar ein sehr unkomplizierter. Mal kam er nachmittags auf ein Tässchen Tee vorbei, seltener abends, aber er hatte irgendwie immer Zeit, wenn ich Gesellschaft brauchte. Mit Ninni baute er Legotürme, die knapp bis unter die Decke reichten, und brachte ihr die aberwitzigsten Ringelnatz-Reime bei. Ich fand es nachgerade genial, dass Ninni zwar noch immer »Assloch« sagte, aber Verse wie »Es war ein faules Krokodil, das lag zwei Monate ganz still. Dann schlief es sieben Jahre ein, und schließlich schien es tot zu sein« fehlerfrei mitzusprechen imstande war.

Auf erfrischende Weise mangelte es Tom an Eitelkeit. Womit ich keineswegs sagen will, dass er sich äußerlich gehen ließ. Er legte nur eine starke Un-Bekümmertheit in diesen Dingen an den Tag. Nun ja, was ihm diesbezüglich fehlte, war dafür überreichlich bei Lukas gelandet; der trug am liebsten Schlips und Anzug und ging alle drei Wochen zum Friseur. Warum beide Männer ohne feste Freundin lebten, war mir schleierhaft. Andererseits erhielt mir in Lukas' Fall dieser Umstand die wunderbare Hoffnung, irgendwann einmal zum Zuge zu kommen. In Toms Fall erfreute ich mich einfach der Tatsache, dass er in unserem Leben mitmischte. Ich hinderte ihn nicht daran, Carlos Gangschaltung zu reparieren, und ich hatte auch keine Einwände, wenn er Suse lebensnahen Biologieunterricht erteilte und ihr den Reim »Wenn du einen Schneck behauchst, schrumpft er ins Gehäuse, wenn du ihn in Kognak tauchst, sieht er weiße Mäuse« beibrachte, den sie prompt in der nächsten Biologiestunde rezitierte. Und als Suse sich vorgestern erkundigt hatte, was eigentlich ein Hausfreund sei, war Carlos Antwort so schnell wie treffend gekommen: »Na, Tom natürlich, was sonst?«

Er hatte Recht. Tom war buchstäblich unser Hausfreund.

Mehr hatte ich nicht vorzuweisen. Mein Exmann Uwe, der Orthopäde, Lukas und Tom. Den ersten wollte ich nicht, den zweiten erst recht nicht, der dritte war mysteriös, und der vierte war mein Hausfreund. Einen fürs Herz gab es im Moment nicht. Und noch immer hatte mir niemand meine nacheheliche Unschuld geraubt.

Pfui, Romea, dachte ich. In deinem Alter solltest du deine Hormone im Griff haben.

Was heißt hier »in deinem Alter«, begehrte ich auf. Ich bin erst siebenunddreißig! Und habe ich vielleicht irgendein Gelübde abgelegt, fortan nur noch Mutter zu sein und männliche Wesen ausschließlich aus der Distanz zur Kenntnis zu nehmen?

Nein, hast du nicht. Aber alles zu seiner Zeit. Man muss Geduld mit dem Leben haben.

Ich seufzte. Dann trällerte ich albern *Die Nacht ist nicht allein zum Schlafen da*, klappte den Klavierdeckel für heute zu und rief die Kinder zum Abendbrot. Wenigstens war die beunruhigende graue Wolke verschwunden.

Neues Jahr, neues Glück

Wie ungewohnt, wie erfrischend zwanglos Weihnachten doch sein kann, wenn man es sich nach Gusto arrangieren darf. Drei aufgeregte Kinder, ein wahrhaftig entzückend geschmücktes Bonsai-Tännchen und tiefe Zufriedenheit zeichneten dieses erste Fest nach Beginn der neuen familiären Zeitrechnung aus.

Keine Pflichtbesuche. Keine Pflichtgans am ersten Feiertag. Keiner, der Forderungen stellte und uns in irgendein Schema zu pressen trachtete. Es gab nur uns und unsere ausgelassen-weihnachtliche Stimmung und nachmittags den Spaziergang zur Kirche. Während der Predigt schlummerte Ninni sanft auf meinem Schoß ein, und nicht einmal der Umstand, dass Suse eine Atempause des Pastors nutzte, um mir unüberhörbar mitzuteilen, ihr sei langweilig, konnte die festliche Stimmung trüben. Nach der Bescherung verzogen sich Suse und Carlo in die Küche, um das Weihnachtsmahl zuzubereiten. Speisenfolge: Erst Frikadellen mit Fritten, danach Schokoladenpudding. Ich hatte bei der Planung der Festtage nichts Stichhaltiges gegen dieses Menü vorzubringen gewusst. Wo bitte steht geschrieben, dass Heiligabend und Hackfleischbällchen einander ausschließen?

Umso größer meine Überraschung, als man mir den Hauptgang servierte. Die Frikadellen waren zwar auf einer Seite minimal angekokelt (was ich vornehm übersah, Heiligabend neigen ja bekanntlich viele Dinge dazu, Feuer zu fangen), aber – und das war das Pfiffige an der Sache – statt banaler Bouletten hatten die Kinder eine echte Heiligabend-Variante fabriziert. Verblüfft betrachtete ich die sternförmigen Gebilde auf meinem Teller. »Sagenhaft«, staunte ich.

»Ja, ne?« Suse platzte schier vor Stolz. »Die haben wir mit einem Plätzchen-Ausstecher gemacht. War meine Idee!«

Und dann geschah noch ein kleines Wunder: An sich hätte das Streit-Reglement in unserer Familie zwingend vorgeschrieben, dass Carlo nun »Quatsch, es war meine Idee!« brüllte und man sich schreiend darüber auseinander setzte, wessen Idee denn nun

die Sternfrikadellen gewesen waren – aber alles Derartige blieb aus. Carlo schwieg. Er sah mich nur an und grinste.
»Fröhliche Weihnachten, Kinder!«, sagte ich sehr feierlich.
»Fröhliche Weihnachten, Mama«, riefen Carlo und Suse.
»Fröhliche Weihnachten, Mama!«, echote Ninni etwa eine Oktave höher. Diese Glühbäckchen, diese großen blauen Augen! Im Kerzenschein war meine Jüngste wie ein Weihnachtsengel anzusehen.
Ansonsten blieben wir für uns, mehr oder weniger gezwungenermaßen zwar, aber dennoch gern. Uwe war verreist; er hielt sich bei Bekannten in München auf. Lukas hatte sich kurz vor Heiligabend mit fünf anderen Singles aus dem Handballverein in die französischen Alpen zum Skilaufen abgesetzt. Und auch Tom befand sich weit weg. Mangels eigener Familie war er für ein paar Tage in den Schoß seines Elternhauses zurückgekehrt. Silvester verschliefen wir einfach. Kein Feuerwerk, keine Party, kein Klirren von Sektgläsern. Zwei Wochen lang war ich abends allein, aber nicht einsam. Ich vermisste nichts. Womit ich nicht sagen will, dass ich *niemanden* vermisste. Aber es war alles gut, so wie es war.
Neues Jahr, neues Glück. Man würde sehen.

Und es ließ sich erfreulich an, das neue Jahr! Erst kehrte Tom zurück. Mit einem lauten Poltern an meiner Tür tat er mir seine Heimkehr kund, sagte laut: »Na, Gott sei Dank!«, und teilte mir noch im Hausflur mit, er benötige mindestens zwei Wochen, um sich vom Stress dieser kräftezehrenden Familienwoche zu erholen. Zwei warme Mahlzeiten täglich und Stelldichein der gesamten Mischpoche! Dann schenkte er mir den Nussschinken, den ihm seine Mutter geschenkt hatte.
Lukas' Rückkehr fand auf unauffälligere Weise statt, nämlich nachts und ohne jedes Poltern an der Tür. Er ließ noch nicht einmal einen seiner Skistiefel im Treppenhaus fallen. Als ich bis spätnachmittags des folgenden Tages noch nichts von ihm gehört, geschweige denn ihn zu Gesicht bekommen hatte, musste ich mir hochgradig unglücklich eingestehen, dass Lukas es offensichtlich nicht für nötig hielt, sich bei mir, seiner goldigen Nachbarin, zu-

rückzumelden. Zwei Stunden lang kultivierte ich meine miserable Stimmung. So lange, bis das Telefon klingelte und Suse mich rief.
»Mama, Lukas ist dran!«
Lukas! Glückselig hastete ich ins Wohnzimmer. »Na, du auch wieder da?«
»Wurde auch Zeit«, sagte die Samtstimme am anderen Ende, »es hat eine Woche lang ununterbrochen geschneit. Und von der berühmten Hüttengemütlichkeit konnte auch keine Rede sein.«
»Wieso nicht?«
»Wenn du fünf männliche Singles zusammen in eine Berghütte sperrst, addieren sich die persönlichen Schrullen ins Unerträgliche. Jeder hat seine eigenen festgefahrenen Gewohnheiten und Macken, die er kultiviert. Allein wenn ich an Fritz denke – der ist fast fünfzig und so unglaublich engstirnig und manieriert, also, nicht zum Aushalten! Hoffentlich werde *ich* nie so.«
Ich dachte still für mich, dass ich mich durchaus freiwillig zur Verfügung stellen würde, um das Wuchern und Ausarten des Zoeppelschen Schrullentums zu unterbinden, hielt es aber für verfrüht, mich unverschlüsselt anzubieten. Ach, diese Stimme!
»Hab dir auch was mitgebracht«, sagte sie gerade, »schau doch mal aus dem Terrassenfenster. Ich vermelde hiermit voller Freude, soeben den ›Fressalien-Express‹ erfunden zu haben!«
Den Hörer auf die Ablage knallen und zur Terrassentür rasen war eins. Und dann konnte ich nicht anders, als einen überraschten Quietscher von mir zu geben. An einer langen Schnur befestigt, baumelte draußen in Brusthöhe ein Einkaufskorb, darin ein Päckchen in Schuhkartongröße. Hoffentlich war kein Nussschinken drin. Mit der freien Hand griff ich wieder zum Telefonhörer. »Lukas, das ist ja toll!«
»Da ich keine Zeit hatte, mich herabzulassen, habe ich dir stattdessen das Mitbringsel herabgelassen«, witzelte Lukas mit einigem Stolz in der Stimme.
Wie ich phantasievolle Männer liebe! Einziger Störfaktor in diesem Moment der Seligkeit war Suse, die mir ausgerechnet jetzt etwas mitzuteilen wünschte. »Mama, ich sollte doch einen Zeichenblock kaufen, aber –«

»Ich telefoniere gerade!«, zischte ich und presste den Hörer ans Ohr.
»Mama, aber der Laden hatte gerade Inflation, und –«
»Nicht jetzt!!! Lukas, bist du noch dran?«
Er lachte erneut. Trotz der telefonbedingten Distanz kam es als pure Verführung bei mir an. Dass Suse beleidigt abzog und die Wohnzimmertür zuknallte, nahm ich kaum wahr. »Du hast keine Zeit mehr, nicht?«
»Doch, natürlich! Ganz schön schwer, dein Mitbringsel!« Sentimental wog ich das Päckchen in der Hand.
»Na ja, ich habe sicherheitshalber den Boden des Schuhkartons mit Steinen aus dem Vorgarten beschwert, damit er nicht so wild herumbaumelt.«
Ach so. Vorsichtig zupfte ich mit den Fingern am Geschenkpapier herum. Was hatte er mir wohl mitgebracht? Alpenschnaps? Schneekugeln?
»Übrigens«, fuhr Lukas fort, »kannst du zufälligerweise vier Eier entbehren? Sei doch so lieb und schick sie mir im Korb hoch, ja? Ach, dieser Fressalien-Express ist eine geniale Erfindung! Nun müssen wir nicht mehr dauernd klingeln kommen, wenn uns was in der Küche fehlt.«
So genial fand ich das eigentlich *nicht*, im Gegenteil. Blitzschnell erkannte ich, dass der Korb die ohnehin spärlichen Gelegenheiten, Lukas Aug in Aug gegenüberzustehen, noch weiter beschneiden würde. Blöder Fressalien-Express! Wie vernagelt manche Männer doch sein können. Ich seufzte, holte aber brav die gewünschten vier Eier und legte sie in den Korb. »Okay, das Nest ist voll!«
Kurz darauf tauchte ein strahlender Lukas oben auf dem Balkon auf – herrje, wie seine Augen in dem bergluftgebräunten Gesicht blitzten – und winkte mir zu. »Siehst gut aus«, stellte er fest, »offensichtlich hast du dich bestens von uns erholt!«
»War auch nötig«, sagte ich lakonisch.
»Soll ich etwa wieder abreisen? Den Gefallen tu ich dir aber vorläufig nicht.«
»Schade«, spöttelte ich, »es war so gemütlich ohne dich.«
»Ich komme gleich runter und zeige dir, was ich unter ›gemütlich‹

verstehe, wenn du weiterhin so frech bist«, sagte er und warf mir einen unglaublich intensiven Blick zu.
Mit wackeligen Knien machte ich einen Schritt zur Seite, um ihn noch besser ins Visier zu bekommen. Der Blick hatte es gewaltig in sich gehabt. »Wenn du nichts dagegen hast, würde ich gerne erst das Päckchen auspacken«, entgegnete ich in dem Bestreben, ihm nicht das letzte Wort zu lassen, »dann kann ich möglicherweise interessante Rückschlüsse ziehen, was ich im Falle eines Falles von dir zu erwarten habe.«
Gute Antwort, dachte ich. Immer schön Paroli bieten.
Aber meine Rechnung ging nicht auf. Lukas schickte mir den schmelzendsten aller schmelzenden Blicke und sagte nur: »Das weißt du doch längst.« Sprach's, zog den Korb hoch und verschwand.
Steine aus dem Vorgarten enthielt der Karton übrigens nicht, sondern eine Tafel französischer Schokolade, ein Döschen feiner Pastete und eine Flasche Taittinger. Dazwischen lag ein Zettel mit der Aufschrift: »Verwöhnpäckchen für Romea. Lass es dir heute Abend mal richtig gut gehen!«

Houston, wir haben ein Problem

Nach einer ganz gewöhnlichen Januarnacht kam dann die Katastrophe. Sie kam auf leisen Sohlen daher, nicht mit Blitzeinschlag, nicht mit nächtlichem Donnergrollen. Um ganz genau zu sein: Sie kam per Telefon. Genau um elf Uhr vierzig rief Uwe an und teilte mir in ein paar dürren Worten mit, dass er mir vorläufig nur noch sechshundert Mark monatlich überweisen würde. Mehr gebe das Arbeitslosengeld nicht her.
Ich versuchte, den Inhalt der beiden Sätze zu verstehen, scheiterte aber. Für einen Moment konnte ich weder etwas denken noch etwas erwidern.

»Tut mir Leid«, fuhr er fort, »das Jahr fängt wohl nicht besonders gut an. Aber der Bescheid vom Arbeitsamt ist eindeutig. Und ich bin nun mal kein Dukatenesel.«
Wie gelähmt stand ich neben dem Telefon, lauschte ohne jedes Verständnis, hörte nur »Bescheid« und »Dukatenesel«. Sonderbare Worte waren es, die da an mir vorbeischwammen, und ich konnte nichts mit ihnen anfangen. Ich wusste nur mit Bestimmtheit, dass der graue Schatten sich wieder vor die Sonne geschoben hatte, und diesmal war er grauer und größer als je zuvor.
»Romea?«
»Ja«, sagte ich und versuchte sehr angestrengt, klar im Kopf zu werden, »Uwe, ich kann dir nicht folgen. Sechshundert Mark, das ist gerade mal der Unterhalt für anderthalb Kinder!«
»Ich weiß. Geht aber nicht anders. Ein gewisser Selbstbehalt steht mir gesetzlich zu.«
Wenn auch ruckelnd, so setzten sich die blockierten Zahnrädchen in meinem Kopf nun doch in Bewegung. Sechshundert Mark? Uwe musste wahnsinnig geworden sein. Er hatte bei seiner Kosmetikfirma verdammt gutes Geld verdient. »Was heißt das, Selbstbehalt?«, fragte ich schließlich sachlich.
»Das ist der Betrag, der mir als Unterhaltspflichtigem zusteht. Reicht so eben für Miete und Auto. Unverschämtheit eigentlich.«
Unvermittelt platzte der Knoten, die Zahnrädchen in meinem Kopf beschleunigten ihr Tempo. Gleichzeitig fühlte ich diffuse Angst in mir aufsteigen. »Und was sollen deiner Meinung nach die verbleibenden anderthalb Kinder essen, wenn ich fragen darf? Was ist mit mir? Wovon soll ich die Miete bezahlen? Uwe, das ist doch wohl nicht dein Ernst, du bist unterhaltspflichtig!«
»Ich weiß. Aber ich *kann* nicht mehr zahlen. Sorry.«
So gelähmt mein Verstand eben noch gewesen war, so viele Gedanken wirbelten nun durch meinen Kopf. Ich begann fieberhaft zu rechnen, überschlug im Geiste Uwes früheren Verdienst, zog den Selbstbehalt ab, zog die bewussten sechshundert Mark ab, und stellte fest, dass unterm Strich durchaus eine Differenz blieb, genau genommen ein vierstelliger Betrag. Da war eindeutig etwas

faul. »Uwe«, sagte ich warnend, »kannst du so schlecht rechnen, oder willst du mich übers Ohr hauen? Da bleibt noch ordentlich Knete übrig.«

»Bleibt es nicht, das ist es ja gerade. Die ganzen Provisionen, die ich früher bekommen habe, fallen weg. Arbeitslosengeld gibt es nur auf das Grundgehalt, nun versteh das doch! Ich habe wirklich nicht mehr als den Selbstbehalt zur Verfügung.«

Mir war plötzlich, als hinge ich in einem stecken gebliebenen Aufzug fest, irgendwo zwischen dem siebzehnten und dem zwanzigsten Stockwerk, zwischen Füßen und Abgrund nur eine dünne Bodenplatte und auf beiden Seiten die Betonwände des Schachtes.

»Und wovon sollen wir leben?«, fragte ich tonlos und sah ein paar Sekunden lang meinen Fingern beim Zittern zu.

»Weiß ich auch nicht. Du wirst dir wohl einen Job suchen müssen.«

»Und Ninni?«

»Tja.« Mehr sagte er nicht.

Ausgezeichnet, dachte ich. Ich frage ihn, wie seine dreijährige Tochter existieren soll, und er sagt nur: »Tja.« Ein paar Sekunden vergingen. Und plötzlich, als habe diese eine Silbe einen Zeitzünder aktiviert, explodierte ich. »Bildest du dir allen Ernstes ein, dass du dich auf diese Weise aus der Affäre ziehen kannst, nachdem du gerade mal vier Monate lang korrekt den Unterhalt abgedrückt hast? Denkst du wirklich, ich würde zulassen, dass du dich der Menschen entledigst, für die du zu sorgen hast? Deiner eigenen Kinder? Und du sitzt gemütlich auf deinem Selbstbehalt und faulenzt den ganzen Tag herum? Niemals. Nicht mit mir.«

»Romea, nun reg dich nicht so auf«, sagte Uwe, »von entledigen kann doch gar keine Rede sein. Aber wir leben nun mal in schwierigen Zeiten! Glaubst du, ich bin der einzige Arbeitslose in Deutschland? Glaubst du, ich muss mich mit den paar Kröten *nicht* einschränken? Verdammt noch mal, ich gehe selber finanziell auf dem Zahnfleisch! Irgendwann wird sich das schon wieder einrenken, aber du musst ein bisschen Geduld haben.«

»Wie viel Geduld hat ein Vermieter, bevor er jemanden rausschmeißt, der die Miete nicht zahlt?«, konterte ich sarkastisch.

»Meine Güte, dann geh halt aufs Amt. Dir wird doch wohl irgendwas zustehen, Wohngeld oder wie man das nennt.«
»Mir steht allerdings etwas zu, und zwar von dir! Du kannst den Unterhalt nicht eigenmächtig kürzen. Wenn das Geld in drei Tagen nicht auf meinem Konto ist, geh ich zum Anwalt!« Damit knallte ich den Hörer auf die Gabel. Jetzt reichte es mir. Das Kapitel »männliche Machtspiele« hatte ich nach dem Auszug ein für alle Male abgeschlossen, und ich war keineswegs willens, noch einmal zurückzublättern. Plötzlich tauchte Ninni neben meinem linken Knie auf. »Will mit Papa telefonieren«, sagte sie strahlend, »will Papa besuchen!«
Nervös strich ich ihr über den Kopf. »Nicht jetzt, Schatz. Geh mal ein bisschen in deinem Zimmer spielen, ich lese dir gleich etwas vor, okay?«
»Okay.« Sie trollte sich, was sie für gewöhnlich nicht tat, wenn ich sie wegschickte, aber in diesem Fall spürte sie wohl instinktiv, dass es ratsam war, nicht zu widersprechen.
Sechshundert Mark. Ich ließ mich auf einen Stuhl fallen und versuchte, Ordnung in meine Gedanken zu bringen. Was, wenn es sich *nicht* um ein Machtspiel handelte?
Ausgeschlossen. Wer käme schon auf die Idee, einem einzelnen Mann doppelt so viel Geld zuzugestehen wie einer Mutter, die drei Kinder aufzuziehen hat? Das war doch absurd. Andererseits: Wir befanden uns zwar auf dem direkten Weg zum Scheidungsrichter, aber die schrecklichen Zeiten lagen doch weiß Gott hinter uns. Nein, Uwe würde seiner Familie nicht die Existenzgrundlage entziehen. Mir verdankte er es schließlich, dass er ungestört Karriere hatte machen können, während ich ihm den Rücken freigehalten und die Familie versorgt hatte. Obwohl Männer bekanntlich dazu neigen, diesen Umstand zu vergessen, wenn es um die nachträgliche Entlohnung der Hausfrau geht, war ich mir sicher, dass Uwe sich nicht mit diesem Virus infiziert hatte.
Erstes Fazit: Man hatte es wohl mit einem simplen, wenn auch ausgesprochen Schrecken einflößenden Irrtum des Anwalts zu tun, mit einem ganz dummen Rechenfehler, nun ja, vielleicht hatte Uwe auch nicht so genau hingehört. Zweites Fazit: Die umge-

kehrte Verteilung der finanziellen Mittel war als wahrscheinlich anzunehmen. Sechshundert für ihn, nicht für mich. Rechnete ich das Kindergeld dazu, kämen wir wohl ganz knapp über die Runden. Das heißt, »ganz knapp« war noch viel zu milde gedacht, »mit Hängen und Würgen« entsprach wahrscheinlich eher den Tatsachen, aber irgendwie müsste es zu schaffen sein.
Ich kriege das schon hin, dachte ich, doch der eiserne Ring um meinen Brustkorb wollte sich nicht lockern. Dann fiel mir ein, dass Suse dringend einen neuen Schulranzen brauchte. Später, Kind. Auch die Kontrabassstunden würden für eine Weile ausfallen müssen. Später, Kind. Und Carlos Füße wuchsen zurzeit wie Unkraut, in den Schuhen vom November stieß er schon wieder vorn an; seine Winterjacke war gleichfalls zu klein geworden. Später, Kind?
Houston, wir haben ein Problem.
Zehn Minuten später klingelte das Telefon erneut. Uwe meldete sich, sehr zurückhaltend übrigens, und ich war froh über seinen Rückruf, weil nun das Schlimme, das Furchtbare, geklärt und das Gespräch wieder in halbwegs normale Bahnen zurückgelenkt werden konnte. Am besten war es wohl, ihn freundlich zu behandeln und meinen zornigen Abbruch des letzten Telefonats als Putativnotwehr zu entschuldigen. »Mensch, du hast mir vielleicht einen Schrecken eingejagt«, sprudelte ich hervor, »aber mittlerweile habe ich diesen idiotischen Fehler selbst erkannt. Du solltest deinem unfähigen Anwalt dringend den Kopf waschen! Absolut bescheuert, sich so zu irren!«
Er seufzte. »Nun hör doch auf, die Augen vor der Wirklichkeit zu verschließen! Es ist kein Irrtum, sondern genau so, wie ich es dir vorhin beschrieben habe.«
Kein Irrtum. Plötzlich steckte ich wieder in der Aufzugskabine im achtzehnten Stockwerk, unter mir der Abgrund und neben mir Beton, und dann fiel ich und fiel immer tiefer und wusste endlich, dass es kein Albtraum war, sondern Wirklichkeit. Vier Personen, sechshundert Mark. Zum Sterben zu viel, zum Leben zu wenig.
»Also, ich habe gerade noch mal den Anwalt angerufen, um ganz sicherzugehen und mich zu erkundigen, wie du aus diesem Schlamassel wieder herauskommst.«

»Warum muss *ich* wieder aus diesem Schlamassel herauskommen«, brüllte ich verzweifelt, »*du* hast uns da reingeritten! Heute Nachmittag werde ich mich mit meinem Anwalt unterhalten, mal sehen, was der davon hält!«
Daraufhin sagte Uwe mit ziemlich genervtem Unterton, der mich erst recht zum Schäumen brachte: »Den Anwaltsbesuch kannst du dir sparen. Herr Büchlein hat mir schon alles gesagt, was man wissen muss. Du hast zwar Anspruch auf Unterhalt, aber noch hat das Gericht den zu zahlenden Betrag nicht festgelegt. Einklagen kannst du demzufolge gar nichts. Aber beim Staat gibt es wirklich Unterstützung für dich! Die zahlen sogar die Fernsehgebühren, habe ich gehört. Also mach dir keine Sorgen. Sobald ich wieder in Lohn und Brot stehe, erhöhe ich sofort den Unterhalt.«
»Ich pfeif auf die Fernsehgebühren!«, schrie ich und umklammerte den Telefonhörer mit meiner schweißverklebten rechten Hand. »Ich will, dass *du* zahlst! Wir sind schließlich nicht im alten Rom, werter Gatte, und meines Wissens bist du nicht Cäsar, du kannst also nicht nach Gutdünken den Daumen heben oder senken! Was gedenkst *du* eigentlich zu tun?!«
»Ich tu, was ich kann«, sagte er unfreundlich, »ich schreibe Bewerbungen.«
»Ist das alles?«
»Zurzeit ja. Im Übrigen war es dein freier Entschluss, hier auszuziehen. Es hat dich niemand dazu gezwungen. Und wenn du eine Wohnung mit Garten mietest, musst du eben zusehen, wie du diesen Luxus finanzierst. Ausnehmen lasse ich mich nicht, nur damit das mal klar ist.«
Und ich naives Engelchen hatte tatsächlich gedacht, wir wären im Frieden auseinander gegangen und könnten auf einer neuen Basis weitermachen. Eiskalt erwiderte ich: »Ginge es nur um mich, so hätte ich keine Vierzimmerwohnung mit Garten. Aber zufälligerweise lebe ich mit drei Kindern zusammen, du erinnerst dich vielleicht. Diese benötigen Platz, und dieser Platz kostet Geld. Das nennt man Miete. Darf ich im Gegenzug fragen, wie es sich mit deinem eigenen Luxus verhält?«

»Worauf spielst du an«, fauchte er, »Luxus kann ich mir schon lange nicht mehr erlauben, seit du mir auf der Tasche liegst.«
»Deine eigenen Räumlichkeiten bezeichne ich allerdings als Luxus«, sagte ich zähneknirschend, »was willst du überhaupt noch mit der großen Wohnung? Wenn du dich beispielsweise mit zwei Zimmern begnügtest, dann könntest du auch deinen Pflichten nachkommen, und uns stünden mindestens sechshundert Mark mehr zur Verfügung!«
Daraufhin teilte Uwe mir mit, dass a) Sylvia seit ein paar Tagen bei ihm wohne und dass er b) einen Teufel tun werde, sich wegen eines kurzfristigen finanziellen Engpasses wohnungsmäßig zu verschlechtern. »Spätestens in zwei, drei Monaten habe ich wieder einen Job, dann ist alles im Lot. Also hör jetzt auf, hier so herumzukeifen!«
»Ich keife nicht«, schrie ich, »ich stehe nur zufälligerweise gerade vor dem Nichts!«
»Nicht nur du«, erwiderte er ungerührt, »*ich* habe weder einen Job noch Kohle. Ohne eine gelegentliche Finanzspritze von Sylvia werde ich nicht durchkommen. Glaubst du, das macht mir Spaß, von einer Frau Unterstützung zu akzeptieren?«
»Aber du bist nur eine Person«, sagte ich erschöpft und fing nun doch an zu weinen, »eine einzige erwachsene Person! Wir sind vier. Du hast einen Selbstbehalt, wir nicht. Du hast eine Riesenwohnung, die du nicht brauchst. Du musst nur für dich selber sorgen. Was soll denn aus den Kindern werden? Sollen wir alle in der Fußgängerzone die Hand aufhalten?!«
»Ihr verhungert schon nicht. Außerdem kann ich dich nur immer wieder darauf hinweisen, dass es Stellen gibt, bei denen du Unterstützung finden wirst. Deutschland ist ein Sozialstaat.«
»Ich danke dir für dein Feingefühl«, sagte ich bitter und legte auf. Noch nie in meinem Leben hatte ich mich so ausgeliefert und ohnmächtig gefühlt. Dieses verdammte Geld! Manche Leute bringen sich um deswegen, andere bringen sich gegenseitig um, ach, alles dreht sich ums Geld. Mit Tränen im Gesicht zählte ich meine Barschaft: zweihundertvierundsechzig Mark. Auf dem laufenden Konto herrschte ziemliche Ebbe, was Wunder nach Weihnachten.

Und zwischen den vielen leeren Seiten meines Sparbuches verkrochen sich bestenfalls noch zwei-, dreihundert Mark. Eine Weile würde ich überziehen können. Und dann?
Ich rannte zu Ninni ins Kinderzimmer, nahm sie auf den Schoß und bemühte mich sehr, sie nicht meine verquollenen Augen sehen zu lassen. Mechanisch baute ich mit ihr eine Burg aus Bauklötzen, obwohl ich mit den Gedanken ganz woanders war, und ebenso mechanisch unterhielt ich mich mit ihr, ohne überhaupt zugehört zu haben, und mitten im Spiel hatte ich das dringende Bedürfnis, sie wieder in den Arm zu nehmen.
Mein Gott, dachte ich plötzlich, noch immer ist es Uwe, der die Fäden meines Lebens in der Hand hält. Trotz der Trennung besitzt er die Macht, mich ins Unglück zu stürzen. Ich bin nur seine Marionette, eine Marionette mit drei wehrlosen Kindern. Und jetzt erst ging mir auf, dass meine viel bejubelte Freiheit wahrscheinlich nie existiert hatte, jedenfalls nicht wirklich. Jene Freiheit beruhte auf der Existenz einer fremden Quelle, und diese wiederum wurde von Uwes Konto gespeist. Auf Gedeih und Verderb war ich der Zahlungswilligkeit von Uwe ausgeliefert, frei also nur, so weit dero Gnaden es zuließ. Wenn Uwe nicht zahlte, war ich erledigt, und die drei Kinder mit mir.
Die schönen Tage in Aranjuez waren zu Ende. Nun hieß es wieder kämpfen. Schutzengel, hilf mir.

Komm morgen wieder, Wirklichkeit

Wie ich diesen Tag überstand, weiß ich nicht mehr. Ich funktionierte, mehr nicht. Nachdem ich mehrmals heftig geschimpft, wo dies gänzlich unnötig gewesen wäre, dann aber einen in Gossensprache geführten Disput stumm hingenommen hatte, fragte Carlo prompt, ob ich mich schon wieder mit Papa gestritten hätte. Ich verneinte. Wartete nur auf eine ungestörte Minute, um meinen Anwalt anrufen zu können. Das Telefonat jedoch war nicht dazu angetan, meine Stimmung zu verbessern. Herr Schorn befand sich mitten in einem Mandantengespräch und bestätigte mir lediglich die Richtigkeit dessen, was Uwe vorhin behauptet hatte. Des Weiteren stellte er mir in Aussicht, für die Scheidung Prozesskostenhilfe beantragen zu können, ansonsten, was den Kindesunterhalt betreffe, möge ich mich ans Jugendamt wenden.

Abends brachte ich die Kinder wie gewohnt ins Bett. Nur die Anzahl meiner Gute-Nacht-Küsse lag über dem Maß des Üblichen, und ich betrachtete jedes Kind lange, bevor ich es zudeckte. Suse, wild, aber harmoniebedürftig und extrem gerechtigkeitsbewusst. Ninni, mein unschuldiger kleiner Nachzügler, das unvorhergesehene Präsent nach dem tausendsten Versöhnungsversuch mit Uwe, klein und süß und mit zwei deutlich älteren Geschwistern in behaglicher Geborgenheit aufwachsend. Und bei Carlo kam zurzeit alles auf einmal: Pickel und Pubertät, tiefe Stimme und hohe Erwartungen, diffuse Umbruchstimmung. Ihm fehlte der Vater wahrscheinlich am meisten.

Er bemerkte meinen Blick. »Übrigens, heute haben wir den Zettel für die Klassenfahrt an die Nordsee bekommen. Wir besichtigen eine Robbenaufzuchtstation, und die Jugendherberge liegt ganz nah zum Strand! Total cool, nicht?«

»Wann?«, krächzte ich beklommen.

»Im Mai, glaub ich.« Er fingerte in seiner Schultasche herum und zerrte ein ziemlich verknicktes Blatt Papier hervor. »Hier ist der Wisch. Du musst irgendeine Anzahlung machen. Neue Gummistiefel brauche ich auch.«

Das Band um meinen Brustkorb zog sich ruckartig wieder zu. Mit klopfendem Herzen überflog ich die Mitteilung des Klassenlehrers. Vierhundertfünfzig Mark Gesamtkosten. Wo sollte ich die bloß hernehmen? »Ich seh's mir nachher genau an«, sagte ich, zumindest versuchsweise etwas Gleichmut in meine Stimme quälend, »du kannst noch zehn Minuten lesen, Großer. Ich geh auf einen Sprung nach oben, ja?«

Zehn Minuten später zog ich mir einen frischen Pulli an, band meine Haare im Nacken zusammen und begab mich ohne Vorankündigung in den ersten Stock. Mir war nach Trost und Beistand und einer Stimme, die mir beruhigend versicherte, dass alles wieder gut werden würde, und ob es sich bei der zugehörigen Person um Lukas oder Tom handelte, machte in diesem Moment keinerlei Unterschied.

Es war Lukas, der die Tür öffnete. »Hey!«, sagte er überrascht und lächelte mich berückend an. Der erotikgetränkte Pfeil verfehlte sein Ziel zwar nicht, doch ohne nennenswerten Effekt. »Ach, du liebe Zeit, hast du Ärger? Komm schnell rein.« Er geleitete mich zum Sofa, drückte mich in die linke Ecke, stellte mir unaufgefordert einen Cognac hin. Sekundenlang musterte er mich, dann setzte er sich schließlich neben mich, schweigend und abwartend.

Mit einem Mal war mir unbehaglich zumute. Die Beziehung zwischen Lukas und mir war weder Fisch noch Fleisch, und es fehlte ihr die nötige Vertrautheit, als dass ich mir ungeniert den ganzen Kummer von der Seele hätte reden können. »Ist Tom nicht da?«, fragte ich rau.

»Nein, der hat eine Verabredung mit seinem Doktorvater, soweit ich weiß.«

Hoffentlich kam er bald zurück. Tom konnte ich alles sagen, Tom verstand mich fast immer. Ich schüttete den Cognac in einem Ruck herunter, obgleich er dieses angesichts seiner Preisklasse wahrlich nicht verdient hatte. Dann stützte ich die Ellenbogen auf meine Oberschenkel und starrte zwischen meinen Beinen hindurch auf einen Fleck im Teppichboden.

»Willst du mir nicht sagen, was passiert ist?« Sanft legte Lukas eine Hand auf meine Schulter. »Es tut dir bestimmt gut, wenn du dich aussprichst.«

»Schon, aber –«, ich zögerte noch immer. Es widerstrebte mir, den Mann, den ich seit Monaten so begehrenswert fand wie keinen anderen, plötzlich mit Problemen zu konfrontieren. Zentimeterweise rutschte seine Hand zur Seite, bis sie direkt unter dem Band landete, welches meine Haare zusammenhielt. Ein angenehmes Gefühl, mehr aber auch nicht. In der Verfassung, in der ich mich befand, hätte man wahrscheinlich Kevin Costner an mir fest-

schnallen können, ohne dass mein innerer weiblicher Motor angesprungen, geschweige denn in Fahrt gekommen wäre.
»Mag sein, dass du mich für irre hältst, aber das Unglück steht dir«, stellte Lukas unvermittelt fest.
»Wie bitte?«, stammelte ich.
»Doch, es ist so. Du bist blass und schmal im Gesicht und strahlst so eine Art aristokratischen Leidens aus. Irgendwie erinnerst du mich an die große Literatur. Anna Karenina oder die Kameliendame oder so. Wundervoll.« Behutsam strichen seine Finger über meinen Nacken.
»Mein Ex hat mir nur sechshundert Mark überwiesen«, sagte ich nun doch, »zusammen mit dem Kindergeld kann ich davon die Miete zahlen, mehr aber auch nicht. Ich weiß nicht, wovon wir leben sollen.«
Die Hand auf meinem Nacken erschlaffte für einen kurzen Moment. »Um Gottes willen«, sagte Lukas bestürzt, »das darf doch nicht wahr sein.«
»Ist es aber.«
»Kannst du nicht deine Eltern anpumpen?«
»Meine Eltern?« Ich lachte wegwerfend. »Die kommen mit ihrer Rente so eben zurecht. Nee, die Flucht zu Papis Portemonnaie steht nicht zur Debatte.«
»Hast du einen Bausparvertrag? Kann dir irgendjemand unter die Arme greifen?«
»Weder noch.«
»Mädchen, Mädchen, das ist ja vielleicht ein Debakel.« Lukas holte tief Luft, pustete sie in einem gewaltigen langen Zug wieder aus, bevor er nach meinen Händen fasste. Abwesend betrachtete ich das Bild. Die beiden weiblichen Hände, die vor lauter Anspannung völlig ineinander verkrampft waren, und, um sie herum geschlossen, die beiden männlichen, schlank und leicht gebräunt. Wie beruhigend es doch ist, wenn er so fürsorglich mit mir umgeht wie heute Abend, dachte ich.
»Ich hab ganz schön Angst«, murmelte ich und starrte in seine braunen Augen. Da war kein Falsch, kein Katz und Maus, keine Berechnung. Ganz langsam ließ ich mich zur Seite sinken, bis mein

Kopf von seiner Schulter gebremst wurde. Dort ließ ich ihn liegen. Nur einmal anlehnen, dachte ich, und komm nicht auf den Gedanken, ich wolle dich anbaggern. Ausgerechnet heute steht die Männerfrage nicht an. Cupido schläft.

»Ich liebe diese goldenen Strähnen in deinem Haar«, sagte Lukas ganz ernst. Er hatte das Band um meine Haare gelöst und fuhr mir nun mit beiden Händen durch die Mähne.

Ich war wie in Trance. Teils überdreht, teils völlig erschöpft und leer, teils leise benebelt von seiner Nähe. Mit dem Kopf auf seiner Schulter fühlte ich mich wie in Watte gepackt. Lukas begann zu sprechen, aber seine Worte drangen wie aus weiter Ferne zu mir. »Gleich morgen früh«, sagte er wohl, und »Pflicht und Schuldigkeit« und »darum kümmern.« Es wäre gut, wenn er mich jetzt küssen würde, dachte ich, es wäre gut, wenn ich mich jetzt trauen könnte, *ihn* zu küssen. Dann schwieg er wieder lange Zeit und streichelte weiter meine Haare. Ich wurde allmählich ganz benommen und murmelte nur noch: »Ich schaff das schon, ich schaff das schon«. Irgendwann fuhr ich mit einem Aufschrei hoch. Jemand hatte mir eine Decke über die Beine gelegt. Schlaftrunken lauschte ich dem Stimmengemurmel im Hintergrund. Eine sehr dunkle, sonore, und eine etwas hellere, ach ja, ich war ja bei Lukas und Tom. Wahrscheinlich hockten sie am Küchentisch und unterhielten sich. Wie spät war es? Was war mit den Kindern?

»Hallo, Nachbarin«, sagte Tom, »keine Bange, du hast nur eine halbe Stunde geschlafen. Komm rüber, ich koch dir einen Espresso, und dann machen wir Brainstorming.«

Verwirrt betrachtete ich das Haarband auf dem Couchtisch. Plötzlich erinnerte sich mein Nacken an Lukas' Hände. Ich wanderte Richtung Küche. In den Augen einen Hauch von Komplizenschaft, deutete Lukas auf den Stuhl neben sich. Wenig später schob mir Tom ein Tässchen Espresso unter die Nase, rabenschwarz und irrsinnig süß, und ich leerte es stumm und hatte plötzlich Hunger, zum ersten Mal seit Uwes Anruf. Mein verlegen geäußerter Wunsch nach einer Käsestulle wurde alsbald erfüllt, ebenso der nach einer zweiten. Schließlich kramte Tom eine Vierhundert-Gramm-Tafel Toblerone aus einer Schublade, warf sie auf den

Tisch und sagte feierlich: »Das war eigentlich meine Notration für die nächste Nacht am Computer, aber ich schätze, wir werden sie heute schon brauchen. Mit Schokolade im Mund kann man besonders gut brainstormen. Und nun erzähl mir mal alles ganz genau, Romea. Willst du noch einen Espresso?«
Ich nickte. Brach mir ein Stück von der Schokolade ab, dann begann ich stockend zu berichten. Lukas saß mit völlig undefinierbarem Gesichtsausdruck neben mir, Tom hörte zu, die Stirn in Falten gelegt, und machte sich Notizen.
»Scheiße«, sagte er schließlich finster und zerknüllte den Notizzettel, weil effektiv nicht mehr darauf stand als »sechshundert Mark«, eine Zahl, die man auch ohne Spickzettel behalten konnte.
»Du sagst es. Hat einer von euch 'ne Idee?« Ich blickte in die Runde. Angst hatte ich noch immer, aber es war ein herzwärmendes Gefühl, in diesem wohlmeinenden Kreis zu sitzen, Schokolade zu essen und gemeinsam brainzustormen. Längst fühlte ich mich nicht mehr so entsetzlich verlassen wie noch heute Nachmittag.
Tom rieb sich nachdenklich das Kinn. Seine Strubbelsträhnen fielen ihm wieder schräg in die Stirn. »Schwierige Sache«, begann er sehr zögernd, »hättest du die Möglichkeit, auf die Schnelle einen vernünftigen Job zu finden?«
»Nee, du Witzbold«, sagte ich, »hast du eigentlich eine Ahnung, wie viele arbeitslose Musiker es gibt, die sich mit Privatstunden über Wasser halten müssen?«
»Schon, aber du hast doch eine Ausbildung! Was ist mit dieser Liedgeschichte, die du mal erwähnt hast, wäre denn da nichts zu machen?«
Ich lachte. »Ach, Tom, meine Korrepetitorenträume sind doch Schnee von gestern. Seit dreizehn Jahren bin ich aus der professionellen Musikszene raus. Keine Kontakte, keine Beziehungen, also lassen wir das. Traumtänzereien kann ich mir in meiner Lage nicht leisten.«
»Nun gut. Könntest du an einer Musikschule unterrichten?«
»Selbstverständlich könnte ich das, aber wer würde mich schon

einstellen wollen?« Sarkastisch verzog ich das Gesicht. »Mich, die Mutter dreier Kinder, die kaum Berufserfahrung vorzuweisen hat? Ich sitze ganz schön in der Tinte.«
»Wie wär's mit Klavierstunden?«, fragte die dunkle Stimme neben mir.
»Natürlich, nahe liegende Idee. Rechne mal hundertvierzig Mark Honorar monatlich pro Schüler, ich müsste also mindestens zehn Schüler haben, um die laufenden Kosten zu decken. Wo soll ich die von jetzt auf gleich hernehmen, deiner Meinung nach?«
»Versuchen solltest du es auf alle Fälle«, sagte Tom und spielte nervös mit seinem Bleistift, »du musst jeden Strohhalm ergreifen, der sich dir bietet. Sieh zu, dass am Samstag das Inserat in der Zeitung steht.«
Ich nahm ihm den Stift aus der Hand und notierte: »Erstens: Klavierstunden inserieren. Sonst noch was?«
»Grundschulen, Hauptschulen, Realschulen und Gymnasien! Alle abklappern! Brauchen alle Musiklehrer!«
»Brauchen sie nicht, Tom. Zum einen habe ich nicht Musik fürs Lehramt studiert, zum anderen stellt kein Mensch in Deutschland Lehrer ein.«
»Hast wohl Recht«, sagte er sehr ernüchtert, »fahr hin, lammherzige Gelassenheit.«
Eine Weile sagte niemand etwas. Jeder war mit seinen eigenen Gedanken beschäftigt. Über uns auf seinem Regalbrett dämmerte Cupido im Halbschlaf. Sinnend betrachtete ich den Spruch von Pessoa auf Toms T-Shirt. Er passte genau: »Komm morgen wieder, Wirklichkeit.« In diesem Moment hätte sie, zumindest für meine Begriffe, überhaupt nicht wiederzukommen brauchen.
»Sag mal, was *kannst* du eigentlich, außer Klavier spielen meine ich?« Lukas' dunkelbraune Augen hakten sich sekundenlang in den meinen fest.
»Eigentlich nichts«, sagte ich mit brüchiger Stimme, »alles ein bisschen und nichts richtig.« Ohne nachzudenken, warf ich ihm einen Blick zurück, aus dem jeder Mann, der seine Sinne halbwegs beisammen hatte, auf Anhieb schließen konnte, dass es vielleicht doch gewisse Tätigkeiten gab, die ich beherrschte. Offenbar war ich doch

noch nicht ganz leblos. »Also, unter anderem kann ich tapezieren, waschen, Windeln wechseln, kochen, Vokabeln abfragen, mit der Bohrmaschine umgehen und Teppichboden verlegen. Einen Reifen wechseln kann ich übrigens auch, aber es dauert ein bisschen. Alles vielversprechende Fähigkeiten, mit denen man sich im Handumdrehen einen gut dotierten Job angeln kann, nicht wahr?«

»Du kannst verteufelt gut *Makin' Whoopee* spielen«, erinnerte mich Tom.

Sicher. Ich würde mir einfach eine Perücke kaufen und nächtens unter dem Pseudonym »Lulu Sunshine« in einer verräucherten Jazzspelunke auftreten und dort das dicke Geld machen, kein Problem.

Wir überlegten für ein Weilchen in verschiedene Richtungen, bis nach und nach die Wortbeiträge versiegten. Lukas war noch »Tagesmutter« eingefallen, und Tom hatte die ganze Palette ungelernter Aushilfstätigkeiten aufgezählt, die in Deutschland so zu haben sind, aber das waren alles Stellen, die bestenfalls als Zusatzjob weitergeholfen hätten. Überdies hatte ich ja noch einen kleinen blonden Klotz am Bein. Völlig verfahren, die Situation. Kurz vor elf legte ich den Bleistift endgültig weg. »Also, eins steht fest: Bis Ende Januar muss ich ein geregeltes Einkommen haben, sonst Gnade uns Gott. Morgen werde ich mal genauer auskundschaften, ob bei Aldi oder McDonald's nicht was zu kriegen ist. Und dann muss ich schleunigst zusehen, dass ich Ninni irgendwo unterbringe. Was ich allerdings mit den Großen machen soll, wenn die aus der Schule kommen, weiß ich auch nicht.«

Lukas schlug vor, eine Kinderfrau für alle drei zu suchen, ob das zu finanzieren sei?

»Kostet Minimum tausend Mark«, sagte ich, »eher mehr.«

Voller Entsetzen riss Tom die Augen auf. »Hör mal, das ist doch alles Quatsch! Selbst wenn du zum ersten Februar tatsächlich eine Vollzeitstelle bei Aldi oder sonst wo finden solltest, was ich im Übrigen bezweifle – was meinst du denn, was du da verdienst?! Gib dich bloß keinen Illusionen hin. Jobs, für die du nichts zu können brauchst, werden lausig bezahlt!«

»Habe ich eine andere Wahl?«, schrie ich.

»Du hast überhaupt keine Wahl!«, stellte Lukas nüchtern fest. »Wenn du von deinem Aldi-Lohn noch tausend Mark für die Kinderfrau abzweigen musst, bleibt kaum was übrig. So einen Job kannst du nur annehmen, wenn null Betreuungskosten anfallen! Was ist eigentlich mit den Großeltern, würden die nicht auf die Kinder aufpassen?«
»Meine Eltern wohnen südlich von Koblenz«, sagte ich, »geht also nicht.«
Bestand noch die Möglichkeit, Ninni zu einer Tagesmutter zu bringen, das war entschieden billiger. Allerdings wären dann Carlo und Suse Nachmittag für Nachmittag allein zu Hause. Nirgendwo am Horizont war ein Lichtstreifen zu sehen. »Herrje, warum sind eigentlich immer die Mütter die Gekniffenen, kann mir das mal einer verraten?«
Keiner konnte. Tom trommelte nervös mit den Fingerspitzen auf der Tischplatte herum, bevor er irgendwann den Kopf hob und mich durch zwei Haarsträhnen hindurch vorsichtig anpeilte. »Romea«, sagte er weich, »kratz mir nicht gleich die Augen aus, aber es gibt in Anbetracht der Umstände nur eine Lösung. Vorläufig jedenfalls.«
»Und die wäre?«, sagte ich sehr demoralisiert.
»Du musst morgen zum Sozialamt gehen.«
Entgeistert starrte ich ihn an. Und antwortete nicht.
»Mensch, es hilft doch alles nichts, du musst doch von irgendwas leben! Wer weiß, wann Uwe einen Job findet, wer weiß, wie lange es dauert, bis du ein paar Mark verdienen kannst. Bis dahin hast du nur diese eine Möglichkeit, um die Ebbe im Portemonnaie zu überbrücken. Geh zur Stadtverwaltung, schildere ihnen deine Lage, und dann bekommst du wenigstens so viel Geld, dass es zum Leben reicht.«
»Nein«, murmelte ich.
»Du musst«, sagte Lukas sehr bestimmt, »denk an die Kinder.«
Apathisch sah ich vor mich hin. Arbeitsamt, das ging ja noch, aber Sozialamt? Das Wort schmeckte nach Armut und niederstem sozialen Status. Unwillkürlich dachte ich an nackte Behördenflure voller grauer Gesichter, ich dachte an Bittgesuche und staatliche

Almosen und sah die fürchterlichen Klamotten aus der Kleiderkammer vom Roten Kreuz förmlich vor mir. Abgelegtes vom deutschen Wohlstand. Brosamen, die von Deutschlands reich gedeckten Tischen gefegt worden waren. Soziale Hilfe. Endlich ging mir die ganze Ausweglosigkeit meiner Lage auf. Ich legte meine Hände vors Gesicht und weinte geräuschlos in die Handflächen hinein, und dass Lukas wieder meinen Nacken kraulte und mitleidig sagte, es sei zwar alles grässlich, aber es gebe Schlimmeres, als wenig Geld zu haben, konnte mich auch nicht trösten. Hysterisch stieß ich hervor: »Ich habe *gar kein* Geld, Mann!«

Daraufhin versteifte sich Toms teilnahmsvolle Miene. Mit einem ausgesprochen frostigen Unterton sagte er: »Du hast drei prächtige Kinder! Andere Leute würden liebend gerne in Armut leben, wenn sie dadurch ihrem kranken Kind zu einem gesunden Leben verhelfen könnten.« Dann schnauzte er mich an: Solange Geld mein einziges Problem sei, solle ich mich verdammt noch mal glücklich schätzen.

»Banal«, schrie ich, »blöde, banale Klischees! Ja, du hast natürlich Recht! Aber wird's davon einfacher? Existenzangst ist was Schreckliches!«

Tom entfaltete umständlich ein Papiertaschentuch. »Da, schnäuz dich mal.«

»Danke«, schniefte ich, »und entschuldige meinen Ausbruch eben. War alles ein bisschen viel heute.«

»Dito, entschuldige«, brummelte nun auch Tom. »Ach, das Leben ist einfach ein verdammtes Ding nach dem anderen.«

Ein paar Minuten schwiegen wir uns an, während ich ganz allmählich meine Fassung zurückgewann. Lukas' Finger kämmten vorsichtig durch meine Haare. Er wirkte außerordentlich konzentriert. »Bitte schieb es nicht auf«, drängte er, »je schneller du Hilfe bekommst, desto besser.«

In mir wehrte sich noch immer alles. »Vergiss es«, sagte ich hart, »erst plündere ich mein Sparbuch, da sind noch dreihundert Mark drauf. Und dann überziehe ich mein Konto bis an die Schmerzgrenze. Aber betteln geh ich nicht!«

»Stolz kannst du dir in deiner Lage nicht leisten«, fuhr Tom mich

an, »denk an die Kinder, verflucht! Das Sozialamt ist für Leute in deiner Situation da, also geh hin!«
Nein, dachte ich trotzig, aber ich ahnte längst, dass ich nicht mehr anders würde können. Carlos Klassenfahrt fiel mir wieder ein, und der Schulranzen und die Winterjacke und die Schuhe auch. Ende der Fahnenstange. Schließlich sagte ich tonlos: »Also gut. Ich kapituliere.«
»Du gehst gleich morgen hin?«, vergewisserte sich Lukas.
Ich nickte. War plötzlich am Ende meiner Kräfte. Ob ich würde schlafen können, schien fraglich, aber es wurde Zeit, dass ich ins Bett kam.
Nacheinander nahm ich beide in den Arm, nacheinander gab ich beiden einen Kuss auf die Wange. Einmal Old Spice, einmal Davidoff. In diesem Moment hätte ich nicht zu sagen vermocht, an welcher Schulter ich mich eigentlich wohler fühlte.

»Schreiben Sie bitte in Druckschrift«

Anderntags entstieg ich dem Bett mit rot geränderten Augen. Noch nie waren mir ein Meter vierzig breiter und leerer erschienen als in der vergangenen Nacht. Erwartungsgemäß sah ich so miserabel aus, wie ich geschlafen hatte. Das leise Zittern meiner Finger legte sich in der allgemeinen morgendlichen Hektik nur wenig. Irgendwann war der Frühstückstisch abgedeckt, und es gab nichts mehr, was den Besuch bei der Stadtverwaltung noch weiter hätte hinauszögern können. Voller Anspannung zog ich mir Schuhe an, betrachtete nachdenklich das feine, teure Leder. Draußen war alles grau in grau. Doch dann fiel mir mitten in dem trüben Januar-Einerlei etwas sehr Sonderbares ins Auge. Etwas, was dort nicht von allein hingekommen sein konnte. Um präzise zu sein: Draußen vor der Terrassentür baumelte auf halber Höhe eine rote Rose.

Wie ich zehn aufgeregte Sekunden später feststellte, hatte ein mir offensichtlich wohl gesonnener Mensch die Blume an einen weißen Baumwollfaden gebunden und vom ersten Stock heruntergelassen. Überwältigend! Verklärt schnupperte ich an der noch geschlossenen Rosenblüte. Sie duftete nur schwach, aber das mochte an den niedrigen Außentemperaturen liegen. Lukas, dachte ich, das ist der netteste Spielzug, den du dir für unsere Katz-und-Maus-Partie nur ausdenken konntest. Seit Jahren hat mir niemand mehr eine einzelne Rose zukommen lassen. Schon gar nicht auf diese originelle Weise.
Ich gebe zu, dass es mir nun nicht mehr ganz so miserabel ging. Halt, das Inserat! Unverzüglich gab ich telefonisch eine Anzeige auf, in der eine »ausgeb. Musikpäd.« Klavierunterricht anbot. Dann war auch diese letzte Galgenfrist vorbei. Ich zog Ninni Jacke und Mütze an, steckte noch ein Bilderbuch ein und stieg ins Auto. Das Bezirksamt, ein anonymer Bau aus Waschbeton, lag nur wenige Kilometer entfernt. Hand in Hand betraten wir das Gebäude. Im Eingangsbereich Steinplatten und ein paar staubbedeckte Kübelpflanzen, zwischen den beiden Aufzügen eine große Schautafel, die die Richtung in die verschiedenen Abteilungen des Hauses wies. Das Sozialamt lag im zweiten Stock. Schmierereien im Aufzug: »Fuck Deutschland« und »Dino was here« und »Adolf lebt«. Sogleich machte sich der Ring um meine Brust wieder bemerkbar. Überall roch es nach Kantine. Dann hatten wir die richtige Etage erreicht. Ein langer, hallender Gang mit fest an der Wand verschraubten Plastiksitzen teilte sie in zwei Hälften. Beklommen blickte ich in genau jene trostlosen Gesichter, vor denen ich mich gestern so gefürchtet hatte und die nun Wirklichkeit waren. Mütter mit Kindern, schlecht gekleidete Männer, viele ausländische Gesichtszüge. Gedrückte Stimmung. Innerlich fröstelnd zog ich eine Nummer und setzte mich hin. Neben mir ein schrottreifer Buggy, aus dem ein Kindergesicht hervorlugte. Die Mutter trug Kopftuch.
»Hallo«, sagte Ninni unbefangen zu dem dunkelhaarigen Zwerg. Dem scheuen Blick, den seine Mutter mir zuwarf, wich ich aus. Ich gehör hier nicht hin, dachte ich mit einem letzten Anflug von Hochmut. Almosen will ich schon gar nicht. Weg hier!

Und Carlos Winterjacke, der Schulranzen, die Klassenfahrt? Resigniert ließ ich mich wieder zurückfallen. Doch, ich gehörte hier hin. Ich hatte drei Kinder, für die ich sorgen musste. Wenn ich aufstand und ging, landeten wir auf der Straße. Ich hatte bestenfalls die Wahl zwischen Scylla und Charybdis. Also blieb ich und wartete. Eine halbe Stunde, noch eine halbe Stunde; der kleine Türkenjunge war mittlerweile eingeschlafen. Ein halbes Dutzend Afrikaner drückte sich stumm in einer Ecke herum. Ninni turnte auf den freien Plastiksitzen und freute sich über den Gong, der jedes Mal ertönte, bevor eine neue Nummer aufgerufen wurde.
»Du kein Geld?«, fragte die Türkin mit einem Blick auf meine edlen Schuhe.
»Fast kein Geld«, sagte ich.
»Mann dich schlagen?«
Ich schüttelte den Kopf. Zwei Männer in Jogginganzügen schaukelten an uns vorbei. Beide hatten fettige Haare und hielten eine Flasche Bier in der Hand.
»Die nicht wollen arbeiten«, teilte meine Nachbarin mir mit, »ich wollen arbeiten. Ich nicht können.«
Ich verstand sie nur zu gut. Ninni langweilte sich nun doch und begann zunehmend unruhig und quengelig zu werden. Von neuem ertönte der Gong, woraufhin sich die Türkin erhob und die ramponierte Kinderkarre in das übernächste Zimmer schob. »Will nach Hause«, jammerte Ninni und warf das Bilderbuch auf den Boden, und dann endlich erschien meine Nummer in dem Display. Mit zugeschnürter Kehle stand ich auf, krampfte meine Hand um Ninnis Fingerchen und betrat Zimmer neunundzwanzig. Dort residierte Herr Lonnendöncker.
»Momentchen noch«, sagte eine nicht unfreundliche Männerstimme. Ich setzte mich auf die Stuhlkante und nahm Ninni auf den Schoß. Dann wartete ich darauf, dass der Sachbearbeiter in dem blau karierten Flanellhemd, der intensiv mit der vor ihm liegenden Akte beschäftigt war, sich mir zuwenden würde. »So, nun bin ich für Sie da.« Er hob den grau melierten Kopf und sah mich an.
Verdammt, auch das noch, ich *kannte* diesen Mann! Er wohnte

ganz in unserer Nähe. Beim Spazierengehen kletterte Ninni gern auf das Mäuerchen vor seinem Garten, und einen Hund besaß er, den sie manchmal streicheln durfte. Doppelt peinlich. Doppelt beschämend.

Nichts in Herrn Lonnendönckers Gesicht verriet, dass er mich erkannt hatte. Unbewegt erwartete er meinen Eröffnungszug. Also Augen zu und durch, dachte ich und sagte ohne Umschweife: »Ich möchte Sozialhilfe beantragen. Mein Exmann hat die Unterhaltszahlungen gekürzt.«

»Mmja«, machte Herr Lonnendöncker, »da bräuchte ich genauere Angaben. Wie genau ist der Sachverhalt?«

Einem wildfremden Bekannten meinen privaten Sachverhalt zu schildern kostete mich unendlich viel Überwindung. Steif sah ich an Herrn Lonnendöncker vorbei auf den metallenen Aktenschrank und berichtete, was sich zugetragen hatte. Es war eigentlich nicht ich, die da ihr Privatleben darlegte, es war eine andere Person, und auch Herr Lonnendöncker war kein Fast-Nachbar, sondern ausschließlich ein distanziert fragender Sachbearbeiter.

Er notierte sich ein paar Zahlen und stellte Zwischenfragen. Ob ich Eigentum besäße, Spareinlagen, Wertpapiere? Ein eigenes Fahrzeug? Ich verneinte oder bejahte, je nachdem, und Herr Lonnendöncker zog eine Menge verschiedener Papiere aus seinen Schubladen. Dies alles tat er routiniert und sachlich und nach wie vor, ohne eine Miene zu verziehen. Es war ein ordentlicher Stapel Papier, den er mir schließlich zuschob. Entsetzt betrachtete ich die Vielzahl der Formulare und überlegte nebenbei, ob dieser Herr Lonnendöncker im Dienst eigentlich des Lächelns mächtig war.

»Die Wohngeldstelle ist zwei Stockwerke höher«, teilte er mir mit, »Sie sollten sich dort gleich die Anträge geben lassen, und dann beantragen Sie noch beim Jugendamt Unterhaltsvorschuss für die beiden jüngeren Kinder und bei der Kindergeldkasse den Zuschlag auf das Kindergeld. Das Jugendamt liegt im Nebengebäude. Füllen Sie die Anträge so weit aus, wie Sie können, und schreiben Sie bitte in Druckschrift. Den Rest machen wir dann gemeinsam.«

»Moment«, sagte ich verwirrt. Schon jetzt konnte ich mir die ver-

schiedenen Dienststellen und Vorschüsse und Zuschläge kaum merken. Ninni strampelte ungeduldig auf meinem Schoß herum. »Wieso Unterhaltsvorschuss nur für die beiden jüngeren Kinder? Was ist mit dem Ältesten?«
Daraufhin belehrte mich Herr Lonnendöncker, dass es den bewussten Vorschuss nur bis zum vollendeten dreizehnten Lebensjahr gebe, danach sei das Sozialamt zuständig. Ich geriet mehr und mehr durcheinander. »Und hier«, er zog zwei weitere Papiere aus einer Schublade, »hier ist die Liste der Nachweise, die Sie erbringen müssen. Sie sind verpflichtet, Auskunft zu erteilen.«
»Ist okay«, sagte ich gehetzt und ohne hinzusehen. Ich hielt es kaum noch aus.
Herr Lonnendöncker maß mich mit einem emotionslosen Blick. Er schob die beiden Papiere über den Tisch, sodass sie genau zwischen uns lagen, griff zu seinem Kugelschreiber und begann, verschiedene Kästchen anzukreuzen. »Gehen wir die Liste einmal durch. Erstens, Familienstammbuch und Geburtsurkunde, ist klar. Personalausweis, ist klar. Vertriebenen- oder Flüchtlingsausweis fällt weg, Aufenthaltserlaubnis auch. So, Mietvertrag; zwischen den Papieren, die ich Ihnen eben gegeben habe, liegt ein gesonderter Vordruck, den lassen Sie sich vom Vermieter unterschreiben.«
Scheiße, dachte ich. Offenbarungseid. Wie viele Leute sollen eigentlich noch davon erfahren?
»Weiter, der Antrag auf Wohngeld. Wie gesagt, den gibt es oben. Liegt eine titulierte Vereinbarung über nachehelichen Unterhalt und Kindesunterhalt vor?«
»Nein«, sagte ich gequält, »so weit sind die Anwälte noch nicht.«
»Belegen Sie, dass die Scheidung eingereicht ist. Dann der Nachweis über Art und Höhe der eingehenden Unterhaltszahlungen. Suchen Sie die entsprechenden Kontoauszüge heraus, das genügt. Wir bräuchten allerdings den Bewilligungsbescheid über das Arbeitslosengeld, das Ihr Mann bezieht. Haben Sie vielleicht«, er sah hoch, »haben Sie vielleicht Einkünfte aus selbstständiger Tätigkeit?«

»Nein.« Ich starrte apathisch auf die Aktenordner. Auch Ninni hatte die Zappelei auf meinem Schoß eingestellt. Wie ein nasser Mehlsack hing sie in meinen Armen und döste vor sich hin.
»Also weiter. Legen Sie die Kontoauszüge der letzten drei Monate von allen Familienmitgliedern vor.«
Sehr langsam wandte ich ihm mein Gesicht zu. Du hast dich verhört, dachte ich, meine Kontoauszüge sind ja wohl meine ureigenste Privatangelegenheit. Was geht es die Behörde an, wie viel Geld du vor Weihnachten im Spielzeugladen gelassen hast? Ich hüstelte und bat Herrn Lonnendöncker, das zu präzisieren.
»Ich sagte doch, dass Sie zur Auskunft verpflichtet sind. Dass manchmal Schindluder mit Sozialhilfegeldern getrieben wird, ist allgemein bekannt. Also muss geprüft werden, ob Sie nicht doch Einnahmen oder anderweitige Unterstützung haben.«
Natürlich. Wer konnte schon wissen, ob ich nicht durch staatliche Gelder nassauern wollte, wer konnte sich schon ohne Nachweise sicher sein, dass ich kein Schmarotzer war? Offen legen, nachprüfen, entblättern. Ich begann, unhörbar mit den Zähnen zu knirschen.
Zack, ein Kreuzchen und noch ein Kreuzchen. Herr Lonnendöncker verlangte nun die Vorlage aller Sparbücher, und als ich hitzig bemerkte, dass die armseligen Spargroschen der Kinder wohl kaum eine ernst zu nehmende Rolle spielten, da wurde Herr Lonnendöncker zusehends ungemütlicher. Kühl erwähnte er mein »verwertbares Vermögen«. Ich zwang mich eisern, nicht aufzubegehren, denn auf diesen Mann war ich angewiesen. Mein Herz aber schottete ich nun vollends ab. Das Auto kam zur Sprache – Kosten nachweisen! –, und mögliche Gewerkschaftsbeiträge, alle Versicherungen, die ich so hätte – Kosten nachweisen! –, und die Rentengeschichte, des weiteren Belege über Kindergeldzahlungen, Krankenkassenbeiträge, und und und, bis die Liste der erforderlichen Nachweise Punkt für Punkt abgehandelt worden war.
Ich habe mich soeben in einen gläsernen Menschen verwandelt, dachte ich. Die einzigen Dinge, nach denen er mich nicht gefragt hat, sind meine Beischlaffrequenz und meine Verdauung. Dann war ich entlassen. Ich nahm die schlafende Ninni auf den Arm.

»Morgen ist Freitag. Sie sollten zeitig kommen, denn wir schließen mittags«, teilte Herr Lonnendöncker mir noch mit, bevor ich die Tür zum Gang öffnete. In der gleichen Körperhaltung wie vorhin, konzentriert über eine Akte gebeugt, saß er da. Nur mit dem Unterschied, dass es jetzt *meine* Akte war. Irgendeinen Kommentar, den ich in dieser Situation als menschlich oder gar hilfreich empfunden hätte, beispielsweise »Kopf hoch«, gab er mir nicht mit auf den Weg. Dafür wurde er wohl nicht bezahlt.

Mein Name ist Romea Becker, seit zwanzig Minuten bin ich ein Sozialfall. Das Wort hatte spitze, steife Widerhaken. Noch immer blieb es mir in der Kehle stecken.

Ich nahm nun die Angelegenheit mit dem Wohngeld in Angriff. Hier oben war der Gang heller und die Wartezeit nur kurz, und in einem gemütlichen kleinen Büro mit vielen rankenden Grünpflanzen empfing mich Frau Glinz, eine freundliche Mittvierzigerin, die sogar zu lächeln imstande war und als Erstes einen Lolli für mein Kind aus dem Schrank holte. Ich entspannte mich augenblicklich. Auch Frau Glinz wollte einen kurzen Abriss über meine Lebensumstände, aber sie war nicht ganz so detailbesessen wie ihr Kollege aus dem zweiten Stock. Einen mehrseitigen Antrag und einen Vordruck zum Nachweis des Bruttoeinkommens aller zum Haushalt zählenden Familienmitglieder hatte allerdings auch sie griffbereit. Ich gestattete mir einen Seufzer, den ersten öffentlichen Seufzer des heutigen Tages. Haltung bewahren, hämmerte ich mir ein. Es betrifft dich nicht wirklich, es betrifft nur dein Konto.

Frau Glinz nickte mitfühlend und sah auf die Uhr. Sie sei hier nur halbtags beschäftigt, bemerkte sie nun, und ihre Dienstzeit ende in Kürze. Die sich daraus ergebende Schlussfolgerung ließ sie unausgesprochen. Also verabschiedete ich mich. Schulterte das Kind, klemmte mir den Papierstapel unter den Arm und stattete der Kindergeldkasse einen Besuch ab. Leider war dort grundsätzlich nur bis zwölf Uhr mittags Publikumsverkehr. Blieb das Jugendamt. Mit ziemlich ausgefransten Nervenenden lahmte ich ins Nebengebäude. Ninni-auf-dem-Arm wog mittlerweile eine halbe Tonne.

Im Jugendamt war der Betrieb nur mäßig, die Atmosphäre durchaus freundlich. Überall hingen Kinderzeichnungen an der Wand.

Es dauerte nicht allzu lange, bis ich im Büro von Herrn Saalmann Platz nehmen durfte. Wieder voller frischer Energie, steuerte Ninni sogleich das Schaukelpferd in der Spielecke an. Herr Saalmann hörte mir sehr aufmerksam zu und klärte mich dann über die Rechtslage auf, wobei er sich einer interessanten, aber wohl behördentypischen Wortwahl bediente. Nüchtern sprach er über Barunterhaltspflichtige (in diesem Fall Uwe) und über Naturalunterhaltspflichtige (also mich) und schüttelte den Kopf darüber, dass ich noch keinen Rechtsanspruch auf den Unterhalt erwirkt hätte. Daraufhin wiederholte ich, was ich schon bei Herrn Lonnendöncker zu Protokoll gegeben hatte, nämlich dass die Anwälte bedauerlicherweise so weit noch nicht gekommen seien.
»Eine Urkunde mit Vollstreckungsklausel hätten Sie beim Jugendamt auch ohne Anwalt haben können, und das, ohne einen Pfennig zu bezahlen!«
Schamvoll sagte ich, mein Anwalt habe mir diesbezüglich keinerlei Hinweis gegeben.
»Natürlich nicht«, brummte Herr Saalmann, »daran verdient er ja nichts. Die wollen auch leben, die Brüder. Übrigens, ich brauche einen Beleg über die sechshundert Mark, die Sie von Ihrem Exmann bekommen.« Dann reichte er mir ein Antragsformular.
»Ach, es ist alles so schrecklich kompliziert«, sagte ich und war für einen Moment kopflos. Wie sollte ich mich in diesem behördlichen Antragsdschungel zurechtfinden? Wie und wo die ganzen Belege auftreiben?
»Nicht verzweifeln«, sagte Herr Saalmann, und er sagte dies so mitfühlend-beruhigend, dass ich ihm unverzüglich Carlos Klassenfahrt gestand, des Weiteren die dringend benötigte Winterjacke und die Schuhe, und er versicherte mir, dass man auch für einen Teil der Klassenfahrtskosten aufkommen würde, wenn ich dies beantragte. Darüber hinaus zahle das Sozialamt zweimal jährlich eine Bekleidungsbeihilfe aus, und da ich allein erziehend sei, stünde mir ohnehin ein Mehrbedarf an Sozialhilfe zu. In kürzester Zeit hatte er mich davon überzeugt, dass ich nach Ausschöpfung aller Möglichkeiten schon über die Runden kommen würde. »Wenn Sie Fragen haben, können Sie mich jederzeit anru-

fen«, fügte er hinzu. »Dieser scheußlichen Situation begegne ich tagaus, tagein, und immer häufiger ist sie die direkte Folge einer Trennung oder Scheidung. In den meisten Fällen trifft es leider Gottes Mütter mit Kindern. Hat man Ihnen eigentlich gesagt, dass auch größere Anschaffungen wie eine Waschmaschine vom Sozialamt bezuschusst werden? Sie müssen nur immer einen Antrag stellen.«

Herr Saalmann ist eindeutig auf der Seite der Mütter, dachte ich, aber wenn ich heute noch ein einziges Mal das Wort Antrag höre, dann schreie ich! Ich beantrage, jetzt nach Hause gehen und meinen Kindern eine heile Welt bieten zu dürfen! Angst hatte ich zwar keine mehr, dennoch war ich völlig ausgelaugt. Zu Hause versteckte ich den Formularstapel unter dem Bett und schickte Suse zum Bäcker. Schließlich saßen wir einigermaßen gemütlich zu viert beisammen, zwischen uns ein Berg frischer Berliner, und kleckerten mit der Marmeladenfüllung. Sozialfall-Sozialfall-Sozialfall, sagte mein Kopf, und die Süße des Gebäcks linderte das Kratzen in meinem Hals nur wenig.

Gegen acht rief Lukas an, mit einem nicht zu überhörenden besorgten Unterton in der Stimme.

»Alles in Ordnung«, versicherte ich mit gekünsteltem Optimismus, »und morgen werde ich schon ein gutes Stück weiter sein. Vorausgesetzt, ich schlage mir die kommende Nacht um die Ohren. Ist 'ne Menge Papierkram zu erledigen.«

»Kann ich helfen?«

»Nein, nein, das geht schon. Übrigens, danke für die Rose«, sagte ich leise.

Im Hintergrund tuschelte ein sehr aufgeregter Tom herum und flüsterte im Brüllton, ob *er* vielleicht helfen solle, doch ich verneinte erneut. Dann goss ich mir ein Glas Wein ein und machte mich an die Arbeit.

Ich begann mit dem Wohngeldantrag. Neue Detailfragen an den gläsernen Menschen, und das im Dutzend. War der Wohnraum nachträglich unter wesentlichem Bauaufwand ausgebaut, umgebaut oder erweitert worden? Keine Ahnung, dachte ich und kreuzte nein an, wie bei allen weiteren Fragen, bei denen ich mir

nicht sicher war. Ich schrieb brav in Druckschrift und warf das zu zwei Dritteln ausgefüllte Formular nach einer knappen Stunde beiseite. Weiter, das Jugendamt. Und dann das Sozialamt. Name des Hilfesuchenden (HS), Vorname, Geburtsname, Schulabschluss. Wurde Vermögen in den letzten zehn Jahren vor Eintritt der Bedürftigkeit auf andere Personen übertragen? Ich stellte fest, dass das Wort Bedürftigkeit ähnliche Widerhaken hatte wie das Wort Sozialfall. Leise vor mich hinbrabbelnd, fraß ich mich durch die Anträge. Manche der Fragen waren schlichtweg nicht zu durchschauen, und nachdem ich festgestellt hatte, dass mir einige unbedingt erforderliche Belege irgendwie abhanden gekommen waren, nahmen das Brabbeln und ein paar zwischendurch eingestreute Flüche an Lautstärke zu.
An diesem Abend rief ich niemanden zu Hilfe. Tom nicht und Lukas auch nicht, und erst gegen Mitternacht ließ ich den Ordner mit meinen Kontoauszügen für einen Moment sinken und starrte vor mich hin. Im Radio lief Brahms' F-Dur- Symphonie. Das Thema des dritten Satzes trieb mir fast die Tränen in die Augen.
Mein Name ist Romea Becker, ich bin Heimbewohnerin und benutze ein Einzelzimmer. Ich zahle keinen Zuschlag für Kühlschrankbenutzung. Zu meinen Einnahmen gehören Gehälter, Löhne, Gratifikationen, Tantiemen, Trinkgelder, Wartegelder, Ruhegelder, Witwen- und Waisengelder, Renten, Betriebsrenten, Einnahmen aus selbstständiger Arbeit, aus Gewerbebetrieb, aus Land- und Forstwirtschaft, aus Kapitalvermögen, aus Vermietung und Verpachtung, Unterhalt, Sachbezüge, Arbeitslosengeld, Arbeitslosenhilfe. Auch erziele ich Einnahmen aus der Herrenboutique, die ich 1977 mit dem Papst in Wuppertal eröffnet habe. Des Weiteren beziehe ich Mittel aus der Landeshilfe für hochgradig Sehschwache. Es ist mir bekannt, dass ich nach Paragraph 263 StGB wegen unvollständiger oder unwahrer Angaben strafrechtlich verfolgt werden kann.
Mein Name ist Romea Ich-schaff-das-schon Becker. Es ist furchtbar, aber es geht.

Tags drauf wurde ich mit einem großen, zum Bersten gefüllten Umschlag erneut bei der Behörde vorstellig. Als ich bemerkte, dass ich tatsächlich an »vorstellig werden« gedacht hatte statt daran, »ins Rathaus zu fahren«, überlief es mich kalt. Wohl über Nacht war der Virus der Behördensprache in mein Immunsystem eingedrungen. Schrecklich!

Zunächst stiefelte ich zur Kindergeldkasse. In Anbetracht meiner äußerst übellaunigen Tochter gestaltete sich die nötige Wartezeit wenig erfreulich; das Kind schien des Aufenthalts in Behördenfluren ausgesprochen überdrüssig zu sein. Nach Ablauf einer Dreiviertelstunde rief mich eine kaugummikauende Sachbearbeiterin herein. Lässig erkundigte sie sich, ob ich bereits einen Sozialhilfebescheid vorliegen hätte, gleichzeitig zog sie ein Formular aus der Schublade.

»Nein, noch nicht«, sagte ich am Rande einer Panik, weil Ninni angesichts des neuen Antrags schrill zu zetern begann. Wahrscheinlich war mir meine Erschöpfung anzusehen, denn die Beamtin nahm mir netterweise das Ausfüllen des Antragsformulars ab und teilte mir daraufhin mit, ich erhielte Bescheid. Länger als zehn Minuten dauerte mein Aufenthalt in diesem Büro nicht.

Ohne große Freude überreichte ich sodann Herrn Lonnendöncker meinen Umschlag mit den Nachweisen, ohne große Freude nahm er ihn entgegen. Er kontrollierte gewissenhaft jedes Kreuzchen und jede Auskunft, verglich jede Zahl akribisch mit dem entsprechenden Kontoauszug und formulierte die noch offenen Fragen dergestalt um, dass sogar ein minderbemitteltes Wesen wie ich sie endlich begreifen konnte. Schließlich entschwand er zum Kopieren der Nachweise auf den Flur. Ninni langweilte sich von Minute zu Minute lauter.

»Die Bescheinigung vom Vermieter fehlt«, tadelte Herr Lonnendöncker, während er die Kopien abheftete und die Akte mit meinem Namen versah.

Innerlich krümmte ich mich. Als gehobene Mittelstandsmutter

hatte der Hausbesitzer mich damals kennen gelernt, als Sozialfall kam ich nun zurück, ein Status, den Vermieter wohl nicht sonderlich schätzen. »Mach ich nachher«, sagte ich lahm und überlegte nebenbei, ob Herr Lonnendöncker eigentlich eine Vorstellung davon hatte, wie demütigend dieser Gang zum Vermieter war. Vermutlich nicht. Als Beamter auf Lebenszeit mit einem unkündbaren Arbeitsverhältnis kam man bekanntermaßen nur schwerlich in eine solche Bredouille.

»Will nach Hause«, jaulte Ninni jämmerlich.

»Gleich, mein Schatz.« Eilig erkundigte ich mich, wie lange es gewöhnlich dauere, bis man Unterstützung bekomme.

»Sie meinen den Zeitpunkt der Auszahlung?«

Natürlich meinte ich den Zeitpunkt der Auszahlung, was sonst? Weswegen schlug ich mir denn hier die Zeit um die Ohren, wenn nicht für eine Auszahlung, verdammt noch mal! Ich verspürte schon wieder das Bedürfnis, mit den Zähnen zu knirschen. Aber von der »selbstsichernden Mutter«, als die ich Einzug in die Wolframstraße gehalten hatte, war nicht mehr viel übrig geblieben.

Ich protestierte nicht. Konterte nicht. Sagte nur demütig: »Ja.«

Das sei von Fall zu Fall verschieden, erläuterte Herr Lonnendöncker und begann, die diversen Antragbogen abzustempeln. Mal gebe es noch Unklarheiten, was die Sache um Wochen verzögern könne, mal würde noch am Tag der Antragstellung ein Scheck ausgestellt, je nach Notlage. Jedenfalls erhielte ich nach Überprüfung meines Falls Bescheid. Ninni saß mittlerweile auf dem Boden und weinte leise in sich hinein.

Mit roten Ohren erzählte ich, dass mein Konto bereits grausam überzogen sei, da mein getrennt lebender Mann ja nur die bewussten sechshundert Mark überwiesen habe, und erwähnte die in Kürze bevorstehende Mietabbuchung, dass sich also die Notlage deutlich abzuzeichnen beginne, aber Herrn Lonnendönckers Interesse an derartigen Mitteilungen war nur gering. »Können Sie mir denn in etwa sagen, mit welchem Betrag ich rechnen kann?«, quälte ich mir noch ab.

Praktischerweise hatte er alle Zahlen im Kopf. Er rechnete laut, ad-

dierte, zog mein Einkommen ab und konfrontierte mich schließlich mit einer erschreckend niedrigen Summe.
»Moment, bitte, bei meinem Einkommen liegt ein Irrtum vor.« Nervös setzte ich mich auf. »Mehr als die sechshundert Mark von meinem Ex habe ich nicht!«
»Doch, doch, Sie bekommen schließlich Kindergeld. Das ist anzurechnendes Einkommen und wird von der Sozialhilfe abgezogen.«
Ich rang nach Luft. Kindergeld galt als Einkommen, nicht als Geld für die Kinder? Wer hatte diese Gesetze gemacht?!
Mit einer diffusen Wahrnehmung des Zwangs schlich ich ins Jugendamt. Auch bei Herrn Saalmann erkundigte ich mich nach dem Zeitpunkt der Auszahlung, ziemlich beklommen, nebenbei gesagt, weil ich einen erneuten Sermon in Amtssprache befürchtete. Doch irgendwie schien er der Einzige zu sein, der letztendlich begriffen hatte, dass Mütter, deren Exmänner mit ihren Zahlungen in Verzug geraten sind, schwer in der Klemme stecken. Überraschenderweise wünschte er meinen Antrag keineswegs einer ausgiebigen Prüfung zu unterziehen, sondern verkündete ohne lange Umschweife, er weise den Unterhaltsvorschuss für Suse und Ninni noch heute an. In mir manifestierte sich Zuversicht. Zusammen mit Ninni fuhr ich hoch zu Frau Glinz, die sogleich wieder freundlich lächelte und dem Kind einen Lolli überreichte, bevor sie sich in meinen Antrag vertiefte und diesen vervollständigte. Sie griff zum Stempel. Ein dumpfer Knall, dann war auch der Wohngeldantrag zum offiziellen Dokument avanciert.
»Wie lange wird es dauern?«, fragte ich, zum dritten Mal an diesem Tag, und Frau Glinz lachte und verwies zum einen auf die Fülle von Anträgen, die vor dem meinen bearbeitet werden müssten, zum anderen auf ihre Halbtagsstelle. Sie hob die Schultern. »Wir tun, was wir können. Sie bekommen dann Bescheid.«
In Ordnung, dachte ich und fühlte mich wieder sehr ausgeliefert. Dann überziehe ich eben weiter und weiter, bis in naher Zukunft der Geldautomat meine Scheckkarte schluckt und nicht wieder rausrückt. Ich nahm das Kind auf den Arm und fuhr nach Hause. Mein Name ist Romea Becker, ich bekomme Bescheid.

The whole life is vive la merde

Eine knappe Woche verstrich. Von dem Unterhaltsvorschuss einmal abgesehen, der inzwischen wohlbehalten auf meinem Konto eingetroffen war, tat sich behördlicherseits wenig. Mein Fall schien horrend schwierig zu sein! An der fehlenden Bescheinigung vom Vermieter jedenfalls konnte es nicht liegen, diese hatte ich längst beschafft. Es war ein sehr peinliches Unternehmen gewesen, nebenbei bemerkt, und nur mit der bewussten Todesverachtung einigermaßen unbeschadet zu überstehen.

Nach diesem Canossagang lieh ich in der Stadtbibliothek einen Scheidungsratgeber aus, von dessen Einband mir der Verfasser gütig entgegenlächelte und »Alles wird gut« zu sagen schien. Vertrauensvoll verkroch ich mich mit dem Wälzer aufs Sofa, traf allerdings bald auf außerordentlich interessante Thesen. Staunend entnahm ich dem Text, es sei nicht die geringste Schande dabei, den Staat zur Kasse zu bitten. Man (frau?) solle einfach den Stolz zurückstellen und die Lebenskraft den Kindern widmen. Um einen Gang nach unten handele es sich jedenfalls nicht. Schade nur, dass der Autor nicht darauf einging, ob es sich stattdessen um einen Aufstieg handelte! Finster dachte ich so für mich, dass er jenen bewussten Weg, ganz gleich in welche Richtung, mit großer Wahrscheinlichkeit selber noch nie eingeschlagen hatte, was ihn im Übrigen auf beruhigende Weise mit Herrn Lonnendöncker und dessen Kollegin Glinz verband. Binnen vierundzwanzig Stunden landete das Buch wieder in der Bibliothek.

Übrigens hatte sich niemand auf meine Zeitungsanzeige gemeldet. Niemand benötigte Klavierstunden von »ausgeb. Musikpäd.«, jedenfalls nicht von mir. Als am Dienstag darauf noch immer keine Zahlung eingegangen war, starrte ich auf den neuesten Kontoauszug, nunmehr nicht nur unruhig, sondern in tiefer Sorge. Der verbleibende Spielraum zwischen Überziehungsrahmen und tatsächlichem Kontostand war rapide enger geworden. Eine Teilschuld daran trug wohl der Erwerb von Schuhen für Carlo, auch war die Anzahlung für die Klassenfahrt abgebucht worden. Noch eine ein-

zige unvorhersehbare Ausgabe, und mir brannte der Kittel lichterloh. Warum zahlten weder Sozialamt noch Wohngeldstelle?
Erneut sprach ich bei der netten Dame mit der Föhnwelle vor. Auf ihrem Schreibtisch türmte sich ein etwa dreißig Zentimeter hoher Aktenberg. »Tag, Frau Glinz«, sagte ich mit erzwungener Lockerheit, »könnten Sie freundlicherweise herausfinden, was aus meinem Antrag geworden ist? Ich benötige das Geld nun wirklich dringend.«
Sie lächelte flüchtig, aber außerordentlich verständnisvoll. »Nun, ich arbeite hier nur halbtags. Und ich bin auch erst gestern aus dem Urlaub zurückgekommen. So genau bin ich also noch nicht auf dem Laufenden. Rufen Sie doch morgen mal an, bis dahin werde ich das geklärt haben.« Mit drei Fingern strich sie sich die Föhnwelle aus dem Gesicht.
In meinem Brustkorb bemerkte ich ein leises Ziehen. Dass meine Finger zitterten, wusste ich auch ohne hinzusehen. »Wie viel Zeit vergeht eigentlich normalerweise zwischen Antragstellung und Zahlung? Es gibt da doch sicherlich Erfahrungswerte, nicht?«
»Nun, da steckt man nicht drin. Zwei, drei Wochen vielleicht, das hängt vom Fall ab.«
»Ich bin ein Fall mit drei Kindern«, sagte ich sehr deutlich, »mein Konto ist kriminell überzogen, und das Sozialamt hat noch nicht gezahlt. Was soll ich tun?«
Frau Glinz sagte nichts. Sie klebte nur wieder dieses verständnisvolle Lächeln in ihr Gesicht. Dann hob sie mit einer kleinen Bewegung die Schultern und ließ sie wieder fallen. Ein Achselzucken, wie es beredter nicht hätte ausfallen können.
»Man steckt nicht drin, nicht wahr?«, sagte ich höflich und verspürte das starke Bedürfnis, mit einer heftigen Bewegung meines Unterarmes den Aktenberg vom Tisch zu fegen. Und ich naives Wesen hatte immer gedacht, Beamtenwitze entsprängen einem längst überholten Klischee.
Verehrte Frau Glinz, in Ihren Augen mag das ja nur ein Papierstapel sein, dachte ich, ein außerordentlich lästiger Papierstapel überdies, dessen Anblick einem die ganze schöne Erholung ruiniert und den Halbtagsjob dazu. Mag ja sein. Trotzdem möchte ich Sie

jetzt bitten, sich freundlicherweise an die Arbeit zu machen. Zwischen jedem dieser Aktendeckel steckt mindestens ein menschliches Schicksal, das Ihrer Hilfe bedarf. Aber das ist nicht Ihre eigene Wirklichkeit, nicht wahr? Ihre Wirklichkeit ist ein Halbtagsjob und das beruhigende Wissen um jene sichere Summe, die der Staat Ihnen Monat für Monat überweist.
So, Frau Glinz, nun nehmen Sie doch mal alle Energie zusammen und stellen Sie sich vor, Ihr Mann ließe Sie sitzen (gewagter Gedanke, ich weiß)! Stellen Sie sich weiter vor (noch gewagterer Gedanke), dass er fortan, aus welchem Grund auch immer, nicht genügend Bares ausspucken würde, um Ihnen eine Wohnung und regelmäßige Urlaubsreisen und die monatliche Erneuerung Ihrer Föhnwelle zu finanzieren! Und jetzt stellen Sie sich, wenn irgend möglich, noch vor (gewagtester aller gewagten Gedanken!), Sie säßen ganz unvermittelt nicht mehr auf der gewohnten, richtigen Seite des Schreibtisches, sondern auf der anderen, der Verliererseite.
Wie, das können Sie nicht? Glaube ich Ihnen gern, Frau Glinz. Trotzdem sollten Sie es bei Gelegenheit mal versuchen. Natürlich nur, falls Sie Zeit und Muße haben.
Ich betrachtete die Grünpflanzen auf dem Fensterbrett, die gerahmten Fotos an der Wand, den Schreibtisch mit dem Aktenberg. Ein ausgesprochen behagliches Arbeitszimmer, in dem es ganz schwach nach frisch aufgebrühtem Kaffee roch. Übrigens hatte Frau Glinz auch eine hübsche bunte Kaffeetasse. Auf dieser stand: »Montagmorgen und die Woche nimmt kein Ende.«
Ich sagte nun nichts mehr. Fuhr nach Hause, trommelte alle Kinder zusammen und legte nacheinander meine Hände auf drei Schulterpaare. Ein knochiges, ein stabiles und ein zartes.
»Kinder«, sagte ich fest, »Kinder, werdet Beamte.«

Es war ein mehr oder minder monothematisches Leben, das ich in jener Woche führte. Letztendlich rankte sich jeder Gedanke um das noch vorhandene Geld. Jedwedes Freizeitvergnügen musste ich Carlo und Suse verwehren; Schlittschuhlaufen in der Eishalle, Kino, alles fiel weg. Unmengen von Energie waren vonnöten, um sowohl die lautstarken Beschwerden als auch die enttäuschten Gesichter der Kinder auszuhalten. Um Geld zu sparen, enthielt unser mittäglicher Speiseplan nur noch Nudeln mit Soße. Nun, immerhin hatte man etwas Warmes im Bauch, und Nudeln mit Soße machen fabelhaft satt.

»Soll ich dir was pumpen?«, sagte Tom eines Abends, und ich war stark versucht, sein Angebot anzunehmen.

»*Ich* pump dir was«, widersprach Lukas, »im Winter habe ich meistens was über, weil keine Kosten für das Segelboot anfallen.«

Nein. Noch nicht. Erst wenn mir das Wasser tatsächlich bis zum Halse stand.

Am nächsten Morgen wusste ich dann, warum das Sozialamt nicht zahlte. Gegen zehn fischte ich ein amtliches Schreiben aus dem Briefkasten. Halleluja, der Bewilligungsbescheid!

Von wegen. Zwar stammte der Brief tatsächlich von Lonnendöncker, doch hatte er sich für die dreifache Mutter mit den akuten Geldsorgen etwas ganz Besonderes ausgedacht, statt sie endlich zu erlösen. Ein richtiges Schmankerl! Einleitend berief er sich auf diverse Paragraphen: Der Hilfesuchende sei verpflichtet, zunächst »eigene Mittel«, vor allem das eigene Einkommen und das gesamte verwertbare Vermögen im Sinne der Paragraphen soundso zu mobilisieren, ehe Hilfe zum Lebensunterhalt beansprucht werden könne.

Logisch, dachte ich, absolut eindeutig. Wer drei Mietshäuser besitzt, wird wohl nur unter größeren Schwierigkeiten Knete vom Amt bekommen.

Dann kam der Clou. Herr Lonnendöncker teilte mir nun mit, dass zu dem verwertbaren Vermögen auch ein PKW gehöre. Es sei vorliegend davon auszugehen, dass der Verkaufserlös des PKW den sozialhilferechtlich relevanten Bedarf einiger Monate decken könne. Unter den vorgenannten Voraussetzungen würde ich gebeten, meinen PKW zu verkaufen und bis Ende nächster Woche mitzuteilen, was ich diesbezüglich veranlasst hätte. Nach der Rechtsprechung des Bundesverwaltungsgerichtes bestehe ein Anspruch auf Sozialhilfe so lange nicht, wie der Hilfesuchende den Vermögensgegenstand nicht verwertet habe. Mit freundlichen Grüßen, im Auftrag, Lonnendöncker.

Sonnenstich? Gehirn verwässert? Stumm starrte ich auf die Unterschrift. Probierte nach der ersten Schreckminute ein hilfloses Lachen, aber es waren reichlich krächzende Geräusche, die sich meiner Kehle entrangen. Ich atmete ein paar Mal so tief durch, wie es nur ging, dann rief ich im Sozialamt an. »Hören Sie, mein Auto ist nur ein rostiger alter Fiesta«, sagte ich mit leicht zittriger Stimme, »er hat eine dicke Beule hinten rechts und springt schlecht an, wenn es kalt ist. Außerdem habe ich drei Kinder. Wie soll ich einkaufen gehen? Der nächste Aldi liegt vier Kilometer weit weg!«

»Nun, die Rechtsprechung verlangt es so. Die Straße, in der Sie wohnen, ist ausgezeichnet an die öffentlichen Verkehrsmittel angebunden. Wenn Sie Ihren Arbeitsplatz ohne Auto nicht erreichen könnten, wäre das etwas anderes, aber so –«

»Es ist doch nur für kurze Zeit, das mit der Sozialhilfe«, sagte ich flehend, »und wenn mein Exmann nächsten Monat Arbeit fände, dann wäre der ganze Autoverkauf doch für die Katz gewesen. Die Karre ist höchstens noch zwei- bis dreitausend wert!«

»Davon können Sie wochenlang leben. Ich sagte bereits, dass ein PKW zum verwertbaren Vermögen gehört! Im Übrigen kann man sich von der Sozialhilfe unmöglich einen Wagen leisten. Denken Sie an die Kosten für Steuern, Sprit und Versicherung!«

Stattdessen dachte ich ganz kurz an Uwe und dessen zwei Jahre alten A4. »Herr Lonnendöncker, der Wagen meines Ex ist gut und gerne seine dreißigtausend wert. Wenn er den verkauft und sich mit einem kleineren Modell begnügt, könnten wir davon viel länger als zwei Monate leben, und –«

»Ihr getrennt lebender Mann hat aber keine Sozialhilfe beantragt«, schnitt er mir das Wort ab, »demzufolge muss er sein Auto nicht verkaufen.«

»Moment«, sagte ich hitzig, »wollen Sie damit allen Ernstes sagen, dass mein … mein getrennt lebender Mann erstens fast keinen Unterhalt zahlt, zweitens die drei Kinder nicht erziehen muss, drittens nicht arbeitet und trotzdem sein dickes Auto behalten darf, quasi zur Belohnung? Das ist doch der Gipfel der Ungerechtigkeit!«

»So ist nun mal die Rechtslage. Also veräußern Sie den PKW und legen Sie mir den Vertrag vor. Guten Tag.«
Er sagte tatsächlich Guten Tag, bevor er auflegte. Und ich kochte schier über vor Wut. Eigentlich war es weniger der bevorstehende Verlust des Autos, der mich so erzürnte. Es war die Vorstellung, dass zeitgleich mein Ex Uwe gemütlich mit Sylvia in einer Vierzimmerwohnung hockte, mit seinem Schlitten durch die Gegend fuhr und mangels Arbeit den lieben Gott einen guten Mann sein ließ. Viel Geld stand ihm wahrscheinlich nicht zur Verfügung, aber hungern musste er jedenfalls nicht. Und zu kümmern hatte er sich ja lediglich um einen neuen Job. Kein Kinderalltag, der ihm Fesseln anlegte, keine Fiebernächte, keine versiebten Klassenarbeiten, keine Bettelei bei den Behörden. Uwe war zwar arbeitslos, dabei aber mehr oder minder unabhängig. Was für herbe Kontraste das Leben doch bieten kann.
Der Hörer war noch warm von dem Telefonat mit Herrn Lonnendöncker, als ich Uwes Nummer wählte. »Uwe, wie sieht's bei dir in Sachen Job aus?«, fragte ich drängend und empfand erneute Wut über die Tatsache, dass er offenbar gerade erst aufgestanden war.
»Hab noch nichts Konkretes«, gähnte er, »und ihr, kommt ihr klar?«
»Nein, wir kommen nicht klar«, sagte ich, »wir kommen ganz und gar nicht klar. Mein Gott, Uwe, weißt du eigentlich, was du uns da angetan hast?«
»Na, na, na, nicht in diesem Tonfall. Ich bin arbeitslos, das ist schlimm genug, und ich suche hektisch nach einem neuen Job!«
Daraufhin berichtete ich ihm so sachlich wie nur irgend möglich von meinem Marsch durch den Behördendschungel und von dem heutigen i-Tüpfelchen, das Auto betreffend. »Musstest du eigentlich auch die Kontoauszüge der vergangenen drei Monate vorlegen, als du Arbeitslosengeld beantragt hast?«
»Nö«, sagte er und gähnte wieder.
»Das ist ein furchtbares Gefühl.«
»Tja.«
»Sag mal«, murmelte ich und hatte große Mühe, nicht zu explodieren, »sag mal, könntest du dich eventuell mit dem Gedanken an-

freunden, den Audi gegen was Kleineres einzutauschen, ich meine, dann wären wir schlagartig unsere Geldsorgen –«
»Du machst wohl Witze«, unterbrach er mich, »ich habe vier Jahre auf den Wagen gespart!«
»Die Kinder würden ganz gerne mal etwas anderes essen als Nudeln mit Soße!«
»Tja.«
Ekel, dachte ich bebend und knallte den Hörer auf die Gabel. Ich nahm Ninni an die Hand, marschierte mit ihr nach oben, schob Tom kommentarlos den Wisch von Herrn Lonnendöncker vor die Nase und ließ mich schließlich erschöpft auf einen Küchenstuhl fallen. Während Tom das amtliche Schreiben las, entgleisten nach und nach sämtliche seiner Gesichtszüge. »Das gibt's ja wohl nicht! Das ist doch nicht möglich!«
»Und wie das möglich ist. Uwe darf seinen A4 übrigens behalten, damit hat der Staat keine Probleme.«
»Ehrlich? Unglaublich.« Er hörte endlich auf, sich die Haare zu raufen, und angelte nach dem Espressosieb. Offenbar war wieder Brainstorming angesagt. Leider gab es nicht den kleinsten konstruktiven Gedanken, den ich zur Lösung des Problems hätte beitragen können. Apathisch stand ich auf und wanderte ein bisschen durch die Wohnung. Etwa ein Dutzend Schritte den Flur entlang, und wieder zurück. Ziemlich warm hier drin.
»The whole life is vive la merde«, rief Tom mir düster zu, »irgendwie hatte Ringelnatz da verdammt Recht, nicht?«
Ich trabte erneut den Flur auf und ab. Überall offen stehende Türen. Lukas' edles Zimmer, dezent-kühl im Stil, grauer Teppichboden, Halogenspots in der Decke, feuerrote Bettwäsche, eine ordentlich aufgehängte Hose am Schrankgriff. Toms Zimmer, unaufgeräumt, zerwühltes Rattanbett mit Blümchenkissen, Unmengen von Büchern, ein chaotischer Schreibtisch vom Trödler, das Fußende des Bettes von einem Klamottenberg bedeckt. Schließlich sackte ich neben Tom, der noch immer tief in Gedanken versunken mit der Espressomaschine hantierte, auf einem Stuhl zusammen. Absurderweise galt der einzig konkrete Gedanke in meinem Kopf der Heizkostenrechnung der WG. Warum eigentlich verlangt es

manche Männer danach, die Wohnung zu einem Brutkasten aufzuheizen und sogar zur Winterzeit mit kurzen Ärmeln herumzulaufen, statt die Heizung zu drosseln und sich einen Pullover überzuziehen?

Unvermittelt knallte Tom die Zuckerdose auf den Tisch. »Ja, genau so geht's!«, rief er strahlend. »Ich hab's!«

»Was ist«, sagte ich verwirrt, »Himmel, hast du mich vielleicht erschreckt!«

»Ich weiß jetzt, wie wir's machen!« Ein verschwörerisches Lächeln im Gesicht, beugte er sich zu mir hinunter und flüsterte: »Du verkaufst das Auto, wie man es verlangt. An Lukas und mich!«

Ich konnte ihm nicht folgen. »Aber ihr habt doch jeder ein Auto. Was willst du denn mit meiner Rostlaube?«

»Verstehst du denn nicht? Erst machen wir einen ordnungsgemäßen Kaufvertrag. Dann melden wir das Auto auf Lukas' oder meinen Namen um und legen es still, wir brauchen's ja nicht. Und *du* gehst zur Behörde und zeigst dem ideenreichen Herrn Oberamtsrat den Vertrag und die Abmeldebescheinigung. Schon bist du aus dem Schneider! Wenn du ein Auto brauchst, kannst du ja meinen Polo nehmen.«

Irgendwie war mir der tiefere Sinn der Transaktion immer noch nicht ganz klar. Nachdenklich rührte ich in meinem Espresso herum. »Ja, schon, aber was tust du mit dem stillgelegten Fiesta?«

»Nichts, Giraffenkind«, sagte Tom. »Sobald die Sozialhilfegeschichte vom Tisch ist und du von Gesetz wegen wieder ein Auto besitzen darfst, zerreißen wir den Kaufvertrag, und schon hast du deine Rostlaube wieder. Die Kohle kannst du uns später zurückgeben, wenn du flüssig bist.«

Es dauerte ein bisschen, bis es in meinem Hinterkopf klickte. Aufgeregt setzte ich mich auf. »Das heißt also ... ihr kauft das Auto ... aber irgendwie auch wieder nicht?«

»Genau, du verkaufst es, aber nur offiziell ...«

«... und obwohl ich Geld dafür kriege, ist es heimlich nach wie vor meins ...«

«... und das bleibt es auch. Genial, nicht?«

Es dauerte weitere fünf Minuten, bis ich begriffen hatte, dass dieses Angebot nicht nur genial, sondern auch sehr, sehr großherzig war. Mir wurde ungeheuer warm in der Brust. Plötzlich kamen mir doch noch ein paar Bedenken. »Aber ist das denn legal, so ein fingierter Kaufvertrag? Nachher kriegst du noch Ärger! Und was, wenn Lukas bei dem Deal nicht mitmacht?«

»Was heißt hier fingiert! Wenn ich dein Auto kaufe und dir Geld dafür gebe, ist das doch wohl eine legale, astreine Sache, oder? Kein Gesetz der Welt kann mich dazu zwingen, den Fiesta auch zu fahren. Und über Lukas mach dir mal keine Gedanken. Alles klar?«

»Alles klar«, sagte ich mit einem dicken Kloß in der Kehle, »ach Tom, wenn ich dich nicht hätte – du bist ein wahrer Freund –«

»Morgen früh lassen wir den Fiesta schätzen«, kündigte er an, »und dann treten wir beide in ernsthafte Verkaufsverhandlungen. Du kannst dich drauf verlassen, dass ich dich noch dreihundert Mark runterhandle.«

»Zweihundert«, gluckste ich.

»Zweihundertfünfzig! Mein letztes Wort!«

»Also gut. Halsabschneider!«

Wir strahlten uns an. Mit einem Mal fiel der ganze Druck von mir ab. Richtig vergnügt war ich plötzlich, quietschvergnügt und lebensfroh wie lange nicht mehr.

»Tom, du ahnst nicht, wie erleichtert ich bin! In ein paar Tagen wird Lonnendöncker zahlen, dann ist der Nervenkrieg endlich vorbei! Sag mal, kennst du eigentlich den Unterschied zwischen einer Zwiebel und einer Bratsche? Wenn man eine Bratsche zerhackt, weint keiner!« Ich hätte mich schier ausschütten können vor Lachen, zumal Tom heftig mit den Nasenflügeln wackelte und dabei unglaublich komisch aussah. »Und hier, pass auf: Warum sind Bratschen auf modernen CD-Einspielungen nicht zu hören? Weil die Technik inzwischen Aufnahmen ohne jegliche Nebengeräusche produzieren kann!«

Es war ein sehr weicher Blick, den Tom mir nun zuwarf. »Ist ja schon gut«, lächelte er, »Humor ist bekanntlich der Knopf, der verhindert, dass uns der Kragen platzt. Aber doch nicht immer auf Kosten der armen Bratscher! Noch'n Espresso?«

»Nein, vielen Dank. Ninni und ich gehen jetzt fürs Mittagessen einkaufen, und heute gibt es *keine* Nudeln mit Soße, sondern frischen Obstsalat!« Ich wischte Ninni einen Rest geschmolzener Toblerone von der Nasenspitze. Weiß der Himmel, wo sie die Schokolade gefunden hatte. Vermutlich hortete Tom unter jedem Möbelstück eine Tafel. Selig umarmte ich ihn, dass seine Rippen nur so krachten. »Danke. Ich revanchier mich. Weiß zwar nicht wie, aber irgendwann fällt mir bestimmt was ein.«
Und dann dackelten Ninni und ich in den Supermarkt und schnibbelten anschließend eine geschlagene Stunde lang Ananas, Kiwis, Apfelsinen, Bananen und Äpfel.

Die Geister, die ich rief

Achtundvierzig Stunden später war ich ein Mensch ohne Auto. Stattdessen besaß ich einen wasserdichten Kaufvertrag zwischen Herrn T. Steinkrüger und Frau R. Becker. Die frohe Botschaft, den Verkauf betreffend, überbrachte ich sogleich Herrn Lonnendöncker. Dieser vermerkte die Änderung in seinen Akten, ließ mich eine Erklärung unterschreiben, fragte telefonisch beim Straßenverkehrsamt nach und bestätigte mir dann die Richtigkeit meiner Aussage.
Zweitausendeinhundert Mark hatten Tom und Lukas für die Rostlaube bezahlt. Nun stand sie verschlossen und ohne Kennzeichen vor dem Haus. Ein stillgelegtes Autochen, dessen neue Besitzer es nicht brauchten. Als ich am späten Nachmittag mit den Kindern zu einem Regenspaziergang ums Karree aufbrach, warf ich einen sentimentalen Blick durch die Seitenscheibe auf die Legomännchen und unzähligen Brötchenkrümel auf dem Rücksitz. Bald gehörst du wieder mir, dachte ich. Irgendwie kriege ich das hin.
Trotz der Dunkelheit war es ein ausgesprochen netter Spaziergang. Ninni sprang mit ihren roten Gummistiefeln jauchzend

durch jede Pfütze, die beiden Großen regredierten mal wieder auf Kleinkindniveau und tobten grölend durch die reißenden Fluten im Rinnstein, und ich hatte zwar keine Gummistiefel an, sprang jedoch trotzdem hinterher, sodass ich schon nach dreihundert Metern nass bis an die Oberschenkel war. Und prompt wurde dieses für eine Erwachsene absolut ungebührliche Verhalten bestraft, nämlich dergestalt, dass uns Herr Lonnendöncker plus Golden Retriever auf der anderen Straßenseite entgegenkam. Wo ich früher freundlich gegrüßt hätte, zog ich jetzt den Kopf ein. Ich kenne dich nicht, dachte ich, ich habe dich im Leben noch nie gesehen. Auch Herr Lonnendöncker sah weg und konzentrierte sich auf den Sitz des Hundehalsbandes, obgleich dieses vermutlich ausgezeichnet passte. Augenblicklich verlor ich den Spaß am Pfützenpatschen und fühlte mich wieder grässlich.
Von diesem Tag an holten mich die Geister unablässig ein. Wen traf ich, als ich mit Toms Polo einkaufen fuhr? Wer stieg gerade aus seinem Wagen, als ich am Sonntag Carlo zu einem Fußballspiel chauffierte? Beide Male nahm Lonnendöncker mich ganz eindeutig zur Kenntnis, nickte mir zu, sagte aber nichts. Und ich selber hätte mir eher die Zunge abgebissen, als mich nach dem Stand der sozialamtlichen Dinge zu erkundigen.
Es war wie verhext. In der darauf folgenden Woche kam es zur nunmehr vierten Begegnung. Dichtes Schneetreiben herrschte, hoffentlich das letzte Aufbäumen des eigentlich schon hinter uns liegenden Winters. Ich beeilte mich, Ninni in ihrem Kindersitz anzuschnallen – und wieder tauchte Lonnendöncker auf. Als sei das nicht unangenehm genug, marschierten Mann und Hund zu allem Überfluss auch noch auf *meiner* Straßenseite auf mich zu. Ich hörte das Hecheln des Hundes, roch sein nasses Fell. Spießrutenstehen nennt man das, dachte ich. Und statt beiläufig nach dem Gedeih meines Bewilligungsbescheids zu fragen, leierte ich nur wieder stumm mein Mantra herunter: Augen zu und durch … Augen zu und durch … Augen zu und durch.
In diesem Trauerspiel der Superklasse gab es lediglich zwei kleinere Zwischenfälle, die das Geschehen ein wenig belebten. Primär wäre da die zart duftende rote Rose zu erwähnen, die eines Nach-

mittags vor meiner Terrassentür baumelte und außerordentlich frivole Gedanken an Lukas in mir freisetzte. Des Weiteren schickte sich Uwes Wohnungsgenossin Sylvia an, ihre bislang unsichtbare Position als Die-neue-Frau-an-Papis-Seite offen zu legen und von vornherein positiv zu festigen, indem sie Carlo, Suse und Ninni zum Spaghettiessen einlud.
Nun, selbstverständlich folgte man dem Angebot voller Neugierde. Kurz nach zehn brachte Uwe mir drei restlos überfressene Kinder zurück. Ninni bekundete lediglich, sie habe Bauchweh, Suse dagegen meinte, es sei schon ziemlich blöd gewesen, dass in *ihrem* Kinderzimmer statt des Pferdeposters nun ein Bild von so einer doofen nackten Frau hänge (was sich tags drauf klärte – Suse war wohl schlicht noch zu jung, um sich für die Werke Gustav Klimts erwärmen zu können). Und Carlo, der mit ersten Urteilen grundsätzlich zurückhaltend war, teilte mir lediglich mit, Sylvia sei nett, aber langweilig. Daraufhin ließ er sich in sein Bett fallen. »Deine Spaghetti sind viel besser, Mama«, fügte er noch hinzu. »Außerdem stinkt Sylvias Parfüm.«
Am übernächsten Vormittag holte ich meinen bleichen Sohn im Schulsekretariat ab. Er war auf dem Pausenhof über seine eigenen Füße gestolpert und mit dem Kopf gegen eine Tischtennisplatte aus Beton geknallt. Carlo klagte über heftige Kopfschmerzen, und übel war ihm auch. »Datt is janz sischer 'ne Jehirnerschütterung«, diagnostizierte die Sekretärin, »jehnse ma lieber ins Krankenhaus röntschen.«
Gott, was war ich in diesem Moment froh, Toms Polo benutzen zu dürfen. In der Klinik diagnostizierte man tatsächlich eine leichte Gehirnerschütterung und verordnete dem Jungen eine Woche Bettruhe; kein Fernsehen, kein Nintendo, für seine Begriffe das Schlimmste an der ganzen Angelegenheit. Ich überhörte sein stetes Protestgemurmel (»… werd mich schimmelig langweilen … was soll ich eigentlich den ganzen Tag machen???«), packte ihn ins Bett und zog die Vorhänge zu. Auch für Ninni war nun Mittagsschlaf angesagt. Im Briefkasten fand sich Werbung, eine Rechnung – und da, Post vom Sozialamt, also der Bewilligungsbescheid! Mit dem Daumen riss ich den Umschlag auf. Und dann erlebte ich eine Überra-

schung derart überwältigenden Ausmaßes, dass ich eigentlich nur noch in Ohnmacht zu fallen wünschte. Herr Lonnendöncker hatte mir nämlich den Hauptgang serviert. Er könne über meinen Antrag auf Sozialhilfe noch nicht abschließend entscheiden, lautete gleich der erste Satz des Briefes. Es seien Unklarheiten hinsichtlich meiner wirtschaftlichen und persönlichen Verhältnisse aufgetreten.

Ich erschrak heftig. Unklarheiten? Meine ganze Existenz war eine einzige Unklarheit! Warum konnte er nicht abschließend entscheiden, verdammt?!

Aber der krachende Höhepunkt kam erst noch.

»Sie haben hier erklärt, dass Sie keinen PKW mehr besitzen«, fuhr Herr Lonnendöncker fort, »wie ich jedoch erfahren habe, sind Sie im Besitz eines VW Polo. Diese Tatsache gibt Anlass zu der Annahme, dass Sie über nicht offenbarte Mittel verfügen oder durch Dritte unterstützt werden. Zwecks Aufklärung des Sachverhaltes bitte ich um Ihre Stellungnahme, ob Sie Ihren Ford Fiesta eventuell gegen den VW Polo eingetauscht haben. Sofern der Fiesta anderweitig verkauft wurde, bitte ich mir entsprechende Belege (z. B. Kaufvertrag) hierzu vorzulegen. Mit freundlichen Grüßen, im Auftrag, Lonnendöncker.«

Das ist doch nicht möglich, dachte ich betäubt, das ist doch einfach undenkbar! Und dann fing ich an zu lachen. Ich lachte, weil ich so fassungslos war über die abstrusen Formen, die dieser amtliche Vorgang anzunehmen begann, und ich lachte in einer mir selber fremden Stimmlage und so laut, dass sich eine Etage höher die Wohnungstür öffnete und ein extrem verschlafener Tom seinen Strubbelkopf in den Flur schob und rief: »Warum lachst du so hysterisch? Hast du mal wieder Post vom Amt gekriegt?«

»Genau«, schrie ich, »der behördliche Geniestreich des Jahrhunderts! Ich glaube, Lonnendönckers Gehirn müsste mal punktiert werden. Komm schnell runter!«

Nebeneinander hockten wir nun auf der Treppe. Tom trug seinen dunkelroten Frotteebademantel und nackte Waden und roch nach gesundem Kinderschlaf. Den Brief las er genau dreimal. Und kam aus dem Kopfschütteln nicht mehr heraus. »Nicht zu fassen«, sagte er nach einiger Zeit, »das ist wirklich bombig, dieses Schreiben.«

Ich atmete mal wieder tief durch. Im Umgang mit einem bornierten Sachbearbeiter war regelmäßiges tiefes Durchatmen wohl das Mittel der Wahl, um sich selbst vor etwaigem Durchzudrehen zu bewahren. »Mann, wie kann mir das Sozialamt unterstellen, ich sei im Besitz eines Autos, wenn denen eine offizielle Behörde, nämlich das Straßenverkehrsamt, mitgeteilt hat, dies sei eben nicht der Fall?«

»Unser ehrenwerter Herr Lonnendöncker!«, bemerkte Tom voller Spott. »Er hat etwas gesehen – nämlich dich im Auto, und das mehrmals –, aber dann hat er unglücklicherweise angefangen zu denken, eine Tätigkeit, bei der ihm vermutlich die Übung fehlt. Und was dabei rausgekommen ist, sehen wir ja. Was beabsichtigst du nun zu tun?«

Boshaft fixierte ich Lonnendönckers Unterschrift. »Darauf antworten, was sonst?«

»Und in welcher Form?« Tom wirkte plötzlich besorgt.

»In der Mein-Name-ist-Romea-Becker-und-ich-lass-mir-nichts-mehr-gefallen-Form«, sagte ich trocken.

»Recht so, endlich spricht wieder die selbstsichernde Mutter!«

»Weißt du, irgendwann reicht's sogar einem Schäfchen wie mir. Wie geht's eigentlich Lukas?«

»Ganz gut«, meinte Tom, »ich glaube, er hat wieder einen neuen Fisch an der Angel.«

Ja, mich, dachte ich und bemühte mich, nicht zu erröten. O zarte Sehnsucht, süßes Hoffen! Ohne die wunderbare rote Rose vor dem Fenster zu erwähnen, fasste ich in ein paar Sätzen die Ereignisse des Vormittags zusammen, die Gehirnerschütterung, den Klinikbesuch. »Was für ein Tag! Bin ich vielleicht froh, dass ich den Polo benutzen konnte. Sag mal, was wäre eigentlich *ohne* dein Auto gewesen? Hätte ich Carlo dann zu Fuß ins Krankenhaus bringen müssen? Oder erstattet das Sozialamt in so einem Notfall die Kosten für ein Taxi?«

»Möglich«, sagte Tom und kratzte sich an der linken Wade.

»Aber wahrscheinlich erst, nachdem man glaubhaft, also mit einem mehrseitigen ärztlichen Gutachten, belegt hat, dass das Kind mit der Gehirnerschütterung keine vier Kilometer laufen konnte«,

mutmaßte ich sauer und sehr zynisch, »und dann wird vermutlich nachgeprüft, ob der Taxifahrer auch den kürzesten Weg zum Krankenhaus genommen hat, und falls nein, wird man ihn behördlicherseits befragen, warum nicht, und eine Stellungnahme seines Vorgesetzten verlangen, und dann muss dieser den Fahrtenschreiber vorlegen und anhand eines Nachweises vom Straßenverkehrsamt belegen, dass an diesem Tag der direkte Anfahrtsweg zum Krankenhaus durch eine Baustelle versperrt war und deswegen ein Umweg unumgänglich war, und wenn er das nachgewiesen hat, muss er noch eine Erklärung nachliefern, warum er die Baustelle nicht rechts, sondern links umfahren hat, da die Strecke links von der Baustelle bekanntlich bergauf geht und das Taxi demzufolge mehr Benzin verbraucht, und dann muss sich das komplette Taxiunternehmen schriftlich dazu verpflichten, das Krankenhaus zukünftig auf Straßen ohne Steigung anzufahren und keine staatlichen Gelder mehr zu verpulvern!!!« Ich verstummte erschöpft.
»Nun beruhige dich doch«, sagte Tom.
»Nein, ich beruhige mich nicht! Für meine Begriffe ist das alles reine Schikane! Und das werde ich diesem Herrn Lonnendöncker auch in ein paar wohlgesetzten Worten mitteilen!« Der Zorn in mir wallte erneut heftig auf. Schäumend stampfte ich zurück in die Wohnung, um nach meinem Erstgeborenen zu sehen.
Er schlief. Blass und schmal lag er im Bett und war nur noch ein kranker kleiner Junge. Auch Ninni rührte sich nicht, und mit Suse war frühestens in einer Stunde zu rechnen. Unverzüglich griff ich zu Stift und Papier. Nun zu Ihnen, Herr Lonnendöncker!
Abends klingelte ich sehr zufrieden im ersten Stock. Stellte mich in Positur und ermahnte die beiden Herren, nicht dauernd dazwischenzuquatschen. »Passt schön auf, Jungs, hier also meine Antwort«, sagte ich mit dem nötigen Pathos in der Stimme. *»Sehr geehrter Herr Lonnendöncker, ich darf Sie zitieren: ›Wie ich nun erfahren habe, sind Sie im Besitz eines VW Polo. Diese Tatsache gibt Anlass zu der Annahme, dass Sie über nicht offenbarte Fremdmittel verfügen oder durch Dritte unterstützt werden.‹ Zum einen, Herr Lonnendöncker: Von ›erfahren‹ kann ja wohl keine Rede sein. Zum anderen: Eine Tatsache ist etwas, was man belegen*

kann. Da Sie mir den Nachweis bezüglich des bewussten Polo leider schuldig geblieben sind, möchte ich Sie bitten, mir denselben schnellstmöglich nachzureichen. Wahrscheinlich werden Sie dazu nicht in der Lage sein. Sie sollten also einsehen, dass es sich in diesem Fall nicht um eine Tatsache, sondern bestenfalls um eine Vermutung handelt. Zum anderen haben Sie selbstverständlich Recht, was die Fremdmittel betrifft. Den kürzlich von der Jüngsten zerbrochenen Brillenbügel habe ich mit Leukoplast geklebt, weil ich zu geizig war, meine nicht offenbarte Fremdmittelreserve anzugreifen.«

Augenblicklich fiel mir Lukas ins Wort. »Grundgütiger, das trieft ja vor Ironie. Der deutsche Verwaltungsbeamte versteht das nicht!«

»Viel zu bildhaft, Romea«, pflichtete Tom ihm bei, »viel zu sehr aus dem Leben gegriffen.«

»Ist mir völlig egal«, sagte ich begeistert. *»Nun mal im Ernst – der angesprochene Polo gehört meinem Nachbarn. Dieser hat mir gestattet, den Wagen unentgeltlich zu benutzen, falls es erforderlich ist. Als mein Sohn Carlo beispielsweise wegen einer Gehirnerschütterung im Krankenhaus untersucht werden musste, hatte mein Nachbar nichts dagegen, dass ich mich seines Wagens bediene, denn auch er hielt unter diesen Umständen eine möglicherweise äußerst pittoreske, aber dann doch eher beschwerliche Bustour in die Stadt für verfehlt.»* Beifall heischend sah ich hoch. Prompt nutzte Tom die Gelegenheit, um mir das Blatt Papier zu entwenden.

»Menschenskind, das ist alles rasant formuliert, aber völlig verfehlt. Perlen vor die Säue! Nichts wird er begreifen, gar nichts!« Er grinste. »Höchstens, dass du einen ausgesprochen netten Nachbarn hast.«

»Piepegal«, grinste ich zurück, »und jetzt der finale Rettungsschuss, los!«

Erschüttert seufzte Tom auf. »Ach Gottchen, das geht ja noch munter weiter ... *es hätte die Stadtverwaltung nicht mehr als eine Briefmarke gekostet, sich bei mir zu erkundigen, ob der Polo mir gehört, bevor man mir unterstellt, dass er mir gehört ... Einer allein erziehenden Mutter von drei Kindern, die ihre Mittellosigkeit*

bis zum letzten entwürdigenden Detail dargelegt hat, die Absicht zu unterstellen, staatliche Gelder erschleichen zu wollen, löst bei mir starkes Befremden aus ... Mensch, Lonnendöncker wird in Rage geraten! Was versprichst du dir davon?!«
»Kohle«, sagte ich fest, »die Kohle, die ich brauche und die mir zusteht.«
»Na, dann gutes Gelingen«, entgegnete Tom. Sein Blick ließ keinen Zweifel daran aufkommen, dass er so seine Bedenken hatte. »Aber was tust du, wenn er auf stur schaltet und noch schwereres Geschütz auffährt? Lukas, findest du den Brief nicht auch ein bisschen zu heftig?«
Lukas hatte sich bislang eines abschließenden Kommentars enthalten. Schweigend saß er auf seinem Küchenstuhl und glättete mit zwei Fingern eine Falte im Geschirrtuch. »Also, Tom hat natürlich Recht, zumindest teilweise. Allerdings kann ich verstehen, dass du dir Luft machen musstest. Wahrscheinlich hätte ich ähnlich reagiert.« Unter dem Tisch berührte er meinen Oberschenkel. »Löwenmutter. Du bist mir vielleicht eine komische kleine Person.«
Ich zuckte zusammen. Die Röte schoss mir bis in die Ohren. »Komische kleine Person« hatte noch nie jemand zu mir gesagt, und ich war mir auch nicht unbedingt sicher, ob ich diese Bezeichnung mochte. Sie klang altbacken, nach »Nesthäkchen« und »Trotzkopf« und all den anderen Romanen meiner Kindheit. Andererseits, wer so romantisch veranlagt ist, dass er Frauen auf höchst originelle Weise mit roten Rosen beschenkt, darf schon mal ein eigentümliches Kompliment formulieren. Heimlich zwinkerte ich Cupido auf seinem Regalbrett zu. War *er* vielleicht mein Schutzengel?! Natürlich. Lag doch auf der Hand!
»Im Übrigen solltest du dir über eins im Klaren sein«, fuhr Lukas mit ernster Miene fort, »das Vergackeiern von Verwaltungsbeamten ist strafbar.«
»Wie strafbar?« Ich musste lachen.
»Außerordentlich strafbar. Auf Beamtenvergackeiern steht Paragraphenreiterei nicht unter zwanzig DIN-A4-Seiten«, ergänzte Tom, »also sei lieber vorsichtig. Du willst schließlich was von denen!«

Ich sah in die Runde. Lukas war zerstreut zum Glätten des Geschirrtuchs zurückgekehrt, Tom faltete gerade mein Schreiben wieder zusammen. Mit zwei Fingern nahm ich es ihm aus der Hand. Schob es in den Briefumschlag zurück. Und klebte diesen sorgfältig zu. »Meine Herren, das ist es mir wert!«, rief ich feierlich und sehr entschlossen aus. »Der Brief bleibt, wie er ist. Solcherlei kleine Sünden beleben und erfrischen und verleihen dem ganzen tristen Dasein ein bisschen Farbe! Nein, meine Herren, der Lonnendöncker hat mich jetzt lange genug schikaniert. Dem zeig ich, was eine Harke ist!«
Am nächsten Vormittag schickte ich den Brief ab. Mit wild pochendem Herzen zwar, aber ich schickte ihn ab.
Eine Woche später lag der Bewilligungsbescheid in meinem Briefkasten.
Und nicht nur das: Wenige Tage darauf kam auch die Wohngeldstelle zu einem konkreten, positiven Ergebnis, meinen Fall betreffend; Frau Glinz hatte das immense Arbeitsaufkommen nach ihrem Urlaub offenbar bewältigen können. Des Weiteren erhielt ich mehrere offizielle Schreiben, die allesamt mit dem gleichen Wortlaut begannen: »Ihrem Antrag auf soziale Vergünstigungen wird entsprochen.« Und als ich eines Abends den Fernseher im sicheren Bewusstsein einschaltete, zum ersten Mal in meinem Leben keinerlei Gebühren für die durch und durch unsinnige Talkshow zu bezahlen, die da über die Mattscheibe flimmerte, konnte ich mich eines garstigen Lachens nicht erwehren.
Der Kampf war entschieden. Zu meinen Gunsten.
Mein Name ist Romea Becker, ich habe gewonnen.

Ein bisschen Unvernunft muss manchmal sein

Ganz allmählich normalisierte sich unser Leben. Ich kam etwas zur Ruhe, hatte wieder Platz im Kopf. Nachts wälzte ich mich nicht mehr angstschweißgebadet im Bett herum. Zwar lebten wir mehr oder weniger Holzklasse, aber wann immer mich wilde Träume von einem Leben mit einem Mindestmaß an Selbstbestimmung überfielen (was gewöhnlich dann der Fall war, wenn ich mal wieder Behördenpost erhalten hatte), so zwang ich meinen Gedanken gewaltsam eine andere Richtung auf.

Dass das jedes Mal funktionierte, kann ich nicht behaupten.

Ich entwickelte revolutionäre Ideen in jenen Wochen. Den Politikern beispielsweise, die die Sozialhilfesätze kürzen wollten, verordnete ich eine Beschneidung ihrer Diäten auf genau jenen Betrag, welchen sie als »ausreichend zum Lebensunterhalt« festgesetzt hatten. Nur mal für vier Wochen und zum Ausprobieren, sozusagen. Für die Millionen zahlungsunwilliger beziehungsweise -unfähiger Väter in Deutschland hingegen sah ich vor, den Selbstbehalt kurzerhand zu streichen und dieses Geld stattdessen den Kindern zukommen zu lassen. Marschiert ihr doch zum Sozialamt, *ihr* Väter, die ihr euch eurer Verantwortung entledigt habt. Geht hin, verkauft eure verdammten Fetischs namens Audi und BMW und nehmt, was der Staat euch gibt! Euren eigenen Kopf über Wasser halten werdet ihr ja wohl können. Und dieweil sich auf diese Weise die Zahlung von Unterhaltsvorschuss erübrigt, wird der Staat Milliardenbeträge einsparen. Eine simple Rechnung, nicht?

Mit Uwe stritt ich mich unablässig. Seit neuestem holte er die Kinder nicht mehr wöchentlich ab, sondern nur noch alle vierzehn Tage. »Einen nackten Mann kann man nicht ausziehen« gehörte zu seinen bevorzugten Formulierungen in dieser Zeit. Und nachdem ich erfahren hatte, dass er, von Sylvia mit einer neuen Goretex-Jacke ausgestattet, sein dick wattiertes Vorjahresmodell gedankenlos bei der Altkleidersammlung entsorgt hatte, statt es Carlo zu überlassen, sah ich mich nicht mehr in der Lage, freundlich zu sein.

»Herrje, was ist nur mit Uwe los?«, sagte ich eines Abends zu Lukas und Tom. »So kaltschnäuzig habe ich ihn noch nie erlebt. Wenn er sich wenigstens vernünftig um die Kinder kümmern würde! Aber nicht mal das ist der Fall. Und sein Kotzbrocken-Vokabular hat er in den letzten Wochen erschreckend erweitert.«
Tom seufzte. In ihm schien eine Menge Erinnerungen an seine eigene Scheidung aufzuleben. »Ach, es ist immer das Gleiche. Die beste Beziehung zum Ex geht in die Brüche, sobald der Krieg ums Geld beginnt. Da kann man noch so gut Freund sein, da kann man sich die größte Mühe geben, aber beim Geld hört die Freundschaft nun mal auf. Deprimierend, aber wahr. Kannst du dir vorstellen, dass ich mich damals tatsächlich habe hinreißen lassen, mit teuer bezahlter anwaltlicher Hilfe um einen silbernen Tortenheber zu streiten? Eine richtige Groteske war das.«
»Und ich Dummkopf hatte allen Ernstes gedacht, Uwe und ich wären anders«, sagte ich bitter.
Lukas lachte auf. »Also, wem es einmal gelingen sollte, die ungeschriebenen weltweiten Regeln für die Trennungsschlacht auszuhebeln, der sollte sich dieses Verfahren augenblicklich patentieren lassen. Tja, und was deinen Uwe betrifft – es geht halt ans Eingemachte, da kann ein Mann schon mal zum Tier werden. Ein Glück nur, dass wenigstens mir dieses Theater bislang erspart geblieben ist. Wie man sieht, hat es so seine Vorteile, ohne Fangeisen am Ringfinger herumzulaufen.«
Übrigens war mein Konto noch immer unschön überzogen, ungeachtet dessen, dass die Musikschule für Carlos Kontrabassstunden keinerlei Kosten mehr in Rechnung stellte. Es war erneut ein Antrag nötig gewesen (»Für Personen, die ihre Bedürftigkeit nachweisen, können die Entgelte je nach Grad der Bedürftigkeit ermäßigt oder erlassen werden«), ein weiterer Antrag, den ich todesverachtend unterschrieb. Was *unseren* Grad der Bedürftigkeit anbelangte, so konnte ich mit maximaler Punktzahl protzen. Sozialfälle zahlten bei der Musikschule keinen Pfennig. Wenn das kein Grund zur Freude war!
Zwei Tage später ließ man mir eine neue Rose-am-Faden herunter, ein Ereignis, das mich über die Maßen aufmunterte. Lukas dachte

an mich, und das regelmäßig! Plötzlich verspürte ich den dringenden Wunsch, etwas an meiner mickrigen Existenz zu ändern. Etwas zu tun, nicht nur hinzunehmen. Kurz entschlossen sprach ich mal wieder bei Herrn Lonnendöncker vor und erläuterte ihm Folgendes: Wenn es mir nun, aufgrund eines Zufalls oder einer glücklichen Fügung, möglich wäre, meine jüngere Tochter vormittags für wohlfeiles Geld irgendwo unterzubringen, und ich demzufolge einen Aushilfsjob annehmen könnte – wie viel von dem verdienten Geld ich eigentlich behalten dürfe, um unsere Lebenssituation ein wenig zu verbessern?

Herr Lonnendöncker starrte mich schockiert an. »Behalten?«

»Ja, behalten«, sagte ich mutig, »nehmen wir einmal an, ich räume im Supermarkt Regale ein oder gebe jeden Tag ein paar Klavierstunden, und man bezahlt mir, sagen wir, sechshundert Mark im Monat. Wie viel davon darf ich behalten? Wissen Sie, mein Sohn ist fast zwanzig Zentimeter gewachsen, er braucht mindestens zwei neue Hosen, und –«

»Bei einem Verdienst von sechshundert Mark kappt das Sozialamt seine Leistungen«, stellte Herr Lonnendöncker sachlich fest.

»Ja, natürlich, aber wie viel lässt man mir denn nun?«

Geschäftiges Rechnen setzte ein. Zwischendurch blätterte der Beamte in einem Aktenordner herum. »Nun, nicht ganz die Hälfte.«

Jetzt war es an mir, schockiert zu sein. Ich dachte kurz nach, verstand aber dennoch nicht genau, nach welchen Prinzipien dieses ausgeklügelte System funktionierte. »Das heißt, mehr als die Hälfte der Arbeit wäre für die Katz?«

»Das ist wohl eine Frage des Standpunktes«, bemerkte Lonnendöncker etwas säuerlich. Er wies mich nun darauf hin, dass ich dazu verpflichtet sei, jeglichen Verdienst durch Klavierstunden zu melden und nachzuweisen. Schwarzarbeit mache den Staat kaputt. Dann brachte er noch sehr widerstrebend die Bekleidungspauschale zur Sprache, die demnächst zur Auszahlung gelangen würde.

»Geld ist Geld«, sagte Tom abends zu mir und schob mir einen Becher heißen Kakao zu, »nun hör doch endlich auf, dich wegen der paar Mark, die du vom Staat bekommst, aufzuribbeln! Milliarden werden in die Rüstung gesteckt, Milliarden werden verplempert, und den Müttern impft man Schuldgefühle ein? Da kann doch was nicht stimmen.«

Unbehaglich rutschte ich auf meinem Stuhl hin und her. »Das Geld vom Staat fühlt sich aber anders an als normales Geld! Und ich kann die Mütter nur allzu gut verstehen, die morgens ihre Kinder irgendwo unterbringen und dann Billigjobs verrichten, nur um ›richtiges‹ Geld zur Verfügung zu haben und nicht zum Sozialamt marschieren zu müssen.«

Tom sagte steif, er halte eben dies für grundfalsch. Anspruch sei Anspruch, Geld sei Geld, basta. »Mit genau diesen Hemmungen rechnet der Staat, verstehst du das denn nicht? Diese traurige Welt bekleidet den, der schon bekleidet ist und entblößt den Entblößten. Calderón! Also, wenn *ich* Kinder hätte und plötzlich in eine solche Notlage käme, dann nähme ich bereitwillig das Geld vom Staat. Niemals schöbe ich sie ab, nur um an einen Kleckerbetrag ›richtigen‹ Geldes zu kommen. Hier geht es um die Existenz und sonst nichts. Würde, Demütigung, Almosen vom Staat – Herrgott, was bedeutet das schon, das sind doch nur Worte!«

»Worte!«, schrie ich echauffiert, »Mann, was Worte im Laufe der Menschheitsgeschichte schon bewirkt und angerichtet haben! Sie sagen alles und nichts, sie strecken den kleinen Finger aus und weisen ab, sie ohrfeigen und liebkosen, sie verharmlosen und vernichten! Kompliziertes wird einfach, aber einfachste Dinge werden kompliziert! Verdammt!«

Tom warf mir einen sehr überraschten Blick zu. »Das hast du jetzt aber schön gebrüllt«, meinte er, »trotzdem, du bist zu empfindlich. Nimm dir doch mal den Satz ›Was frag ich viel nach Geld und Gut, wenn ich zufrieden bin?‹ zu Herzen.«

»Da hast du ausnahmsweise mal Recht, Steinkrüger«, erklang es aus dem Wohnzimmer. Lukas hockte drüben vor dem Fernseher und guckte »Plusminus«, schien aber mit einem Ohr das Gespräch in der Küche verfolgt zu haben.

»Ich und empfindlich, ha!«, brauste ich auf. »Und kommt mir jetzt bloß nicht mit Zitaten oder Bibelsprüchen. Psalm 23 macht Kinder auch nicht satt!« Ohne jede Vorfreude dachte ich an meinen in drei Tagen bevorstehenden Geburtstag. Vergangenes Jahr noch war es hoch hergegangen – ein grandioses kaltes Büfett, ausgelassene Stimmung, Jazz am Klavier, eine durchfeierte Nacht. Dieses Jahr würde wohl jegliche Veranstaltung ausfallen müssen. Im Übrigen hatte ich ja nichts mehr vorzuweisen, was sich auch nur ansatzweise als »Freundeskreis« bezeichnen ließ.

Auf meinem Kakao hatte sich längst eine Haut gebildet. Angewidert schob ich den Becher beiseite. »In drei Tagen werde ich achtunddreißig«, sagte ich und war plötzlich ungeheuer müde, »es gibt gegrilltes Filet, Champagner und einen 92er-Bordeaux, danach Erdbeerparfait. Bringt alle eure Freunde mit, der Tisch wird reich gedeckt sein.«

Tom schickte mir einen seiner teilnahmsvollen Blicke, ohne etwas zu sagen. Was hätte er dazu auch sagen sollen?

»Achtunddreißig ist ja auch kein vernünftiges Alter«, faselte ich weiter, »aber kommt doch nachmittags vorbei. Ein Blech Streuselkuchen werde ich mir wohl gerade noch leisten können, auch wenn ich für das Extratütchen Backpulver wahrscheinlich einen Antrag in dreifacher Ausfertigung stellen muss.«

»So, das reicht jetzt.« Plötzlich rauschte Lukas in die Küche. Aufgebracht griff er nach meiner Schulter und begann zu schimpfen. »Romea, die Situation ist zugegebenermaßen denkbar unerfreulich, aber lass endlich diese zynischen Bemerkungen! Und Kuchenessen ist sowieso nur etwas für Seniorenheime. Wir machen das anders. Stimmt's, Steinkrüger?« Dann ließ er endlich von mir ab.

Der unvorhergesehene Temperamentsausbruch hatte mich mitten ins Herz getroffen. Stumm starrte ich ihn an und hätte gleichzeitig heulen und lachen können. Heulen, weil keiner der beiden Männer begriff, warum ich mich nicht einfach in mein Schicksal ergeben mochte, und lachen, weil der glanzvolle, soignierte Lukas zum ersten Mal so zerrauft aussah wie ein ganz normaler Mann, der sich gerade gewaltig aufgeregt hat.

Tom sprang nun auch noch auf, heftig nickend. Die Strähnen über der Stirn flogen zur Seite. »Genau, wir machen eine Bottle-Party! Du stellst irgendwas ganz Normales zum Essen auf den Tisch, Spa-

ghetti oder so, und wir bringen die Getränke mit. Und dann spielst du *Makin' Whoopee*, und es wird eine sensationelle Sause!«
»Keine Widerworte«, fügte Lukas hinzu. Mit einer raschen Handbewegung ordnete er seine Haare. Knipste sein Verführerlächeln an und sah unvermittelt so glatt aus wie immer. Keine Spur mehr von derangierten Emotionen. Nichts, aber auch gar nichts erinnerte mehr an den vorausgegangenen Ausbruch. Himmel, was war dieser Mann wandlungsfähig.
»Geht klar, Jungs«, sagte ich und lächelte Cupido heimlich zu, »und wenn ihr nicht schleunigst wieder normal werdet, fange ich an zu heulen. Aber nehmt's mir nicht übel ... bitte keine Spaghetti ... ich kann keine Nudeln mehr sehen.«

Es wurde dann tatsächlich ein netter Geburtstag. Noch vor dem Frühstück rief mein aufgeregter Bruder Danilo an, schrie nervös ein paar Glückwünsche ins Telefon und kam dann umgehend auf die einundvierzigste Schwangerschaftswoche zu sprechen, in welcher sich Henriette seit gestern befinde. Lachend versicherte ich ihm, er müsse sich nicht ängstigen, nachweislich sei noch kein Kind dringeblieben. Nun erschienen mit feierlichen Gesichtern die Kinder. Ich bekam eine Vielzahl weicher Küsse, sie sangen »Happy birthday«, und sogar Carlo grölte sehr baritonal mit. Und dann gab es Geschenke!
»Ja, seid ihr denn verrückt?«, sagte ich fassungslos, weil sich das in buntem Papier eingewickelte Päckchen in meiner Hand verdächtig nach einem Buch anfühlte, wofür ihr Taschengeld nun wahrlich nicht ausreichte. Bewundernd drehte ich das Geschenk hin und her. Hatte gerade die Schleife aufgezogen, als meine Finger plötzlich eine Metallklammer ertasteten. Und da, noch eine ... und noch eine ...
»Was ist das?«, fragte ich verwundert.
»Das Tesafilm war alle«, sagte Suse, »und das Uhu auch –«
»– und dann haben wir das Geschenkpapier mit dem Ding aus der Werkzeugkiste festgemacht«, ergänzte Carlo.
Mit dem ›Ding aus der Werkzeugkiste‹ meinte er zweifelsohne den Tacker. Wunderbare Idee eigentlich. Ich lachte und betrachtete den

vielfach perforierten Einband, der den Titel »Tessa. Vier große Arztromane zum Fest« trug. Ach, seit Jahren war mir so etwas Schaurig-Schönes nicht mehr unter die Augen gekommen! Sehr froh und ergriffen sagte ich, dass ich mir genau dieses Buch schon immer gewünscht hätte.
»Das meinte der Buchhändler auch«, berichtete Suse, »und dann hat er es uns für die Hälfte gegeben!«
Gegen zehn fischte ich ein Schreiben meines Anwalts Ruprecht Schorn aus dem Briefkasten, leider keine persönlichen Glückwünsche, sondern ein Schriftstück zur Kenntnisnahme. Angesichts des Briefkopfes vom Amtsgericht beschleunigte sich augenblicklich mein Puls. Hatte ich etwas ausgefressen? Erstaunlicherweise lag ich völlig falsch. Es ging nicht um meinen Lebensunterhalt, sondern um die Scheidung von Uwe. Im üblichen unterhaltsamen Juristenjargon ließ mich das Amtsgericht wissen, dass mir mit Wirkung ab Antragseingang Prozesskostenhilfe bewilligt und zur vorläufig unentgeltlichen Wahrnehmung der Rechte in dieser Instanz Rechtsanwalt Schorn beigeordnet werde. Im Auftrag, unleserlich, peng. Geistesgegenwärtig schlussfolgerte ich: a) der Anwalt kostete mich keinen Pfennig, b) aufgrund dessen konnte ich mir die Scheidung von Uwe tatsächlich »leisten«.
»Herzlichen Glückwunsch, Romea«, murmelte ich und ging in die Küche, um einen Mürbeteig vorzubereiten. Abends sollte es Quiche Lorraine geben, dazu gemischten Salat, und als Nachtisch – ja, was? Ich blätterte erst durch ein Kochbuch, dann durch mein Portemonnaie, allerdings nur, um festzustellen, dass beides gleichermaßen unergiebig war. Bleibt eigentlich nur Schokoladenpudding, dachte ich, und des feierlichen Anlasses wegen nehmen wir mal nicht das billige Aldi-Puddingpulver, sondern das luxuriöse echte von Dr. Oetker, hurra! Kurz danach flimmerte mir eine Idee durch den Kopf, so unvernünftig, dass ich sie sogleich wieder verwarf. Nun, Unvernunft ist manchmal hartnäckig. Der Gedanke kam wieder und ließ mich in der folgenden halben Stunde nicht mehr los.
»Ninni«, sagte ich zu meiner Tochter, »nun sei mir doch mal bei einer Entscheidungsfindung behilflich. Findest du es, aus deiner

entzückenden Dreikäsehoch-Perspektive aus gesehen, eigentlich akzeptabel, dass man sich mal was gönnt, auch wenn man total pleite ist?« Ich forschte auf so suggestive Weise nach, dass sie höchstwahrscheinlich sogar die Frage bejaht hätte, ob ich das Haus in die Luft sprengen solle.

»Ja«, sagte sie erwartungsgemäß.

Ich grinste. »Gut. Dann nehme ich jetzt einen Vorschuss auf meine verdammte Bekleidungspauschale. Komm mal mit, Süße.« Das Ganze mündete darin, dass wir im Supermarkt Sahne, Eier und – Gipfel der Unvernunft – sechs Tafeln feinster belgischer Schokolade kauften. Aus diesen Zutaten bereitete ich eine Mousse au chocolat zu, die eines Staatspräsidenten würdig gewesen wäre. Welch himmlische Sünde! »Also, achtunddreißig Jahre war ich noch nie«, sagte ich zu Ninni und gab noch ein paar Krümel Vanillezucker in das geschlagene Eigelb, »und weißt du was? Nachher lade ich noch Frau Borowski ein. Jetzt ist mir nämlich trotz allem nach feiern zumute.«

Kurz darauf kamen die beiden Großen aus der Schule. Augenblicklich entspann sich eine hitzige Debatte darum, wer die Rührschüssel auskratzen dürfe. Carlo erdreistete sich, noch vor Klärung der Angelegenheit mit dem Finger durch die Schokoladenreste zu fahren, woraufhin Suse aufschrie und Ninni jammernd beide Ärmchen ausstreckte. Nun, letztendlich saßen wir zu viert auf dem Boden und kratzten die Schüssel gemeinsam aus.

»Wie heißt das Reh mit Vornamen?«, sagte Suse plötzlich. Sie hatte einen dicken Schokoladenklecks auf dem linken Nasenflügel, was ihre Bemühungen, ernst zu wirken, ziemlich zunichte machte.

»Ist doch uralt«, stöhnte Carlo, »Kartoffelpü!«

»Okay«, erwiderte Suse listig, »aber wie heißt der Aal mit Vornamen? Da kommst du nie drauf! Den hat mir die Gesprächsstundenhilfe vom Kinderarzt gestern erzählt!«

Carlo stutzte. »Der Aal?«

»Der Aal«, bestätigte Suse triumphierend, »siehste, du weißt es nicht!«

»Du hast Schokolade auf der Nase«, startete er einen Ablenkungsversuch, »du siehst total bescheuert aus.«

Zumindest versuchsweise bemühte Suse sich, auf ihre eigene Nasenspitze zu sehen, wobei sie notgedrungenerweise zu schielen begann. Ihre zum Steinerweichen verdrehten Augäpfel veranlassten Carlo sogleich zu zwei, drei gehässigen Bemerkungen. »Bah, seid ihr gemein!«, schrie sie beleidigt, weil mittlerweile auch ich zu lachen begonnen hatte. »Aber keiner weiß die Lösung!«

»Und wie heißt nun der blöde Aal mit Vornamen?«, brüllte Carlo zurück.

»Wenn ihr beide dann noch so nett wärt, mir ein bisschen beim Aufräumen zu helfen?«, warf ich ein. »Eure Zimmer staubsaugen könntet ihr auch mal wieder. Heute Abend kommt doch Besuch.«

Suse wehrte entrüstet ab. »Der geht aber nicht in mein Zimmer, also muss ich auch nicht saugen.«

»Doch. Gestern hast du mit Ninni Haferflocken auf dem Boden verstreut, das mache *ich* nicht wieder weg.«

»Und das soll ein Geburtstag sein?!« Zornig riss Suse die Schranktür auf, hinter der der Staubsauger stand. Etwa vier Minuten lang ertönten Brummgeräusche, bevor die Vollzugsmeldung mein Ohr erreichte. »Fertig, Mama. Sauber.«

»Carlo, du bist dran«, forderte ich meinen Erstgeborenen auf, der auf dem Sofa lag und das Fernsehprogramm studierte.

»Gleich. Kann ich ›Verliebt in eine Hexe‹ gucken?«

»Nein, du hast noch keine Hausaufgaben gemacht, und Bass üben musst du auch noch.«

»Ja, gleich.«

»Jetzt.«

»Aber ›Verliebt in eine Hexe‹ ist doch keine schädliche Sendung!«

»Jetzt, Carlo!«

Er maß mich mit einem vernichtenden Blick. »Gut, dann gucke ich eben heute Abend ›Verliebt in einen Frauenschänder‹! Wenn dir das lieber ist!!!«

»Heute Abend kommen Tom und Lukas und Frau Borowski«, sagte ich sanft, »und ganz davon abgesehen wird in diesem Haus kein Fernsehmüll angestellt. Nun beweg dich, Sohn!«

Unter demonstrativem Schweigen verließ Carlo das Zimmer. Gerade hatte ich mich auf das Sofa fallen lassen, als zwei Türen weiter erneut das monotone Brummen des Staubsaugers einsetzte. Unwillkürlich sah ich zum Fenster, ungefähr zum zwanzigsten Mal seit dem Frühstück. Leider baumelte dort nichts, was auch nur entfernt einer Rose geähnelt hätte. Wie schade, dass ich dieses Jahr so ganz und gar auf ein Liebesgeschenk aus Männerhand verzichten musste. Ganz unvermittelt meldete sich nun meine böse innere Stimme zu Wort. Guck nicht so verträumt aus dem Fenster, Romea, zischelte sie. Sei doch mal realistisch! Dieses Taktieren über Wochen und Monate, dieses Häppchen-Hinwerfen, das ist doch dumm. Dumm und unfein und allmählich etwas ermüdend dazu. Und willst du vielleicht einen dummen, unfeinen und ermüdenden Mann? Eben. Alles nur Spielerei mit Augen und Worten, mehr nicht. Und die paar Rosen reißen die Sache auch nicht heraus!
Tun sie doch, dachte ich trotzig. Besser vier rote Rosen als gar keine rote Rose! Für einen kurzen Moment war ich geneigt, in Niedergeschlagenheit zu verfallen. Was mich ganz plötzlich aufschrecken ließ, war ein beängstigend hoher Jaulton, den das akustische Repertoire des Saugers bislang noch nicht enthalten hatte. Ich lauschte bang. Wenn der Staubsauger den Geist aufgab, stünde mir wieder ein Bettelgesuch bei Herrn Lonnendöncker bevor. Schon stürmte Carlo ins Wohnzimmer, das Gesicht puterrot vor Ärger. »Das Ding pfeift auf dem letzten Loch!«, brüllte er, »Suse! Was hast du wieder damit angestellt?«
»Ich hab mein Zimmer gesaugt«, erwiderte sie ungerührt, »und überhaupt bist du so blöd, dass du noch nicht mal weißt, wie der Aal mit Vornamen heißt!«
»Sagt mal, kann es sein, dass das Ding verstopft ist? Hat einer von euch wieder Papierfetzen aufgesaugt?«
»Nee, ich nicht«, sagte Suse eilig und verschwand.
»Ich auch nicht«, sagte Carlo, »also, ich mach mal eben meine Hausaufgaben.«
Weg waren sie. Misstrauisch öffnete ich die Klappe des Staubsaugergehäuses und begann mit der Untersuchung. Bis zur Diagnose »Gallenkolik« vergingen bestenfalls drei Minuten. Folgende

Dinge enthielt der Bauch des Geräts: Eine zusammengefaltete Visitenkarte vom Pizzaservice, einen Bleistift, zwei Legomännchen, ein Büschel Haare, einen Haufen Papierfetzen in verschiedenen Größen und ein mir unbekanntes Stofftaschentuch. Auf einem der Papierfetzen stand, mit roter Tinte geschrieben, das Wort »elhaft« und das Kürzel von Suses Englischlehrer. Interessant. Ohne den Staubsaugerbeutel nach jenem Stückchen Papier zu durchsuchen, auf dem ich das »mang« finden würde, baute ich das Heinzelmännchen wieder zusammen und startete einen Testlauf. Na also, kein Protestjaulen mehr, nur das leise Klingeln von Sand und trockenen Reiskörnern im Rohr – und kurz darauf zwei männliche Stimmen im Treppenhaus. Lukas und Tom waren gleichzeitig nach Hause gekommen.

Die rote Rose vor dem Fenster sah ich dann erst, als ich zehn Minuten später den Stecker des Staubsaugers aus der Dose zog. Sie pendelte noch hin und her, war also gerade eben erst hinabgelassen worden. Wie von der Tarantel gestochen riss ich die Terrassentür auf, raste hinaus in den Garten, blickte nach oben. Zu spät. Niemand war mehr zu sehen.

Ich schnitt die Rose ab. Roch verklärt an der samtigen Blüte. Dass der Tag von jenem Moment an deutlich an Qualität gewonnen hatte, will ich gerne zugeben. Achtunddreißig Jahre, drei gesunde Kinder, ein Zuhause. Und Lukas hatte mir eine Rose geschickt. Was frag ich viel nach Geld und Gut, wenn ich zufrieden bin?

Gretchenfrage und ein Schwur

Im Verlauf des Nachmittags steigerte sich meine Laune immer mehr, was unter anderem meinen Eltern zu verdanken war, die per Telefon Glückwünsche loswerden wollten. Ob der Scheck schon angekommen sei? Dieser sei quasi als Gutschein für eine neue Klavierbank zu verstehen.

»Such sie dir lieber selber aus«, fügte meine Mutter hinzu, »du kannst doch auch viel besser beurteilen, welche die richtige ist.«
»Danke«, sagte ich hocherfreut, »ach, Mutti, eine neue Klavierbank können wir wirklich prima gebrauchen. Woher wusstest du das?«
»Suse hat sich mal beschwert, dass die alte schon wackelt, wenn man sie nur scharf ansieht. Das heißt, sie drückte es geringfügig anders aus. Wie geht's euch denn so? Zahlt Uwe immer noch pünktlich? Ist wirklich alles in Ordnung?« Ein Gran Besorgnis war in ihrer Stimme.
»Wir kommen schon klar«, sagte ich hastig. »Du, ich glaube, es hat geklingelt. Ich rufe euch in den nächsten Tagen an, ja? Danke nochmal, und bis bald!« Aufatmend warf ich den Hörer auf die Gabel. Verflixte Notlügerei. Irgendwann würde ich nicht mehr umhin können, ihnen reinen Wein einzuschenken.
»Du hast ja geschwindelt, Mama.« Suse sah mich sehr kritisch an. »Es hat doch gar nicht geklingelt!«
In diesem Moment läutete das Telefon. In der vagen Hoffnung, endlich Lukas' Verführerstimme hören zu dürfen, griff ich zum Hörer. »Becker.«
»Hier auch. Herzlichen Glückwunsch zum Geburtstag. Wird das Ereignis gefeiert?«
»Nicht direkt«, sagte ich ausweichend. Uwe schnitt nun sehr uncharmant das Thema »Man wird leider immer älter und faltiger« an, woraufhin ich in starke Versuchung geriet, im Gegenzug die Frage aufzuwerfen, ob das knappe Dutzend grauer Haare, das ich seit ein paar Wochen mein Eigen nannte, auf besagtes Älterwerden oder auf das wenig galante Verhalten von ihm, Uwe, zurückzuführen war. Sein Geplauder schlug nun einen bemerkenswerten Bogen vom Wetter der letzten Woche (miserabel) über das Wetter dieser Woche (durchwachsen) bis zum Wetter, das für die kommende Woche zu erwarten war (hoffentlich gut). Ob ich eigentlich schon mit den Kindern für Ostern gebastelt hätte?
Der unvorhergesehene Schwenk ins Familiäre machte mich stutzig. Ich entschied mich zu äußerster Zurückhaltung. »Nein, wieso?«

»Habe ich mir schon fast gedacht. Typisch.«
»Ist doch noch Zeit bis Ostersonntag«, meinte ich, noch ein gutes Stück irritierter.
»Natürlich. Deine übliche Schlamperei. Seit wir Kinder haben, quälst du sie mit braunen Eiern!«
»Hast Recht«, sagte ich, »jeden Abend bewerfe ich sie damit. Aufgrund dieser unschönen Angewohnheit verbrauche ich täglich drei Dutzend Eier, und deswegen reicht auch die Sozialhilfe nicht. Uwe, was soll der Quatsch? Worauf zielst du ab?«
Es stellte sich bald heraus, dass Uwe eigentlich keine andere Intention hatte, als mir ein bisschen den Tag zu vermiesen. Nur so aus Spaß an der Freud, man war ja schließlich mal ein Paar gewesen. Offenbar leitete er aus diesem längst vergangenen Status gewisse Sonderrechte ab, die es zu nutzen galt, um nicht in Vergessenheit zu geraten. »Weißt du, Romea«, sagte Uwe spitz, »ich sage das nur, weil mir die Kinder Leid tun.«
»Ach, ist das so?«, erwiderte ich verblüfft.
»In der Tat. Jedes Jahr vergisst du, rechtzeitig weiße Eier zu kaufen! Und dann, wenn dir durch einen erstaunlichen Zufall ins Bewusstsein gedrungen ist, dass Ostern vor der Tür steht – also etwa zwei Tage vorher –, dann stellst du fest, dass alle anderen Mütter dir zuvorgekommen und nirgendwo mehr weiße Eier aufzutreiben sind. Ausbaden müssen es letztlich die Kinder, denn braune Eier lassen sich nun mal nicht vernünftig bemalen!«
Ich brach in schallendes Gelächter aus. »Schätzchen, auch Männer werden in Supermärkte hineingelassen. Und man verkauft ihnen sogar weiße Eier, wenn ihr Seelenheil daran hängt! Sag mal, hast du gerade bei der VHS einen Kurs in russischer Eiermalkunde absolviert oder woher stammen deine profunden Kenntnisse?«
Eine lange halbe Minute schwieg Uwe. Dann bemerkte er leicht beleidigt: »Ich gewinne zunehmend den Eindruck, dass du dich über mich lustig machst.«
»Aber nein, nicht doch!« Ein Luftzug von der Tür trug ein bisschen Rosenduft zu mir herüber, einen winzigen Hauch nur, aber ich war plötzlich ungeheuer guter Laune. »Wenn du Zeit hast, kannst du dich ja beim Jugendamt beschweren. Du solltest bei der

Aufzählung meiner Verfehlungen unbedingt auch erwähnen, dass ich noch immer nicht imstande bin, die Vielzahl von gepunkteten und gestrichelten Linien in einem Burda-Drei-Größen-Schnitt korrekt zu interpretieren. Die armen Kinder mussten Rosenmontag dieselben knitterigen Kostüme wie letztes Jahr tragen, weil ich so schmählich versagt habe! Tschü-hüs!« Lachend legte ich auf, stolzierte zum Esstisch und vertiefte meine Nase in die Blütenblätter der Rose. Dieser feine Duft!

Die Kinder bedachten mich mit stummen Seitenblicken. Dass ihre Mutter nach einem Telefonat mit ihrem Vater so haltlos vor sich hinkicherte, gehörte eher zu den Unüblichkeiten unseres Haushalts.

»Alles in Ordnung«, stellte ich vorsichtshalber klar, »ich habe Papa nur ein bisschen vergackeiert.« Augenblicklich fing ich wieder an zu wiehern. Feines Wortspiel!

Ninni runzelte die Stirn. »Was ist vergackeiern?«

»Verarschen«, sagte Carlo schlicht.

»Still, Junge! Ein gepflegteres Wort wäre ... na, kennst du noch eins?«

Er machte ein todernstes Gesicht. »Ja. Verscheißern!«

»Raus mit euch!«, sagte ich lachend, »ich will endlich den Tisch decken!«

Abends ging es hoch her. Getreu der Alltagsregel »Es klingelt immer dann, wenn man sich gerade die Beine rasiert oder mit einer grünen Maske im Gesicht herumläuft« tauchten Lukas und Tom viel zu früh auf, mindestens zehn Minuten vor der verabredeten Zeit, als ich noch im Bad mit meinem Make-up beschäftigt war. Der Gewohnheitsblick durch den Spion war eigentlich überflüssig, denn die festvorfreudige Lautstärke der beiden Herren draußen ließ keinen Zweifel zu, *wer* da Einlass begehrte.

»Romea, mach auf!«, jubelte Tom. »Wir sind's, deine beiden Musketiere!«

»Da hat sich gerade was bewegt«, brüllte Lukas. »Feinsliebchen schaut zum Fenster hinaus! Jetzt pass mal auf, Steinkrüger, wetten, dass sie sofort aufmacht?«

Ich presste mein Auge noch ein wenig fester gegen das Guckloch, denn es war ein wahrhaft königliches Schauspiel, das man mir bot. Lukas' Gesicht näherte sich der Tür, wobei es durch die Weitwinkellinse im Spion allerdings stark an Schönheit einbüßte. Näher kam es, immer näher, nun sah ich ein Lippenpaar, zur Karikatur seiner selbst verzerrt – und in der Sekunde, als die Lippen den Spion berührten, riss ich feixend die Tür auf.

»Giraffenkind!« Tom drängelte sich höchst unfein an Lukas vorbei und riss mich mit einem Arm an sich. Der andere Arm hielt etwas hinter dem Rücken verborgen. »Herzlichen Glückwunsch! Siehst von Tag zu Tag jünger aus!«

»Das hört man besonders gern, wenn man noch nicht einmal vierzig ist«, sagte ich lieblich. Der Versuch, sich aus seiner Umarmung zu befreien, scheiterte; Tom hielt mich so lange eisern fest, bis Lukas ihn wegschubste. Er umarmte mich fünf, sechs himmlische Sekunden lang, der Duft eines sehr herben Herrenparfums stieg mir in die Nase, dann küsste er mich auf so unerhört erotische Weise aufs Ohr, dass meine Knie zu flattern begannen. Intelligenterweise wählte er das Ohr auf der Tom abgewandten Seite. Mitten in meine Verwirrung hinein, die ich mit dem Zurechtrücken meiner Brille zu überspielen versuchte, legte sich eine Hand auf meine Schulter, und Tom drückte mir eine Strippe mit einem herzförmigen roten Gasluftballon in die Hand. Schweben konnte er leider nicht richtig, bestenfalls noch in Schulterhöhe herumdümpeln.

»Durch die Kälte ist er etwas geschrumpft«, sagte Lukas bedauernd, »aber im warmen Zimmer wird er schnell wieder größer.«

»Das lässt doch hoffen«, entfuhr es mir. »Na, dann rein mit euch!«

Tom umkreiste mich aufgeregt. »Darfst aber noch nicht nach unten gucken!«

Mit dem schwerfällig hinter mir her torkelnden Luftballon ging ich voran. Lukas legte mir die Hände über die Augen, was für Brillenträger ja immer ein ganz besonderer Genuss ist, und schob mich ins Wohnzimmer. Und dann endlich gestattete man mir, hinzusehen. »Da, für dich«, sagte Tom treuherzig, »er trägt mehrmals im Jahr.«

Augenblicklich schmolz ich dahin. Genial, dieses Piccolobäumchen, das sie mir gebastelt hatten: In einem mit Sand gefüllten Terracotta-Topf steckten mehrere dicke Tannenzweige, an denen wiederum, mit bunten Schleifen befestigt, mindestens ein Dutzend Fläschchen Mumm hing. »Ach, ist das schön«, sagte ich hingerissen und fiel beiden um den Hals, »sollen wir uns gleich mal einen genehmigen?«

Lukas widersprach heftig. Das Bäumchen sei ausschließlich für mich bestimmt. Was den heutigen Abend betreffe, so stünden Wein und Saft vor der Tür bereit. »Und da scheint auch das Bier zu kommen«, setzte er noch hinzu, nachdem es an der Wohnungstür geklingelt hatte.

Indes, draußen stand die Gräfin. Ohne Bier, dafür mit einer zweistöckigen marzipanrosenverzierten Geburtstagstorte. Sie trug ein klassisch geschnittenes Hemdblusenkleid aus schwerer Seide in verschiedenen Blautönen und strahlte dezent-elegante Vornehmheit aus. Instinktiv ahnte ich, dass es sich um das gekonnte Understatement einer Frau handelte, die weiß, dass teurer Schmuck und ein Bentley vor der Tür nichts mit wirklichem Adel zu tun haben. »Herzlichen Glückwunsch, Romea«, sagte sie lächelnd, »ich darf Sie doch so nennen?«

Gerührt stellte ich die Torte auf den Esstisch und drückte der Gräfin beide Hände. Sie in den Arm zu nehmen traute ich mich nicht, obschon ich es gern getan hätte. »Haben Sie die Torte etwa selbst gebacken? Und diese Marzipanröschen – das sind ja Kunstwerke!«

Sie nickte bescheiden. Und dann kam auch schon Carlo angeschlenkert und ließ dezent verlauten, er müsse sterben, wenn er nicht bald etwas zu futtern bekäme. Im gleichen Atemzug wackelte Tom mit den Nasenflügeln und erging sich in lautstarker Bemerkung darüber, dass es hier gewaltig gut röche. Fazit: Die ganze Bagage hatte Hunger. Und wie!

Ich begab mich daran, den Wein zu öffnen, aber Lukas nahm mir mit einer seiner unnachahmlich runden Handbewegungen den Korkenzieher aus der Hand und sagte sanft: »Nur Emanzen machen Weinflaschen auf, wenn Männer im Raum sind«, ein Statement, das ich fürs Erste unkommentiert ließ. Auch um die Tafelmusik kümmerte er sich, wobei er wie üblich guten Geschmack bewies. Dann saßen wir zu siebt um den Esstisch herum und zelebrierten meinen Geburtstag. Über uns, mittlerweile wieder rund und prall, schwebte der Luftballon. Die Quiche war ausgezeichnet gelungen, der Wein passte hervorragend dazu, und als sich gerade alle das zweite Mal bedienten, klingelte es mal wieder.

»Das wird das Bier sein«, sagte Tom beglückt. Übrigens trug er zur Feier des Tages keines seiner ausgewaschenen literarischen T-Shirts, sondern einen dunkelblauen Rollkragenpullover. »Wurde aber auch Zeit. Ich habe ziemlichen Durst.«

Es war tatsächlich das Bier. Jedoch kam es nicht auf eigenen Füßen, sondern wurde von Wolnischeks aus dem Dachgeschoss hereingetragen. Chips und Nüsschen und Yogurette und anderen Knabberkram hatten sie auch noch mitgebracht. »Viel Glück und viel Segen auf all Ihren Wegen«, sang Ännchen strahlend. Der Hall im Treppenhaus gab ihrer Stimme etwas operettenhaft Tragendes.

Also neun am Tisch. Allmählich wurde es nicht nur eng, sondern auch zunehmend laut und lustig. Manchmal geht das ja völlig schief, wenn man seine Gäste nicht aufeinander abstimmt, aber ich hatte Glück, alles passte. Sichtlich bemüht, keine eventuelle Zweideutigkeit zu überhören, lauschte Carlo den Erwachsenengesprächen, doch da niemand es gewagt hätte, in Anwesenheit von Frau Borowski drittklassige Witze zu erzählen oder gar ins Zotige zu verfallen, ging die Sache ganz ohne rote Teenagerohren ab. Die für vier Erwachsene und drei Kinder berechnete Quiche langte natürlich hinten und vorne nicht. Ein Glück, dass ich in Sachen Mousse au chocolat so leichtfertig-unvernünftig gewesen war. Übrigens blieb auch vom Dessert kein Zentigramm übrig, im Gegenteil, nach der dritten Portion nuschelte Tom »Götterfraß« und erkundigte sich, ob ich nicht zufälligerweise einen dieser mordsmäßig praktischen Gummilutscher besäße.

»Gummilutscher?« Die Assoziationen, die dieses Wort bei mir weckte, lagen samt und sonders unterhalb der Gürtellinie.

»Eine Topfzunge, Romea«, grinste Lukas.

Frau Borowski lächelte milde. »Teigschaber heißt das!«
Ich versuchte krampfhaft, ernst zu bleiben. »Also, falls ihr das Gummidings mit dem Holzgriff meint – mit dem hat Ninni vergangene Woche Topfschlagen gespielt. Bis zum Totalschaden, leider.«
Lukas zuckte bedauernd mit den Achseln. »Ja, dann …«
»Ja, dann …«, sagte nun auch Tom und wechselte ein paar Blicke mit Lukas. Sekunden später rutschten zwei abgespreizte männliche Zeigefinger in der Schüssel herum.
»Finger raus!«, krähte Ninni im Originalton »Romea beim Erziehen«.
Und dann, wie auf Kommando, ging es los. Hätte jetzt ein Unbeteiligter den Raum betreten, so wäre er augenblicklich entsetzt wieder zurückgeprallt: Sechs Erwachsene, dicht um eine Schüssel geschart, prügelten sich um Puddingreste. Sechs kreisende Zeigefinger. Schokoladenverschmierte Erwachsenenmünder und lautes Gejuchze. Sogar Frau Borowski mischte mit. Die Kinder saßen sprachlos daneben.
»Romea«, vernahm ich irgendwann Lukas' Stimme, der sich bemühte, einen winzigen Klecks Mousse vom Griff des Servierlöffels zu fingern, »wenn du mit uns segeln gehst, *musst* du an Bord diese Köstlichkeit zaubern, versprochen?«
Vor lauter Schreck gab ich meinen Platz an der Schüsselfront auf. »Ich kann aber eigentlich nicht segeln«, stammelte ich. Die betrübliche Wahrheit, dass ich in meinem ganzen Leben noch kein Segelboot aus der Nähe gesehen, geschweige denn betreten hatte, verschluckte ich.
»Brauchst du auch nicht zu können«, erwiderte er, »Moment, bin gleich wieder da, ich geh mich nur mal ein bisschen restaurieren. Mein ganzes Gesicht klebt.«
Es war nun wirklich nichts mehr in der Schüssel zu holen, die darwinistische Schlacht endgültig beendet. Erhitzt und glucksend vor Vergnügen stellte man sich zum Händewaschen an. Allgemein war man der Meinung, lange nicht mehr so viel Spaß gehabt zu haben. Was mich anbelangt, so blieb ich verwirrt am Esstisch zurück. Segeln, mit *ihm*? Ach, du liebe Zeit.

»Lukas«, überfiel ich ihn augenblicklich, als er ins Wohnzimmer zurückkehrte, »sag mal, wie hast du das eigentlich eben gemeint?«

Er wechselte rasch die CD und ließ sich dann auf dem Stuhl neben mir nieder. »Na, du weißt doch, dass wir Zoeppels in Kiel ein Boot haben«, sagte er und tupfte sorgfältig einen Schokoladenfleck von seinem schwarzen Seidenhemd. »Hättest du denn nicht Lust, mal ein Wochenende mitzukommen, so im Juni vielleicht? Oder nein, noch besser im Juli, dann ist das Wasser wärmer.«

»Und ich muss auch nicht das Deck scheuern oder andere Frondienste verrichten?«

»Nein, musst du nicht. Kannst ein Wochenende faul in der Sonne liegen, schwimmen gehen und zusehen, wie ich mich abschufte.« Er warf mir einen durch und durch unseriösen Blick zu.

Zwei Tage Dolce Vita auf einer Jacht, und das in Lukas' Gesellschaft, herrlich! Leider fiel mir alsbald wieder ein, dass ich drei Kinder hatte, die ich wohl kaum sich selbst überlassen konnte.

»Wie gern würde ich mich mit euch verlustieren! Aber was mache ich mit den Kindern?«

Tom quetschte sich mit einer halben Pobacke zu mir auf den Stuhl und erwähnte, dass die drei seines Wissens einen Vater besäßen, der ruhig mal ein Wochenende lang seine Pflichten ausüben könne.

Ich erwiderte, dass im Prinzip ja, aber –

Und dann passierte das Unglaubliche. Die Gräfin, die bis jetzt zurückhaltend mit am Tisch gesessen hatte, neigte sich plötzlich in meine Richtung. »Wissen Sie was? Wenn er es tatsächlich wagen sollte, nicht für Sie einzuspringen … Wenn er Ihnen wirklich und wahrhaftig die Kinder an diesem Wochenende nicht abnimmt … dann …«

»Dann?«, sagte ich atemlos.

»Dann nehme ich sie.«

»Baronin, Sie sind ein Pfundskerl«, erklärte Tom herzlich und küsste ihr die Hand, ohne Lippenberührung, ganz comme-il-faut. Erstaunlich, welch erlesenes Benehmen der Kerl an den Tag legen konnte. Für ihn war damit der Fall erledigt. Für mich allerdings nicht. Ich schubste seine halbe Pobacke von meinem Stuhl und

rückte aufgeregt an Frau Borowski heran. »Ist das Ihr Ernst? Meinen Sie das wirklich so?«
Daraufhin teilte sie mir mit, dass sie in ihrem ganzen Leben noch nie ein Hilfsangebot gemacht habe, welches nicht ernst gemeint gewesen war. Glückselig hob ich mein Glas und verbrauchte mein maritimes Vokabular mit einem einzigen Satz: »Käpt'n, Leichtmatrose Becker meldet sich vollzählig zur Stelle, ahoi!«
»Prost, Gemeinde«, sagte Carlo aus dem Hintergrund. Entgeistert drehte ich mich um. Unauffällig, aber absolut putzmunter saß meine Bande auf dem Sofa und verdrückte abwechselnd Chips und Yogurette, wobei Ännchen Wolnischek ihnen in jeder Hinsicht behilflich war.
»Marsch ins Bett, Leute«, ordnete ich an, »morgen ist Schule!«
»Nö, morgen ist nur Studientag«, jubelte Suse aufgedreht, »wir haben massenhaft Hausaufgaben bekommen, und die Lehrer gehen in die Kneipe.«
Ich teilte ihnen mit, dass sie noch zehn Minuten aufbleiben dürften; ein Satz, den ich im Verlauf der folgenden zwei Stunden noch etwa siebenmal wiederholte. Längst schlug die Stimmung Wellen, längst war der Weinvorrat zur Neige gegangen, längst hatte man tiefe Schneisen in die edle Geburtstagstorte geschnitten. Allen mundete sie köstlich, sogar Walter Wolnischek, der allerdings kein Marzipan mochte und deswegen seine Blümchen auf dem Tellerrand der Gräfin ablegte, was sie kommentarlos hinnahm. Vermutlich war sie weise genug, ihm diesen eindeutigen Verstoß gegen den Knigge alkoholhalber nachzusehen.
Die Kerzen waren mittlerweile ziemlich heruntergebrannt. Im Hintergrund lief eine CD von Paolo Conte. Mit seiner Vierzig-Jahre-Gauloises-und-Whisky-Stimme sang er *Blu Notte*, blaue Nacht. Ich beobachtete Lukas im flackernden Spiel des Kerzenlichts, sein rötlich beleuchtetes Profil. Behutsam spielte er mit den Blättern meiner Geburtstagsrose. Als hätte er meinen Blick gespürt, hob er den Kopf und sah mich prüfend an. »Schöne Rose«, bemerkte er. In seinen Mundwinkeln lag wieder jenes spezielle, wissende Lächeln, von dem ich hoffte, dass es ausschließlich der Frau in mir vorbehalten war.

»Hat mir Cupido geschickt«, dribbelte ich nervös ein paar Worte über den Tisch, »freundlicherweise tut er das gelegentlich, der liederliche Knabe.«
»Mit Pfeil oder statt des Pfeiles?«
»Das überlasse ich deiner zweifellos begüterten Phantasie.« Da ich mich seinen Augen nicht gewachsen fühlte, hakte ich meinen Blick an dem Grübchen in seiner Wange fest. Paolo Conte röchelte zurzeit *Come tu mi vuoi?* was nichts anderes bedeutet als ›Wie willst du mich haben?‹. Flackernde Kerzen, ein Klavier und ein Saxophon. Ein heimlicher heißer Flirt in blauer Nacht. Romantisch-sinnlicher ging es eigentlich kaum. Und nun verstand ich endlich, warum Lukas' Balz-Arie sich bislang auf vier rote Rosen und einen Haufen Andeutungen beschränkt hatte. So sah sie also aus, jene berühmte Erotik der Langsamkeit, die mir bisher nur in Romanen und Filmen begegnet war. Ungewöhnliche Taktik, und überaus prickelnd dazu, dachte ich, immer vorausgesetzt, es ist ein Könner am Werk. Und Lukas *ist* ein Könner.
Ohne dass ich etwas dagegen tun konnte, mischte sich plötzlich wieder meine böse innere Stimme ein. Mein teuflisches Alter Ego hatte zwei Gläser wunderbar fruchtigen Cabernet Sauvignon getrunken und war somit völlig enthemmt. Wie lange willst du dich denn noch hinhalten lassen, zeterte es in mir, los, stell ihm die Gretchenfrage! Meine Güte, du bist doch kein Teenager mehr!
Lukas' Blick sagte zurzeit unmissverständlich »O frivol ist mir am Abend«, seine Augen warfen regelrecht eine Strickleiter aus, aber für einen Moment war ich voller Zweifel. Was tun? Hinüberhangeln oder nicht? »Sag mal, bist du eigentlich liiert?«, platzte ich heraus.
»Nun, gewissermaßen locker. Nichts von Bedeutung.« Ganz überraschend griff er nach meinem Oberarm, sein Daumen bewegte sich streichelnd auf und ab. Ich wusste, dass der Ärmel meiner Bluse gleich Feuer fangen würde. »Du solltest dir bei Gelegenheit schon mal Gedanken über die Kojenverteilung an Bord machen«, flüsterte er mir ins Ohr.
Herrgott, dachte ich. Koje. Sommernacht. Come tu mi vuoi? Das Teufelchen in mir schrie unverzüglich »Alles nur Show! Der Mann

ist doch gar nicht solo!«, aber ich muss leider gestehen, dass mir bei der bloßen Vorstellung von Lukas und mir gemeinsam in einer Koje fast das Herz stehen blieb.
Locker liiert, aber nichts von Bedeutung. Und nun? Unterbewusst dämmerte mir, dass dieses gedankliche Gelände allmählich zu unwegsam für eine Geburtstagsfeier mit neun Personen wurde. Ich riss mich also zusammen und fand es an der Zeit, mal wieder »Kinder, marsch ins Bett« zu befehlen, konnte aber keine nennenswerte Reaktion feststellen. Suse und Carlo wälzten sich quietschend auf den pulverisierten Chips herum, wobei Suse unablässig wiederholte, er kenne den Vornamen des Aals nicht, ätsch, und sich nicht davon beeindrucken ließ, dass Carlo die korrekte Antwort aus ihr herauszukitzeln versuchte. Mittenmang Ninni, die mit fliegenden Haaren auf dem Sofa auf und ab hopste. Ännchen hatte sich längst an den Esstisch hinübergerettet. Und dann kam der Moment, in dem Carlo seine Schwester rüde anbrüllte, sie solle ihm jetzt endlich sagten, wie der Scheißaal mit Vornamen heiße. Die gesamte Tischrunde verstummte. Gespannt lauschte man darauf, ob und wie es Suse gelingen würde, sich erneut aus der Affäre zu ziehen.
»Komm doch mal eben her, Kind«, erklang da die Stimme der Gräfin, »wir zwei gehen jetzt in den Flur. Ich will dir was sagen.«
Verdutzt nahm ich zur Kenntnis, dass Suse folgsam aufstand. Beide verzogen sich in den Flur, woraufhin Carlo und Ninni unverzüglich hinter ihnen herstoben (nicht dass man womöglich etwas verpasste!), ohne mich auch nur eines Blickes zu würdigen. Urplötzlich herrschte eine sonderbare Stille im Wohnzimmer. Kinderfreie Zone! Tom grinste vielsagend in die Runde und ging wieder dazu über, Lukas die normative Kraft des Faktischen am Beispiel der Frage »Wird Käse durch Stinken kleiner?« zu erläutern. Und dann stritten sie sich wieder, und Lukas beschwerte sich, Tom sei ein ewiges Spielkind, was Tom zu der Bemerkung veranlasste, es seien bekanntlich die ewigen Spielkinder, die glücklich durchs Leben gingen. Derweil vergnügten sich Ännchen und Walter mit dem Partyspiel »Gemeinsames Salzstangenknabbern bis zum Lippenkontakt«. Belustigt und leicht schwermütig zugleich

sah ich ihnen bei ihrem frivolen Treiben zu. Will auch jemanden zum Spielen, dachte ich sehnsüchtig. Hielte mir doch jetzt Lukas seine Salzstange hin!

In zwei Jahren wirst du schon vierzig, Romea, raunte meine innere Stimme parallel dazu, viel Zeit für die Suche nach einem Spielkameraden bleibt dir also nicht. Und sollte tatsächlich mal einer mit ernsthaften Intentionen auftauchen, dann wirst du nach zwanzigjähriger Beziehung schon mindestens sechzig sein, steinalt also! Goldene Hochzeit dann auf dem Friedhof ... zwei Särge im Dreivierteltakt ... Angesichts der düsteren Aussichten blieb wohl nur das Vergessen im Alkohol. Ab und an dürfen schließlich auch dreifache Mütter über die Stränge schlagen. »Gib mal den Wein rüber«, sagte ich folgerichtig zu Tom.

In diesem Moment spürte ich eine Hand auf meiner Schulter. Schräg über mir tauchte das Gesicht der Gräfin auf. Ein paar silbergraue Strähnen hatten sich aus der ehedem so eleganten Hochsteckfrisur befreit, und insgesamt gesehen wirkte sie etwas aufgelöst, doch ihre Augen blitzten vor Vergnügen. »Wenn man das lange nicht mehr gemacht hat, ist es beim ersten Mal ziemlich anstrengend«, stellte sie fest, schenkte sich ein Glas Wein ein und leerte es in einem tiefen Zug. »Suse hat versucht, noch ein bisschen Zeit zu schinden, aber jetzt schlafen sie. Alle drei.«

Mir schoss die Röte ins Gesicht. Bravo, Rabenmutter, hast deine eigenen Kinder vergessen. »Schreck, lass nach«, sagte ich, »wenn ich mitgekriegt hätte, dass Sie –«

»– dann hätten Sie mich wahrscheinlich nicht allein machen lassen«, fiel sie mir ins Wort, »aber so habe ich mich herrlich amüsiert. Ihre Jüngste ist ja so drollig! Sie können also im Sommer ganz beruhigt zum Segeln fahren; ach, ich bin schon mit ganz anderen Kalibern fertig geworden. Wenn ich da an meinen Enkel Justinus denke –«

Die erste Kerze flackerte unruhig, flammte ein letztes Mal auf, bevor sie erlosch. Mitternacht war längst vorüber. Verstohlen sah ich mich nach dem Mumm-Bäumchen um, blickte auf die Rose und ganz zuletzt auf den roten Luftballon unter der Decke. Dem vergangenen Tag gebührt eine besondere Würdigung, dachte ich, und

erst recht den Menschen, die ihn mit mir geteilt haben. Obendrein ist die Erotik der Langsamkeit für mich nun endlich keine papierne Definition mehr, sondern etwas Greifbares, etwas Fühlbares. Ich setzte mich ans Klavier und spielte leise und ziemlich verträumt *The long and winding road.* Einmal sentimental sein dürfen. Nur für ein paar Minuten.
Im Hintergrund gab es bald die ersten Proteste, man verlangte etwas Flotteres. Ich probierte es mit *Fly me to the moon.* Nein, immer noch nicht richtig. Natürlich ahnte ich längst, was Tom hören wollte. Der Tonartwechsel Richtung *Makin' Whoopee* erfolgte auf ziemlich gewagte Weise, und Tom schnalzte augenblicklich mit der Zunge und rief: »Hört euch das an, Leute, die weiße Frau hat den Blues!«
Gar nicht mal so schlecht, was ich heute so produzierte. Der Cabernet Sauvignon hatte meine Stimmbänder ganz ordentlich geölt. Sogar der schweigsame Walter begann, rhythmisch mitzuklatschen, leider auf »eins« statt auf »zwei«, das ist musikantenstadlhaft und macht den besten Blues kaputt. Irritierend war lediglich, dass Lukas sich hinter mir aufgebaut hatte und mir auf die Finger sah. Am Ende des Songs legte er den Arm um meine Schulter. »Du gestattest?« Er machte sich am CD-Player zu schaffen. Ein stampfender Rhythmus dröhnte aus den Boxen, und plötzlich behauptete Marius Müller-Westernhagen, mit Pfefferminz sei er mein Prinz. Erschrocken ließ ich die Hände sinken.
Lukas zog mich hoch. »Komm tanzen«, sagte er mit funkelnden Augen.
So etwas sagte man mir nicht zweimal, schon gar nicht Lukas. Wenn ich mir diesen ersten Schritt in Sachen Körperkontakt auch etwas anders vorgestellt hatte, nun, der Anfang war vielleicht gemacht. Locker liiert, aber nichts von Bedeutung! Wild rockten wir durchs Wohnzimmer; hoffentlich fielen die Kinder nicht aus den Betten. Und dann ging die Party richtig los. Tom zerrte Frau Borowski am Ellenbogen hoch und führte sie mitten ins Zimmer. Es folgte ein interessantes Intermezzo, in dem Tom diverse Stilelemente aus Tango und Foxtrott durcheinander mischte und das Ganze mit allerlei gewagten Schlenkern anreicherte. Man musste

schon äußerst großzügig sein, um das als ›Tanzen‹ durchgehen zu lassen.

»Aber sagen Sie mir rechtzeitig Bescheid, damit ich mir das Wochenende frei halten kann«, rief Frau Borowski mir zu, »ich bin oft in Frankreich, und – hoppla, nicht so schnell, Herr Steinkrüger! Ich bin doch nicht mehr siebzehn!«

»Wer das behauptet, den fordere ich zum Duell!«, rief er, heftig mit den Hüften rotierend, eine eindeutige Elvis-Anleihe, die mich dazu bewog, Westernhagen den Saft abzudrehen und am Klavier *Heartbreak Hotel* nachzuschieben. Die Stimmung war nun ausgelassen bis bombig. Vergnügt hämmerte ich auf den Tasten herum. Lukas hatte mit mir getanzt! Geht, weckt den Fürsten, sagt's den Capulets!

Zehn Minuten später saßen alle wieder quietschfidel am Tisch, Frau Borowski erhitzt und noch etwas atemlos. »Meine morschen Knochen sind die Hopserei nicht mehr gewöhnt!«, entschuldigte sie sich.

»Aber ich bitte Sie, gnädige Frau, von wegen morsche Knochen«, protestierte Lukas charmant, »das Bild, das Sie eben am Arm meines tumben Freundes geboten haben, war das einer jungen Frau!«

»Bier is alle«, vermeldete Walter Wolnischek gläsernen Blicks aus dem Hintergrund.

Der ganze Kasten leer? Du liebe Zeit, er musste sturzbetrunken sein. Wenigstens war er bis jetzt nicht unangenehm aufgefallen, nun, eigentlich war er ja überhaupt nicht aufgefallen. Ännchen nahm ihn sanft am Arm. »Komm, Schnucki, höchste Zeit für dich. Und für mich auch. Ich hab morgen früh wieder Fahrstunde.«

»Die wie vielte, Ännchen?«, erkundigte sich Lukas lachend.

Sie lachte zurück, ganz ohne jede Verlegenheit. »Ach, ich hab aufgehört zu zählen. So um die hundert werden es wohl gewesen sein.«

»Fahrschunn, bisser Auspuff am Qualmen fängt«, stellte Walter tiefsinnig fest, »krissen Middlklassewagn für. Gudnacht, Herrschaffn, muss jetzt gehn.«

Geistesgegenwärtig half Tom, den schwankenden Walter Richtung Flur zu schieben. Und auch Lukas schob nun seinen Stuhl zurück. Geschlossener Abgang der Gästefraktion! »Och nö, nun bleibt doch noch ein bisschen«, jammerte ich, denn die Sause endete für meine Begriffe definitiv zu früh. Blieb nur das einsame Bett in meinem Heartbreak Hotel …

Leider fruchtete es nichts. Lukas war nicht davon abzubringen, dass ein Mann mindestens fünf Stunden Schlaf brauche, um etwas leisten zu können. Enttäuscht geleitete ich ihn zur Wohnungstür, wo Tom sehr angestrengt versuchte, Walter in der Aufrechten zu halten. Ännchen war nicht mehr zu sehen. Da standen sie nun, meine männlichen Gäste: Lukas spöttisch-amüsiert, Walter sturzblau und leise vor sich hinbrabbelnd, wie viele Middlklassewagn man für das schöne Fahrschunngeld hätte bekommen können, und schließlich Tom, der mit seinem Jungen-Charme auf ihn einredete. Drei Männer, wie sie unterschiedlicher nicht sein konnten. Lukas hauchte mir einen hinreißenden Kuss auf die Oberlippe.

»Das Geländer, Walter, hast du das verstanden?«, brüllte Tom so laut, als hätte er einen tauben Esel vor sich. Dann küsste er mich sehr überraschend und ohne Vorwarnung auf den Mund. Peng. Und noch mal. Das zweite Peng fiel wesentlich zarter aus, sogar einen Hauch von Zungenspitze fühlte ich. Frechheit.

»Sachmal, Tom!«

»Tut mir Leid, ich hatte keine Hand frei. Also los, Lukas! Ich ziehe und du drückst!«

Das ungleiche Trio schlingerte nun ächzend die Treppe hoch. Ein paar alberne Luftküsschen bekam ich auch noch. Frustriert blickte ich ins Leere, so lange, bis eine Männerstimme im Treppenhaus sang:

»Es ritten drei Reiter zum Tor hinaus, Ade!
Feinsliebchen schaute zum Fenster hinaus, Ade!
Und wenn es denn soll geschieden sein,
so reich mir dein goldenes Ringelein!
Ade, Ade, Ade! Ja, Scheiden und Lassen tut weh.«

Das war eindeutig Lukas. Du Aas, dachte ich, schloss die Tür und schlurfte zurück ins Wohnzimmer. Auf dem Tisch flackerte die letzte Funzel, überall lagen zerbröselte Chips herum. Der Raum strahlte auf einmal erschreckend viel Leere aus.

»Sie wollen noch nicht ins Bett, nicht wahr?«, hörte ich da Frau Borowskis Stimme vom Sofa. Wie gut, dass wenigstens sie mir noch geblieben war.

»Stimmt«, sagte ich verschämt.

»Manchmal ist man einsam, ich weiß. Sie mögen den attraktiven Dunklen, den Lukas, stimmt's?«

»Mmh.« Obwohl ich heute zum ersten Mal darüber nachgedacht habe, ihn mir abzugewöhnen, fügte ich im Stillen hinzu. War aber ins Unreine gedacht, glaube ich. Cupidos Pfeil hat seinen Weg längst gefunden.

»Lieber als den anderen?«

»Anders.«

Sie wusste auf Anhieb Bescheid. »Das alte Lied, das alte Spiel. Und so oft trügt der äußere Schein. Wollen wir uns einen Tee kochen? Alte Leute wie ich brauchen nicht viel Schlaf.«

Es hatte schon etwas Besonderes, nachts um zwei mit dieser alten Dame Tee zu trinken. Das heißt, nicht das Teetrinken an sich war das Besondere, sondern das Gespräch, das sich gleichzeitig entwickelte. Zunächst bestand sie darauf, haarklein auseinander gesetzt zu bekommen, was sich in der letzten Zeit ereignet hatte. Ich beendete meinen Bericht schließlich mal wieder mit dem Bonmot »Es ist furchtbar, aber es geht«. Wahrscheinlich hatte der Kabarettist, dem dieser Spruch eingefallen war, nicht im Mindesten geahnt, dass gewisse Leute ihn zu einer Art Maxime erheben würden.

»Mit der Einstellung kann man eine Weile überleben. Aber Sie sollten mehr Biss entwickeln, Romea. Wenn sich eine Gelegenheit bietet, müssen Sie die feste Absicht haben, zuzugreifen. Versprochen?«

»Versprochen.« Ich hob zwei Finger zum Schwur. Nicht die beiden Herren aus dem ersten Stock, sondern Frau Borowski hatte Recht. Und bevor mein Herz nicht aufgehört hatte zu schlagen, würde ich mich nie und nimmer in mein Schicksal ergeben.

Und dann fing sie an, von früher zu erzählen. Flucht nach dem Krieg mit einem Kleinkind, aber ohne Mann, im Köfferchen vier Stoffwindeln und ein paar Habseligkeiten. Elend, Krankheit, Hunger. Durchkommen, egal wie. Und dann der langsame Aufbau einer neuen Existenz. Streckenweise erinnerte mich ihre Geschichte stark an die der Maximiliane Quindt aus Christine Brückners »Poenichen«-Trilogie. Ich sah in das nächtliche konturlose Grau des Gartens hinaus. Vor meinem geistigen Auge tauchten Bilder auf, Bilder von Vertriebenentrecks und von Städten, die in Schutt und Asche lagen. Wie harmlos, wie nichtig doch die paar Probleme waren, mit denen ich zu kämpfen hatte. Unglück ist so relativ.
»Wer besitzt, der lerne verlieren, wer im Glück ist, der lerne den Schmerz!«, sagte sie irgendwann sehr nachdenklich. »Von wem das ist, weiß ich nicht, aber es steckt viel Wahres darin. Wüssten wir alle, wie es sich auf der anderen Seite so lebt, dann gäbe es erheblich mehr menschliches Verständnis und Mitgefühl in dieser unserer Ellbogengesellschaft, in der unbedeutende Äußerlichkeiten eine so große Rolle spielen. Heutzutage kreist doch jeder um sich selbst, jeder steht sich selbst am nächsten. Mich widert das an.« Vielsagend tippte sie auf die Zeitung von gestern, die noch auf dem Couchtisch lag. »Man schlägt die Tageszeitung auf und liest von den schwierigen Zeiten, in denen wir angeblich leben. Man stellt den Fernseher an und hört das Gleiche. Dickbäuchige, saturierte Männer reden von Dingen, von denen sie überhaupt keine Ahnung haben. 1948 zum Beispiel –«
Und dann kam sie auf die Blockade von Berlin zu sprechen. Vierhundertzweiundsechzig Tage lang das Brummen der Rosinenbomber. Schwarzmarkt und Hamsterfahrten, Lucky Strike und McCormick-Senf, Stromsperren und Kochen Mit-ohne-Was. Den Weihnachtsbaum auf Bezugskarte. Ein Paar Schuhe kostete tausend Mark. Für Zigaretten gab es alles.
Frau Borowski war alt, aber farbig und spannend erzählen konnte sie noch immer, ohne zu stocken, ohne vom Hundertsten ins Tausendste zu kommen. Dass sie tatsächlich eine echte polnische Gräfin war, erfuhr ich dann auch noch, aber mehr als einen Nebensatz

war ihr das nicht wert. Gräfin Adrienne von Borowski. Sechsundsiebzig Jahre alt, feine Gesichtszüge, äußerliche wie innerliche Eleganz. Hinter sich ein gelebtes Leben von einer ungeheuren Bandbreite. Und vor sich – hoffentlich – noch viel Neues. Vergangenes Jahr erst hatte sie in Südfrankreich ein Häuschen mit grünen Klappläden gekauft und den Innenhof dieses zweiten Wohnsitzes mit Bougainvilleen und wildem Wein bepflanzt. »Täglich ist Markt«, sagte sie froh, »man hat ein gutes Leben dort, und die Menschen sind alle so freundlich und ohne Hektik. Man bekommt keine schriftliche Verwarnung, wenn man auf der falschen Straßenseite parkt. Auf dem Markt gibt es keine Schilder mit ›Nicht berühren‹, im Gegenteil, wer die Tomaten und Melonen nicht befühlt, ist in den Augen der Südfranzosen verrückt. Ach, insgesamt fühlt man sich im Gegensatz zu hier erfrischend wenig reglementiert.«
»Ganz schön mutig, so ganz allein«, sagte ich voller Bewunderung.
Erstaunt blickte sie mich an. »Aber wie kommen Sie denn darauf, dass ich alleine bin?«
»Nun, also, ich dachte ...«
»Das Haus in der Camargue bewohne ich zusammen mit meinem Gefährten«, sagte sie milde, »wenn ich hier im Rheinland bin und meine Kinder und Enkel besuche, dann tut er das Gleiche in Neu-Ulm. Er hat elf Enkel! Auf dem Rückweg holt er mich hier selbstverständlich mit dem Auto ab.«
Selbstverständlich. Wie hatte ich annehmen können, diese Frau lebe ganz allein?
Gegen drei hob ich meine leere Teetasse und gestand, allmählich dem Mumm-Bäumchen an den Kragen gehen zu wollen. Fast konspirativ prosteten wir uns zu. Sie holte zu einer neuen Geschichte aus. Schwenkte ohne Vorwarnung um zu heiteren Episödchen und Anekdötchen aus den guten Zeiten, und ehe ich mich's versah, lag ich aus vollem Halse lachend auf dem Sofa. Ihr Fundus schien unerschöpflich zu sein; ich fungierte bestenfalls noch als Stichwortgeberin. Und als ich beiläufig erwähnte, dass man mir den Kaffee morgen intravenös würde verabreichen müssen, damit ich den Tag halbwegs wach überstünde, sagte sie unverzüglich, da fiele ihr die

Geschichte mit dem Tengelmann ein, ob sie die schon erzählt habe?
»Also, Sie kennen doch ›Kaisers Kaffeegeschäft‹, nicht? Firmengründer Tengelmann war mit dem Kunstmaler Hesto Hesterberg befreundet, dem Bruder von Trude Hesterberg. Chronisch pleite, der Mann! Nun, eines Tages schrieb Tengelmann ihm einen Brief: ›Lieber Hesto, wir setzen tausend Mark auf den besten Slogan für unsere neue Kaffee-Plantage. Wär doch was für dich!‹ Und was geschah? Als Hesto nachts angeheitert nach Hause kam, fand er den Brief, setzte sich hin und verfasste eine Antwort. Diese lautete:

›Mein lieber alter Tengelmann,
was geht mich denn dein Kaffee an
und deine Scheißplantage,
ach, leck mich doch am ...!‹«

Sie kicherte. »Tengelmann antwortete daraufhin: ›Slogan ungeeignet. Anbei tausend Mark für prompte Erledigung‹.«
Ich amüsierte mich noch lautstark, als sich schon die nächste Geschichte anschloss. So ging es weiter und weiter. Irgendwann in den frühen Morgenstunden wurde ich schließlich unendlich müde. Ich versuchte noch Weilchen, gegen die Erschöpfung anzukämpfen, aber vergeblich.
»Mädchen, Sie sind ja fix und fertig«, stellte die Gräfin plötzlich entrüstet fest, »und ich rede und rede! Nun aber marsch ins Bett!«
»Nein, bin hellwach«, murmelte ich mit geschlossenen Augen und bettete meinen Kopf auf das dicke Sofakissen neben mir. Und dann fiel mir doch noch etwas ein. »Frau von Borowski ... der Aal ... wie heißt er denn nun mit Vornamen ... wissen Sie's vielleicht?«
»Ja. Laternenpf.« Sie legte mir eine Decke über die Beine und löschte das Licht. Im Halbschlaf bildete ich mir noch ein, undeutliche Geräusche gehört zu haben, aber die Watteschicht, die der Schlaf auf mich legte, war zu dick. Dass sie alle Gläser in die Küche getragen und das gesamte schmutzige Geschirr in die Spülmaschine geräumt hatte, nahm ich erst am folgenden Morgen wahr.

Zwei Tage lang kaute ich auf der Formulierung »locker liiert, aber nichts von Bedeutung« herum. Drehte man den Satz um, so lautete er »nichts von Bedeutung, aber locker liiert«, was die Gewichtung der Aussage allenfalls auf philosophischer Ebenc verschieben mochte. Das Tauziehen in meinem Inneren endete schließlich mit der Entscheidung zu einem vorsichtigen Tritt aufs Gaspedal: Zeit für eine kleine Sünde. Klammheimlich kaufte ich im Blumenladen eine einzelne rote Rose, haargenau die bewusste Sorte, und gab den Auftrag, die Rose abends in der Wolframstraße bei Herrn Zoeppel abzuliefern. Ohne Kärtchen, ohne Absender.

»Rote Rosen sind seit jeher die elegantesten Botschafterinnen der Liebe«, formulierte die Blumenhändlerin mit einem verständnisinnigen Lächeln. Dann knöpfte sie mir ganz unelegant ein horrendes Geld für die Lieferfahrt ab. Egal. Ich empfand fast kindliche Freude über den Einfall, Lukas ein eindeutiges, unmissverständliches Zeichen zu geben.

Als ich abends den Tisch deckte und mich nebenbei darüber wunderte, dass die erst gestern gekaufte Cornflakespackung schon wieder leer war, klingelte es. Im Hausflur stand ein Mann mit einer einzelnen Rose in der Hand.

»Ich komme von ›Floristik Funke‹. Im ersten Stock ist niemand da. Können Sie das hier für Herrn Zöggel annehmen?«

»Zoeppel«, sagte ich, »geben Sie her, ich erledige das schon.« Ich lief hochrot an. Nahm voll hilfloser Wut die elegante Botschafterin der Liebe in Empfang. Und genierte mich unendlich. Kleine Sünden bestraft der liebe Gott sofort, Romea. Nie wieder eindeutige Zeichen!

Tags drauf erreichte mich ein Anruf meines Bruders Danilo. Das Baby sei endlich da, ein kugelrunder Bub namens Gero! Zufrieden nahm ich zur Kenntnis, dass auch mein kleiner Bruder der schönen Familientradition Rechnung getragen hatte, den Rufnamen des Erstgeborenen mit einem »o« enden zu lassen. Suse platzte fast

vor Stolz und wäre am liebsten unverzüglich abgereist, um den Cousin zu besichtigen.
Als mitten in einer scheußlich ungemütlichen, verregneten Märzwoche die samtige Geburtstagsrose ihre Blütenblätter abzuwerfen begann, brachte ich Ninni nach oben zu Tom und nahm das Unternehmen Klavierbank in Angriff. Mein Ziel war das angesehene »Pianohaus Klotz« in der City. Gleich neben dem Eingang ein Stutzflügel, auf dessen Deckel ein Schild mit der Aufschrift »Sonderangebot: DM 18449«. Gedämpfte Stimmen, edles Ambiente, eine kaum zu überschauende Anzahl von Klavieren, Flügeln und Cembalos. Irgendwo spielte jemand sehr ordentlich eine Schubert-Sonate. Meine Hoffnung, hier etwas Erschwingliches zu finden, ausgerechnet in diesem Musiktempel, wo jede Teppichbodenpore den göttlichen Odem Bachs, Beethovens und Mozarts ausströmte und die Verkäufer sich bewegten wie Auserwählte des Herrn, sank rapide. In meiner nassen Regenjacke fühlte ich mich plötzlich wie Lieschen Müller, die sich versehentlich in eine Chanel-Boutique verirrt hat.
»Bitte schön, die Dame?«, schwebte mir ein nadelgestreifter Verkäufer entgegen.
Ich sagte, ich bräuchte eine Klavierbank, woraufhin man mich an mehreren Konzertflügeln vorbei in einen Seitentrakt lotste. Ach, diese wunderbaren schwarz glänzenden Steinways! Gerne hätte ich Anschlag und Klang ausprobiert, aber in Anbetracht meiner triefenden Jacke und regenfeuchten Hände traute ich mich nicht, die guten Stücke auch nur anzufassen.
»Bitte sehr«, der Verkäufer machte eine grandiose Handbewegung, »was für ein Klavier haben Sie? Für einen Flügel käme wohl nur dieses Modell infrage. Eine bessere Mechanik finden Sie nirgendwo.« Er deutete auf eine lederbezogene Bank mit polierten Beinen. Klassisch, zeitlos, edel, mit Kurbelwellenbeleuchtung und Kolbenrückzugsfeder. Derlei Möbel stehen in allen Konzertsälen dieser Welt, und auch für statusbewusste Privatleute ist eine solche Bank Pflicht, selbst wenn ihr technisches Niveau den *Fröhlichen Landmann* nicht übersteigt.
»Sehr nett«, sagte ich blasiert, schritt die Klavierbank-Parade ab

und drehte dabei sämtliche Preisschilder um. Daraufhin schieden drei Viertel der Modelle aus. Übrig blieben eine hässliche Holzbank (wahlweise mit Stoff- oder Lederbezug), ein Drehhocker (wahlweise mit Stoff- oder Lederbezug) und eine schlichte Metallbank mit schwarzem Samtbezug. Probeweise ließ ich mich darauf nieder. Schön fest gepolstert. Suse und ich würden prima darauf sitzen und vierhändig spielen können.
»Das ist aber keine Klavierbank«, bemerkte der Verkäufer und pustete konzentriert ein Staubkörnchen von der Luxus-Lederbank.
»Nein?« Ich drehte an der Kurbel zur Höhenverstellung. Lief wie geschmiert.
»Nein, wie sähe das auch aus! Das hier ist eine Clavinova-Bank. Sie gehört zu einem elektrischen Piano mit –«
»Details tun nichts zur Sache«, unterbrach ich ihn. Typisch hochnobler Klavierverkäufer. Wahrscheinlich sang er jeden Abend den göttlichen Steinways und Grotrians und Bösendorfers ein vornehmes Schlafliedchen auf Französisch.
»Gnädige Frau, es geht hier doch nicht um Details, sondern um Stil!«
Ich biss mir auf die Unterlippe. Stilfragen muss man finanzieren können, guter Mann! »Nun ja, das ist ein weites Feld. Ich nehme diese Clavinova-Bank.«
»Wie sie wünschen.« Er verschwand Richtung Lager.
Bewundernd strich ich um die Steinways herum, deren Preis durchweg im sechsstelligen Bereich lag. Wie von einem Magneten angezogen, landeten meine Hände auf der Tastatur, ich spielte ein bisschen Chopin und freute mich an dem erlesenen Klang. Nur allzu gerne hätte ich mein altes Kawai gegen das zwei Meter siebzig lange, schimmernde Trauminstrument eingetauscht. Sieh mal an, der Sozialfall hat eine Fata Morgana, dachte ich selbstironisch und konnte es mir prompt nicht verkneifen, die berühmte Melodie *Wenn ich einmal reich wär* in den Chopin einzuarbeiten, obgleich dieses Etablissement wahrlich kein Ort für alberne Einlagen war. Es dauerte auch keine fünf Takte, bis indigniertes Gehüstele vonseiten des zweiten Verkäufers meine Darbietung empfindlich

störte. Natürlich. Geld *hatte* man, man spielte nicht darüber. Na warte!
»Der Anschlag ist nicht übel«, rief ich garstig, »aber Sie sollten ihn mal nachstimmen.« Inhaltlich war das ungefähr das Gleiche, als hätte ich nach einer Probefahrt mit einem nagelneuen zwölfzylindrigen Jaguar eine Bemerkung darüber fallen lassen, dass der Sitzkomfort im Auto ganz nett sei, dass aber leider der Motor stottere.
Der Effekt war durchschlagend: Fortan bedachte man mich mit schockierter Verachtung. Und hatte der Verkäufer dem vorherigen Kunden noch anerboten, ihm den handgeschnitzten Notenständer aus Lärchenholz eigenhändig ins Auto zu tragen, so erkundigte er sich in meinem Fall nicht einmal, ob ich überhaupt im Besitz eines Autos sei.
»Vielleicht können Sie die Bank ein wenig einpacken?«, schlug ich vor. »Wie Sie sehen, regnet es draußen.«
Der Nadelgestreifte sagte nur: »Ach Gottchen, ja«, was ich ausgesprochen geistreich fand, und fischte ein größeres Stück durchsichtiger Verpackungsfolie mit eingearbeiteten Luftnoppen aus einem Karton. Dieses wickelte er um die Klavierbank und fixierte großzügig mit Klebeband. »Ist es so recht?«
Ich dankte kühl, lud mir das unförmige Paket vor den Bauch und schritt hinaus in den Nieselregen. Nun, die Klavierbank war zwar nicht richtig schwer, aber nach kurzer Zeit begann sie aufgrund eines sehr interessanten physikalischen Phänomens, ihr Gewicht etwa alle hundert Meter zu verdoppeln. Nur noch drei Querstraßen bis zum Parkhaus, dachte ich mit lahmen Armen, hievte die Bank zur Abwechslung auf meine rechte Schulter und stolperte weiter. Noch zwei Querstraßen. Die Bank wog nun eine knappe Tonne. Marschpause!
Vorsichtig setzte ich das luftpolsterverpackte Paket neben einer Pfütze ab und hockte mich auf die steinerne Umrandung einer Blumeninsel. In meinen Oberarmen zog es gewaltig, von unten zog es auch. Ein Mistwetter war das heute! Kein Mensch würdigte die nassen Plastikstühle und -tische vor dem italienischen Eiscafé gegenüber auch nur eines Blickes. Ein älteres lodenbehü-

tetes Ehepaar stritt sich im Gehen. »Vati, nun guck doch mal in die Schaufenster«, verlangte der weibliche Teil, Vati jedoch war wohl lediglich bestrebt, ins Trockene zu kommen. Insgeheim schwor ich, nie, aber auch niemals einen Mann mit »Vati« anzureden.

Das Ziehen in meinen Armen ließ nur wenig nach. Vor lauter Langeweile zerdrückte ich ein paar Luftnoppen der Folie. Plopp. Zwei Jugendliche mit jämmerlich hängenden Hosenböden schlurften vorbei und blieben vor einem Umstandsmodengeschäft stehen, gleich darauf setzte Gegröle ein. Es war wohl der hochschwangere Styropor-Torso im Umstandsbadeanzug, der ihre pubertierende Phantasie entzündete. Kein Kopf, keine Arme, keine Beine, nur Bauch und kaschierendes Lycra. Der Anblick regte zugegebenermaßen zu lästerlichen Bemerkungen an.

Plopp, machten die Noppen. Tropf, machte der Regen. Und mein rechter Bizeps schmerzte noch immer. Ich summte leise *Just walking in the rain* und fragte mich, ob es hier eigentlich keine Kavaliere gab, die das Bedürfnis hatten, mir nach einer ehrerbietigen Verneigung mein Gepäckstück abzunehmen. Nein, gab es leider nicht, offenbar verkraftet der Mann von heute gewichtsmäßig bestenfalls noch ein Handy. Also wohlan, selbst ist die Frau! Ich stand schon fast, als plötzlich lautes Babygebrüll meine Aufmerksamkeit erregte. Schräg hinter mir, unter der Markise einer Bäckerei, stand einsam und verlassen ein Kinderwagen, aus dem so herzzerreißende Töne drangen, dass ich gar nicht anders konnte, als loszulaufen und nachzusehen. Schon ein flüchtiger Blick genügte, um zu erkennen, warum das Würmchen gar so schrie: Der Kinderwagen stand genau unter dem Rand der Markise, die sich mit Regenwasser gefüllt hatte und stark durchhing. Bei jedem Windstoß ergoss sich nun ein eiskalter Wasserfall in den Wagen.

»Ist ja schon gut«, redete ich dem tropfnassen Baby zu und schob es schnell aus der Gefahrenzone, »Mama und Papa kommen gleich wieder, und dann kriegst du trockene Klamotten. Hör auf zu weinen, Kleines.« Was natürlich kompletter Unfug war, denn dieses verzweifelte Baby würde den Deubel tun, sich beim Klang einer

fremden Stimme zu beruhigen. Leicht beunruhigt warf ich einen Blick in die Bäckerei. Niemand schien zu dem brüllenden Zwerg zu gehören, niemand achtete auf den Kinderwagen.
Schaukeln, dachte ich, schaukeln hat noch immer geholfen. Und singen! Ich rollte den Kinderwagen sanft hin und her und versuchte mein Glück mit *Schlaf, Kindlein schlaf*, aber das Baby schrie nach wie vor. Dann sang ich *Schlafe, mein Prinzchen, schlaf ein*, obwohl ich keine Ahnung hatte, ob es sich bei dem schluchzenden Wesen überhaupt um einen Prinzen handelte, und daraufhin brüllte es womöglich noch lauter. Schließlich tat ich instinktiv das einzig Sinnvolle: Ich hob das Kind aus dem Wagen und nahm es auf den Arm. Meine Güte, höchstens sechs Monate alt und schon so aufgeweicht! Und noch immer war kein Elternteil in Sicht. Ratlos tupfte ich mit einem Papiertaschentuch das Babygesicht ab.
»Bist du eine vertrocknete Topfblume, dass man dich so gießt, hm?«, scherzte ich, aber das Kind hatte für diese Art von Humor nichts übrig und schrie weiter. Mangels besserer Einfälle blieb lediglich die Möglichkeit, mein Heil erneut im Singen zu suchen. Mit dem Kind auf der linken Schulter sang ich *Ein Männlein steht im Walde* und *Guter Mond, du gehst so stille* und *Es tanzt ein Bi-Ba-Butzemann*; nebenbei wachte ich mit Argusaugen über meine Klavierbank, die ja noch immer zehn Meter weiter neben der Blumeninsel stand. Irgendwann bildete ich mir ein, nun doch einen gewissen Beruhigungseffekt bei dem Baby feststellen zu können. Aber warum schauten die Eltern nicht mal nach ihrem Nachwuchs?!
»Aga!«, sagte da das Würmchen an meiner Schulter wundersamerweise und lüftete das feuchte Köpfchen.
»Hallo, Kleines!«, sagte ich erfreut. Offenbar empfand es den Klang meiner Stimme doch als angenehm, trotz der allgegenwärtigen Nässe. Schnell, weitersingen! Leider war mein Repertoire an Kinderliedern für's Erste ziemlich erschöpft. Als Kontrastprogramm zum Regen versuchte ich es also mit Gershwins *Summertime*. Und weil ohnehin keiner der Passanten Auge oder Ohr für die Dinge hatte, die sich unter der Bäckerei-Markise abspielten, sang ich ungebremst und mit Timbre und wiegte das Baby dabei hin und her. Mittlerweile saugte es an seiner rechten Faust herum.

Und es schwieg! Singen war eben Gold, ich hatte es immer schon gewusst. Als ich gerade bei »So hush, little baby, don' you cry« war, rief eine aufgeregte Frauenstimme hinter mir: »Um Gottes willen!«, und riss mir das Kind aus dem Arm.

»Der Kinderwagen stand genau unter der überlaufenden Markise«, sagte ich, »und Ihr Kind schrie und schrie, und da habe ich mir erlaubt –«

»Mein Mann wollte doch aufpassen! Haben Sie den nicht gesehen?«

»Nein, hier war niemand.« Ich starrte die völlig aufgelöste Frau vor mir an.

»Aga«, gluckste das Baby, strahlte seine Mutter mit einem Zähnchen an und nieste.

»Hoffentlich erkältet er sich nicht!« Ihre Stimme begann zu wackeln. »Mein armer Kevin – wie konnte das nur passieren –«

»Gehen Sie schnell nach Hause und stecken Sie ihn in die warme Wanne«, riet ich, »je schneller, desto besser. Nicht dass er vollends auskühlt.«

Unsicher sah sie mich an. »Ja, aber was ist dann mit meinem Mann?«

Nichts ist mit deinem bescheuerten Mann, dachte ich, pfeif auf den Kerl und sieh zu, dass dein Kind wieder warm und trocken wird. Ich zog nur die Schultern hoch. »Der ist ja wohl erwachsen und kann für sich selbst sorgen.«

Sie stammelte ein paar Worte, hielt aber mitten im Satz inne, um mir ihren strampelnden Sohn noch mal in den Arm zu legen. Mit schnellen Bewegungen entledigte sie sich ihrer Jacke und ihres Pullovers und wickelte beide Kleidungsstücke um das Baby, bevor sie es in den Kinderwagen packte. Dann setzte sie sich in Bewegung. Kopfschüttelnd sah ich ihr nach. Wie war das alles wieder kurzweilig heute! Immerhin hatte niemand zwischenzeitlich die Klavierbank mitgehen lassen. Gerade bückte ich mich, um die Metallbeine der Bank vernünftig zu fassen zu kriegen, als plötzlich zwei aufgeweichte Cowboystiefel in meinem äußersten Blickwinkel auftauchten. »Bitte warten Sie einen Moment«, sagte eine dunkle Männerstimme.

Ich richtete mich auf und strich mir eine tropfende Strähne aus dem Gesicht. Meine Brille war so nass und beschlagen, dass ich sie der Einfachheit halber in die Jackentasche steckte; welch Glück, dass ich notfalls auch ohne Gläser zurechtkam. Aha, diesmal hatte ich es mit einem Hünen mit Regenschirm und grauen Locken zu tun. Breiter Mund, breite Nase, breite Schultern. »Und was kann ich für *Sie* tun?«

»Sie schleppen eine Klavierbank durch den Regen und singen *Summertime*«, stellte der Mann in der schwarzen Lederjacke fest und betrachtete mich dabei sehr genau.

Ausgezeichnet beobachtet, dachte ich und nickte. »Das gehört routinemäßig zu meinem Findelkind-Hilfsprogramm. Haben Sie auch Ihre Mama verloren?«

Er grinste. Irgendwie wirkte er ein bisschen verlebt, aber vielleicht war er auch nur übernächtigt. Bei Männern um die fünfzig kann man das auf Anhieb manchmal nicht so genau sagen. Seltsamerweise hatte ich das Gefühl, ihn schon mal gesehen zu haben.

»Machen Sie das doch noch mal, bitte.«

»Das Findelkind retten?«

»Nein. *Summertime* singen.«

Verblüfft starrte ich ihm ins Gesicht. Dass sich in Deutschlands Fußgängerzonen vormittags nicht nur brave Muttis, sondern auch genügend Verrückte herumtreiben, war mir hinlänglich bekannt, dass mich aber einer von denen mitten im strömenden Regen zum Singen auffordern würde, kam relativ überraschend. Abweisend wich ich einen Schritt nach hinten. »Und warum sollte ich das tun, Ihrer Meinung nach?«

»Weil mir Ihre Stimme gefällt«, sagte der Hüne freundlich und begutachtete zur Abwechslung meine Jeansbeine.

»So so. Interessant.«

»So ist es. Singen Sie doch noch mal *Summertime*, ja?«

Der meinte das wohl wirklich so. Eindeutig ein besonders verrückter Verrückter. »Hören Sie«, sagte ich also, »zwei Straßen weiter ist ein Plattenladen, recht gut sortiert übrigens. Dort hilft man Ihnen garantiert mit *Summertime* weiter. Wiedersehen.« Zum zweiten Mal bückte ich mich nach der Klavierbank. Der Regen

hatte wieder zugenommen. Wahrscheinlich ähnelte ich mittlerweile einer ertrunkenen Trauerweide.
»Nein, bitte gehen Sie noch nicht.« Er griff in die Brusttasche seiner Lederjacke, wandte jedoch den Blick nicht von mir ab. Mit der anderen Hand hielt er gänzlich überflüssigerweise den Regenschirm über meinen Kopf. »Mein Name ist Ronny Knill. Hier, meine Karte, mir gehört das ›Blue Moon‹ in der Südstadt. Schon mal gehört?«
»Ach was«, sagte ich überrascht. Natürlich kannte ich das »Blue Moon«. Eine relativ kleine, urgemütliche Pianobar, in der es jeden Abend Live-Musik gab. Völlig unbekannte Namen, aber immer grundsolider Blues und Jazz. Gleichzeitig ging mir auf, dass ich genau dort diesen Ronny Knill schon mal am Klavier gesehen hatte. Ein Blues-Kneipen-Besitzer war er also, kein Wunder, dass er so übernächtigt wirkte. Aber warum sollte ich *singen*, jetzt, hier?
Der Hüne musterte mich noch immer sehr eingehend. »Ich versuche gerade, Sie mir ohne Regenjacke und mit trockenen Haaren vorzustellen«, lächelte er und reichte mir seine Hand. Das Lächeln war absolut entwaffnend. »Sehen Sie, ich brauche noch eine Frauenstimme. Spielen Sie zufälligerweise auch Klavier? Können Sie sich selber begleiten?«
»Glauben Sie vielleicht, ich gehe mit dieser Klavierbank nur Gassi?«, konterte ich, wobei ich nicht umhin konnte, mich zu fragen, ob im Namen dieses Mannes nicht vielleicht ein schwerwiegender Vokalfehler vorlag. Dieser Herr Knill hatte einen Dichschiden. Andererseits weiß man bei Musikern ohnehin nie so genau.
»Umso besser. Wenn Sie so spielen, wie Sie singen, würde ich Sie gerne bei mir im Club haben.«
»Natürlich«, sagte ich, »alles klar. Sie suchen die Stadt nach einer weiblichen Stimme ab, und dann läuft Ihnen eines Tages durch Zufall eine nasse Katze über den Weg, die ein Findelkind im Arm hält und *Summertime* miaut, und dann beschließen Sie einfach so, die nasse Katze zu engagieren. Sozusagen Knill auf Fill, ja?«
»Ich habe der nassen Katze lange genug zugehört, außerdem habe ich ein Ohr für Stimmen. Eine Verdi-Arie würde ich Ihnen weiß

Gott nicht anbieten, aber dass Ihre Stimme auf Blues gepolt ist, hört man nach dem dritten Ton. Also, wären Sie eventuell daran interessiert, im »Blue Moon« zu singen?«

Garantiert »Versteckte Kamera«, dachte ich und schwankte zwischen Lachkoller und Flucht, das wird ja von Minute zu Minute absurder!

»Passen Sie auf«, sagte ich höflich und entschloss mich dazu, ganz unauffällig das Weite zu suchen, »Ihr Angebot ehrt mich, aber zufälligerweise habe ich drei Kinder und bin nachts nicht abkömmlich. Außerdem bin ich klitschnass und möchte jetzt nach Hause. Auf Wiedersehen.« Ächzend hob ich die Bank hoch, machte ein paar Schritte Richtung Parkhaus. Meine Güte, was für ein Vormittag, andere Leute brauchen Monate für so ein Programm!

Erst als ich mich in halbwegs sicherer Entfernung zu dem buchstäblich großen Unbekannten wähnte, drehte ich mich um. Ronny Knill stand mit hochgeschlagenem Kragen etwa neun oder zehn Meter hinter mir und beobachtete mich, ansonsten war kaum jemand auf der Straße zu sehen. Was mich dann dazu bewog, die Bank wieder abzusetzen, kann ich im Nachhinein nicht mehr sagen. Nachdenklich-herausfordernd starrte ich den Mann in der Lederjacke an. Und tat nun trotz des strömenden Regens genau das, was er gewollt hatte: Ich sang *Summertime*, ungebremst und mit Timbre. Aus lauter Übermut hängte ich noch eine Strophe von *Blue Moon* dran. Schließlich winkte ich ihm zu, hob zum nunmehr fünfzigsten Mal meine Klavierbank hoch und ging.

»Die Bank nehme *ich*. Wenn die von ›Klotz‹ stammt, haben Sie sie eigentlich schon weit genug geschleppt.« Schwupp, war ich das luftpolsterverpackte Ding los, stattdessen drückte Knill mir den Schirm in die Hand. Eisern hielt er sich an meiner Seite. »Wo haben Sie geparkt?«

»Hören Sie, ich meine es ernst!«

»Ich auch«, erwiderte er trocken.

»Sie wollen mich engagieren, mich, eine dreifache Mutter? Sie wissen doch gar nichts von mir! Und die Vorstellung eben war doch grandios schlecht!«

»Nun ja. Glauben Sie etwa, ich kaufe die Katze, ähem«, er

schmunzelte ziemlich selbstbewusst, »die nasse Katze im Sack? Bei diesem Wetter würde sogar Pavarotti heiser knödeln. Glauben Sie mir, ich täusche mich nur selten, was Stimmen betrifft.«
»Und ich täusche mich nur selten, was die Nächte meiner Kinder betrifft!«
»Meiner Meinung nach ist Kinderbetreuung nichts als eine reine Organisationsfrage. Ich habe auch eine Tochter und weiß, wovon ich spreche.«
Hört, hört, dachte ich. Nun wagt er es tatsächlich, mir kluge Ratschläge erteilen zu wollen. »Ich vermute, Sie haben die bewusste Organisationsfrage auf Männerart gelöst«, sagte ich spitz. »Ehefrauen sind in dieser Hinsicht ja auch eine bequeme und praktische Angelegenheit. Sehen Sie, und da haben wir es schon: Ich lebe in Scheidung und somit allein, Herr Knill. Eine Ehefrau, die die Kinder hütet, steht mir nicht zur Verfügung. Schon gar nicht nachts.«
Er grinste schon wieder so unverschämt. Überhaupt, wie kam ich dazu, diesem Wildfremden Details meines Lebens preiszugeben und mich auch noch zu einem Streitgespräch auf offener Straße verleiten zu lassen?
»Na, Sie schießen vielleicht scharf! Ich bin auch geschieden, verstehen Sie? Seit meine Exfrau vor zwei Jahren nach Spanien ausgewandert ist, lebt meine Tochter bei mir. Abends passt das Au-pair-Mädchen auf sie auf«, sagte er ganz ernsthaft. »Übrigens, *Blue Moon* sollten Sie mindestens zwei Töne tiefer singen. Wie heißen Sie eigentlich?«
»Romea Becker.« Angestrengt starrte ich auf meine aufgeweichten Schuhe. Das gibt's alles nicht, dachte ich schwach. Da läuft man ganz arglos mit einer Klavierbank durch die Stadt, stößt zwischendurch auf ein verlassenes Baby, bewahrt dieses vor dem Ertrinken im Kinderwagen, und obendrein kommt auch noch ein riesengroßer Mann in Cowboystiefeln vorbei und trägt einem einen Job an. Und der Mann meinte es offenbar ernst. Das Absurdeste an der Sache war, dass er hundertprozentig Recht hatte, was die Tonlage von *Blue Moon* betraf. Ich hatte vorhin deutlich zu hoch angesetzt. Vor lauter Verwirrung brachte ich nur heraus, ich könne mir kein Au-pair-Mädchen leisten.

»Wenn Sie bei mir singen, werden Sie sich eins leisten können, liebe Romea Becker.« Er ließ sich meinen Namen förmlich auf der Zunge zergehen. »Ich bin bekannt dafür, dass ich meine Musiker nicht ausbeute. Also, rufen Sie mich an? Und nun muss ich mich beeilen, ich habe meiner Tochter versprochen, sie von der Schule abzuholen. Hier, Ihre Klavierbank. Tschüs!« Wenige Sekunden später war Ronny Knill verschwunden.
Eine knappe Stunde darauf saß ich umgezogen und mit geföhnten Haaren bei Tom am Küchentisch und schüttete heißen Tee in mich hinein. Ninni lümmelte auf meinem Schoß herum. Trotz des Tees und des Kindes Körperwärme war mir entsetzlich kalt. »Mann, das musst du dir mal vorstellen«, sagte ich und ließ ein Stückchen Kandis in den dampfenden Earl Grey fallen, »behauptet dieser Typ doch tatsächlich, mich engagieren zu wollen! Der muss völlig meschugge sein. Hat aber im Nachhinein trotzdem Spaß gemacht.«
Tom sah mich entgeistert an. »Wie bitte?! Wenn ich dich richtig verstanden habe, war das ein Jobangebot. Ein reichlich ungewöhnliches zwar, aber du bevorzugst ja ohnehin die unausgetretenen Pfade, daran hat sich unsereiner ja mittlerweile gewöhnt.«
»Ja und?« Ich nieste so heftig, dass Ninni mir fast vom Schoß rutschte. Auf der Straße hupte der Fahrschulopel, Ännchen nahm wohl ihre zweihundertste Fahrstunde.
»Da fragst du noch? Greif zu und bereite deiner Geldmisere endlich ein Ende! Hab ich's doch gleich gewusst, dass du feine Musik machen kannst! Gesundheit übrigens.« Freudestrahlend schob er mir ein Stück Schokolade zu. Auf seinem T-Shirt stand heute ein Zitat von Brecht: »Ich habe große Mühe, ich bereite meinen nächsten Irrtum vor.«
Ich tippte mir nur mit dem Zeigefinger gegen die Stirn. »Klar, du entzückender Spinner«, sagte ich mit belegter Stimme und sehr nasal, »frei nach dem Motto ›Wahre Geschichten mit Herz‹ trifft die finanziell auf dem letzten Loch pfeifende dreifache Mutter urplötzlich auf einen Mentor mit grauen Haaren, der ihr einen Job offeriert, und so bringt sie nun abends ihre Kinder ins Bett, schlüpft hernach in die Rolle der verruchten Barsängerin, animiert ein paar Kerle zum Saufen und kehrt im Morgengrauen zu ihren

Kindern zurück. Fehlt nur noch ein Heiratsantrag, und die Seifenoper fürs Privatfernsehen wäre fertig. Tom, das ist doch alles hanebüchener Unsinn!«

»Jetzt mach mal'n Punkt«, sagte Tom langsam und stützte seine Ellenbogen auf die Tischplatte, »der Mann hat dir keinen Job als Animierdame angeboten, sondern als Sängerin, sehe ich das richtig?«

»Nun ... also ... eigentlich schon.« Unvermittelt brach mir der Schweiß aus. Wahrscheinlich zu viel heißer Tee; eigenartig, dass mir gleichzeitig so kalt war.

»Jetzt sag bloß, du *willst* nicht, ausgerechnet du!«

»Ach –«

»Im Ernst, Romea, willst du den Job wirklich nicht?!«

Meine Güte, war der Mann schwer von Begriff! »Wollen will ich schon«, jammerte ich los, »Herrgott noch mal, natürlich will ich! Aber *können* kann ich nicht, das liegt doch auf der Hand! Was wird nachts aus den Kindern? Sollen sie vielleicht auf einem Feldbett im Hinterzimmer kampieren? Soll ich sie allein zu Hause lassen? Sonst noch was?«

»Reg dich ab«, meinte Tom ganz ruhig, »das Kinderproblem kriegen wir schon in den Griff.«

»Selbstverständlich«, sagte ich sarkastisch und nieste wieder, »ich könnte zum Beispiel annoncieren: Barsängerin sucht Nachtmutter! Und nun lass gut sein, Tom. Es war eine herrlich verrückte Episode, aber eben nicht mehr als eine Episode. Hast du mal'n Taschentuch für mich?«

Ein Taschentuch hatte er zwar, aber das Thema wechseln mochte er nicht. Voller Vehemenz beharrte er darauf, dass ich mir die Sache überlegen müsse. »Sei nicht so vernagelt, Romea, natürlich geht es. Stell dir doch mal vor – kein Lonnendöncker mehr! Schluss mit der Sozialhilfe, und du könntest wieder ein Auto haben! Wie viel hat dir der Typ eigentlich als Gage geboten?«

»Konkret noch nichts. Er behauptete nur, dass er seine Musiker nicht ausbeute.« Ich war kurz davor, in Tränen auszubrechen. Allein der Name Lonnendöncker hatte ausgereicht, um in Sekundenschnelle eine Vielzahl heftiger Gefühle in mir auszulösen. Eine Mischung aus Gier und flammender Sehnsucht nach Unabhängig-

keit loderte in mir auf. Sich vorzustellen, nie wieder Herrn Lonnendöncker Rede und Antwort stehen und ihn um ein paar Mark ersuchen zu müssen! Sich vorzustellen, alle Papiere mit der Überschrift »Soziale Vergünstigung« zerreißen zu können! Endlich wieder frei zu sein!
»Ach, Tom«, sagte ich müde, »das Leben ist schon eigenartig. Da quält man sich monatelang herum und wartet darauf, dass der Ex einen Job findet, und was passiert? Nicht ihm bietet man etwas an, sondern mir, und dann zu allem Überfluss auch noch so etwas Exzentrisches. Was soll das?«
Tom wischte meine Bemerkungen kurzerhand vom Tisch. »Nun nimm doch mal deinen Verstand zusammen. Du würdest doch das Haus erst verlassen, wenn die Kinder längst schlafen. Also gib mir den Babysender hoch, und die Sache ist geritzt. Noch nicht einmal Betreuungskosten für deine Brut werden anfallen. Einfacher geht es doch gar nicht!«
»Das kann ich nicht annehmen«, schnaufte ich, »und überhaupt ist das gefährlich! Was, wenn Ninni aus dem Bett fällt? Was, wenn sie weint?«
»Dann höre ich sie weinen und gehe nach unten und tröste sie. Hand aufs Herz: Wie häufig ist Ninni in den vergangenen Monaten nachts wach geworden und hat nach dir gerufen, hm? Einmal? Zweimal? Zähl nach! Deine Bande *schläft* nachts!«
»Ja, meistens. Aber Ninni hat letztens noch nachts gespuckt!«
»Wann war das?«
Angestrengt rechnete ich nach. »Das ist noch gar nicht lange her ... warte mal, das war, als sie die ganze Packung Dominosteine ...«
»Dominosteine gibt es nur vor Weihnachten. Mittlerweile haben wir März!«
»Stimmt eigentlich«, sagte ich betreten. Toms Argument war durchaus schlagkräftig. Nächtliches Herumgeistern gab es bei uns einfach nicht; nach dem Gute-Nacht-Kuss herrschte dankenswerterweise Ruhe bis zum nächsten Morgen, und das konstant. Trotzdem. »Ach, das ist mir alles zu riskant«, murmelte ich voller Skepsis, »das Haus kann abbrennen. Es kann was weiß ich alles passieren. Und was, wenn du abends nicht da bist?«

»Dann ist Lukas da. Und das Haus brennt nicht ab.«
»Und wenn Lukas auch nicht da ist?«
»Dann springt vielleicht Frau Borowski ein. Und freitags könnten die Kinder doch eigentlich bei ihrem Vater schlafen, findest du nicht?«
»Sie heißt *von* Borowski«, beckmesserte ich.
»Ach, lass doch die Haarspalterei! Du hast heute genau die Chance bekommen, die du dir so sehr ersehnt hast. Nun hältst du die Fäden in der Hand, du kannst entscheiden, wie's weitergeht! Singen oder Sozialamt! Und was die Kinder betrifft – mehr als meine Hilfe anbieten kann ich nicht. Also sei mutig und trau dich, verdammt noch mal!« Schwer atmend schüttete er mir frischen Tee ein.
»Und was, wenn einer krank ist? Was dann?!«, sagte ich kleinlaut und schob den Becher zur Seite. »Nein, ich lasse meine Kinder nachts nicht allein, nein, ich werde nicht im ›Blue Moon‹ singen. Ende der Durchsage!« Ich nahm Ninni an die Hand. Stampfte niesend hinaus und zog die Wohnungstür ins Schloss.
Von drinnen brüllte Tom hinter mir her: »Wer will, der kann! Alte Weisheit von Frau Borowski! Und wenn die Kinder krank sind, dann sagst du eben mal ab. Gesundheit!«
Wer will, der kann, ha! Und das behauptete ausgerechnet einer, der ausschließlich für eine Person verantwortlich war: für die eigene.

Ich wär so gern ein Schopfmakake

Abends hatte ich Fieber. Die Kinder gaben sich große Mühe, weder um das letzte Stück Gouda noch um die Zahnpasta Streit anzuzetteln, dennoch fühlte ich mich bemerkenswert schlecht. Dass Ninni mich fünfmal zurück an ihr Bett beorderte und Gute-Nacht-Küsse verlangte, machte die Sache nicht unbedingt besser.

»Nun ist Schluss, Kind«, sagte ich heiser, »ich habe Halsweh und möchte mich hinlegen. Und du schläfst jetzt schön!«
»Noch einen Kuss. Den letzten, wirklich. Mama, alle meine Zähne wollen dir Gute Nacht sagen! Gute Nacht ... gute Nacht ... gute Nacht ...«
»Okay.« Ich gab ihr den letzten Kuss, den allerletzten und schließlich den allerallerletzten. Danach durfte ich mich endlich aufs Sofa zurückziehen. Ob Findelkind Kevin auch mit Grippe daniederlag? Wenigstens hatte er jemanden, bei dem er sich anlehnen konnte. Jemanden, der ihm Saft brachte und »Kind, was machst du denn für Sachen!« sagte und besorgt seine Stirn befühlte. Ich hingegen musste hier einsam herumliegen und mir jeden Schluck Saft eigenfüßig aus dem Kühlschrank holen. Mich päppelte niemand auf. Nicht einmal für einen Anruf hatte Lukas Zeit oder Lust, von frischen roten Rosen gar nicht erst zu reden. Ach, nichts ist schlimmer, als allein krank zu sein!
Fröstelnd zog ich eine Wolldecke über meine Beine und starrte eine geschlagene Stunde voller Selbstmitleid ins Leere, bevor ich mir das Fieberthermometer in den Mundwinkel schob. Achtunddreißigeins, das ging ja noch. Mein Vater pflegte in solchen Fällen grundsätzlich den Genuss von Grog nach dem Prinzip »Rum muss, Zucker kann, Wasser braucht nicht« zu empfehlen, aber da ich keinen Rum hatte, schied auch dieses Hausmittel aus. Ersatzweise warf ich eine Vitamintablette in ein Wasserglas, beobachtete das wilde Sprudeln und sang dazu drei, vier Takte *Summertime*. Grundgütiger, was für ein Gekrächze. Herr Knill mit dem Knall hätte seine helle Freude an mir gehabt. Ich leerte das Glas in einem Zug und warf mich frustriert zurück. Ich und im »Blue Moon« singen! Sehr viel verrückter ging es eigentlich nicht.
Aber schön wär's doch gewesen.
Dann fing ich an zu heulen. Mit System heulte ich anderthalb Packungen Taschentücher nass, bis mitten im heftigsten Geschniefe das Telefon klingelte. Eine wunderbare Stimme sagte: »Hallo, Frau Kammersängerin, ich wollte dir nur gratulieren.«
Danke, dachte ich matt. Dass ich hier mutterseelenallein herumliege und Rotz und Wasser weine, ist wahrhaftig ein Grund für

Ovationen. Ich putzte mir die Nase. Ein Glück, dass Lukas mich nur hören, nicht hingegen sehen konnte.

»He, was ist los? Hast du dich etwa erkältet?«

»Und wie! Ich bin heute stundenlang im Regen herumgelaufen und war von oben bis unten nass, und jetzt habe ich Kopf- und Halsschmerzen und fühle mich miserabel. Fieber habe ich auch.«

»Wie hoch?«

»Neununddreißigdrei«, wimmerte ich. Endlich kümmerte sich jemand um mich! Die Halsschmerzen ließen sofort nach.

»Oje. Soll ich dir einen Arzt rufen?«

»Was?«, sagte ich verstört.

»Ob ich dir einen Arzt rufen soll! Du scheinst richtig krank zu sein!«

Vor Entsetzen bekam ich einen Hustenanfall. Nein, ich brauche keinen Arzt. Ich brauche jemanden, der meine Hand hält und ein bisschen nett zu mir ist. Dich zum Beispiel. Aber das sagte ich natürlich nicht. Stattdessen versicherte ich, ohne Doktor auszukommen.

»Wirklich?« In seiner Stimme war echte Besorgnis, was ich trotz allem dankbar zur Kenntnis nahm. »Hast du denn genug Aspirin für heute Nacht?«

»Nein«, schwindelte ich. So, Rosenkavalier, das dürfte doch wohl dein Stichwort gewesen sein. Nun sattele dein Pferd, bring mir ein paar Tabletten runter und leg endlich den Grundstein für eine prosperierende Zweierbeziehung!

»Ich habe noch ein Röhrchen in Reserve«, sagte die warme Stimme am anderen Ende des Hörers, »das schicke ich dir gleich mit dem Fressalien-Express herunter. Nimm ruhig zwei Tabletten, dann schläfst du besser.«

Du dämlicher Kerl, dachte ich und hätte vor Enttäuschung in die Sofalehne beißen mögen. Aus welchem Grund ließ dieser Mann unsere Liebesangelegenheit so konsequent auf Sparflamme köcheln?!

Fünf Minuten später baumelte tatsächlich der Einkaufskorb vor der Terrassentür. Darin ein Röhrchen Aspirin, ein Päckchen Halsschmerztabletten und ein Zettel mit dem handschriftlichen Ver-

merk: »Sanften Schlummer, süße Träume und gute Besserung!« Darunter noch ein paar Worte in einer anderen Schrift: »Du sture Hexe!« Von meinem Ex einmal abgesehen war Tom der einzige Mensch, der es wagen würde, mich schwarz auf weiß als Hexe zu bezeichnen. Hatte mir also Lukas die süßen Träume gewünscht, na, wenigstens etwas. Besänftigt schluckte ich zwei Aspirin und ging ins Bett. In dieser Nacht träumte ich tatsächlich außerordentlich süß. Dicht nebeneinander glitten Lukas und ich auf Skiern einen Hang herunter. Hinter uns her rutschte Herr Knill, er kam aber nicht so recht voran, weil er keine Skier an den Füßen hatte, sondern nur seine Cowboystiefel. »Singen Sie, Sie Hexe,« rief Herr Knill, »singen Sie!« Und ich lachte und sang mit rauchiger Stimme *Summertime*, und das lange weiße Kleid, das ich trug, flatterte im Fahrtwind.
Aber als ich nass geschwitzt erwachte, war da kein Kleid mehr, sondern nur noch der weiße Voile-Vorhang vor meinem Fenster, der sich im Luftzug blähte.

Der März verging. Längst waren Strom und Bäche vom Eise befreit durch des Frühlings holden, belebenden Blick. Zwei wunderbare rote Rosen hatten meine Gesundung vorangetrieben. Frau von Borowski schaute regelmäßig bei uns herein und erheiterte mich ebenso regelmäßig mit neuen Dönekes aus ihrem Leben. Die Geschichten fingen übrigens allesamt mit dem gleichen Prolog an, nämlich: »Da fällt mir doch gleich die Geschichte von den geklauten Briketts / dem Verehrer mit dem Loch in der Schuhsohle ein! Habe ich die eigentlich schon erzählt?«
Carlo war im Winter fünfzehn Zentimeter in die Höhe geschossen und weigerte sich rigoros, in viel zu kurzen Hosen und zu engen Sweatshirts herumzulaufen. Stattdessen bediente er sich an meinem Kleiderschrank. Ich hinderte ihn nicht daran, im Gegenteil, eigentlich empfand ich es fast als Kompliment, dass mein dreizehnjähriger Sohn freiwillig die Sweatshirts seiner Mutter trug. Ganz alt und out war ich also doch noch nicht. Nur meine Jeans passten ihm nicht. Was an meinem eigenen Unterkörper so hauteng anlag, schlabberte reichlich trostlos um seinen kleinen Teen-

agerpopo herum. Ich kratzte mein letztes Geld zusammen und kaufte ihm neue Hosen.
Und dann brach jene Woche an, die alles entscheiden sollte. Dienstag meldete sich telefonisch ein ausgesprochen übellauniger Uwe. Soeben habe er erfahren, dass er dem Sozialamt fast alles erstatten müsse, was bisher an mich gezahlt worden sei, und zwar dann, wenn er wieder in Lohn und Brot stünde. Wie ich mir das eigentlich vorstellte, bitte schön?
»Keine Ahnung«, gab ich bass erstaunt zurück, »bis vor einer Minute wusste ich ja nicht einmal, dass überhaupt zurückgezahlt werden muss. Aber wenn das Amt dir das gesagt hat, dann wird's wohl stimmen.«
»Das ist ja wohl die Unverschämtheit des Jahrhunderts«, plusterte Uwe sich auf, »seit Monaten schreibe ich rote Zahlen! Und dann, wenn ich endlich wieder Geld habe, soll ich gleichzeitig euch unterstützen *und* die Sozialhilfe zurückzahlen? Kommt ja wohl nicht infrage! Bin ich vielleicht eine Kuh, die man melken kann?«
»Tja«, sagte ich und registrierte im Hinterkopf, dass zum ersten Mal *ich* diejenige gewesen war, die das berühmte Wörtchen »tja« einstreute. Nur zu gerne hätte ich ihm jetzt angeboten, für vier Wochen mit mir zu tauschen, aber die Sache schien mir wenig ergiebig. Was wusste Uwe schon vom Sein oder Nichtsein mit drei Kindern.
»Lass dir ruhig mal durch den Kopf gehen, ob *dir* das gefiele, zu schuften und zu ackern und dennoch am Rande des Existenzminimums leben zu müssen, weil die verehrte Ex ununterbrochen die Hand aufhält!«, giftete er weiter. »Nee, du. Dann wäre es doch sinnvoller, ich arbeitete *gar* nicht, stimmt's?«
»Das würdest du nicht wagen«, sagte ich fassungslos.
»Wetten? Einen nackten Mann kann man gottlob nicht ausziehen!«
»Gut, dann lass uns tauschen!«, sagte ich nun doch. In mir fing es gewaltig an zu brodeln. »Als Erstes verkaufst du den Audi. Und dann kannst du dich mal ausgiebig um die Kinder kümmern, während ich nichts anderes tue, als Bewerbungen abzufassen und ansonsten die Füße hochzulegen. Ich für mein Teil werde mich von

meinen Pflichten freikaufen, indem ich einmal im Monat einen Überweisungsträger ausfülle. Am Wochenende nehme ich dir die Kinder natürlich ab.«
»Schwachsinn!«, unterbrach Uwe mich mit einiger Lautstärke, »das ist doch –«
»Von wegen Schwachsinn!«, brüllte ich zurück. Bei dieser Rede würde mich keiner unterbrechen. Diese Rede berührte Grundrechte. »Herrgott noch mal, kannst du denn nicht differenzieren? Begreif doch endlich mal, dass es hier nicht um eine Privatfehde zwischen dir und mir geht, sondern hauptsächlich um die Kinder! Ist aber unter geschiedenen Männern weit verbreitet, diese Denkweise. Exfrau und Kinder schmeiße man am besten zusammen in einen großen Topf, denn alle miteinander wollen sie ja nur euer Bestes: euer Geld! Und dann nichts wie weggemogelt! Ist auch wahnsinnig praktisch und bequem, diese Einstellung. Es soll ja gut verdienende Väter geben, die mit Hilfe eines geschickten Steuerberaters ihr Einkommen auf null drücken, nur um nicht zahlen zu müssen! Sind offiziell mittellos, aber fahren BMW!«
Verächtlich schnaubte Uwe auf. »Ach, und Frauen, die ihren Ex nach der Scheidung abzocken und abservieren, den Kindern ihren Vater madig machen und sie nicht einmal Heiligabend zu ihm lassen, die gibt es vielleicht nicht?«
»Gibt es auch!«, schrie ich, »aber hast *du* vielleicht darum gebeten, Heiligabend mit den Kindern verbringen zu können? Also, sollen wir mal tauschen, nur für vier Wochen? Und in diesem Zeitraum schlägst *du* dich mit den Behörden herum und legst dein ganzes Leben offen und sorgst für die Kinder und erklärst Suse zum tausendsten Mal, dass sie nicht mit ihren Freundinnen in den Vergnügungspark gehen kann, weil der Eintritt unerschwinglich hoch ist?«
Leider fing Uwe dann an, sehr unschön zu toben und mich allerlei übler Charaktereigenschaften zu bezichtigen, sodass ich mich gezwungen sah, das Telefonat abrupt zu beenden. Er rief auch nicht wieder an. Und ich gebe gerne zu, dass es mir vollkommen gleichgültig war, ob und wie und wann er etwas zurückzuzahlen hatte. Unsere eigene Wirklichkeit war mir näher.

An Herrn Knill dachte ich nicht mehr.
Ein paar Tage später bekam ich Post von der Musikschule. Zunächst rief man mir freundlicherweise in Erinnerung, dass Carlo wegen Bedürftigkeit bekanntermaßen ohne Entgelt unterrichtet würde (wie hätte ich das auch nur für eine Minute vergessen können?). In vier Wochen stehe nun das jährliche Vorspiel an, an dem Carlo teilnehmen und seinen Leistungsstand dokumentieren müsse. Ganz zum Schluss waren fünf weitere Namen mit den jeweiligen Uhrzeiten des Vorspiels aufgelistet. Um der Wahrheit gerecht zu werden, so konnte ich mit dem Inhalt des Briefes wenig anfangen. Carlo hatte treu und brav seine Stunden absolviert, ohne ein einziges Mal zu schwänzen, und jedes musikalisch noch so ungeübte Ohr hätte erkannt, dass er Fortschritte machte. Warum also ein Vorspiel? Unverzüglich griff ich zum Telefon und rief seinen Lehrer an. Ob es Beschwerden gebe, irgendwelche Klagen bezüglich Carlos Arbeitsmoral?
»Aber nein«, erwiderte der Kontrabasslehrer, »im Gegenteil. Der Junge kommt wirklich gut voran.«
Daraufhin bat ich ihn, mich zum Leiter der Musikschule weiterzuverbinden. »Guten Tag, Herr Willem«, sagte ich, »mein Sohn Carlo ist einer der Schüler, die zum Vorspiel zitiert werden; dieses Sozialtarif-Vorspiel, Sie wissen schon. Würden Sie mir bitte erklären, welchem Zweck das Unternehmen dient?«
Herr Willem hatte gerade eine Freistunde und aufgrund dessen Zeit für mich. Freundlich erläuterte er mir, dass die Statuten der Musikschule ein solches Vorspiel vorsahen, damit man sich einen Überblick über den Leistungsstand verschaffen könne.
»Warum fragen Sie nicht einfach Carlos Basslehrer?«, gab ich zurück und bemerkte beunruhigt, dass sich in meinem Inneren schon wieder leichte Turbulenzen bemerkbar machten.
»Nun, die Aussage des Lehrers genügt leider nicht. Vergessen Sie nicht, dass die betreffenden Kinder ja mehr oder weniger kostenlos unterrichtet werden. Für Faulpelze ist da kein Platz. Aus diesem Grund müssen sie einmal im Jahr einer Jury vorspielen.«
»Einer was?!«, entfuhr es mir.
»Ach, Jury ist eigentlich ein viel zu hochtrabender Begriff. Es han-

delt sich um fünf Personen, darunter auch der Lehrer und ich, die lediglich im Raum sitzen und zuhören, wie das Kind ein, zwei Stücke vorträgt. Ihr Sohn braucht überhaupt keine Angst zu haben.«

»Und was schlagen Sie vor, wie ich ihn auf die Situation vorbereite? Soll ich ihm vielleicht sagen: Carlo, wenn du dich dreimal verspielst, bist du draußen?«

Herr Willem lachte begütigend. »So wild ist das alles nicht. Sie dürfen auch nicht annehmen, dass ich das gerne mache. Aber Statuten sind Statuten.«

Wenn er noch ein einziges Mal »Statuten« sagt, springe ich ihm an die Gurgel, dachte ich. Nachweisen, offen legen, draufhauen!

»Finden Sie denn nicht auch, dass die Situation für Carlo schon belastend genug ist? Muss man ihn dann noch dieser Bloßstellung vor fremden Leuten aussetzen? In jener Jury weiß doch jeder von unserer misslichen Lage!«

»Ich verstehe durchaus, was Sie meinen«, räumte er widerstrebend ein, »und ich bin auch nicht besonders glücklich über diese Vorschrift. Andererseits sollten Sie auch uns verstehen. Hier unterrichten hoch qualifizierte Leute teilweise zum Nulltarif, und es muss eine Kontrolle erfolgen, ob alles seine Richtigkeit hat und keine Gelder verschwendet werden. Manche Kinder üben nicht!«

»Aber Carlo übt! Sein Basslehrer wird Ihnen das bestätigen. Genügt das denn nicht?« Dass ich mich wiederholte, war mir bewusst. Doch was hätte ich Neues anbringen sollen?

»Wollen Sie jetzt unsere Statuten ändern?«, erwiderte Herr Willem fast amüsiert. »Soll ich vielleicht meine Vorschriften nach Belieben auslegen, liebe Frau Becker?«

»Nein, durchaus nicht nach Belieben, aber man sollte nicht alle Menschen in dieses Prokrustesbett deutscher Paragraphengläubigkeit zwingen wollen! Und noch etwas: Wie darf ich das eigentlich verstehen, dass bei der Aufforderung zum Vorspiel sämtliche anderen Kinder, die daran teilnehmen müssen, aufgelistet sind? Haben Sie noch nie etwas von Datenschutz gehört? Glauben Sie vielleicht, ich lege Wert darauf, dass meine blümerante finanzielle Lage allgemein publik wird?«

»Wie meinen Sie das?«, sagte er nun etwas unbehaglich.
»Wie ich es sagte! In diesem Brief sind alle Kinder mit Namen aufgezählt, die die verdammte Ehre haben, Musikunterricht zum Sozialtarif zu genießen!«
Er schwieg für ein paar Sekunden. »Davon ist mir nichts bekannt«, sagte er schließlich, »wenn dies tatsächlich so wäre, kann es sich nur um eine bedauerliche Panne handeln. Ich werde der Sache nachgehen. Kann ich zurückrufen?«
Ich bejahte und knallte den Hörer auf die Gabel. Nach meiner dritten Runde vom Bücherregal zum Couchtisch klingelte endlich das Telefon. Herr Willem entschuldigte sich nun vielmals für den prekären Inhalt des Briefes. Die Sekretärin habe wohl etwas unbedacht gehandelt, sagte er, und er verbürge sich persönlich dafür, dass so etwas nicht wieder vorkäme.
Unbedacht! Unterschrieb er vielleicht blind, was man ihm unter die Nase hielt? »Was ist nun mit dem Vorspiel«, drängte ich, »hat sich das erledigt?«
»Tut mir Leid.« Willems Stimme verlor den freundlich-persönlichen Unterton der vergangenen Minuten. »Die Teilnahme Ihres Sohnes ist Pflicht, wenn Sie weiterhin die soziale Vergünstigung in Anspruch nehmen wollen.«
»Dann nehmen Sie bitte zur Kenntnis, dass Carlo nicht anwesend sein wird«, sagte ich akzentuiert und sehr sachlich.
»Das wäre ebenfalls unbedacht, liebe Frau Becker.«
Mag sein, dachte ich mit zitternden Fingern, aber nun reicht es mir endgültig. Genug ist genug.

Der Samstag verstrich, ohne dass ich mich zu irgendwelchen Aktivitäten hätte aufraffen können. Es regnete ohne Unterlass. Ninni war ausgesprochen schlecht gelaunt und hatte an allem und jedem etwas auszusetzen, während Suse und Carlo sich von einem Streit zum nächsten hangelten. Lagerkoller! An sich brauchten wir alle vier dringend frische Luft. Dennoch war ich nicht bereit, vor die Tür zu gehen. Eine Begegnung mit Herrn Lonnendöncker hätte ich in meiner Verfassung nicht ertragen. Am Sonntag endlich zeigten sich ein paar schwache Sonnenstrahlen.

»Können wir nicht mal was unternehmen?«, sagte Suse, die gelangweilt in der Zeitung blätterte. »Können wir nicht in die Eishalle fahren?«
Zu teuer, dachte ich und angelte nach der Seite mit den Wochenendtipps. Irgendwo hin*fahren* konnten wir mangels Auto sowieso nicht. Tom war mit dem Polo unterwegs, und Lukas hatte vor ein paar Tagen angekündigt, am Wochenende in Kiel diverse Bootsarbeiten vornehmen zu wollen. »In der Kirche ist nachher ›Heiteres Gedächtnistraining für Senioren‹«, sagte ich albern, »wollen wir da mitmachen?«
Suse und Carlo schrien entsetzt »Iiih!«, und »Nee!«
»Wie wär's mit einem Waldspaziergang?«
Viel zu langweilig natürlich. Irgendwann kam Suse auf die glorreiche Idee, Papierschiffchen zu falten und diese dann schwimmen zu lassen. Also fertigten wir aus den gesammelten Zeitungen der vergangenen Woche etwa fünf Dutzend Bötchen und liefen zum See am Stadtrand. Die Papierschiffchen soffen dann zwar innerhalb von zehn Minuten alle miteinander ab, aber plötzlich hatte keiner mehr schlechte Laune. Erst recht, als Ninni plötzlich zum ersten Mal korrekt »Arschloch« sagte. Kichernd wanderten wir quer durch den Wald zurück nach Hause, backten einen Berg goldgelber, wunderbar duftender Waffeln und hatten es genau so lange richtig gemütlich, bis Suse zwischen zwei Bissen die heikle Frage in den Raum warf, wohin wir in den Sommerferien verreisen würden.
»Ach, Kind«, sagte ich gequält. Mehr als ein Tagesausflug zum Baggersee war beim besten Willen nicht drin.
»Anja fliegt im Sommer nach Florida«, fuhr Suse fort, »da gibt es ganz viele Krokodile, und die laufen sogar am Strand rum!«
»Arschloch«, sagte Ninni sehr konzentriert.
Ich dachte wieder an das Vorspiel der Musikschule und konnte nicht mehr lachen.
Abends saß ich grübelnd auf dem Sofa. Ich hatte mir nach dem Essen ein Schlückchen Aldifusel gegönnt; er setzte dem Abend ein paar Glanzlichter auf, die im wirklichen Leben leider nicht existierten. Im Fernsehen lief gerade der Kaurismäki-Film »Das Mäd-

chen aus der Streichholzfabrik«, der im finnischen Original »Tulitikkutehtaan tyttö« hieß. Etwa ein halbes Dutzend Mal versuchte ich mich daran, die beiden Wörter auszusprechen, scheiterte aber, woran auch ein weiterer Aldifusel nichts ändern konnte. Ich schaltete um. Ein Dutzend Affen turnte über den Bildschirm. Hier handelte es sich um eine Dokumentation über die Schopfmakaken von Sulawesi.

Für Leute mit Problemen sind Tierfilme immer gut geeignet, dachte ich und ließ mir noch einen Schnaps angedeihen. Außerdem konnte ich Sulawesi wenigstens fehlerfrei aussprechen. Ich lauschte aufmerksam und lernte, dass Sulawesi ganz in der Nähe von Borneo zu finden ist und dass sich bei den Schopfmakaken die ganze Familie um den Nachwuchs kümmert, nicht nur die Mütter. Prompt brach ich in Tränen aus.

Lieber Gott, lass mich ein Schopfmakake sein. Ich halte das alles nicht mehr aus. Was soll ich tun? Was *kann* ich tun?

Um halb zwölf rief ich im »Blue Moon« an und verlangte Herrn Knill zu sprechen.

»Hallo, Ronny am Apparat«, dröhnte kurz darauf eine tiefe Männerstimme.

»Romea Becker«, sagte ich. Danach wusste ich nicht weiter.

»Sind Sie noch dran?«, rief Herr Knill. »Ich kann Sie kaum hören, der Laden ist brechend voll!«

Nein, ich bin voll, dachte ich, wenn auch noch nicht brechend. »Herr Knill, ich bin die mit der Klavierbank! *Summertime* im Regen, erinnern Sie sich?«

Lautes mehrstimmiges Gelächter und Gläserklirren drangen an mein Ohr. Im Hintergrund sang eine Männerstimme *You are the sunshine of my life*. »Aber natürlich erinnere ich mich! Allerdings habe ich nicht mehr mit Ihrem Anruf gerechnet.«

»Ich auch nicht«, sagte ich leise.

»Wie bitte?«

»Ich fragte, ob Ihr Angebot noch steht!«, rief ich verzweifelt.

»Sie wollen bei mir singen?!«

»Ja, ich will!«

Er pfiff leise durch die Zähne. »Ausgezeichnet. Hier trällert aus-

hilfsweise ein Jamaikaner herum, aber er ist nicht besonders überzeugend. Warum haben Sie Ihre Meinung geändert?«
Weil es nur diese eine Möglichkeit gibt, um aus diesem verdammten Schlamassel wieder herauszukommen, dachte ich. Weil ich nur diese eine Chance habe. Ich hab's doch der Gräfin versprochen, mit beiden Händen zuzugreifen!
»Hat sich so ergeben«, sagte ich ausweichend.
»Ist die Betreuungsfrage geklärt?«
»Sieht so aus.«
»Ausgezeichnet«, sagte er wieder, »also, am Dienstag ist hier Ruhetag. Kommen Sie doch gegen sechs, dann können wir in Ruhe alles besprechen. Ich möchte Ihr komplettes Repertoire hören, damit ich einen Überblick kriege. Keine Schnulzen, und lassen Sie die Finger von Lionel Ritchie!«
Trotz meines fuselvernebelten Hirns ging mir relativ schnell auf, dass bis Dienstag gerade mal zwei Tage Zeit blieben, um zu üben. Knapp achtundvierzig Stunden, um Vergessenes wieder aufzupolieren und neue Nummern einzustudieren. Völlig ausgeschlossen. Hier ging es nicht um Fetengeklimpere, das hier war Ernst.
»Ausgerechnet diesen Dienstag habe ich Karten für ... für Ivo Pogorelich. Ginge auch der Dienstag darauf?«
Knill lachte laut auf. »Ich glaube Ihnen kein Wort! Sie wollen Zeit schinden, stimmt's? Aber auf ein paar Tage kommt es jetzt auch nicht mehr an. Also meinetwegen, dann eben nächsten Dienstag!«
»Okay!«, sagte ich und registrierte voller Erstaunen ein ungewohntes Gefühl in meinem Inneren. Freude. Nein, eher Zuversicht!
»Abgemacht. Bis dahin!« Ronny Knill legte auf.
»Abgemacht«, sagte ich leise. »Abgemacht, Herr Knill.«

It's showtime

Die Woche verging in rasendem Tempo. Ich hörte jede Menge CDs, übte mir die Fingerkuppen wund, lernte Songtexte auswendig und baute auf diese Weise ein Repertoire von rund drei Dutzend Stücken auf, die ich einigermaßen manierlich hinkriegte. Einigermaßen reicht nicht, dachte ich verbissen, am Dienstag musst du *gut* sein. Wieder und wieder setzte ich mich ans Klavier, wieder und wieder nahm ich mir *Night and day* vor, einen wunderbaren Klassiker, bei dem ich leider grundsätzlich den Text der zweiten Strophe vergaß und hängen blieb. Und wieder funktionierte es nicht richtig. Nun hätte ich ja im Ernstfall bei einem Texthänger schummeln und einfach die erste Strophe wiederholen können, ohne dass es jemandem aufgefallen wäre. Aber in mir meldete sich richtiggehend sportlicher Ehrgeiz. Also übte ich weiter. Ich übte alles, was von Ray Charles über Billie Holiday bis Ella Fitzgerald infrage kam. Am besten gelang mir immer noch der alte Hit *Just the way you are*, zwar kein richtiger Blues, aber eine wunderbare Nummer für fortgeschrittene Stunden bei Kerzenlicht.

Die Kinder waren von den Aussichten, die ich ihnen parallel zum Mittagessen des ersten Übungstages servierte, durchweg begeistert. Carlo meinte nur »cool, ey!«, und erkundigte sich sogleich, ob er dann abends länger lesen dürfe. Suse hingegen zog ihre Stirn kraus. Eine ganze Weile dachte sie nach, bevor sie etwas sehr Überraschendes sagte, nämlich: Erstens sei sie alt genug, um nicht ständig von ihrer Mutter überwacht werden zu müssen, zweitens schlafe sie nachts bekanntlich. Also solle ich ruhig singen gehen.

»Und du fürchtest dich kein bisschen davor, nachts wach zu werden und zu wissen, dass ich nicht da bin?«

»Nö«, sagte sie, »Carlo und Ninni sind doch da. Und Tom auch.«

»Außerdem kommst du ja wieder«, fügte Carlo sachlich hinzu, »kriege ich dann die Nike-Turnschuhe? Später, wenn der Typ dir Geld gegeben hat?«

Ich betrachtete ihn genau. Was er am Oberkörper trug, stammte

komplett aus meinem Fundus. Höchste Zeit, dass diesem jämmerlichen Zustand ein Ende bereitet wurde. »Carlo«, sagte ich feierlich und freute mich dabei auf nahezu unanständige Weise, »du kennst meine Einstellung zu Markenzwang im Klassenzimmer. Aber die Turnschuhe bekommst du. Versprochen.«
Es klingelte. Im Vorgarten stand Frau von Borowski. Sie trug wieder Jeans und einen legeren Pullover zu hochgesteckten silbernen Haaren und sah ausgesprochen unternehmungslustig aus. Kommende Woche fahre sie nach Frankreich, und vorher wolle sie gerne noch zwei, drei Stündchen mit mir verbringen. Ob ich vielleicht Lust hätte, sie heute Abend zu besuchen?
Prima, dachte ich erfreut, dann können wir Toms genialen Plan mit dem Babysender ja gleich mal unter realistischen Bedingungen ausprobieren. Wenn ich Glück hatte, funkte das Gerät bis hinüber zu ihrem Haus. Und ich hatte Glück! Im Übrigen fand Adrienne von Borowski meine Pläne, das »Blue Moon« betreffend, geradezu fabelhaft.
»Sehen Sie, irgendwann kommt die Chance«, strahlte sie, »und um Ihre Kinder sollten Sie sich keinerlei Sorgen machen. Dieser junge Mann, dieser äh …«
»Tom Steinkrüger.«
»Genau. Dieser Herr Steinkrüger macht mir einen sehr verlässlichen Eindruck.«
»Verlässlich ist überhaupt kein Ausdruck«, murmelte ich. »Sie hätten also an meiner Stelle ebenfalls akzeptiert?«
Verwundert blickte sie mich über den Rand ihres Champagnerglases hinweg an. »Aber natürlich hätte ich! Außergewöhnliche Zeiten erfordern eben außergewöhnliche Entscheidungen. Mein liebes Mädchen, ich werde an Sie denken. Wenn ich wieder zurück bin, kann ich gerne einen Abend in der Woche die Betreuung der Kinder übernehmen. Ob ich nun hier sitze und lese oder das drüben bei Ihnen tue, spielt ja wohl keine Rolle.«
Alles fügt sich, dachte ich frappiert, und erstaunlicherweise fügen sich die Dinge zu meinen Gunsten. Alles geht glatt. Wo ist der Haken an der Sache?
Es gab keinen. Der bewusste Dienstag brach an, und noch immer

war nichts passiert, was eine Absage meinerseits erforderlich gemacht hätte. Keiner bekam Bronchitis, keiner brach sich das Bein. Abends massierten Tom und Lukas abwechselnd meinen verkrampften Nacken und spuckten mir etwa dreißigmal über die linke Schulter.
»Du schaffst das schon«, sagte Lukas ernst.
»Und wie du das schaffst«, bestätigte Tom und trat mir vor lauter Aufregung auf den Fuß. »Willst du warmen Kakao? Das beruhigt.«
»Nein danke. Sehe ich vernünftig aus?«, jammerte ich und zupfte an meiner engen schwarzen Hose herum.
Lukas lächelte. »Fast zu vernünftig. Ein bisschen Unvernunft würde dir eigentlich ganz gut stehen. Sag mal, soll ich vielleicht mitkommen und dir Händchen halten?«
Gott bewahre, dachte ich erbleichend, dann kriege ich erst recht keinen Ton heraus. Ich schüttelte den Kopf.
»Also, viel Glück!«
»Pscht! Das bringt Unglück!«
Um fünf vor sechs stand ich mit wild pochendem Herzen vor der Tür des »Blue Moon« und war so schauderhaft aufgeregt wie bei meinem ersten Schulkonzert. Los jetzt, Romea, dachte ich und schellte an der massiven Holztür. It's showtime!
Ronny Knill führte mich ins Lokal. Er trug ähnliche Cowboystiefel wie bei unserer ersten Begegnung in der Fußgängerzone und wirkte noch hünenhafter, sah jedoch nicht so übernächtigt aus wie damals. »Hallo«, lächelte er, »mit trockenen Haaren gefallen Sie mir eindeutig besser.«
Ich beschränkte mich auf ein Nicken und ließ meinen Blick unsicher durchs Lokal wandern. Im »Blue Moon« hatte sich seit meinem letzten Besuch nichts verändert. Noch immer waren die weiß getünchten Wände mit gerahmten Schwarzweißfotografien berühmter Jazzer bedeckt, noch immer hing der große blaue Neonmond schräg über der Theke, und noch immer standen überall dunkelbraune Holztische herum. Allerdings hatte ich die Bar bisher ausschließlich im gedämpften Licht erlebt, noch nie bei dieser nüchtern-sachlichen Komplettbeleuchtung. Völlig uninspirierend,

die Bude, dachte ich. Wie soll ich eigentlich gleich auf Touren kommen?
»Möchten Sie was trinken? Bourbon, Scotch, Bier?«
»Danke, ich muss noch fahren. Aber könnte ich vielleicht einen Kaffee haben? Meine Hände sind eiskalt.«
»Kommt sofort.« Knill verschwand hinter der Theke und klapperte mit Porzellan. Fauchend und zischend setzte sich die Espressomaschine in Gang. »Keine Sorge, die Beleuchtung ändere ich gleich, dann wird's hier etwas gemütlicher.«
Zögernd durchschritt ich das Lokal. Sonderbar, so eine menschenleere, ordentlich geputzte Kneipe. Kein Stimmengewirr, keine klirrenden Gläser, und vor allen Dingen keine Musik. Die Bar war absolut tot. Hinten in der Ecke stand der kleine Yamaha-Flügel mit Mikro, daneben noch ein Standmikro. Ich strich mit der flachen Hand über den Deckel des Instruments. Lass mich nicht im Stich, mein Freund, dachte ich nahezu beschwörend.
»Hier, Ihr Kaffee.« Knill knipste an ein paar Lichtschaltern herum, bis wieder die mir vertraute Schummerbeleuchtung herrschte. Augenblicklich wurde mir wohler. Mit einem Henkelbecher in der Hand kam er zu mir herüber, fläzte sich auf einen der Stühle und legte die bestiefelten Füße hoch. »Achtung, er ist kochend heiß. Also, was haben Sie zu bieten?«
»Och, quer durchs Gemüsebeet«, sagte ich zögernd. Meine Herzfrequenz nahm rapide zu. Ich legte meine kalten Finger um den Becher, nippte kurz an dem Kaffee. Er schmeckte wunderbar aromatisch.
»Dann trinken Sie erst mal in Ruhe aus und wärmen sich auf. Ich müsste sowieso noch kurz telefonieren. Bin gleich wieder da.« Lässig winkte er mir zu und verschwand durch die Tür hinter dem Flügel in einen Nebenraum.
Schön warm hier drin, dachte ich, ganz ausgezeichnet. Und der Kaffee ist fein, und überhaupt begrüße ich es, dass ich mich ungestört noch ein paar Minuten lang sammeln kann. Und loslegen werde ich gleich mit *My Babe*, das hat einen schönen, ordentlichen Groove zum Lockerwerden. Gleich zeige ich Ronny Knill, was die dreifache Mutter auf dem Kasten hat. Gleich, wenn er zurückkommt.

Er kam aber nicht zurück. Zehn Minuten vergingen. Mein Kaffeebecher war längst leer, meine Hände angenehm warm und locker und ich selber motiviert bis in die Haarspitzen. Psychologisch ausgesprochen ungünstig, wenn man in diesem Zustand warten muss. Ich stand auf, schlenderte ein paar Mal durch die Bar, wanderte um den Flügel herum. Nichts tat sich. Weitere zehn Minuten später spielte ich erstmalig mit dem Gedanken, die ganze Sache abzublasen und nach Hause zu fahren. Hatte Knill nicht von einem *kurzen* Telefonat gesprochen? Das war doch keine Art, eine Dame für sechs Uhr zu bestellen und dann ewig warten zu lassen!
Unzufrieden klappte ich den Klavierdeckel auf und setzte mich hin. Mal hören, wie der Yamaha so klang. Ich spielte ein paar unzusammenhängende Akkorde; gar nicht schlecht, der Anschlag. Knill ließ sich nach wie vor nicht blicken. Ach, wahrscheinlich hatte er angesichts der flatternervigen Enddreißigerin längst seine Meinung geändert und verhandelte gerade mit einer knackigen kinderlosen Mittzwanzigerin, ob sie nicht statt meiner hier antreten wolle. Meine Nervosität wich zunehmend einer leisen Melancholie. Zehn Tage lang hatte ich diesem Moment entgegengefiebert. Zehn Tage lang hatte ich mich vorbereitet und gearbeitet. Und wofür?
War wohl nichts, Romea. Nimm deine Jacke und geh zu deinen Kindern, wo du hingehörst. Geradezu höhnisch klimperte ich *Nice work if you can get it.* Schöner Job, wenn du ihn kriegen kannst – doch leider nicht im richtigen Leben. Gestatten, mein Name ist Romea Pechvogel Becker, und beruflich kämpfe ich gegen Windmühlenflügel. Ich wechselte zu *Lover man*, weil der Song so wunderbar auf mich passte. Blöder Ronny Knill. Blöder Lukas. Lover man, where can you be? Eigentlich ein richtig schöner Klang, den der Yamaha produzierte. Ich wagte ein paar neue Harmonien, von denen die meisten sich ganz anständig anhörten, aber da niemand im Raum war, den ich damit hätte beeindrucken können, wurde ich nur noch unzufriedener.
Zornig sang ich *Stormy Monday.* Und *Don't explain*. Und *But not for me*. Ich sang die Hälfte meines Repertoires herunter, aus dem einzigen Grund, damit ich hinterher wenigstens behaupten

konnte, ich hätte schon mal im »Blue Moon« gespielt. Und dann sagte plötzlich eine tiefe Männerstimme hinter mir: »Nicht übel«, und ich zuckte zusammen und fiel fast in die Tastatur. »Herrgott, wie konnten Sie mich so erschrecken? Warum haben Sie sich so angeschlichen?«

Sein Gesichtsausdruck war der eines unschuldigen Kindes. »Vielleicht ist es Ihnen nicht aufgefallen, aber ich stehe seit Ihrem fünften Takt an dieser Stelle und höre Ihnen zu. In Anbetracht Ihres Lampenfiebers erschien es mir sinnvoll, Sie eine Weile mit dem Klavier allein zu lassen und mich nicht bemerkbar zu machen. Hat ja auch bestens geklappt.«

Ich fuhr herum. »Das war Absicht? Mich eine halbe Stunde schmoren zu lassen?«

»Sicher«, sagte er ungerührt, »so hatte ich wenigstens die Gewissheit, dass Sie singen würden, als ob Sie sich gänzlich unbeobachtet fühlen. Hat allerdings reichlich lange gedauert, bis Sie sich endlich ans Klavier getraut haben. Wollen Sie noch einen Kaffee?«

Also alles Taktik! Verdammt geschickt eingefädelt eigentlich.

»Aber *Solitude* streichen Sie bitte schleunigst aus dem Repertoire«, fuhr er fort und schickte mir einen schiefen Blick, »den Song bringen Sie einfach nicht rüber. Machen wir doch mal *Baby Grand*. Sie singen, ich spiele. Tonart?«

»F-Dur«, sagte ich, verwirrt über seine geradezu brutale Ehrlichkeit, aber er ließ mir keinen Moment Zeit, neue Nervosität zu entwickeln, sondern legte sofort los. Prompt verpasste ich meinen Einsatz.

»Egal. Von vorne.«

Woran es genau lag, konnte ich nicht sagen. Aber plötzlich fand ich mich mit dem Mikro in der Hand neben dem Flügel wieder, ich sang *Baby Grand* so unbefangen wie zu Hause, und Ronny Knill lieferte mir eine fabelhafte Begleitung. Keine Angst mehr, kein Herzrasen, im Gegenteil. Besser konnte Blues auch mitten in Chicago nicht klingen.

»Ich habe Ihnen vorhin einen Schuss Whisky in den Kaffee gekippt«, teilte Knill mir zwischendurch beiläufig mit, »damit Sie schön entspannen. War keine schlechte Idee, nicht?«

Ich blinzelte zurück und war ihm mit einem Mal überhaupt nicht mehr böse. Noch nicht einmal die Tatsache, dass er mich nun zu testen versuchte, indem er bunt durcheinander allerlei Melodien anspielte und erwartete, dass ich in den jeweiligen Song einstieg, konnte mich noch aus der Fassung bringen. Wie üblich vergaß ich bei *Night and day* den Text der zweiten Strophe, aber mehr als ein, zwei solcher kleinen Patzer provozierte der Test insgesamt nicht.
»Wenn Sie mich reinlegen wollen, müssen Sie früher aufstehen«, flüsterte ich launig, was aber wegen des Mikros nicht zu überhören war.
»Muttchen ist gut drauf heute, hm?« Unvermittelt wechselte er in eine andere Tonart. »Wie wär's denn hiermit?«
Verflixt. Blackout. Den Song kannte ich nicht.
»Siehst du, Hochmut kommt vor dem Fall. Kennst du wenigstens das hier?« Wieder eine neue Intro, wieder etwas mir völlig Fremdes.
Was spielte er da, einen Titel aus dem Nachlass von Ella Fitzgerald? Ratlos starrte ich auf seine Pranken. Dass er mich geduzt hatte, nahm ich kaum wahr. Erst als er süffisant lächelnd *People will say we're in love* intonierte, fand ich wieder Anschluss. Kein Problem, das war eine meiner Lieblingsnummern. Ich riskierte die ersten Experimente mit Mikro und Haltung. Ach, jetzt noch ein Saxophon und einen Bass, und der Sound wäre absolut perfekt!
Der gebrochene Schlussakkord verklang. Ronny Knill nahm die Hände von der Tastatur und verschränkte sie im Nacken. Unter dem karierten Hemd zeichnete sich so einiges an Muskeln ab. Besonders unzufrieden wirkte er nicht.
»Von wem waren die total unbekannten Songs vorhin?«, platzte ich heraus. »Die beiden, bei denen ich ausgestiegen bin?«
»Von mir«, sagte er schlicht. »Also, MoMiFrei, okay? Hundertdreißig pro Abend.«
»Was?«, stammelte ich.
»Montag, Mittwoch, Freitag! Und hundertdreißig ist gutes Geld, Lady. Drei Häuser weiter kriegt die Sängerin nur hundert. Also?«
»Okay«, sagte ich schwach.

»Freitag um zehn?«
»Okay.« Fieberhaft rechnete ich vor mich hin, das heißt, ich versuchte es. Hundertdreißig mal drei Auftritte pro Woche sind dreihundertachtzig, nein, dreihundertneunzig, mal vier Wochen macht ... plus Kindergeld ... macht zusammen ... Ich konnte plötzlich nicht mehr rechnen. Nichts konnte ich mehr, außer vermutlich höchst dümmlich auszusehen. Ich hatte den Job!
Irgendwann rang ich mir die klassische Frauenfrage ab: »Was soll ich eigentlich anziehen? Abendkleid?«
Achselzuckend warf er einen Blick auf meinen Hintern. »Was du so im Schrank hast. Abendkleid ist in Ordnung, aber weder zu aufgebrezelt noch zu ausgeflippt, wenn's geht. Falls du ohne Brille was sehen kannst, dann lass sie unbedingt weg. Und nun könnten wir eigentlich einen trinken, finde ich.«
Erst jetzt begriff ich so richtig, was eben passiert war. Ich würde im »Blue Moon« singen. Hundertdreißig pro Abend. Und Herrn Lonnendöncker würde ich aus meinem Leben streichen können. Mein Name ist Romea Becker, und ich habe soeben meine Freiheit wiedergewonnen.
Eine Viertelstunde später hockten wir nebeneinander am Flügel. Spielten mal dies, mal jenes und unterhielten uns angeregt. Zwischenzeitlich war auch ich zum du übergegangen, ohne dass es noch einer ausdrücklichen Aufforderung bedurft hatte. Es ergab sich einfach so. Ronny zeigte mir ein Foto seiner zehnjährigen Tochter Sarah, ein hübsches, braunäugiges Mädchen mit kurzen Locken, eindeutig Vaters Tochter. Ich revanchierte mich mit einem knitterigen Bild, das meine Dreierbande und mich auf den Stufen vor unserer Haustür sitzend zeigte.
»Gruppenbild mit Dame«, sagte Ronny und lachte. »Für meine Sarah wäre es wahrscheinlich viel leichter, wenn sie Geschwister hätte. Ach, das Schlimmste an diesem Kneipenjob ist, dass ich sie nie ins Bett bringen kann. Außer dienstags bin ich ja abends immer hier. Du kannst von Glück reden, dass du erst um zehn anzutanzen brauchst.«
Ich tat einen leisen Seufzer. In mir herrschte tiefster Frieden, und die graue Wolke war ganz und gar verschwunden. »Ronny, ich

mach mich jetzt auf den Heimweg«, sagte ich, »aber vorher möchte ich noch eine Nummer probieren. Eine einzige noch.« Selig legte ich den Kopf in den Nacken und summte eine ganz bestimmte Melodie. Das hier war ich Tom einfach schuldig. Es wurde ungelogen das bluesigste und beste *Makin' Whoopee* meines Lebens. Auf dem Flügel sitzend, baumelte ich mit den Beinen, legte mich zwischendurch à la Michelle Pfeiffer hin und sang mir die Seele aus dem Leib.

»Die Pose im Liegen ist affig«, rügte Ronny prompt, »daran müsstest du noch etwas feilen. Davon abgesehen gefällt mir die Idee ganz gut. Die Nummer machen wir ab jetzt zusammen, kurz vor Schluss, dann geht hier noch mal so richtig die Post ab, okay? Und den Klavierpart von *Don't explain* übernehme ich ebenfalls. Es bekommt den langsamen Nummern besser, wenn du sie im Stehen singst.«

Ein Hauch von Rührung überkam mich. Wenn mich dieser riesengroße Mann nicht an jenem Regentag in der Fußgängerzone angesprochen hätte –

»Ronny«, sagte ich butterweich, »danke für alles.«

Vergleichsweise sanft klopfte er mir mit einer seiner Pranken auf die Schulter. »Ein Vater und eine dreifache Mutter im Duett, das ist doch wenigstens mal was anderes.«

»In der Tat. Aber was machst du, wenn keiner den weiblichen Gruftie hören mag?«

Er brach in kehliges Gelächter aus und zog sich mit den Zähnen eine Zigarette aus seiner Packung. »Du solltest dir unbedingt im Klaren darüber sein, dass die Leute hier nicht hinkommen, um *dich* zu sehen, sondern weil sie sich bei angenehmer Live-Musik treffen und unterhalten wollen. Deine Person ist völlig sekundär; das Einzige, was zählt, ist der Sound, den du rüberbringst. Ich hatte hier mal einen Gitarristen, der plötzlich mit ziemlich aggressivem Funk anfing. Wollte kein Mensch hören! Die Leute wanderten einfach in andere Lokale ab. Also, bleib im Hintergrund und serviere ihnen die guten alten Klassiker, dann fühlen sie sich gut. Wenn sie sich gut fühlen, trinken sie mehr und bleiben länger sitzen, und davon profitiert mein Geschäft – und letztendlich auch

du. Das ist eine ganz einfache Rechnung, nicht? So, nun will ich nach Hause, Sarah wartet.«
Mit der Zigarette im Mundwinkel stellte er die Mikroanlage ab. Wanderte zum Schalterkasten hinter der Theke. Knips, der Spot über dem Flügel erlosch. Knips, nacheinander gingen alle Lichter aus. Eine leere, dunkle Bar. Aber jetzt war sie nicht mehr tot, jetzt lebte sie. Alles klar, dachte ich. Wir würden möglicherweise ein gutes Team werden, Ronny Knill und ich.
Ich summte leise *Nice work if you can get it* und ging zum Parkplatz.

Der Mond scheint auch für Nervenbündel

Trotz der wunderbaren Ereignisse im »Blue Moon« übte ich weiter, Stunde um Stunde, so lange, bis mein Programm vorwärts wie rückwärts saß. Als es mir schließlich gelang, beide Strophen von *Night and day* durchzusingen, ohne ein einziges Mal hängen zu bleiben, fühlte ich mich endlich bereit. Bereit für das, was kommen würde, bereit dazu, öffentlich den Mund aufzumachen. Als letzte, aber nicht unwichtigste Amtshandlung vor dem Tag X pumpte ich mir Geld von Tom und ging zum angesagtesten Friseur des Stadtteils. So aufgeräumt, wie ich mich innerlich fühlte, so wollte ich auch äußerlich wirken. Schluss mit dem Bobtail-Look!
Am Schaufenster ein großer Aufkleber mit dem hilfreichen Hinweis: »Was Friseure können, können nur Friseure«, daneben keine Preistafel, sondern eine so genannte »Honorardarstellung«, was wohl das Gleiche bedeutete, jedoch deutlich glamouröser klang. Hier befand ich mich eindeutig in den allerbesten, vornehmsten Händen. Ein Coiffeur mit dünnem Pferdeschwanz schleuderte mir auf Torero-Art einen Frisierumhang um den Hals und zwirbelte ziemlich indigniert meine Haarsträhnen zwischen den Fingern, bevor er mir Folgendes mitteilte: Was ich da auf dem Kopf

hätte, sei ja furchterweckend. Allerdings würden mir frische Strähnchen, dazu ein flotter Neuschnitt und diverse Pflegepasten zu einem ganz neuen trendy Look verhelfen, falls ich ihm freie Hand ließe.

Nun, mit dem neuen Look hatte er nicht Unrecht. Dennoch war das Produkt seiner dreistündigen Bemühungen nicht unbedingt dazu angetan, in Ekstase zu verfallen. Nach Vollendung des Werkes blickte mir der Kopf eines gelockten Kleinhundes entgegen, der sich gerade in Gel gewälzt hat.

»Ist es recht so?« Er knautschte mit der flachen Hand noch ein bisschen an meinem Hinterkopf herum, bevor er, Selbstzufriedenheit in jeder Pore, den Frisierumhang von meinen Schultern riss.

»Ach –«, sagte ich benebelt vom Haarspray. Der Versuch, mit der Hand seitlich durch die Haare fahren, scheiterte. Meine Finger blieben in dem Beton aus Glanzcreme, Stylinggel und Haarspray schlichtweg stecken. Ein interessantes, ganz neues Gefühl. Diese Frisur hätte jedem Hurrikan in Florida standgehalten.

»Oh, bitte lassen Sie das doch«, näselte der Coiffeur. Mit nervös zupfenden Fingern reparierte er den Schaden an meinem Haupt.

»Verzeihung«, sagte ich und überlegte gleichzeitig dreierlei: Erstens, war dieser hoch bezahlte Figaro noch geistig zurechnungsfähig? Zweitens, erwartete er auf die Frage »Ist es recht so« ernstlich eine Antwort? Und drittens: Wie würden die Gäste des »Blue Moon« wohl auf einen Pudel hinter dem Klavier reagieren? Nun ja, was Friseure können, können eben nur Friseure. »Finden Sie die Frisur eigentlich typgerecht?«, entfuhr es mir.

»Aber ja, das ist ganz unglaublich weiblich und –«

»Dann sagen Sie mir bitte nur noch eins«, fiel ich ihm ins Wort, »geht diese Entstellung wieder raus?!«

Zu Hause warf ich meinem Spiegelbild einen letzten irren Blick zu und stellte die Dusche an. Spülte grimmig vierzig Mark Styling heraus. Wie tagtäglich tausend anderer Frauen nach dem Friseurbesuch auch. Jemand müsste mal ausrechnen, welch großer Teil des deutschen Bruttosozialproduktes Tag für Tag in den Abfluss fließt, dachte ich erbittert. Jemand müsste mal die ganzen Friseurlügen eines durchschnittlichen Frauenlebens zusammenrechnen!

Der Kurzhaarschnitt wird Ihnen phantastisch stehen, gnädige Frau: Lüge! Mit der innovativen Pflegeformel von Polyquell sind Sie den Spliss ein für allemal los: Lüge! Aber ich bitte Sie, Umfärben von Schwarz zu Platinblond ruiniert doch das Haar nicht: Lüge! Von der konstanten Lügerei nach der Frage »Ist es recht so?« gar nicht zu sprechen.
Knappe zehn Minuten später war Romea Becker quasi wieder auferstanden. Mit der Föhnfrisur Marke Eigenbau fühlte ich mich eindeutig besser. Und als am Abend des gleichen Tages endlich mal wieder eine Rose vor der Terrassentür pendelte, ging es mir plötzlich ganz ausgezeichnet. Man muss Geduld mit dem Leben und der Liebe haben! Ich sah mir nochmal das Video »Die fabelhaften Baker Boys« an, studierte genauestens Michelle Pfeiffers Räkelei auf dem Flügel und beschloss unverzüglich, mir in nächster Zukunft ein schlichtes, aber hinreißendes rotes Abendkleid zuzulegen. Ronny hatte vollkommen recht gehabt: In Hosen verbot sich die berühmte *Makin' Whoopee*-Nummer von selbst.

Allen Vorbereitungen zum Trotz war ich am Freitag ein Nervenbündel. Ein zwar nett gestyltes, aber zittriges Nervenbündel ohne jedes Selbstvertrauen. Kloß im Hals, belegte Stimme; Schwachsinn, unter diesen Umständen auch nur ans Singen zu denken, geschweige denn aufzutreten. Überhaupt war das alles Schwachsinn. Dreifache Mütter gehören nachts in die Nähe ihrer Kinder, nicht in eine Jazzspelunke. Und wenn sie meinen, unbedingt singen zu müssen, dann sollen sie mit ihren Kindern *Im Märzen der Bauer* anstimmen, statt im Kneipendunst schlaflosen Nachtschwärmern die Langeweile zu vertreiben.
»Ich wünschte, ich könnte dir zuhören«, jammerte Tom am Abend selbstmitleidig, »immer wenn's schön wird, bin ich nicht dabei!«
»Ich wünschte, ich hätte es schon hinter mir«, jammerte ich zurück.
Lukas jammerte übrigens nicht. Er war nämlich gar nicht da. Leider.

»Und du rufst sofort an, wenn etwas mit den Kindern schief geht?« Schwitzend vor Nervosität kaute ich auf meiner Unterlippe herum und prüfte zum zehnten Mal den Sitz meiner schwarzen Bluse über dem Ausschnitt. Das ärmellose lange Kleid, das ich ursprünglich hatte anziehen wollen, war mir plötzlich fehl am Platze erschienen. So ein gewagtes Fähnchen mit tiefem Ausschnitt passte vielleicht auf eine Sommernachtsparty, aber nicht ins »Blue Moon«.
»Versprochen. Und du rufst sofort an, wenn man dich aus dem Lokal gebuht hat, ja?« Es sollte wohl witzig klingen, kam aber nur als höchst mittelmäßiger Scherz bei mir an.
»Blödmann. Nun wünsch mir was.«
Tom hatte gut aufgepasst. Der Fehler mit »viel Glück« unterlief ihm nicht ein zweites Mal. »Hals- und Beinbruch, Giraffenkind«, sagte er stattdessen, »sing schön und spiel schön, und viel –«
»Pschscht!!!«
»Lass mich doch mal ausreden! Viel Erfolg, und nimm diesen Talisman mit. Der ist von Lukas und mir.«
Es war ein Schlüsselanhänger; ein winziges Klavier mit noch winzigeren schwarzweißen Tasten. Gerührt gab ich ihm einen Kuss aufs Kinn. Höher kam ich nicht.
Eine halbe Stunde später stolperte ich ins »Blue Moon«. Die Bar war ansehnlich gefüllt, was Wunder an einem Freitagabend. Überall saßen und standen gut gelaunte, Bier und Wein trinkende Menschen herum, die sich unterhielten und laut lachten und sich ein paar nette Stunden machten. Unruhig plierte ich durch die Rauschschwaden, bis ich Ronnys Kopf hinter der dicht umlagerten Theke sichtete. Ein Bier nach dem anderen zapfend, schäkerte er mit einer dunkelhaarigen Frau herum. Noch lief Billie Holiday vom Band. Noch. Gleich würde Ronny das Band abstellen, und dann sänge *ich*. Live. Mir war plötzlich unglaublich übel. Ich legte meine Jacke im Hinterzimmer ab und schlich durch das Menschengewühl Richtung Theke. Was, wenn gleich das Mikro versagte? Was, wenn gleich ich versagte?!
»Hallo«, winkte Ronny, »gleich bist du dran. Möchtest du was trinken?«

»Irish Coffee«, sagte ich. Eine Spur Alkohol schadete wohl nicht. Solcherart gelockert würde ich wenigstens entspannt mit ansehen können, wie das Publikum in Scharen Richtung Ausgang rannte.
Ronny zwinkerte mir zu. »Mädchen, mach dir nicht in die Hose. Denk immer dran, dass dir sowieso keiner zuhört. Womit fängst du an?«
»Mit *But not for me*«, sagte ich unsicher und hustete wegen des Zigarettenqualms. Überdies paffte jemand irgendwo im Lokal Zigarre. Ich nahm einen Schluck Irish Coffee, fing prompt wieder an zu schwitzen. Würde eine prima Premiere werden, so hustend, schwitzend und mit tränenden Augen.
»An den Mief wirst du dich gewöhnen müssen«, kommentierte Ronny mein Gehüstele schnöde, »das hier ist eben kein Luftkurort. Und nun komm mit, ich gebe dir eine kleine Starthilfe. Babsi, übernimmst du mal den Zapfhahn?« Völlig gelassen durchschritt er den Gang hinter der Theke. Mein Herzschlag verdoppelte sich binnen Sekunden. »Fertig?«
Ich atmete tief durch, räusperte mich. Kaum noch Hustenreiz, gottlob. »Fertig.«
Schon saß er am Flügel. Halb bewusstlos stolperte ich hinter das Mikro. Lieber Gott, steh mir bei, dachte ich, und bitte mach, dass nicht ausgerechnet Herr Lonnendöncker heute Abend hier zugegen ist, denn dann werde ich augenblicklich einen Stimmritzenkrampf bekommen und meinen Text vergessen und nur noch »Ich brauche Nachweise« in fis-Moll ins Mikro röcheln.
Rechts neben mir spielte Ronny ein paar Akkorde und murmelte lächelnd »Guten Abend« ins Mikro, woraufhin es vereinzelten Applaus gab und jemand »Leg endlich los, Alter!« schrie. Pling, versetzte Ronny den Akkord oktavenweise nach oben. »Heute Abend nicht«, sagte er. Aus einer schrägen Jazzmelodie wurde mit einem Mal Mozarts *Kleine Nachtmusik*, und gleich darauf kristallisierte sich *I got rhythm* heraus. Verblüfft hörte ich zu; diese ausgezeichnete Improvisation hatte ich ihm eigentlich nicht zugetraut. Pling, landete er wieder auf seinem Septimenakkord. »Heute Abend nicht«, wiederholte er, »heute Abend ist jemand anders

dran. Ein neues Gesicht, eine neue Stimme im ›Blue Moon‹.« Pling. Eine Menge Köpfe drehte sich in meine Richtung. Ich wurde fast verrückt vor Angst. Vorn links rief einer »hey!« und klatschte.
»Vergangene Woche noch hat Romea mit B. B. King gespielt. Erst in Winnipeg, danach in Würselen.« Pling. Trotz meiner hysterischen Verfassung musste ich lachen. »Und nun ist es mir nach langen, zähen Verhandlungen endlich gelungen, sie abzuwerben. Ladys and Gentlemen, ich wünsche Ihnen einen schönen Abend!« Nahtlos kam die Intro zu *But not for me*.
Ronny nickte mir zu. Ich war dran.
Los, sing einfach, dachte ich. Es hört sowieso kein Mensch zu. Mit der flachen Hand tastete ich nach dem Schlüsselanhänger in meiner Hosentasche. Starrte selbsthypnotisch auf den großen blauen Neonmond über der Theke. Drei, vier kratzende Töne, bis ich mich halbwegs unter Kontrolle hatte. Und dann passierte etwas Unglaubliches. Weder ließ irgendjemand sein Glas fallen, riss seine Jacke an sich und floh Richtung Ausgang. Noch hoben die Gäste die Köpfe, blickten sich ob des neuen Stimmwunders hinter dem Mikro sprachlos an und lauschten fortan andächtig jedem meiner Töne. Keiner schrie »Aufhören!« Keiner applaudierte frenetisch.
Es passierte nämlich – gar nichts. Dass im »Blue Moon« eine Frau ein Mikro in der Hand hielt und *But Not for me* sang, war die normalste Sache der Welt.
Schon verklang der Schlussakkord. Die vier älteren Knaben am Tisch vorn links beklatschten wohlwollend die Neue und riefen mir ein freundliches »hey, hey« zu. Von der Theke her kam dünner Applaus. Das war alles. Die ganze Sache war zu meinem allergrößten Staunen durch und durch unspektakulär.
Verblüfft sah ich zu Ronny herüber. Dieser grinste mal wieder und hielt für einen Moment das Mikro auf dem Flügel zu. »So, aufgetaut sind sie jetzt. Nun mach mal schön weiter.« Sprach's, erhob sich und wanderte zurück Richtung Theke, wobei er alle paar Meter stehen blieb und mit dem einen oder anderen Gast ein paar Worte wechselte.

Ich schlüpfte hinter das Klavier. Leises Fingerzittern, aber sehr moderat. Und dann legte ich ganz stilecht mit *Blue Moon* los. Es war die normalste Sache der Welt. Drei, vier Takte lang spielten meine Stimmbänder wieder verrückt, die Töne kamen unsauber, ich war schon kurz davor, in Panik zu geraten, aber dann räusperte ich mich, und es schien im Übrigen auch die normalste Sache der Welt zu sein, dass sich die Sängerin mal räuspert – und plötzlich war der ganze Spuk vorbei. Die Töne kamen vollkommen klar und sauber, *Night and day* ging komplikationslos und ohne jeden Texthänger über die Bühne. Das Unglaublichste an der Sache war, dass die Herren am Tisch vorn links tatsächlich ihre Unterhaltung eingestellt hatten, weil sie mir offenbar gerne zuhörten. Entspannt die Beine übereinander geschlagen, saßen sie einfach da und schnippten mit den Fingern und tranken Scotch. Und spendeten mir sogar Beifall.

Ob ich fünf oder zehn Nummern gespielt hatte, kann ich nicht mehr sagen. Irgendwann legte sich eine schwere Hand auf meine Schulter. »Mach 'ne Pause«, hörte ich Ronnys Stimme nah bei meinem Ohr, »so nach fünf, sechs Songs solltest du immer unterbrechen.«

»Mensch, das geht prima!«, tuschelte ich ihm zu. »Dass diese Leute aber auch so tolerant sind!« Herzlicher Beifall vom Tisch vorne links, ein paar Stehgäste an der Theke schlossen sich an. Und dann kam auch schon wieder Musik vom Band, und ich hatte es hinter mich gebracht. Aufseufzend bewegte ich mich Richtung Theke, kurz darauf lag ich glückselig in Ronnys Arm.

Ehe ich mich's versah, hatte er mich so schwungvoll auf die Theke geliftet, als wäre ich ein Fliegengewicht. »Tadellos, Muttchen! Und weißt du, was einer der alten Knacker an Tisch zwölf gesagt hat? Groovy, die Kleine!«

Ich brach in schallendes Gelächter aus. »Gehe ich recht in der Annahme, dass du ihm unverzüglich erläutert hast, die süße Kleine sei knapp vierzig und mit drei Kindern gesegnet?«

»Einen Teufel habe ich.«

Gegen Mitternacht zahlte der Alte-Herren-Tisch, winkte mir zu und ging. Die Schlussnummer nahte. Mit rauchiger Bluesstimme kündigte Ronny das Finale an, wir swingten und machten Whoopee, dass es eine wahre Freude war, und mittendrin fingen sogar ein paar Irre an, »Whoopee!« zu juchzen. Dann war es ein Uhr morgens und alles vorbei.

»Feierabend!«, brüllte Ronny und gab seinen Angestellten ein Zeichen, woraufhin die dunkelhaarige Babsi und ihr Kollege, ein kleingewachsener Farbiger namens Jack, die letzten Bestellungen aufnahmen und zügig mit dem Kassensturz begannen. Das Lokal leerte sich zusehends. Schon standen alle Stühle wieder auf den Tischen, schon war die Zapfanlage auseinander genommen und gespült. Babsi verabschiedete sich, Jack rief »Bis morgen«, die schwere Eingangstür schloss sich hinter ihm. Plötzlich war alles still. Zurück blieben Ronny und ich und das verlassene »Blue Moon«.

»Hier, dein Bonus.« Ronny drückte mir eine Art hölzerner Schatztruhe in die Hand, auf der ein Metallschild mit der Gravur »Pour les artistes« angebracht war. »Schau mal nach, wie viel Trinkgeld drin ist.«

Ich zählte laut nach. Siebenundzwanzig Mark.

»Sag mal, was machst du überhaupt noch hier?«, erkundigte sich Ronny und sammelte die letzten Aschenbecher ein, »du hättest doch längst zu Hause sein können.«

»Ach –«, sagte ich sentimental. Natürlich hatte er Recht; ich hätte nicht nur längst zu Hause sein, sondern sogar längst schlafen können, wenn ich nur gewollt hätte. Aber genau das war der Punkt: Ich hatte nicht gewollt. Das hier war *mein* Abend, der erste Abend meines neuen Lebens, und diesen wollte ich erleben und auskosten bis zum Ende, bis das turbulente, quirlige, laute »Blue Moon« wieder schlief.

»Versteh schon. Du warst übrigens ganz gut heute.« Er hockte sich an den Flügel und klimperte noch ein bisschen herum, während er mir forschende Blicke zuwarf. »Ich glaube, vor allem die mittleren Jahrgänge mögen dich. Aber deine Garderobe stimmt noch nicht. Schwarze Bluse, schwarze Hose, ach, das ist viel zu brav. Hast du nicht vielleicht doch ein Abendkleid? Irgendwas Weibliches mit Ausschnitt?«

»Je knapper das Kleid, desto voller der Saal«, zitierte ich unwillkürlich die »Baker Boys«.
»Genau«, sagte er überrascht.
»Kleid habe ich durchaus, ich hab mich nur nicht getraut«, lächelte ich, »es erschien mir zu verrucht.«
»Ach was. Und nun geh nach Hause, ich will abschließen.« Er begleitete mich bis zum Auto. Gedankenverloren steuerte ich den Polo durch die nächtliche Stadt Richtung Wolframstraße. Lukas' Fenster war dunkel, aber bei Tom brannte noch Licht. Hoffentlich hatte er kein weinendes Kind auf dem Arm! Ich stiefelte eilig in die Wohnung. Nein, alles war in Ordnung, die Kinder lagen im Bett und schliefen fest. Alles in Ordnung!
Leise nahm ich eine Flasche Wein aus dem Regal. Nur noch zehn Minuten die Anspannung des Abends abfallen lassen, bevor ich ins Bett ging. Und dann fiel mir plötzlich etwas ein. Ich schlich zurück ins Kinderzimmer, holte den Babysender, hockte mich wieder aufs Sofa und drückte die Ruftaste. Ungeheuer praktisch, dass diese Dinger wie eine Wechselsprechanlage funktionierten.
»Tom, bist du da?«, sagte ich unbestimmt. »Hörst du mich?«
Sekunden später rauschte und knackte es im Lautsprecher. »Hallooo! Die Kinder haben keinen Mucks von sich gegeben! Ist bei dir alles okay? Wie hast du dich geschlagen?«
»Ganz wacker, glaube ich«, lächelte ich und gähnte voller Zufriedenheit, »jedenfalls hat keiner gesagt, ich solle *nicht* wiederkommen. Gute Nacht, Tom, und ich danke dir sehr. Ach, ich bin so froh –«
»Ich auch, Giraffenkind«, sagte er, »ich auch.«

Lucky Luke zieht seinen Colt

Nach etwa drei Wochen hatte sich alles auf erfreuliche Weise eingespielt. Die Kinder schliefen, wenn ich das Haus verließ, und schliefen noch immer, wenn ich zurückkehrte. Niemand jammerte, niemand beschwerte sich, von Tom einmal abgesehen, der nach meinem dritten Auftritt lachend lamentierte, der Job sei für ihn, den Babysitter, leider ausgesprochen langweilig.
Ich fand, das war kein Grund zum Klagen. Im Gegenteil.
Übrigens nahm ich nun auch Uwe in die Pflicht. Ich bestand ganz einfach darauf, dass er die Kinder in der Nacht von Freitag auf Samstag bei sich beherbergte. Zunächst missfiel ihm die Vorstellung sehr, an einem Abend der Woche an seine eigenen vier Wände gefesselt zu werden, und auch was die Kinder betraf, gab es anfangs Gezeter: Sylvia-nett-aber-langweilig war nicht unbedingt jemand, mit dem man sie hätte locken können. Doch dann entkrampfte sich die Sache zunehmend. Man schien sich aneinander zu gewöhnen.
Ach, seit Jahren war es mir nicht so gut gegangen! Bald betrat ich MoMiFrei das »Blue Moon« mit dem warmen Gefühl im Bauch, dass ich hier und nirgendwo anders hingehörte. In diesen drei Wochen lernte ich eine ganze Menge. Ich lernte, mit dem leisen Lampenfieber vor jedem Auftritt umzugehen und es für mich auszunutzen. Ich lernte, den Abend besser mit *Hit the road Jack* zu beginnen statt mit einer schwermütigen Bluesnummer. Dass schlichtweg alles von Burt Bacharach im Publikum zu entsetzten Stöhnlauten führte. Dass ich mit Bill Withers und seinem berühmten *Ain't no sunshine* nichts falsch machen konnte. Weiterhin lernte ich, Blickkontakt mit den Gästen aufzubauen und Musikwünsche immer rasch zu erfüllen.
Babsi und Jack entpuppten sich binnen kurzer Zeit als Kollegen der besseren Sorte. Keine Stänkereien, keine Intrigen, nun, wir nahmen uns ja gegenseitig nichts weg. Kellner Jack war chronisch unglücklich, weil sein Freund, ein Marokkaner mit fast schwarzen Augen, ihn konstant betrog. Babsi studierte im fünften Semester

Sinologie und geriet grundsätzlich an die falschen Männer. Beiden gemeinsam war, dass das »Blue Moon« für sie mehr als einen Arbeitsplatz darstellte. Es war ihre Geldquelle, ihr Hort der Sicherheit, wenn zu Hause dicke Luft oder, wie bei Babsi häufig der Fall, todeinsame Luft herrschte. Hier kannte man sich, hier brauchte sich niemand zu verstellen. Es war nicht ihr zweites Zuhause, es war ihr besseres Zuhause.

Und Ronny, die Vaterfigur des Ensembles, hielt alle Fäden sicher in der Hand. So verschieden wir auch alle waren und mit uns unser privates Umfeld, so gut hatte er uns im Griff. Niemals litt er unter schlechter Laune. Und wenn Kritik nötig war, fiel diese grundsätzlich ehrlich aus. Gnadenlos ehrlich! Wohl oder übel musste ich eines Abends schlucken, dass er mich schon gegen elf mit dem harschen Kommentar »Mädchen, du bist grottenschlecht heute!«, nach Hause schickte.

Nun, er hatte recht gehabt. Ich war tatsächlich miserabel in Form gewesen. Einmal im Monat darf frau wohl miserabel in Form sein.

Übrigens kam mein schwarzes Sommerparty-Fähnchen außerordentlich gut an; es drückte meinem Stil einen anderen, weiblicheren Stempel auf. Bald begrüßten die vier älteren Semester vom Tisch vorn links mich mit »Hallo Lady«, woraufhin ich mich mit *Lady be good* revanchierte. Das wiederum kurbelte den Scotchkonsum der Herren enorm an, ein Umstand, den Ronny wohlwollend zur Kenntnis nahm. In der zweiten Woche traute ich mich auch endlich, beim abschließenden *Makin' Whoopee* auf dem Flügel sitzend die Verruchte zu mimen. Noch vier Scotch für Tisch zwölf, Babsi!

Die unangenehmste Begleiterscheinung meiner Auftritte war, von den ewig nach Zigarettenrauch müffelnden Haaren und Klamotten einmal abgesehen, die Müdigkeit am darauf folgenden Tag. Dauernd verschlief ich, dauernd kamen die Kinder zu spät in die Schule. Aber Carlo war pfiffig. Er nahm einfach den Reisewecker aus der Kommodenschublade und weckte sich und Suse sicherheitshalber selbst.

Die angenehmste, wunderbarste Begleiterscheinung meines neuen

Jobs jedoch war der Brief, den ich Herrn Lonnendöncker schrieb. Ganz knapp und mit einer grausam sarkastischen Note teilte ich ihm mit, seiner Dienste nun nicht mehr zu bedürfen. Interessanterweise ging der bürokratische Akt in sozusagen umgekehrte Richtung überraschend schnell und unkompliziert vonstatten. Nachweise verlangte Herr Lonnendöncker nun nicht mehr, auch mein Repertoire brauchte ich nicht offen zu legen. Hatte ich seinerzeit noch wochenlang kämpfen müssen, als es etwas zu bewilligen galt, so landete der Einstellungsbescheid bezüglich meiner Hilfe zum Lebensunterhalt binnen einer Woche in meinem Briefkasten. Nun, angenehme Arbeit geht einem ja bekanntlich schneller von der Hand als unangenehme.
An dem Tag, als mein Fiesta endlich wieder vor dem Haus stand, ganz legal, mit Kennzeichen und Plakette und allem, was so dazugehört, lud ich die Kinder zum ersten Mal seit ewigen Zeiten ins Restaurant ein. Unnötig zu erwähnen, dass wir nicht zu Fuß gingen, sondern mit dem Auto hinfuhren.
Und als ich dann eines Mittwochs mit Ninni durch die Innenstadt bummelte, entdeckte ich im Schaufenster eines Second-Hand-Ladens ein langes dunkelblaues Abendkleid. Es war unglaublich raffiniert geschnitten. Ein einziger Träger über der linken Schulter hielt das ganze Kleid, und der Seitenschlitz verlief bis hoch zum Oberschenkel. Meine fast schon chronische Müdigkeit verflog in Sekundenschnelle. Was für ein Kleid! Dass es um die Brust herum eine Spur zu weit war, fiel in Anbetracht des Preises nicht besonders ins Gewicht. Ich bezahlte, fuhr trällernd nach Hause, schlüpfte unverzüglich wieder in das Kleid und drehte mich etwa hundertmal vor dem Spiegel. Michelle Pfeiffer ist nichts dagegen, dachte ich aufgekratzt, angesichts dieser eleganten Enddreißigerin würden wahrscheinlich sogar Robert Redford die Sinne schwinden.
Barfuß hastete ich zum Telefon und rief oben an. Hoffentlich ging Lukas dran. Jetzt einen wunderbaren Flirt mit der Samtstimme, ach! Beunruhigt registrierte ich, dass ich mich mit einer Intensität nach Lukas sehnte, die mir selbst neu war. Leider meldete sich die falsche Stimme.

»Es gibt etwas zu sehen, Tom«, murmelte ich und bekämpfte einen Anflug von Verlegenheit.
»Was denn? Sag schon, ich habe gerade Damenbesuch!«
»Wie, Damenbesuch?«, sagte ich dümmlich.
»Weiblich. Frau. Hier.«
Ich musste plötzlich schlucken. »Ach so.«
»Also, was soll ich mir ansehen?«
Der Frosch in meinem Hals ließ sich auch beim zweiten Versuch nicht wegräuspern. Dass Tom Damenbesuch hatte, fand ich verwirrend. War er nicht mein Hausfreund? »Ach, ich habe gerade ein Kleid gekauft«, sagte ich und verlor übergangslos alle Hochgefühle, »so ein himmlisches dunkelblaues Ding mit Seitenschlitz, ihr werdet umfallen, Lukas und du! Nachher lasse ich mich kurz blicken, und dann wollen wir doch mal sehen, ob er endlich –«
Verdammt. Ich biss mir auf die Lippen. Ob Lukas endlich mal zur Sache kommt, hatte ich eigentlich sagen wollen, doch waren meine kleinen Begierden bisher ein so gut gehütetes Geheimnis gewesen, dass mir die Preisgabe en passant schwer fiel.
»Ob er endlich was?«, erkundigte sich Tom prompt.
»Na ja –«
Tom fragte nicht nach, sondern wartete schweigend ab, was die Sache nicht unbedingt vereinfachte. Erst nach einer kleinen Denkpause sagte er: »Hör mal, ich glaube, ich habe etwas verpasst. Bahnt sich da was an, so ganz eventuell?«
»Achiwo.« Ich lachte etwas gekünstelt.
»Na komm, sei ehrlich. Tut sich was?«
»Also, ich fürchte …«, seufzte ich und verstummte. Von »fürchten« konnte ja wohl keine Rede sein, im Gegenteil. Aber wie sollte ich Tom das mitteilen?
»Hat er's also wieder geschafft«, stellte er sachlich fest.
Daraufhin erläuterte ich ihm stark umschreibend und mit vielen Verlegenheitspausen, dass Lukas mir bis dato nicht eine einzige Avance gemacht habe, jedenfalls keine richtige, dass dies jedoch ein Zustand sei, den ich für mein Teil eigentlich ganz gern ändern würde. »Rosen schickt er mir«, sagte ich verklärt, »ich glaube, er traut sich nur nicht richtig an mich heran.«

»Und *ich* glaube, du bist einem schwerwiegenden Irrtum erlegen! Nun sag mir bloß nicht, dass du auf Lukas abfährst!«
Ohne zu wissen, weshalb, fühlte ich mich in die Enge getrieben. »Och«, murmelte ich nahezu schuldbewusst, »wenn du es unbedingt so ausdrücken willst! Wieso, ist das schlimm?«
»Nein, ist es nicht«, sagte er, »ich muss jetzt zurück zu meinem Besuch. Also, bis nachher mal.«
Pffff. Meine ganze Energie verpuffte von einem Moment zum anderen. Wie ein begossener Pudel schlich ich zum Spiegel zurück. Ich musste mich mindestens fünfmal um mich selbst drehen und mir dabei ebenso häufig versichern, dass mein Äußeres wirklich sensationell war, um stimmungsmäßig wieder auf Touren zu kommen. Vor meinem geistigen Auge tauchten Tom und sein Damenbesuch auf und küssten sich voller Leidenschaft. Die Vorstellung gefiel mir ganz und gar nicht, denn wenn Tom verliebt war, würde ich ihn in Zukunft wohl seltener zu Gesicht bekommen. Was, wenn er jetzt abends nicht mehr als Wachposten zur Verfügung stand?!
Ein besitzergreifendes Weib bist du, dachte ich und griff erneut nach dem Haarfestiger. Tom ist nicht dein Leibeigener, und es steht ihm frei, sich zu verlieben, in wen auch immer er möchte. Freundschaft und Missgunst schließen sich aus. Also statt darüber zu spekulieren, ob und in welcher Form du vielleicht zu kurz kommen könntest, solltest du ihm lieber alles Glück der Welt wünschen und gönnen! Nicht wahr?!
Carlo schlurfte vorbei, warf einen Blick ins Bad und machte ein entsetztes Gesicht.
»Na, wie findest du mich, Sohn?«
»Ach, ich weiß nicht«, er kratzte sich nachdenklich am Kopf, »in Jeans siehst du besser aus. Übrigens, ich brauche fünf Mark für die Schule.«
»Danke«, sagte ich, »vielen lieben Dank.«
Kurz darauf vernahm ich Stimmen im Treppenhaus, und ich stürmte unverzüglich zur Tür und presste mein rechtes Auge gegen den Spion. Wer war es, der mir meinen Hausfreund zu stehlen trachtete? Ja, da tauchten Toms Jeansbeine auf der Treppe auf, nun seine Oberschenkel – zwei weibliche Waden kamen in mein Blick-

feld – schlanke Waden, sehr ansehnlich – ein grauer Rocksaum – wahrscheinlich hatte sie einen Pferdehintern – nein, hatte sie leider nicht – schmale Taille – und dann erschien der zugehörige Kopf, ein ausnehmend attraktiver Kopf mit hellblonden, schulterlangen glatten Haaren. Dann sah ich nichts mehr, weil Tom und die Blonde sich aus dem Sichtbereich des Spions entfernt hatten. Der Lautstärke ihrer Stimmen nach zu urteilen, standen sie an der Haustür und verabschiedeten sich. Wer spricht, kann nicht gleichzeitig knutschen, dachte ich gallig und lauschte angestrengt. Noch immer kein verräterisches Schweigen. Nur »Tschüs« und »Man sieht sich« und »Ich ruf dich nachher an«.
Meine Stimmung war nun endgültig dahin. Ich schnauzte Carlo an, er solle endlich alle Schulranzen und Turnbeutel aus dem Flur entfernen und seine Jacke aufhängen, und dann schnauzte ich Ninni an, sie solle ihre Legos in die entsprechende Spielkiste räumen, und anschließend schnauzte ich Suse an, weil sie noch nicht Klavier geübt hatte.
»Bah, hast du plötzlich schlechte Laune«, sagte Suse und schlich mit einem scheelen Blick an mir vorbei, »zu uns sagst du immer, wir sollen unsere miese Laune nicht an anderen Leuten auslassen, und jetzt machst du's selber!«
Hast Recht, Kind, entschuldige. Aber was sich da um Tom herum abspielt, geht mir gegen den Strich. Und Lukas hat die vormals so hinreißende Erotik der Langsamkeit mittlerweile zur schwerfälligen Erotik der Zeitlupe verkommen lassen, ob mir das nun gefällt oder nicht, und ich bin einsam. Soll ich vielleicht eine Kontaktanzeige aufgeben oder einen der Gäste des »Blue Moon« vernaschen? Außerdem bin ich dauernd todmüde, und um die Wahrheit zu sagen, würde ich jetzt am liebsten eine Woche lang an der Nordsee im Gegenwind spazieren gehen und Energie tanken und mir von alten Seebären mit blauen Mützen Klabautermanngeschichten erzählen lassen.
Im Wohnzimmer erklangen die ersten Takte einer Czerny-Sonatine. Spätestens nach dem dritten Ton war klar, dass Suse keine Lust zum Üben hatte. Ich rutschte neben sie auf die Klavierbank.
»Suse, was bedeutet der Punkt unter dieser Note?«

»Staccato«, schimpfte sie und drosch mit der flachen Hand auf die Tastatur, »aber ich kann das nicht und das Stück ist doof. Ich will was anderes spielen! Guck mal, das hier klingt viel schöner. Die rechte Hand kann ich schon!«
Angesichts der *Ballade pour Adeline*, die sie mir reichte, musste ich lächeln. Es war nichts Neues, dass Czerny gegen Richard Clayderman den Kürzeren zog. »Sag mal, hast du etwa heimlich geübt? Also gut. Du spielst oben und ich unten.«
»Au ja.« Plötzlich war sie mit Feuereifer bei der Sache.
Dann spielten wir die Schnulze zusammen. Und nach dem letzten Takt strahlten wir uns gegenseitig an und waren plötzlich beide wieder guter Dinge. Mit dem neuen Kleid stürmte ich abends nach oben. Die Fußmatte signalisierte wie immer »Welcome on board«, und ich klingelte zweimal lang und einmal kurz. Macht auf, Matrosen! Vor eurer Tür steht nicht das Mutti vom Erdgeschoss, sondern eine Lady auf dem Weg zum Captain's Dinner!
Lukas öffnete die Tür. Riss die Augen auf. Und sagte nur: »Auweia.« Einzig und allein der lang anhaltende Pfiff, den er jenem »auweia« hinterherschickte, bewahrte ihn davor, dass ich mich beleidigt auf ihn stürzte.
Mistkerl, dachte ich, schöner, eleganter Mistkerl. »Was denn nun? Auweia oder Pfiff?«
»Pfiff natürlich«, rief er und lächelte das Verführerlächeln, das ich so sehr an ihm liebte, »eindeutig Pfiff! Du musst das ›auweia‹ entschuldigen, es war meiner totalen Überraschung zuzuschreiben. Du siehst überwältigend aus! Dreh dich mal'n bisschen.« Er betrachtete meinen Hintern (»O ja!«), verweilte länger in meiner Ausschnittgegend (»Madonna!«), registrierte den faltenfreien Sitz des Kleides in der Bauchgegend (»Olala!«) und vergaß auch nicht, den seitlichen Schlitz gebührend zur Kenntnis zu nehmen.
»Zufrieden, Mister? Wie wär's jetzt mit einem Drink für die Lady?«, sagte ich kokett und setzte mein Mitternachtsgesicht auf. Herr Zoeppel, Sie machen ja richtig schöne Komplimente heute! Los, mehr davon!
Lukas' Reaktion fiel ausgesprochen überraschend aus. Denn statt den Weg in die Wohnung freizumachen oder mir das Überwälti-

gende an meinem Anblick erneut zu bestätigen, schob er eine Hand unter mein Kinn und bog meinen Kopf nach hinten. Dann legte er sehr langsam und sehr, sehr genießerisch seine Lippen auf meinen Mund.

Der Kuss fuhr mir ins Blut wie ein dreifacher Wodka auf ex. Ich erschrak so heftig, dass ich augenblicklich die Augen schloss. Meine Lippen hatten in der endlosen Abstinenzphase längst vergessen, wie es sich anfühlt, wenn ein Mann sie küsst, und auch meine Hormone wussten nicht so recht, warum sie plötzlich aus ihrem Koma gerissen wurden. Großer Gott, was ging hier vor?!

Und dann erst bemerkte ich, dass mit dem Kuss irgendetwas nicht stimmte. Er war sanft und ohne jede Begierde. Ein Bruderkuss. Sehr verwirrt schlug ich die Augen wieder auf. Nun hatte ich mit dem Kuss ja gar nicht ernstlich gerechnet, aber wenn er schon mal stattfand, dann musste er, zumindest für meine Begriffe, nicht unbedingt so geschwisterlich ausfallen. »Lukas«, sagte ich mit puddingweichen Knien, »küsst du immer so klinisch keimfrei?«

Er hatte die Hand noch immer unter meinem Kinn. »Nein. Aber beim ersten Kuss bin ich vorsichtig. Das heißt, meistens bin ich es.«

»Und warum?«, erkundigte ich mich, obwohl das eigentlich eine blödsinnige Frage war. Nichts ist schlimmer als ein Mann, der eine Frau plattküsst und mit Lippen und Zunge zu verschlingen trachtet, ohne vorher die Lage sondiert zu haben, ob der Frau das Plattküssen und Verschlingen auch genehm und sie gleichfalls zum Plattküssen und Verschlingen aufgelegt ist. Wenn ein Mann *das* verstanden hat, ist er schon ansatzweise brauchbar.

»Weil mir schon mal jemand in die Zunge gebissen hat, wenn du es genau wissen willst«, sagte Lukas ernsthaft.

»Darf ich daraus schließen, dass der Jemand nicht von dir geküsst werden wollte?«, krächzte ich irritiert und überlegte, wie man einem Mann auf diskrete Weise mitteilen kann, dass man nicht beabsichtigt, ihn in die Zunge zu beißen.

»So ungefähr.« Lukas hatte jetzt ein leichtes Funkeln in den Augen. Er bog meinen Kopf noch ein Stückchen nach hinten, ich sah den amüsierten Zug um seinen Mund und dachte, dass es eigentlich ziemlich unfein war, eine Frau, die ganz eindeutig nicht zubeißen wollte, so zappeln zu lassen, aber direkt aussprechen wollte ich es nun auch wieder nicht. Ach, hol's doch der Teufel, bei manchen Männern musste man wohl nachhelfen, so traurig das auch war. Ich zog seinen Kopf zu mir herunter. Und dann war es mir vergönnt, einen ganz und gar ungeschwisterlichen Kuss entgegenzunehmen, der absolut nichts Keimfreies an sich hatte. Endlich!

Wir torkelten in den Flur. Lukas stieß die Tür mit dem Fuß zu, ohne mich loszulassen, und relativ ungehemmt gaben wir uns dem wollüstigen Bakterienaustausch hin. Hätte irgendjemand diese Szene nett ausgeleuchtet und auf Zelluloid gebannt, wären ihr in der »Hör Zu«-Wertung drei Erotikpunkte sicher gewesen, mindestens. Meine Hormone tobten und applaudierten und schrien »Bravo! Der erste vernünftige Kuss seit Jahren! Romea, du machst dich!«

Genau, dachte ich, wurde allmählich auch Zeit. Und wer weiß, was sich ergeben hätte, wenn nicht in diesem prekären Moment jemand laut gehustet hätte. »Geht dieses Geseufze vielleicht etwas leiser?«, brüllte der Jemand.

»Ach, Tom ist ja auch da«, sagte Lukas unwillig, »den hatte ich ganz vergessen. Aber ich kann ihn nicht so brutal rausschmeißen, er ist heute in einer ganz sonderbaren Stimmung.«

»Was hat er denn?«

»Er hat sich verknallt, Dummchen«, sagte Lukas sanft.

Ach so, wenn's weiter nichts war. Auf einmal konnte ich gönnen. Und ganz besonders gönnte ich *mir* jedes einzelne der etwa dreitausend Erotikpünktchen, die gerade durch meine Blutbahn schossen, weil Lukas mit den Lippen über meine nackte Schulter glitt. Benebelt beschloss ich, das »Dummchen« überhört zu haben.

»Ist alles ein bisschen schwierig heute Abend«, konstatierte er zwischendurch, »ich versuche trotzdem mal, ihn loszuwerden. Und dann ziehen wir uns zurück.«

Ja doch. Er klopfte an Toms Zimmertür. Stark bemüht, jeglichen Wallungen zumindest für ein paar Minuten Einhalt zu gebieten,

steckte ich den Kopf durch den Türspalt. Tom lag auf seinem Rattanbett, die Arme hinter dem Kopf verschränkt, und sah ausdruckslos vor sich hin. »Siehste«, sagte Lukas mit den Lippen auf meinem Nacken und rückte mir ganz dezent von hinten auf die Pelle, was ich in meiner labilen Verfassung beim besten Willen nicht ignorieren konnte. Die prickelnde Gänsehaut erreichte nun auch meine Zehen. »Lass ihn lieber.«
»Warte. Tom, warum bläst du Trübsal?« Ich schwebte durchs Zimmer, sank anmutig auf die Bettkante. Noch immer würdigte er mich keines Blickes.
»Er ist verliebt, lass ihn gewähren«, kam es von der Tür her, »wir haben es hier mit der unglücklichen Variante zu tun, wenn ich das richtig verstanden habe.«
»Ach, halt's Maul, Zoeppel.«
»Wie heißt sie denn, deine Angebetete?«, forschte ich. »Es ist die attraktive Blonde von vorhin, nicht?« Ich war so neugierig auf die Frau, die es fertig brachte, einen Kerl wie Tom derart aus dem Ruder zu werfen, dass ich nicht einmal meine unfeine Spionagetätigkeit an der Wohnungstür verheimlichte.
Nun riskierte er doch einen Blick auf das Kleid. »Das war Maren. Siehst nett aus heute.«
Ach ja, das Kleid. Deswegen hatte ich ja eigentlich geklingelt: Um das Kleid und den darin enthaltenen Luxuskörper vorzuführen und Herrn Zoeppel schöne Augen zu machen. Und was war daraus geworden? Erst eine wilde Knutscherei im Hausflur und anschließend Abbruch des Gefechts zugunsten diverser Erste-Hilfe-Leistungen an einem angeknacksten Männerherzen. Leben, was liebe ich dich. Wo nimmst du nur die ganzen Pointen her? Unwillkürlich musste ich lächeln. »Und wo liegt das Problem? Erhört sie dich nicht?«
»Sie ist anderweitig engagiert«, sagte er muffig, »ob du wohl jetzt so rücksichtsvoll sein könntest, deine strahlende Laune in die Küche mitzunehmen? Und Lukas gleich mit? Mir ist heute nicht nach Gesellschaft.«
Ich nickte voller Mitgefühl und huschte im Eiltempo in die Küche. Mit begierig funkelnden Augen streckte Lukas mir beide Hände

entgegen, und sogleich breiteten die ganzen Erotikpünktchen ihre Schwingen aus und flatterten von neuem meinen Rücken hinab. Sicherheitshalber begann ich zu testen, ob ich noch immer des Küssens mächtig war. Hatte gerade freudig registriert, dass mir meine Kenntnisse in den vergangenen zehn Minuten mitnichten abhanden gekommen waren, als nebenan Musik losdröhnte. »Herrje, was ist *das*?«, zuckte ich zusammen.
»Ach, irgend so ein Deutschrocker«, sagte Lukas, »ich habe da keinen Durchblick.« Dann hinderte er mich auf angenehmste Weise daran, weitere überflüssige Fragen zu stellen, und ich fand es an der Zeit, ein paar Knöpfe seines Hemdes zu öffnen. Plötzlich rumste es. Der Krach kam wieder von nebenan. »Mann, dieser Steinkrüger«, stöhnte Lukas, »also, heute geht er mir ganz schön auf den Wecker.«
»Was war das für ein Geräusch?«, sagte ich besorgt und ließ den Knopf wieder los. Unglücklich verliebte Männer sind zu den idiotischsten Dingen fähig, insbesondere, wenn sie Thomas Steinkrüger heißen. Außerdem konnte ich mich bei dem Radau nicht vernünftig auf Lukas und seine Knöpfe, geschweige denn auf das Darunter konzentrieren. »Warte mal eben. Ich sehe kurz nach.«
»Nein, bleib.« Er schob eine Hand unter mein Kleid. Nebenan knallte es erneut.
»Bin doch gleich wieder da. Nun lass das – lass los – nicht – Lukas!!!« Irgendwie gelang es mir, in Toms Zimmer zu schlingern. Mein verknallter Hausfreund stand am Fenster und sah hinaus auf die Straße, während der Deutschrocker »Einer liebt dich, wenn der Regen kommt« oder so ähnlich sang. Dann rumste es wieder. Tom hatte mit Karacho in den Heizkörper unter dem Fenster getreten. Es wurde still im Raum.
»Ach, Tom«, sagte ich voller Mitleid.
Augenblicklich fuhr er herum. »Seit wann stehst du da?«
»Seit gerade erst.« Was empfahl sich in einem solchen Fall, um das Herzeleid zu lindern? In den Arm nehmen? Der zickigen Angebeteten die Ohren lang ziehen? Andererseits, was hatte *mich* in den vergangenen Monaten trösten können?

»Sagte ich es eigentlich schon? Das Kleid ist allererste Sahne«, murmelte er mit einem schiefen Seitenblick.
»Danke.« Innerlich atmete ich auf. Ein Mann, der sich in akutem Liebeskummer suhlt und dennoch imstande ist, einer anderen Frau hübsche Dinge zu sagen, ist weder suizidgefährdet noch anderweitig für die Menschheit verloren. Ich wanderte zu ihm hinüber ans Fenster, dachte voller Ungeduld an Lukas – verdammt, verdammt –, aber das hier war wohl wichtiger. »Ist es denn wirklich so schlimm? Absolut aussichtslos, die Sache?«
»Ach, Giraffenkind«, seufzte er, »mir ist so loreley zumut, und ich bin doch nicht Heine.« Er stopfte beide Hände in die Hosentaschen, zog die Schultern hoch und sah gedankenverloren in meinen Ausschnitt. »Nein, aussichtslos ist es nicht. Abwarten. Aber falls ihr … also heute Abend kann ich leider nicht verschwinden.« Der etwas unglückliche Unterton war nicht zu überhören.
»Wieso verschwinden?«, fragte ich begriffsstutzig.
»Na, du weißt schon, das alte WG-Problem. Ist irgendwie indiskret, wenn noch jemand in der Wohnung ist, findest du nicht? Aber ich *muss* gleich noch arbeiten.«
Richtig, da war ja noch was neben dem Steinkrügerschen Liebeskummer. Aber wenn Tom jetzt in seinem Zimmer blieb, dann wäre ich zwar allein mit Lukas, aber nicht richtig allein, und falls dieser dann zur Tat schritt, ach, hoffentlich würde er es ausgiebig tun … ausgerechnet heute war der Babysender unten geblieben, ich hatte ja nur das Kleid präsentieren wollen, und vielleicht irrte Ninni weinend durch die Wohnung, während wir … zu dumm aber auch! »Ach, bleib nur«, wehrte ich ab und fand die Situation ziemlich peinlich.
In der Küche rief jemand meinen Namen, laut und ziemlich ungeduldig. »Romea! Den blöden Steinkrüger schmeißen wir jetzt sofort raus, und dann mache ich uns eine Flasche Schampus auf, und die nehmen wir mit ins –«
»Gleich!«, schrie ich dazwischen, weil Tom das Wort »Bett« nicht so direkt hören sollte. Angesichts seines Herzschmerzes erschien es mir unschicklich. In diesem Moment war ich weder Mutter noch Frau, sondern ein undefinierbares Zwitterwesen. Nun hatte ich

nach langen Monaten der Keuschheit endlich die Gelegenheit, dem Mann näher zu kommen, dessen Anblick allein mich zum Beben brachte. *Einmal* nicht Mutter, sondern Frau sein. Und was war das Ende vom Lied? Statt selig mit dem Prinzen auf Tuch- und Hautfühlung zu gehen, übte ich mich in karitativen Freundschaftsdiensten. Und der Mutterpflichten konnte ich mich so oder so nicht entledigen.

»Nur Mut, das wird schon«, sagte ich doppeldeutig und legte meinen Kopf für einen Moment auf Toms Schulter, »auch wenn's kompliziert aussieht.«

»Pass auf dich auf«, sagte Tom leise in meine Haare hinein. »Lukas ist ein prima Kumpel. Nur was Frauen anbelangt –«

»Was meinst du?« Ich lächelte verklärt. Spätestens in ein paar Minuten würde ich wissen, was der Abend noch für mich bereithielt.

»Ich muss dir was sagen. Aber bitte werd nicht gleich sauer.«

»Wieso, was meinst du?«

»Lukas ist ein Blender. Du solltest das wissen, bevor du –«

»Was soll das heißen?« Sehr langsam nahm ich den Kopf von seiner Schulter und spürte, wie ich sauer wurde.

»Das soll heißen, dass ich absolut keine Lust habe, in zwei Monaten deine Hand zu halten und deine Tränen zu trocknen und dir tausendmal zu versichern, dass er's nicht wert ist, der blöde Hund! Mehr als zwei Monate sind bei ihm noch nie drin gewesen, Mensch! Was meinst denn du, warum man ihn ›Lucky Luke‹ nennt! Er kriegt sie alle, und er kriegt sie schnell. Ohne dass er auch nur das Mindeste dafür tun müsste. Genau wie bei dir!«

Daraufhin verspürte ich den leisen Drang, ihn mit den Nasenlöchern am nächstbesten Garderobenhaken aufzuhängen. »Du lügst!«, fauchte ich. »Pfui, wer haut denn da seinen besten Freund in die Pfanne?«

»Außerdem hast du Kinder«, fügte Tom unbeirrbar hinzu.

»Na und!«

»Du glaubst doch nicht allen Ernstes, dass er langfristig eine Frau mit drei Kindern – ach, vergiss es doch einfach!« Er drehte sich weg.

»Tu ich!« Ich drehte mich ebenfalls weg. »Soweit ich weiß, bist du nicht mein Vormund, und ein Freund bist du schon lange nicht! Wer einem anderen das Glück nicht gönnt, das er selber nicht haben kann, der ist – ist –« Vor lauter Empörung fehlten mir die Worte. Und wegen dieses Egoisten hatte ich Lukas warten lassen?
Zwei Monate also. Das würden wir ja noch sehen.
Dann ließ ich Tom stehen. Ich schlüpfte durch den Türspalt zurück in die Küche, zurück auf Lukas' Schoß. Der Raum war erfüllt von Mozarts A-Dur-Symphonie. Wunderbar ausgesucht, das Moll kommt ja meistens von ganz allein. »Lucky Luke«, murmelte ich und lächelte und küsste ihn.
»Das sagt Tom auch immer. Weißt du eigentlich, dass du heute mehr Zeit mit ihm verbracht hast als mit mir?«
»Weiß ich«, sagte ich zerknirscht, »und nun wollen wir den Steinkrüger abhaken. Hab mich schon genug über ihn geärgert.«
Es dauerte nur ein paar Sekunden, bis meine schläfrigen Hormone wieder taufrisch und geschlossen auf dem Oberdeck standen und mir den Vorschlag machten, gemeinsam mit Lukas in die Intimität meiner eigenen Wohnung zu flüchten.
»Irgendwie wird das hier heute nichts, glaube ich«, flüsterte Lukas so unvermittelt, als habe er mal wieder meine Gedanken gelesen. Er küsste sich meinen Ausschnitt hinunter und schob den Träger zur Seite, den einen dünnen Träger, der das ganze Kleid hielt. Und Cupido grinste siegesgewiss von seinem Regal herunter. Ein niederträchtiger Bub bist du, dachte ich. Sieh dir ruhig an, was du angerichtet hast. Hier in der Küche hängt der Himmel voller Geigen, und nebenan hat einer ein liebewundes Herz und ist kreuzunglücklich.
»Ich wohne zufälligerweise ganz in der Nähe«, sagte ich mit stark belegter Stimme.
»Lieber nicht. Stell dir vor, eins der Kinder kommt rein –«
An diese Möglichkeit wirst du dich gewöhnen müssen, wenn das mit uns beiden etwas werden soll, dachte ich. Drei Kinder lassen sich nun mal nicht wegzaubern.
»Ist wohl nicht unsere Nacht heute.« Das Grübchen in seiner

Wange vertiefte sich. Er hob die rechte Hand, zog langsam mit dem Zeigefinger die Konturen meiner Unterlippe nach. »Aber sie wird schon noch kommen, hm?«

Ich nickte und legte meine Arme um Lukas' Hals. Zehn Minuten darfst du mich noch elegant und hocherotisch umspielen, dachte ich, darfst mich und meine Seele streicheln. Noch zehn Minuten. Dann muss ich wieder zurück in meine andere Welt, in die Welt eine Etage tiefer, in die du mich heute nicht begleiten willst.

Aber vielleicht morgen. Oder übermorgen. Dann werden wir sehen, Lucky Luke.

Germanisten und andere Missionare

Und sie kam, die Nacht. Ich musste noch nicht einmal lange darauf warten.

Sie begann mit einem verstohlenen Klopfen an meiner Wohnungstür und endete so, wie man sich gewöhnlich den Abgang eines untreuen Ehemannes vorstellt: Geliebte liegt hingegossen im Bett und betrachtet mit großen Augen den Lover beim Ankleiden. Lover nimmt ausgiebig Abschied. Heimkehr erfolgt daraufhin auf Socken. In diesem Fall kam es eigentlich noch schlimmer: Die Heimkehr erfolgte auf Socken *und* Zehenspitzen.

Erstens, die Kinder, begründete mein Lover diese seltsamen Vorsichtsmaßnahmen. Allein der Gedanke, eins der Kinder könne uns trotz abgeschlossener Tür in einer eindeutigen Situation überraschen, habe ihn schon genug abgelenkt.

»Und zweitens? Warum diese nervöse Heimlichkeit?« Mehr oder minder ungläubig starrte ich ihn an.

Zweitens sei Tom eine streng wachende Medusa, deren Blick man unter allen Umständen auszuweichen habe, entgegnete mein Lover. Die Form müsse gewahrt bleiben. Bekanntlich könne in einer WG eine Frauengeschichte zu ungeahnten Folgen führen.

»Zu welchen?«, fragte ich weiter, auch wenn ich damit Gefahr lief, dass Lukas die Erinnerung an ein zwar anschmiegsames und liebendes, aber doch äußerst begriffsstutziges Wesen mit in sein Bett nahm. Er mochte sich nicht weiter äußern, sondern ordnete lieber sein Hemd und seinen Reißverschluss.

»Vergiss nicht, den Ehering wieder anzuziehen«, stichelte ich, »nicht dass sie etwas merkt!«

Er warf mir einen erstaunten Blick zu. »Wer?«

»Na, sie. Tom.« Der Versuch, meinen Worten einen ironisch-witzigen Unterton zu geben, misslang. Wahrscheinlich hörte ich mich an wie eine spinöse alte Jungfer. Aber in mir wehrte sich alles heftig dagegen, dass dieser Unsinn meine vollendeten Gefühle auffraß. Kein besonders gelungener Abschluss für eine erste Nacht.

Das schien auch Lukas zu finden, denn er schlüpfte vollbekleidet zurück ins Bett und verteilte unzählige kleine Küsse auf meinem Dekolleté. »Wer hat denn da eine so spitze Zunge«, murmelte er besänftigend.

»Lukas, du tust gerade so, als müsstest du heimlich mit mir techtelmechteln, klammheimlich sogar –«

»Psst«, flüsterte er, »es ist einfach wunderbar, so klammheimlich mit dir herumzutechtelmechteln! Küss mich noch ein bisschen.«

»Gerne. Du solltest aber unbedingt das Hemd wieder ausziehen. Nachher findet sie Lippenstiftspuren am Kragen und konfrontiert dich daraufhin erst mit bohrenden Fragen und anschließend mit einem Nudelholz –«

Immerhin zog er das Hemd tatsächlich aus, sehr willig sogar, ich brauchte keinerlei Gewalt anzuwenden. Mit einer raschen Drehung des Handgelenks schloss er das Zimmer ab. Und dann ging alles wieder von vorn los. Das uralte, neue Spiel. Entdecken, suchen, finden. Geübte Hände und ein makelloser Männerkörper, den ich stumm mit den Augen liebkoste. Erlöste Sehnsucht. So lange, bis er schließlich aus meinem Schlafzimmer schlich. Auf Socken, wie gesagt.

Meine erste Nacht mit einem Mann seit Menschengedenken hatte knapp vier Stunden gedauert. Wir hatten uns geliebt und zwischendurch sogar ganz ernsthaft unterhalten und dann wieder geliebt. Irgendwann stützte ich mich auf einen Ellenbogen und betrachtete seinen Bauch. Rund um den Nabel verlief ein dunkler Haarkranz mit einem widerspenstigen Wirbel, der sich nicht glatt streichen ließ.

»Lukas?«

»Hmm?«

»Warum hast du eigentlich so furchtbar viel Zeit gebraucht?«

»Wie?« Entsetzt hob er den Kopf aus dem Kissen.

»Ich meine den Zeitraum vom ersten Flirt bis zum ersten Kuss! Warum hast du die Sache so grausam hinausgezögert, bis du aktiv wurdest? Das grenzte an Folter!«

Er wälzte sich auf so unerhört laszive Weise auf die Seite, dass mir schier der Atem wegblieb. »Konnte ich denn wissen, ob du direkt nach der Trennung von Uwe überhaupt interessiert warst? Ich bin erst mal davon ausgegangen, dass du von Männern die Nase gestrichen voll hattest.«

Nun ja, nicht ganz und gar. Zärtlich versenkte ich meine Zeigefingerspitze in seinen Bauchnabel. So ein flacher, ästhetischer Nabel aber auch!

»Wirst du das wohl lassen! Das kitzelt!«

»Und später? Du hast doch genau gewusst, dass ich ... Oder hast du nicht?«

»Nun, du hast dir zwar unendlich viel Mühe gegeben, deine Gefühle zu verschleiern, aber gelungen ist es dir nicht«, lächelte er und hielt meine Hände fest, damit ich seinen Bauchnabel endlich in Ruhe ließ. Er schien dort wirklich extrem kitzelig zu sein. »Und dann auf deiner Geburtstagsfeier diese entzückenden Versuche, die Verruchte zu geben! Wie du erschrakst, als du merktest, dass ich merkte, dass du ...«, er zog meine Hände an seine Lippen und küsste sie mit Andacht, »ach, noch nie hab ich jemanden gekannt, der so niedlich versucht, seinen Blick zu verstellen.«

»Also, Tom wusste bis gestern von gar nichts«, sagte ich beleidigt, »so dilettantisch kann ich mich also nicht angestellt haben. Aber

wenn du wusstest, was mit mir los war, warum hast du dann so endlos lange abgewartet?«
Er setzte sich nun auf, nahm meinen rechten Fuß und strich sehr konzentriert vom Knöchel abwärts die Linien der Sehnen nach.
»So ein großer Fuß«, tadelte er, »das ist überhaupt kein richtiger Frauenfuß. Zart und klein und hilflos müsste er sein, nicht so stabil und – sag mal, Großmutter, warum hast du so große Füße?«
»Damit ich besser mit beiden Beinen im Leben stehen kann. Nun lenk nicht ab, Lukas. Warum hast du die Sache so hinausgezögert?«
»Also, zum einen war es natürlich so, dass ich in dir hauptsächlich die Mutter gesehen habe. Mit dieser Spezies hatte ich bis zu deinem Einzug keinerlei Erfahrung, weißt du. Und dann tauchtest du in diesem Abendkleid auf … rasend aufregend … und ganz offensichtlich bereit für mich. Davon abgesehen bin ich ein Verfechter der Theorie ›Vorfreude ist die schönste Freude‹, um es mal simpel zu formulieren.«
»Was?«, sagte ich verdutzt.
»Weil das Vorher das Beste an der Sache ist, Romea. Dieser Funkenflug, diese unerhörte Erotik, die in einem Blick liegen kann! Hier eine Berührung, dort quälend langsames Näherkommen, hochkalorische Nahrung für die Phantasie. Ahnen, aber nicht wissen. Wunderbare Spielchen sind das. Ein unausgesprochenes ›Willst du?‹, gefolgt von der unausgesprochenen Antwort ›Ich will … vielleicht‹, das ist Magie, das produziert eine ungeheure Zündkraft und macht die Sache explosiv bis zum Unerträglichen.«
»Die Erotik der Langsamkeit«, murmelte ich träge.
»Ganz genau. Weißt du, wenn's erst mal passiert ist, hört das alles bald auf. Die Schwingungen verändern sich, das Ganze bekommt eine neue Dimension. Man kennt sich, alles ist buchstäblich greifbar, fühlbar. Man *weiß*, was man vorfinden wird, wenn man die Hand ausstreckt. Und in den alten flirrenden Zustand zurückbringen kann man die Sache nie wieder.«
»Aber wenn das wild lodernde Feuer heruntergebrannt ist, dann geht's doch erst richtig los,« widersprach ich leicht befremdet,

»besteht nicht die wahre Kunst darin, die Flamme am Leben zu erhalten? So eine kurze Strohfeuerliebe bringt doch jeder fertig. Hat man drei, vier hinter sich, ist man ausgebrannt. Die stetig glimmende Dauerliebe, auf die kommt es an!«
Er küsste erst meine Hände, dann meine Nasenspitze. »Weißt du, was ich an dir so mag? Deine süße Naivität. Glaubst du tatsächlich noch an Liebe, bis dass der Tod euch scheidet?«
»Natürlich. Du nicht?«
Teilnahmsvoll sah er mich an. »Nein, Herzchen. Nichts ist von Dauer, erst recht keine Gefühle. Nach zwanzig Jahren Ehe ist man doch nur noch aus Gewohnheit und Bequemlichkeit zusammen. Man kennt jede Einzelheit des Partners, alle seine Schrullen, jede Reaktion ist vorhersehbar. Da ist nichts mehr, was einen überraschen könnte. Und was bleibt? Langeweile. Leere. Also, ich finde das fürchterlich.«
Ganz schön schwere Kost für ein Bettgespräch nach dem ersten Mal, dachte ich erschrocken. Wie kann man nur so zynisch sein, so desillusioniert? Ich rückte noch ein Stückchen näher an ihn heran. »Hattest du denn wirklich noch nie den Traum, eine Frau auf immer und ewig zu behalten?«
»Ach, Romea«, seufzte er, »das ist so eine Sache mit den Träumen und der Traumfrau. Wenn es sie gäbe, dann trifft man sie wahrscheinlich nicht; wenn man sie träfe, dann hält es sie wahrscheinlich nicht. Man muss das realistisch sehen. Träume und Wissen sind nun mal zweierlei. Und bis jetzt ging das Feuer bei mir immer aus, leider.«
Mein Entsetzen hatte sich von Satz zu Satz gesteigert. »Wie viele Feuer … brannten denn bei dir in den letzten Monaten … wenn ich fragen darf?«
»So drei, vier.« Er küsste mich auf die Schulter.
»Und etwas wie Füreinander-bestimmt-Sein hast du noch nie gefühlt?!«
»Gewünscht schon, empfunden noch nie. Aber was nicht ist, kann ja noch werden. Auch Realisten haben Träume! Und nun komm mal her, auf deinem Rücken ist so ein hübsches kleines Muttermal, dem ich mich noch nicht persönlich vorgestellt habe.«

Ich sagte nichts. Zu sehr kaute ich noch an den Brocken herum, die er mir eben serviert hatte. Mit solch eklatanten Bindungsängsten war wahrlich nicht zu rechnen gewesen. Beinhaltete die heutige Ouvertüre etwa schon den Hinweis auf eine Art vorhersehbaren Abgesang? Ach was. Ich nahm mir vor, diejenige zu sein, die Lukas vom Gegenteil seiner Theorie überzeugen würde. Feuer kann man am Leben erhalten, monate-, jahrelang, ein Leben lang! Denn seine Traumfrau, die gab es.

Die ungewohnte Liebeserschöpfung schenkte mir einen so festen, traumlosen Schlaf, dass ich den Wecker überhörte. Beim Frühstück träumte ich blicklos vor mich hin, die Zeitung blieb ungelesen, den Tee rührte ich kaum an. In meinen Adern pulsierte frische, unverbrauchte, flammende Liebe, was brauchte ich da noch Koffein.

Die leidenschaftlichen Ereignisse der vergangenen Nacht waren den Kindern natürlich entgangen, doch dass etwas Neues in der Luft lag, bemerkten sie durchaus, trotz der bei uns üblichen morgendlichen Schlafmützigkeit. Besonders Carlo gab es schwer zu denken, dass ich angesichts des vom Tisch tropfenden Kakaos nicht zu zetern begann. »Mama, bist du krank?«

Nein. Nur schwer verliebt und glücklich.

Vormittags räumte mein erstes Ich die Wohnung auf, bügelte Blusen und faltete Kinderjeans. Derweil lag mein zweites Ich neben Lukas im Bett und holte jeden Augenblick der letzten Nacht bis in alle Einzelheiten wieder zurück. Kaum dass Ninni und ich Schuhe angezogen hatten, um ein bisschen auf den Spielplatz zu gehen, klingelte es. Draußen stand Tom. Seine Lippen sagten lächelnd »Hallo«, aber seine Augen lächelten heute nicht mit, und das übliche ›Giraffenkind‹ schenkte er sich auch.

»Ach, Tom«, ich warf meine Arme um seinen Hals, »wollen wir uns nicht wieder vertragen?«

»Das wollte ich dir auch gerade vorschlagen. Bitte komm mal mit, ich will dir was zeigen. Und zieh Ninni Wintersachen an, denn es ist ganz schön kalt heute. Ich gehe schon mal voraus zum Wagen.«

Summend packte ich meine Jüngste in Mütze, Schal und Jacke. Wie angekündigt wartete Tom am Auto auf uns, beide Ellenbogen auf das Dach gestützt. »O Gott«, sagte er erschüttert, »das ist ja nicht mit anzusehen! Noch nicht einmal deine Jacke kriegst du noch richtig zu! Was hat der Mann aus dir gemacht?!«
Verlegen schaute ich an mir herunter. Tatsächlich, ich hatte mich verknöpft. Neben Ninni sah ich aus wie eine zu groß geratene Erstklässlerin.
»Und dieses Katzenhafte an dir«, regte Tom sich weiter auf, »ach, schlimm ist das!«
»Wollten wir uns nicht wieder vertragen?« Flehend sah ich ihn an. Er sollte mir nicht die Laune verderben, nicht heute. Versehentlich bekam er einen richtig tiefen Blick ab, der so verschmust war, dass ihm die Röte ins Gesicht stieg.
Er verdrehte prompt die Augen. »Lass das! Also schön, vertragen wir uns, und jetzt steig endlich ein. Der Kindersitz ist schon drin.« Er öffnete die Fahrertür.
Jetzt erst nahm ich wahr, dass ich vor Lukas' Cabrio stand. Kein Polo weit und breit. Ich sagte nichts, fragte nichts, sondern schnallte Ninni an und ließ mich auf den Beifahrersitz fallen. Im Wageninneren roch es ganz schwach nach Davidoff. Amüsiert blickte ich auf die durch und durch reinliche Ablage unter der Frontscheibe. Bei mir lagerte dort meistens eine ganz anständige Staubschicht.
»Du siehst ein bisschen dümmlich aus, wenn du so verliebt vor dich hinglotzt«, stellte Tom sachlich fest.
»Ach, Tom, nun halt doch endlich die Klappe«, entgegnete ich herzlich, »also wohin fahren wir? Was willst du mir zeigen?«
Er antwortete nicht, sondern startete den Wagen mit einer heftigen Bewegung der rechten Hand. Wie immer schnallte er sich erst an, nachdem er ein paar Meter gefahren war. Wohlig lehnte ich mich zurück. Träumte vor mich hin, bis Tom kurz vor der Autobahn am Straßenrand stehen blieb und die Handbremse anzog. »Was gibt's denn hier zu sehen?«, bemerkte ich geistesabwesend. »Und warum musste ich Ninni eigentlich so warm anziehen? Ist doch gar nicht kalt.«

»Deswegen«, sagte Tom knapp und drückte auf einen Knopf. Begleitet von einem surrenden Geräusch begann das Verdeck des Cabrios nach hinten zu fahren. Über uns tauchten die ersten rheinischen Wolken auf. Sekunden später saßen wir quasi im Freien. Ninni schaute sehr verdutzt in den grauen Himmel.
»Und was soll das?«
Er sah geradeaus. »Jetzt blasen wir mal frische Luft in dein Gehirn, Süße. Du hast es dringend nötig.« Schon gab er Gas. Bog kurz darauf auf die Autobahn ab. Der Tacho kletterte rapide auf hundert, meine Haare flatterten wie wild im kalten Fahrtwind. Besorgt sah ich mich nach Ninni um. Ihre Augen tränten ein bisschen, aber sie jauchzte in den höchsten Tönen. Mit unbewegtem Gesicht donnerte Tom auf die Überholspur. Kein Zweifel, er musste über Nacht wahnsinnig geworden sein. Wie sonst käme man auf den Gedanken, bei nicht gerade sommerlichen Außentemperaturen im offenen Cabrio über die Autobahn zu rasen?
»Du hast eine Meise, Tom!« Ich brüllte gegen den Fahrtwind an und knöpfte mir hastig die Jacke zu. »Ich will sofort nach Hause!«
»Nicht, bevor du mir versprochen hast, dass du diese Affäre mit Lukas überdenkst!«, brüllte er zurück.
»Einen Teufel verspreche ich! Und jetzt fahr uns nach Hause!«
»Mensch, Romea! Ich will nur verhindern, dass du –«
»Und ich will nicht, dass du dich einmischst!«
Er schlug mit beiden Händen gegen das Lenkrad. »Offensichtlich ist Denken zurzeit nicht deine Stärke!«
»Meine Güte, was soll das eigentlich?«, schrie ich und fühlte, wie mir der Kamm gewaltig schwoll. Sauer starrte ich auf die vorbeifliegende Leitplanke. »Ja, ich bin in Lukas verliebt, ja, er ist in mich verliebt, ja, wir schlafen miteinander! Was ist denn daran so schlimm? Und vor allen Dingen, was kümmert's *dich*? Soweit ich weiß, bin ich erwachsen. Beschäftige dich doch mit deiner eigenen verkorksten Beziehungskiste!«
»Du rennst ins offene Verderben!«
»Nein, ich renne in offene Arme!«
Nun brüllte auch er, so laut er konnte. »Begreif endlich, dass du

für Lukas nichts weiter bist als ein Notnagel, Herrgott nochmal! Sobald die Nächste vorbeikommt, die ihn reizt, dann heißt es adios! Du kannst sicher sein, dass diese Nächste schon irgendwo lauert, und vor allen Dingen kannst du Gift darauf nehmen, dass Lukas auch die Kunst der parallelen Affäre beherrscht!«
Aha. Ganz eindeutig beabsichtigte Tom, mein Seelenheil zu retten und mich zu bekehren. Leider war ich in der Hinsicht eigen. Unwillkürlich dachte ich an gestern Nacht. Von wegen Notnagel! Ein Mann, der seiner Geliebten das Knie streichelt, genauer gesagt das rechte Knie mit der hässlichen Zickzack-Narbe, die von einem Unfall in Kindertagen zeugt – ein Mann also, der diese Narbe zärtlich küsst und verlauten lässt, es handele sich hier um eine wunderbar geformte Narbe an einer wunderbar geformten Frau, der betrachtet diese Frau nicht als Notnagel, das konnte mir keiner einreden. Am allerwenigsten dieses Individuum namens Tom Steinkrüger. »Weißt du was, du selbst ernannter Therapeut? Im Moment kann ich dich überhaupt nicht leiden«, zischte ich.
»Weißt du was? Ich dich auch nicht! Du willst also nicht zur Vernunft kommen?« Mit beiden Händen umklammerte er das Lenkrad. Seine Hemdsärmel flatterten im Wind. Der Wahn musste tatsächlich vollkommen von seinem Geist Besitz ergriffen haben.
»Nein, will ich nicht!«, fauchte ich und zog mir meine Jackenärmel über die Hände. Gab es hier in der Nähe keine Abschussrampe plus startbereiter Raumkapsel, an die ich Tom ketten konnte? Bitte einmal zum Mond, ohne Rückfahrkarte!
Das nächste Abfahrtsschild nahte. Ohne dass ich ihn erneut auffordern musste, bog Tom ab, fuhr unter der Autobahn durch und in Gegenrichtung wieder auf. In unfreundlichstem Schweigen saßen wir nebeneinander. Mistkerl, dachte ich und drehte mich mal wieder nach Ninni um, die mittlerweile ausgesprochen wortkarg in ihrem Kindersitz hockte. Ihr Gesichtsausdruck ließ auf rapide nachlassende Begeisterung schließen. »Wenn Ninni sich wegen deiner bescheuerten Einfälle eine Lungenentzündung holt, spreche ich in meinem ganzen Leben kein Wort mehr mit dir«, schimpfte ich, als das Cabrio endlich in die Wolframstraße einge-

bogen war. »Komm, meine Kleine, wir gehen schnell rein und trinken etwas Heißes. Möchtest du Kakao?«
Ich hob sie aus ihrem Sitz und stellte fest, dass sie eiskalte Hände hatte. Am besten steckte ich sie ohne Umwege direkt in die warme Wanne. Und plötzlich waren da auch Toms Hände, die besorgt an Ninni herumfühlten und ihre Fingerchen kneteten.
»Mama, mir ist so kalt«, jammerte das Kind.
»Scheiße, das habe ich nicht gewollt«, sagte Tom zerknirscht, »tut mit Leid, tut mir aufrichtig Leid. Ich dachte nur –«
»Nebbich. Geschenkt.« Ohne ihn noch eines Blickes zu würdigen, hievte ich Ninni auf meine Arme und ließ ihn stehen. Das heißt, ich *wollte* ihn stehen lassen, etwas anderes hatte er wirklich nicht verdient – aber er überholte von links und versperrte mir den Weg. Auf Cowboyart stand er nun vor mir, breitbeinig, das Gewicht auf den Außenkanten seiner Schuhsohlen, die Daumen in den Gürtel gehakt. Und er starrte mich an, mit einem eigentümlichen Blick, der nichts, aber auch gar nichts zu erkennen gab, zumal ihm die Strubbelsträhnen noch wirrer als gewöhnlich über die Augen hingen.
»Bei allen anderen konnte ich's mit ansehen. Bei dir nicht«, sagte er steif und geradezu förmlich, »und bitte entschuldige, dass ich Ninni zu viel zugemutet habe.« Daraufhin drehte er sich auf dem Absatz um und marschierte ins Haus.
»Du hättest nicht Germanist werden sollen, sondern Missionar!«, keifte ich hinter ihm her, obwohl er längst verschwunden war und mich wahrscheinlich nicht mehr hörte. Dann beeilte ich mich, mit meinem bibbernden Kind ins Badezimmer zu kommen.
Die Rose, die an diesem Abend vor dem Wohnzimmerfenster baumelte, nahm ich noch zärtlicher als sonst in Empfang. Ich sah sie an, hatte plötzlich das dringende Bedürfnis, sie zu konservieren, und legte sie behutsam zwischen die Seiten eines Wälzers. Wie damals Pater Ralph de Fricassé nach dem Brand der Drogheda-Farm, dachte ich sentimental, nur hatte dieser sich naheliegenderweise seiner Bibel bedient. Eine Rose nach Art der »Dornenvögel«, so was besaß auch nicht jeder.
Armer Tom. So verbohrt und trotzig und radikal. Aber wer unge-

fragt die Menschheit bekehren will, kriegt meistens etwas auf die Mütze, das ist leider so. Ich sollte ihm wohl vorläufig aus dem Weg gehen.
Von wegen Notnagel. Phh!

Gegensätze ziehen sich an – oder aus

Am nächsten Morgen war ich noch immer verärgert. Nur allzu gern hätte ich Thomas Steinkrüger für ein, zwei Monate in die Wüste geschickt. Allerdings bot die Realität keinen Platz für Übelnehmen und trotziges Ausweichen. Das Engagement im »Blue Moon« zwang mir schlichtweg auf, mit Tom auf einen vorläufigen Nenner zu kommen, wie auch immer dieser beschaffen sein mochte.
Kurz entschlossen rief ich ihn also an und erkundigte mich, ob er aufgrund der amourösen Sachlage von seinem Babysitterjob Abstand nehmen wolle. »Es steht dir frei, zu tun und zu lassen, was du für richtig hältst«, schloss ich betont kühl, damit er gar nicht erst auf den irrigen Gedanken kam, ich kröche möglicherweise zu Kreuze. Allerdings umklammerte ich bei diesem letzten Satz den Telefonhörer in höchster Anspannung. Denn wenn Tom konsequent war, musste er unser Arrangement eigentlich aufkündigen. Wenn ich hingegen konsequent war, sollte ich eigentlich genug Stolz im Leibe haben, um nach dem gestrigen Eklat auf seine Dienste zu verzichten. Aber dann steckte ich mal wieder böse in der Klemme.
Grimmig beantwortete er mein Statement mit einer Frage. Sei es beim jetzigen Stand der Dinge nicht eigentlich an Lukas, meine Kinder zu hüten?
»Ja, kann sein«, sagte ich mit klopfendem Herzen. Irgendwie machte mir die Situation schwer zu schaffen.
Daraufhin teilte Tom mir mit, dass man sich intern geeinigt habe.

Da Lukas leider Gottes weder montags noch mittwochs zur Verfügung stünde, würde er, Tom, an diesen Abenden weiterhin den Babysender in sein Zimmer stellen. Im Übrigen sei er nicht so charakterlos, mich sitzen zu lassen, bloß weil ihm mein privater Lebenswandel missfalle.

Ich stutzte. »Was macht er denn neuerdings mittwochs?«

»Er und seine Handballer haben eine Internetgruppe ins Leben gerufen. Soweit ich informiert bin, basteln sie an einer Homepage herum. Wusstest du das nicht?«

Nein, das wusste ich nicht. Ich hätte heulen mögen, deswegen und überhaupt. Sehr unglücklich sagte ich: »Ach, Tom, sei bitte nicht so.«

»Wie bin ich denn?«

»Kalt wie eine Hundeschnauze. Ich hab dir nichts getan!«

Er schwieg. Ich schwieg auch. »Du kennst meinen Standpunkt«, sagte er schließlich, »betrachte mich doch einfach als eine Art ›agent provocateur‹.«

»Verdammt, es ist nicht dein Bier! Um mit Ringelnatz zu sprechen: Meine Sterne kannst du nicht verschieben! Du siehst, ich habe gut aufgepasst.« Ich seufzte auf. Fügte leise hinzu: »Tom, ich brauche keinen Gegner, sondern einen Freund. Und wenn ich mir vorstelle, du würdest nie wieder Giraffenkind zu mir sagen, wird mir ganz schlecht.«

»Wie schlecht?«

»Mordsschlecht. Hundsmiserabel. Ich finde es richtiggehend fies von dir, dass du dir das Recht einräumst, mich maßregeln zu dürfen.«

»O nein, darum geht es nicht«, erwiderte er ruhig, »es geht hier um Kummerprävention. Wenn ich mir vorstelle, dass du in ein paar Wochen dein Kopfkissen nass heulst, weil der Saukerl mit einer anderen im Bett liegt, dann wird mir ganz schlecht.«

»Wie schlecht?«, fragte ich und wusste instinktiv, wie die Antwort lauten würde.

»Mordsschlecht! Hundsmiserabel! Giraffenkind, dummes!«

»Danke.« Erleichtert atmete ich auf. »Und wie geht's *deiner* Beziehungskiste?«

»Es lohnt sich manchmal zu lieben, was kommt, nicht ist oder war!«, konterte er. »Warum streust du Salz in meine Wunden? Ist das Bosheit oder Rache?!«

Nach diesem Gespräch waren die Fronten geklärt. Zwar stieg Tom nach wie vor nicht gänzlich von seinem Oberlehrerpodest herunter, doch wenigstens beschränkte er sich nun auf missmutige Blicke, wann immer er Lukas und mich zusammen antraf. Auch stattete er uns wie früher nachbarliche Besuche ab und nahm seine alte Gewohnheit wieder auf, meine Sprudelkisten zu schleppen. Lukas hatte leider nie Zeit für derlei Hilfsdienste.

Glückliche Wochen schlossen sich an. Endlich rundherum glückliche Wochen! MoMiFrei sang ich bei Ronny, die anderen Abende und Nächte gehörten Lukas, vorausgesetzt, er spielte nicht gerade Handball oder war anderweitig verhindert. Übrigens hatte sich zwischenzeitlich herausgestellt, dass er an einer Art Lichtneurose litt. Nachts wurde der Rollladen bis zum Anschlag heruntergelassen, auch der Vorhang musste zugezogen sein. Kein Lichtschein durfte seinen Schlaf stören. Ein außerordentlich interessanter Kontrast zu Uwe mit seiner Frischluftmanie! Ansonsten bevorzugte Lukas es nach wie vor, unsere gemeinsamen Stunden erst dann beginnen zu lassen, wenn die Kinder im Bett waren. An unserem zweiten Wochenende gingen wir abends essen. Nur er und ich bei Kerzenschein und einem wunderbaren Prosecco. Ich registrierte eine Menge begehrlicher Blicke von den Damen an den Nachbartischen und platzte fast vor Stolz, mir als dreifache Mutter diesen umwerfenden Mann geangelt zu haben.

»Santé«, sagte ich selig mit erhobenem Glas und vertiefte meinen Blick mal wieder in das Grübchen in seiner rechten Wange. »Du, Lukas, morgen Abend gibt es bei uns Lasagne. Willst du nicht zum Essen kommen? Ich meine, die Kinder wissen ja noch gar nichts von uns ... wäre es allmählich nicht mal an der Zeit?« Ziemlich schwierig, diese Thematik in vollständige Sätze zu packen. Lukas schien mir so ganz und gar kein Familienmensch zu sein. Die Sache musste man also mit Bedacht angehen.

»Morgen?« Lukas schenkte mir einen zärtlichen Blick. Streckte die

Hand aus und berührte meinen Unterarm. »Morgen treffe ich mich mit meinen Handballern, weißt du. Im Sommer machen wir doch unsere alljährliche Singletour, und noch immer steht das Ziel nicht fest. Also, morgen geht's wirklich nicht. Vielleicht nächste Woche, ja?«
»Natürlich. Es kommt ja nicht auf ein paar Tage an.«
»Im Übrigen teile ich dich so ungern. Ich hab dich lieber ganz für mich allein.« Daraufhin küsste er mir die Hand, und zwar auf so hinreißende Weise, dass ich unverzüglich keinen Sinn mehr darin sah, mit Lukas und den Kindern eine rotkleckernde Lasagne-Schlacht zu veranstalten. Er wollte mich für sich allein? Na gut. Wahrscheinlich war es besser so, zumindest vorläufig. Lass ihm Zeit, Romea, dachte ich. Dass er und die Kinder sich genauer beschnuppern, lässt sich auch später noch arrangieren.
Der Juni kam, und noch immer schwelgte ich in Superlativen. Nichts schien mein kleines privates Glück zu trüben, im Gegenteil. Als ich Carlo eines Morgens zu einem Bus brachte, der sich binnen dreißig Minuten bis an die Oberkante mit Geigen, Celli, Trompeten, Flöten und Schülern aller Altersklassen füllte, war ich noch ein bisschen glücklicher als sonst. Abreise des Schulorchesters zur Probenwoche im Landschulheim! Das Beste daran war, dass ich die Kosten ganz lässig hatte bezahlen können, ohne Hilfe der Firma Lonnendöncker. Lukas freute sich mit mir.
»Du hast es nicht so mit Kindern, nicht?«, murmelte ich, nachdem er meinen Vorschlag, am Wochenende gemeinsam etwas zu unternehmen, mit einem ausweichenden Hinweis auf notwendige Bootsarbeiten in Kiel beantwortet hatte.
»Ich hab's eher mit der Mutter«, lächelte er und zog sich Socken an. Weiße Tennissocken übrigens, an sich eine Todsünde, aber in Lukas' Fall plädierte mein Inneres grundsätzlich für Nachsicht. Trotz der Dämmerbeleuchtung im Schlafzimmer war nicht zu übersehen, dass beide Socken einen Farbstich Richtung Rosé hatten. Lukas grinste schief. »Der blöde Steinkrüger hat einen roten Strumpf zur weißen Wäsche gegeben. Kriegen bei dir die Sachen in

der Waschmaschine auch immer so überraschende neue Farben?«
»Och, bei mir bleibt Weißes überwiegend weiß«, sagte ich, »aber meine Socken vereinsamen mit der Zeit. Die Maschine frisst immer die Zwillinge auf.«
»Das kenne ich auch zur Genüge. Tom und die Waschmaschine, das ist ein Trauerspiel.« Mit kritischem Blicke zog er ein Papiertaschentuch aus der Hosentasche und polierte damit sorgfältig seine Schuhe. Ich sah ihm zu, verfolgte diese eleganten, wunderbar runden Handbewegungen und hatte nicht übel Lust, mir das noch ein paar Jahre lang anzusehen. »Bis später mal«, küsste er mich auf den Mund, »die Kinder werden gleich wach.«
Nein, ein Familienmensch war er weiß Gott nicht. Lass ihm Zeit, dachte ich wieder einmal, und überfordere ihn nicht. Das kommt schon noch in Ordnung.
Es wurde Frühsommer. Alles ging auf erfreuliche Weise seinen Gang, das Leben, die noch immer geheim gehaltene Liebe, der Job. Längst war im »Blue Moon« alles schon mal da gewesen. Der erste Gast, der mich auf unflätige Weise anbaggerte. Der erste völlig verhunzte Auftritt. Der erste Anruf bei Ronny mit der Mitteilung, ich könne wegen Erkrankung eines Kindes nicht kommen. Und der erste Zwischenfall mit Ninni. Ohne speziellen Grund hatte sie eines Nachts zu weinen begonnen. Ein Albtraum war wohl schuld, dass sich plötzlich grausige Monster unter ihrem Bett versteckten. Als ich dann die Wohnung betrat, fand ich dort nicht drei, sondern vier Leute vor. Bei der überzähligen Person handelte es sich um Tom. Er saß auf dem Fußboden vor Ninnis Bett, den Oberkörper gegen ihre Matratze gelehnt, und schlief ebenso fest wie meine Jüngste.
Eines Tages flatterte mir eine schriftliche Einladung meines Bruders Danilo ins Haus. Wenn Tante Romea sich ihren neuen Neffen nicht bald einmal ansähe, schrieb er, müsse er sich allmählich fragen, ob ich denn keinerlei Interesse mehr am engeren Familienkreis hätte. Erschrocken griff ich zum Telefon, entschuldigte ganz kleinlaut meine Versäumnisse und bat um Verständnis. »Nächstes Wochenende besuche ich euch«, versprach ich, »wird mir gut tun,

mal rauszukommen. Ich habe auch noch jede Menge Babyklamotten im Keller, die könnte ich dann mitbringen. Wie alt ist der Kleine jetzt?«

»Dreieinhalb Monate. Sieht genauso aus wie unser Vater.«

»Hat er etwa eine Pfeife im Mund?!«

Danilo lachte. »Henriette freut sich schon auf dich und die Tipps einer erfahrenen Mutter. Vor allen Dingen wüsste sie gerne, wie man ein Baby zum Durchschlafen bewegen kann.«

»Ja, das hätte ich damals bei Suse auch gern gewusst«, kicherte ich. Ach, wie lag das alles lange zurück, der ganze Zirkus ums Durchschlafen und die richtige Windelsorte und welche Wundcreme die beste ist und zu welchem Zeitpunkt die Milch durch Gläschenkost abgelöst werden sollte. Postwendend rief ich Uwe an und drückte ihm für das komplette Wochenende seine Kinder aufs Auge; Sonntagmittag dürfe er sie mir wiederbringen. Dass ich keineswegs gedachte, die Nacht bei Danilo zu verbringen, behielt ich für mich. In Wahrheit wollte ich mir einen Luxus der ganz besonderen Sorte leisten: Ausschlafen! Einmal im Jahr muss das erlaubt sein.

»Am Samstag wollten wir eigentlich ins Kino«, sagte Uwe ohne Begeisterung.

»Das Kino steht auch am Sonntag noch«, erwiderte ich.

Nun, letztendlich willigte er gerade noch rechtzeitig ein, bevor sich unsere Konversation zu einem Streitgespräch entwickeln konnte. Die Kinder reagierten wenig erfreut auf meine Solistenpläne. Es bedurfte langer Überzeugungsarbeit, bis ich mich durchgesetzt hatte. Dabei wollte ich doch nur vierundzwanzig Stunden Urlaub. Einen einzigen Tag Urlaub von der Familie!

Was war dieses Baby süß! Verzückt schleppte ich den weichen kleinen Kerl mit mir herum. Übrigens lag Danilo absolut richtig: Auf verschlungene Weise hatte die Biologie das elterliche Angebot an Genen im Wesentlichen ignoriert und stattdessen Großvaters Erbe direkt in das Babygesicht gepflanzt.
Henriette hatte tiefe Ringe unter den Augen. »Das Knäblein macht die Nacht zum Tage«, sagte sie lakonisch, »*jede* Nacht, egal, was ich versuche! Ich habe ihn herumgetragen. Ich habe ihn im Bett gestillt. Ich habe ihm dicken Brei reingestopft und ihn brüllen lassen und versucht, ihn tagsüber wachzuhalten. Nichts. Von zwölf bis vier ist das Kind wach! Aber du siehst nicht viel besser aus als ich, Schwägerin. Wie kommt's?«
In groben Zügen erläuterte ich ihr meine persönliche Art und Weise, die Nacht zum Tage zu machen, schenkte mir aber alle unerfreulichen Details. Dabei ließ ich es auch bewenden. Die beiden waren mit ihrem rundlichen Wonneproppen und den Begleiterscheinungen, die das Elternsein so mit sich brachte, genug ausgelastet. Immerhin nahm ich mit Stolz zur Kenntnis, dass aus meinem ehedem so sorglos dahinlebenden kleinen Bruder ein prima emanzipierter Vater geworden war. Wo Uwe sich früher naserümpfend abgewandt hatte, wenn es galt, einen verschmierten Babypopo zu säubern, erfüllte Danilo tatsächlich sein Pensum, und das klaglos dazu. Er brachte den Müll hinunter und kochte Mittagessen mit dem Kind auf dem Arm, und nicht einmal bei der Tätigkeit, den völlig durchgepinkelten Zwerg trockenzulegen und umzuziehen, versagte er. Gebannt wartete ich auf den typisch männlichen Hilferuf: »Schatz, was soll ich ihm anziehen?«, aber er blieb aus. Derweil lag Henriette auf dem Sofa und regenerierte vom nächtlichen Dauerbetrieb. Für die Strampler aus dem Familienbesitz konnte sie sich übrigens nicht begeistern. Bis auf ein paar hochwertige Teile, die man mir zu Ninnis Geburt geschenkt hatte, verschmähte sie quasi alles. Es gab auch nur ein einziges Thema, an dem sie wirkliches Interesse zeigte: Wann, wann nur schlafe das Kind durch?

»Pass auf dich auf, Schwesterchen«, sagte Danilo, als er mich am späten Nachmittag zum Auto brachte. Gero lag auf seinem Arm. Mit weit geöffneten Augen staunte der Kleine ins Sonnenlicht, während ich die beiden Reisetaschen mit den Babysachen zurück in den Kofferraum verfrachtete. »Ich habe so das Gefühl, dass du uns einige Informationen unterschlagen hast. Brauchst du vielleicht Geld?«

»Nein, nein, alles in Ordnung.«

»Na, dann gute Fahrt.«

Nach einer halben Stunde hatte ich Hannover erreicht. Ich war zwar hundemüde, fand jedoch trotzdem Gefallen daran, am Steuer zu sitzen und die flache sommerliche Landschaft vorbeifliegen zu sehen. Aus den Boxen dröhnte Radiomusik. Um wach zu bleiben, sang ich lauthals mit; mehr als fünf Stunden Schlaf waren es heute Nacht mal wieder nicht gewesen. Gähnend wechselte ich den Sender, fand einen Kanal, auf dem Marschmusik lief. Das grässliche Tschingderassabum half mir, noch weitere fünfzig Kilometer zu überstehen, dann überfiel mich die Schläfrigkeit wie dichter Novembernebel. Die Autobahn eine schnurgerade Piste, und die Sonne immer mitten im Gesicht. Nicht einschlafen, dachte ich, bloß nicht einschlafen –

Nichts ging mehr. Ich fuhr von der Autobahn ab, spähte verzweifelt nach einem Gasthaus, in dem ich einen Espresso trinken konnte. Kurz darauf tauchte das erlösende Schild »Hotel-Restaurant, Einfahrt 50 m links« auf. Im Restaurant servierte man mir ein konzentriertes, fürchterlich bitteres Gebräu, dem erst das fünfte Stück Zucker zu einer gewissen Trinkbarkeit verhalf. Doch nach wie vor kam ich aus dem Gähnen nicht heraus, nach wie vor war der Wunsch nach Schlaf fast übermächtig. Romea, dachte ich, in dieser Verfassung weiterzufahren wäre ein glattes Selbstmordkommando. Nichts und niemand hindert dich daran, dir ein Zimmer zu nehmen und dich einfach auszuschlafen. Die Kinder sind versorgt. Los, worauf wartest du noch?

Also nahm ich mir das Zimmer. Ließ mich mit Wohlbehagen quer auf das Bett fallen und beschloss, ein Stündchen frische Luft zu schnappen, anschließend mit einem Piccolo ins Bett zu gehen und die innere Zufriedenheit mit angenehmen Gedanken an Lukas auszupolstern. Alleinsein war für jemanden wie mich ein seltenes Vergnügen. Und dieses würde ich mir heute gönnen. In aller Seelenruhe schlenderte ich ins Freie. Marschierte eine Stunde stramm durch das platte Land. Streunte im Abendsonnenschein über Wiesen und Feldwege, konnte in aller Ruhe die Seele baumeln lassen, erreichte schließlich wieder den Parkplatz. Fehlte nur noch eine Kleinigkeit. Mit beiden Händen durchwühlte ich die Reisetaschen nach meiner Zahnbürste.

In eine Parklücke weiter links glitt nun ein dunkelblauer Wagen. Ein einzelner Mann stieg aus, der sich kurz reckte und sich dann Richtung Kofferraum bewegte. Sein Gang erinnerte mich an jemanden, ich wusste aber beim besten Willen nicht, an wen. Außerdem war ich noch immer auf meine Zahnbürste fixiert. Schlimmstenfalls würde mir die Hoteldirektion mit einem jener Notfallpäckchen aus der Misere helfen müssen, die gewöhnlich aus einer völlig unbrauchbaren Schrumpfzahnbürste und einem Tübchen abartig schmeckender Zahnpasta bestehen und, erweitert um ein daumennagelgroßes Stück Seife, auch auf Langstreckenflügen verteilt werden.

Und genau in der Sekunde, als meine Hände am Grund der Reisetasche meine Zahnbürste ertasteten, wusste ich, wer dort hinten, keine sechs Meter von mir entfernt, aus dem dunkelblauen BMW gestiegen war. Ich drehte mich langsam um. Der Mann beugte sich gerade über den offenen Kofferraum, wahrscheinlich suchte er seine Zahnbürste. In aller Ruhe betrachtete ich die halb gebückte Gestalt. Mittelgroß, mittelbreite Schultern, igelkurze Haare.

Mein Klavierlehrer Gunnar Grabow, nicht zu fassen! Irgendwann vor Beginn der Zeitrechnung hatte mich dieser Mann auf die Aufnahmeprüfung am Konservatorium vorbereitet. Ein Klassetyp, der sich von seinen älteren Schülern duzen ließ, aber im Unterricht so unnachgiebig und fordernd war, dass wir ihn heimlich »Attila« genannt hatten. Wenn wir gut auf ihn zu sprechen waren, nannten wir ihn »Günni«, damals, vor zwanzig Jahren. »Gunnar?«, schrie ich begeistert.

Sein Kopf fuhr hoch, drehte sich suchend in meine Richtung. Ansonsten keine Reaktion, jedenfalls keine des Erkennens.
»Gunnar!« In der linken Hand meine blaue Zahnbürste, baute ich mich lachend vor ihm auf. Er sah mich an, unverbindlich lächelnd. Noch immer kein Anzeichen der Erinnerung.
»Vor zwanzig Jahren hatte ich lange Haare und war ein bisschen pummelig und trug noch keine Brille«, sagte ich und nahm als Hilfestellung die Brille ab, »so besser?«
Ein bisschen älter ist er geworden, dachte ich, und das früher so tiefbraune Haar weist den einen oder anderen Silberfaden auf, aber ansonsten hat er sich äußerlich kaum verändert. Angesichts des grünen groß karierten Sommerhemdes, das er zu einer braunen Jeans trug, registrierte ich geradezu befriedigt, dass auch sein Sinn für gelungene Farb- und Musterzusammenstellungen der alte geblieben war.
Und dann endlich fiel bei ihm der Groschen. Fast ungläubig schüttelte er den Kopf, bevor er beide Hände auf meine Schultern legte.
»Ach, du bist es, die kleine Romea! Mensch, wie haste dir verändert!«
»Du gar nicht so sehr«, sagte ich mit einem diskreten Blick auf seine ziemlich ausgelatschten Schnürschuhe. Aber nun, warum auch sollte einer, den man zehn Jahre lang nur in verschiedenen Variationen ausgetretener brauner Schnürschuhe erlebt hat, plötzlich in roten Lackslippern herumlaufen?
»Sag mal, was treibst du hier eigentlich?« Er besah sich kurz die Zahnbürste mit den fransigen Borsten, die ich noch immer in meiner linken Hand hielt, enthielt sich aber vornehmerweise jeden Kommentars zu dem Utensil, was ich nachgerade bemerkenswert fand, weil *mich* die Szene »ehemalige Klavierschülerin mit blauer Zahnbürste auf Hotelparkplatz« zu mindestens fünf oder sechs losen Bemerkungen hingerissen hätte. »Kommst du, oder gehst du, oder willst du hier nur was essen?«
»Ich übernachte hier«, sagte ich, »und du?«
»Dito. Sag, hast du Familie, ich meine, bist du vielleicht verheiratet und gar eine richtige Mutti mit einem ganzen Stall voller Kinder?«

»Teilweise«, bestätigte ich, was keine besonders eindeutige Antwort war, doch mittlerweile genierte ich mich wegen der faserigen Zahnbürste in meiner Hand, und wenn ich mich geniere, leidet meine Fähigkeit beträchtlich, vollständige Sätze zu bilden.
»Verstehe ich nicht«, gab Gunnar prompt zurück, »sollen wir uns gleich an der Bar treffen und dann in Ruhe erzählen?«
Ich versteckte die Zahnbürste hinter meinem Rücken und nickte erfreut. Seltsamerweise war meine Müdigkeit wie weggeblasen. Kein Gedanke mehr an ein einsames Souper vor dem Zimmerfernseher – wie rasch sich doch die Umstände ändern können. »Zufälle gibt's vielleicht! Welcher Wind treibt dich ausgerechnet heute ins Niedersächsische?«
»Der Wind heißt Alfred Brendel und ist eigentlich kein Zu-, sondern eher ein Glücksfall«, entgegnete Gunnar lapidar, »stell dir vor, ich habe auf den letzten Drücker noch eine Karte für das Konzert morgen in Hamburg ergattert! Ursprünglich wollte ich ja in einem Rutsch bis zur Alster durchfahren, aber eben hatte ich nun doch keine Lust mehr.« Er dehnte und reckte sich noch ein bisschen.
Typisch, dachte ich. Einer wie Gunnar scheute sich nicht, quer durch die Republik zu gondeln, nur um einen bestimmten Pianisten zu hören.
»Komm, wir gehen rein.« Er machte eine Kopfbewegung Richtung Hotelportal. »Hast du noch mehr Gepäck außer der Zahnbürste?«
»Nichts Nennenswertes«, sagte ich, »Schlafanzug und Kulturbeutel habe ich nicht mit, und was man sonst noch so braucht, passt eigentlich in die hohle Hand.«
»Wie ich sehe, bist du ein durch und durch seriöser Menschen geworden. Momentchen noch, ich hab was auf dem Rücksitz vergessen.« Er nahm seinen Schlüssel, richtete ihn aus etwa zwei Meter Entfernung gegen die Fahrertür, es machte leise »bss«, und dann leuchteten auf geradezu magische Weise bei dem BMW alle Blinklichter auf. Daraufhin war Gunnar erstaunlicherweise imstande, die Autotür zu öffnen, ohne das Schloss auch nur berührt zu haben.

»Schick«, staunte ich, sehr um Ernst bemüht. »Also mein Fiesta ist Baujahr 89 und hat natürlich auch so eine Fernbedienung, aber der ist vielleicht stur! Erst vorhin noch habe ich mich vor ihn hingestellt, mit dem Schlüssel in der Gegend herumgefuchtelt und laut ›los, bss‹ gerufen, und was war? Nichts. Er tut's einfach nicht.«

»Du hast keinerlei Respekt vor dem Alter«, sagte Gunnar streng, »wärst du noch meine Schülerin, dann würde ich dir jetzt zur Strafe Liszts *Campanella* oder so ähnlich aufgeben. Dann könntest du üben, bis dir die Finger abfallen. Also, bis gleich.«

Eine halbe Stunde später fand ich mich an der Hotelbar ein, einem gemütlichen, angenehm beleuchteten Etablissement mit viel dunkelbraunem Holz. Auf dem endlosen Regalbrett in halber Höhe zwischen Theke und Decke lagerten genügend Alkoholvorräte, um ganz Niedersachsen zu Boden gehen zu lassen. Kurz darauf tauchte ein gleichfalls frisch geduschter Gunnar mit noch feuchten Haarspitzen auf. Das grün karierte Sommerhemd hatte er gegen ein weißes T-Shirt ausgetauscht, was meinen Augen gut tat. Ich griff in das Schälchen mit den Erdnüssen, das der Barkeeper freundlicherweise vor mich hingestellt hatte. »Einen Hunger hab ich vielleicht! Glaubst du, man kriegt hier eine Kleinigkeit zu essen?«

Man kriegte. Lauter nette Kleinigkeiten: Scampisalat und frisches Baguette und geräucherte Putenbrust. Dazu tranken wir Pinot Grigio und blieben wunderbar ungestört. Wie reizvoll es doch war, sich nach all den Jahren unter anderen Vorzeichen gegenüberzustehen! Meine Güte, Gunnar, dachte ich plötzlich, wenn es dich nicht gegeben hätte, dann säße ich jetzt wahrscheinlich an einem schmucklosen Schreibtisch und wälzte Unterlagen und analysierte Schadensfälle und langweilte mich zu Tode. Letztendlich warst du es, der meinem Leben die entscheidende Richtung gegeben hat. Warum habe ich das bis zum heutigen Tag eigentlich nie so deutlich erkannt? Meine Eltern, sehr auf langfristige finanzielle Sicherheit bedacht, drängten damals zu einer grundsoliden kaufmännischen Ausbildung. Kind, dann hast du was Vernünftiges! Aber das Kind sperrte sich heftig. Statt staubtrockener Kalkulationen wollte es Musik, sonst nichts! Und Gunnar war es gewesen, der meine Eltern in langen Gesprächen davon überzeugt hatte, dass man davon durchaus zu existieren imstande war. Interessant eigentlich, wie lange es dauern kann, bis eine Theorie ihre Bestätigung findet. Vergnügt grinste ich in mich hinein. In rhetorischer Hinsicht war Gunnar immer schon brillant gewesen.

»Weißt du eigentlich, dass ich dir viel zu verdanken habe?«, sagte ich und erwähnte den Versicherungsschreibtisch, an dem ich unter anderen Umständen jetzt säße. »Wenn du mir nicht gesagt hättest, dass ich die Finger davon lassen soll, dann –«

»Nein, das ist falsch«, fiel er mir ins Wort, »nicht ein einziges Mal habe ich dir gesagt, was du tun oder lassen solltest. Ich habe dir damals nur die Fähigkeiten und Möglichkeiten aufgezeigt, die du hattest. Deine Wahl hast du ganz allein getroffen.«

Ich dachte ein Weilchen darüber nach. »Vielleicht hast du Recht. Aber Selbstvertrauen hast du mir gegeben.« Ich berührte seine Hand. »Danke.«

Er warf mir einen seltsamen Blick zu und schwieg.

»Ach, zwanzig verdammte Jahre«, sagte ich, ließ den Wein in meinem Glas kreisen und bemühte mich, nicht melancholisch zu werden. An sich bestand ja gar kein Anlass zur Melancholie, im Gegenteil. Es waren auch nicht die Jahre, die mir in diesem Moment zu schaffen machten, nicht das Gefühl, plötzlich als Achtunddreißigjährige einem Mann gegenüberzusitzen, der mir vor zwanzig Jahren – Himmel, war das nicht gerade gestern erst gewesen? – ein ganz bestimmtes Diminuendo in einer Beethoven-Sonate nahe gebracht hatte. Es war das plötzliche Bewusstwerden dessen, wie unwiederbringlich verloren vergangene Zeit ist. Vorbei. Mehr als ein gedankliches Zurück gab es nicht. »Ich bin jetzt genauso alt wie du damals«, sagte ich versonnen, »sonderbares Gefühl, dieser Wechsel der Perspektive.«

»So richtig merken tut man's aber nur bei speziellen Gelegenheiten wie dieser, das hielte man ja sonst auch kaum aus. Mensch, die Zeit vergeht so schnell. Stell dir mal vor, ich bin schon dreifacher Großvater! Aber mir geht es durch und durch gut. Glück gehabt. Und du?«

Tja, *as time goes by.* Ich warf einen skeptischen Blick auf die Uhr. »Hast du heute noch etwas vor?«
»Ich mag lange Geschichten«, sagte er nur.
»Gut, dann solltest du jetzt schleunigst deinem präkonzertanten Hustenbedürfnis nachkommen. Übrigens, die Geschichte ist kompliziert! Also keine Kommentare zwischendurch, sonst verliere ich den Faden!«
Gunnar beugte sich vor und winkte mich mit zwei Fingern näher zu sich heran. Er roch unglaublich sauber und gut. »Ich neige schon mal zu Zwischenapplaus, wenn die Solistin Klasse ist«, sagte er mir vertraulich ins Ohr, »wäre wenigstens dieser gestattet?«
»Wäre er. Nochmal husten?«
»Unbedingt. Öhö öhö öhö.«
Mein Gott, dachte ich hingerissen, er ist noch der Alte. Alles hat sich verändert, und doch hat sich nichts, aber auch gar nichts verändert. Vor mir saß der Gunnar von früher, den ich so gemocht hatte, mein bohemienhafter Klavierlehrer, der ganz gerne mal mit seinen älteren Schülern die musiktheoretischen Fragen in der Eckkneipe abhandelte und es fertig brachte, fünfmal hintereinander auf der Jukebox einen Song von Abba zu drücken. Es ist schon ein eigenartiges Gefühl, nach zwanzig Jahren ganz unvermittelt festzustellen, dass einem eigentlich etwas gefehlt hat. Und *was* einem gefehlt hat.
»Weißt du noch, wie du uns damals in der Kneipe den Quintenzirkel erklären wolltest, und kein Mensch hörte zu, weil es eigentlich nichts Schrecklicheres gibt als den Quintenzirkel, und irgendwann wurdest du so sauer, dass du uns kurzerhand ein Notendiktat aufgebrummt hast?«, sagte ich aufgekratzt.
Gunnar strahlte. »Und keiner von euch Banausen hat herausbekommen, dass ich euch *Start me up* von den Stones diktiert hatte. Ach, das waren Zeiten! Aber nun spann mich nicht so auf die Folter, sondern fang an!«
Obwohl ich mir große Mühe gab, weder abzuschweifen noch mich in unwichtige Details zu verzetteln, erreichte ich erst gegen Mitternacht aktuelle Gefilde, den Umzug, meine katastrophale Lage, das »Blue Moon«; Lukas ließ ich aus, warum, weiß ich

nicht zu sagen. Fast alles, was ich nachmittags meinem Bruder nicht hatte erzählen können und wollen – hier und jetzt konnte ich es. Auf Zwischenapplaus musste ich verzichten, nicht aber auf einige wenige, dafür umso präzisere Zwischenfragen. Und dann beendete ich meine Rezitation mit einem lauten Seufzer. »Das war's. Ende.«
Gunnar sah mit einem undefinierbaren Gesichtsausdruck an mir vorbei. Aus den Barlautsprechern säuselte ein seichtes Streicherpotpourri von jener Sorte, die man häufig auch in Supermärkten und Warenhäusern ertragen muss, sofern man nicht über die Begabung verfügt, weghören zu können. So vergingen mindestens zwei, drei Minuten. Irgendwann blickte er mir direkt in die Augen.
»Du hast dich überhaupt nicht verändert«, sagte er mit einem eigenartigen Timbre in der Stimme, ein bisschen Belustigung, ein bisschen Sentiment, »du bist noch genauso untemperiert wie früher.«
»Das Lauwarme liegt mir nicht so«, gab ich zu und registrierte mit einiger Verwirrung, dass er nach meiner Hand griff, diese ein Weilchen festhielt und schließlich an seine Lippen führte. Vor zwanzig Jahren wäre Gunnar nie und nimmer auf die Idee gekommen, mir, der unreifen Göre, die Hand zu küssen.
Noch immer hielt er meine Finger fest. »Und du wandelst auf Clara Schumanns Spuren. Die hatte auch jede Menge Kinder, zog diese allein groß und schaffte es trotzdem, ihre künstlerische Karriere fortzuführen.«
»Nur mit dem Unterschied, dass *mein* Mann zwar durchaus einen Dachschaden hat, sich aber nicht in einer geschlossenen Anstalt aufhalten mag«, sagte ich, »und von künstlerischer Karriere kann beim besten Willen keine Rede sein. Bedenke, dass ich des Nachts schon mal auf den Flügel klettere und den anwesenden Herren Einblick in die Beschaffenheit meiner Vorderfront gewähre, während ich *Makin' Whoopee* hauche.«
»Ich könnte mir vorstellen, dass du eine erfreulich künstlerische Vorderfront hast«, entgegnete Gunnar und sah mich auf eine Weise an, wie er mich früher nie angesehen hatte, und ich bemerkte mit Verwunderung, dass dieser Blick einige beunruhigende Dinge in

mir auslöste, die die Gunnar-Blicke vor zwanzig Jahren niemals ausgelöst hatten. Nicht dass er jetzt, nach dieser langen Funkstille, damit anfing, mich als Frau zur Kenntnis zu nehmen. Und ich womöglich passend reagierte.
Und dann, wie aufs Stichwort, lachten wir beide gleichzeitig, und er nahm auch noch meine andere Hand und begann, etwas zu summen, und trotz der Supermarktmusik im Hintergrund hörte ich auf Anhieb, dass er *Blue Moon* summte. Natürlich summte ich sofort mit, alles andere wäre auch Unsinn gewesen. Die letzten Zeilen sangen wir schließlich gemeinsam: »Blue Moon, you saw me standing alone, without a dream in my heart, without a love of my own.« Da ich nicht bei Stimme war und er mindestens zwei Oktaven tiefer sang als ich und das auch noch schief, produzierten wir eine Menge außerordentlich schauriger Töne. »Der Song passt nicht auf dich«, sagte ich und fand es nicht nötig, ihm meine Hände zu entziehen.
»Es betrübt mich, dass er auf dich zu passen scheint«, sagte er ernsthaft. Offenbar hatte auch er nicht das Bedürfnis, meine Hände loszulassen. »Gibt es niemanden, keine große Liebe?«
Ich setzte nun doch dazu an, ihm von Lukas zu erzählen, hielt dann aber inne. Lukas gehörte in meine andere Welt. Das hier war eine niedersächsische Hotelbar mit zwei Leuten, die für ein paar Stunden und aus purem Zufall am selben Hafen angelegt hatten und morgen wieder Segel setzen würden. Statt einer konkreten Antwort rückte ich meinen Barhocker dicht neben den seinen, sodass wir quasi Schulter an Schulter saßen, die Gesichter einander zugewandt, und ich beugte mich vor und sang ihm ganz leise *One day he'll come along, the man I love* ins Ohr. Eines Tages wird er auftauchen, der Mann, den ich liebe. Wie dumm sich doch englische Songtexte anhörten, wenn man sie ins Deutsche übersetzte.
Für einen Moment starrte ich ins Leere. Ein faseriger dünner Schatten schwebte über der Hotelbar. Sonderbar, dieser Abend. Warum nur befanden sich mein Alltagsleben, die Kinder und Lukas in so weiter Distanz, warum war ich plötzlich irgendwo im Nirgendwo gelandet? Verdammt, warum vermisste ich Lukas

nicht? Und dann, wie ein Blitzschlag aus heiterem Himmel, traf mich die Erkenntnis, dass das, was ich eben gesungen hatte, der Wahrheit entsprach. Eines Tages würde er auftauchen, der Mann, den ich liebte. Und in Lukas war ich zwar heftigst verliebt, aber ich liebte ihn nicht. Nicht wirklich.

Der Schatten verflüchtigte sich allmählich wieder. Lange Zeit sagten wir nichts. Sehr sentimental sah ich Gunnar an und versuchte, mir seinen Anblick einzuprägen. Uns verbanden ein paar Jahre voller Vertrautheit, gemeinsame Erinnerungen, vergangener Tage Gläubigkeit. Es gab kein Morgen, keine Fortsetzung, es gab nur diese nächtliche Bar, und für einen Abend waren wir beide auf der Suche nach der verlorenen Zeit. Zauber der Erinnerung, Magie des Neuen, Willkommen und Abschied. Der ewige Kreislauf.

»Swann«, sagte ich berauscht. Eine unwirkliche Romantik legte sich auf die Hotelbar. Und dieser Abend gehörte sich selbst.

Gunnars zweiter Handkuss löste in mir nicht minder angenehme Gefühle aus als der erste, und ich lächelte und liebte das Leben mal wieder sehr, weil ich hier ungehindert sitzen und vertraute Dinge wieder finden durfte. Je farbiger und ausgelassener unsere Weißt-du-Nochs wurden, desto mehr Details kamen zurück. Als mir plötzlich einfiel, dass auf seinem Flügel mal eine Vase mit einer Kirmesblume gestanden hatte, war ich voller Entzücken und strahlte ihn an. Er konnte sich zwar nicht mehr an die Kirmesblume erinnern, strahlte aber zurück. Und nach dem dritten oder vierten Handkuss registrierte ich außerordentlich erschrocken, was die Stimmung dieses Abends bei mir anzurichten im Begriff stand.

Ist das überhaupt legal, dachte ich, darf man das als dreifache Mutter, sich einfach so für einen Abend in einen alten Freund verlieben, hm? Insbesondere unter Berücksichtigung der Tatsache, dass wenige hundert Kilometer entfernt dein Lover auf dich wartet? Ich berücksichtigte diese und noch einige andere Tatsachen, darunter auch den fünften Handkuss, und kam schließlich zu dem Ergebnis, dass man das darf. Aber wer auch immer es gewesen war, der Cupido zu diesem unvorhergesehenen Streifschuss aus der Ferne veranlasst hatte, dem bedeutete die Aufrechterhaltung meines Seelenheils garantiert nicht viel.

»Die Erinnerung ist das einzige Paradies, aus dem wir nicht vertrieben werden können«, murmelte ich mit einem neuerlichen Anflug von Sentimentalität.

»Erstens sollst du jetzt um Himmels willen nicht melancholisch werden. Und zweitens heißt es ›Die *Phantasie* ist das einzige Paradies, aus dem wir nicht vertrieben werden können‹.«

»Erinnerung!«

»Phantasie! Jean Paul!«

Ich musste lachen. »Hat nicht beides seine Berechtigung? Aber jetzt entschuldige mich einen Augenblick. Ich will mal für Königspinguine.« Mit einer Drehung rutschte ich von dem Barhocker und marschierte Richtung Hotelhalle, um die Örtlichkeiten zu suchen. Mitten in der Halle blieb ich jedoch abrupt stehen. Hatte plötzlich die entsetzliche Vorstellung, dass er nicht mehr auf diesem Barhocker säße, wenn ich zurückkam, und ich machte kehrt und rannte fast einen Kellner um, erreichte schließlich die Bar –

Er saß noch dort, unverändert. Braune Jeans, weißes T-Shirt, schmale Finger, igelkurzes graufädiges Haar. Mit leichtem Erstaunen betrachtete er mein Heranstürmen, und bevor er auch nur dazu ansetzen konnte, seiner Verwunderung Worte zu verleihen, sagte ich atemlos und fast trotzig: »Weißt du was? Du bist ein Genuss. Verdammt noch mal.«

Wieder dieser undefinierbare Blick. »Deswegen bist du zurückgekommen?«

»Deswegen.«

Und dann endlich war ich dazu in der Lage, ihn kurz allein zu lassen. Nach meiner Rückkehr erzählte er mir von seinem gegenwärtigen Leben. Er wohne jetzt in einem Kaff am Bodensee, nahezu kulturfrei, wie er seufzend sagte; vor drei Jahren hatte seine Frau ein Jobangebot bekommen, das auszuschlagen sich von selbst verbot, und so war er notgedrungen mit nach Süddeutschland gezogen, obwohl ihm das dortige Idiom an sich wenig behagte. »Un det mia, eim jebürtigen Berliner! Immerhin habe ich dort segeln gelernt, wenn auch widerwillig.«

Ich erwähnte die Einladung nach Kiel, meine gänzliche Unbelecktheit in maritimen Dingen und die daraus resultierende Furcht vor tobenden Wassermassen. Augenblicklich bemühte er sich, mich dahingehend zu beruhigen, dass die Ostsee bestenfalls ein großer Teich sei, aber da er diesen Hinweis mit einem neuerlichen und sehr ausgiebigen Handkuss verband, ließ die beruhigende Wirkung doch stark zu wünschen übrig.
Gegen eins machte der Barkeeper eine Bemerkung zum Thema »Sperrstunde« und meldete den Wunsch an, nunmehr sein Bett aufsuchen zu wollen. Gunnar erläuterte ihm wortreich, dass nichts dagegen einzuwenden sei, vorausgesetzt, er stelle uns noch ein wenig Pinot, einen Liter Mineralwasser und ein Schälchen Erdnüsse heraus. Der Barkeeper hatte so seine Zweifel, die beiden Herrschaften betreffend, das war nicht zu übersehen. Aber es handelte sich um reichlich halbherzige Zweifel, die sich mit einem Hinweis auf unser beider Seriosität ausräumen ließen, zumal Gunnar seine persönliche Seriosität mit einem Geldschein unterstrich. Letzteres beschleunigte das Verschwinden der Zweifel erheblich. Mit einer leichten Verbeugung räumte der Keeper das Feld.
Nun hatten wir die Bar für uns allein. Nirgendwo weitere Nachtschwärmer. Drüben in der Hotelhalle war alles still. »Als Erstes bringe ich den verdammten Mantovani um«, sagte Gunnar wild, sah sich um, ob der Barkeeper noch irgendwo herumlief, und tauschte die unsägliche Streicher-CD gegen etwas Flotteres aus. Dann klemmte er sich auf seinen Barhocker und küsste mir zur Abwechslung mal wieder die Hände.
Es wurde zwei, es wurde drei. Während im Hintergrund lauter Schnulzen von Bryan Adams liefen, gewannen Gunnars Handküsse zunehmend an Intensität. Mir wurde angst und bange. Nicht dass ich zu Kurzschlüssen neige, aber der Zauber dieses Abends hatte den vernunftbetonten Teil meiner selbst größtenteils verschüttet. Reiß dich zusammen, dachte ich. Man muss nicht immer alles tun, was man tun könnte, dazu ist die ganze Angelegenheit hier viel zu kostbar. Genieße jede Sekunde, aber vermeide tunlichst, dass du morgen etwas rückgängig machen möchtest, was auch immer es sei.

Gunnar stellte das Händeküssen und Tiefe-Blicke-Zuwerfen für einen Moment ein und stand auf, um sich mit einer schwungvollen Handbewegung eins der weißen Laken vor den Bauch zu binden, die die Kellner des Hotels als Schürze trugen. Solcherart getarnt gestand er mir, nun einen Espresso zubereiten zu wollen.
»Kennst du dich mit dem Gerät aus?«, fragte ich skeptisch.
»Nicht direkt. Aber ich habe den Keeper genau beobachtet, während du weg warst. Sah alles sehr einfach aus.« Und dann schickte Gunnar sich an, Espresso zu kochen. Der erste Versuch scheiterte an dem simplen Umstand, dass die Maschine abgestellt war. Die nächsten drei Versuche ergaben geradezu bedrohlich zischende Dampfwolken und in direkter Folge verschiedene Variationen absolut ungenießbarer Brühe. Zu guter Letzt stieß er auch noch an den Behälter mit nassem Kaffeesatz. Unter lautem, metallischem Scheppern ging dieser zu Boden.
»Pssst«, machte ich ängstlich, »du weckst ja das ganze Hotel, und außerdem kommt gleich der Nachtportier und schimpft.«
»Der ist froh, wenn er in Ruhe seinen Konsalik lesen kann. Komm doch mal rüber und hilf mir mit der Bescherung hier. Ich glaube, ich habe gekleckert.«
Die bewusste Bescherung war der nasse Kaffeesatz, der sich nach dem Zufallsprinzip auf dem Boden der Bar verteilt hatte. Da ich keine Lust hatte, alle Schränke nach einem Handfeger zu durchsuchen, schob ich den braunen Matsch mit dem Fuß zusammen, und Gunnar schob von der anderen Seite mit seinem eigenen Fuß, und nachdem wir auf diese Weise ein Weilchen gemeinsam Kaffeesatz geschoben hatten und derselbe sich gerade zu einem halbwegs ordentlichen Häufchen zu formen begann, stießen wir ganz überraschend bei einer Drehung zusammen.
»Sorry«, sagte Gunnar heiser und starrte mich an.
»Pardon«, sagte ich ebenso heiser. War unfähig, mich zu bewegen. Konnte nur zurückstarren. Zwischen uns allenfalls drei Millimeter Luft, glühend heiß und explosiv.
Danach blieb eigentlich keine andere vernünftige Möglichkeit, als sich über dem Häufchen mit dem nassen Espressopulver sehr heftig zu küssen.

Stromschlag. Gefahrvolles Flattern in meinen Kniegelenken. Ich musste einen Schritt nach hinten machen, um nicht das Gleichgewicht zu verlieren. Gunnar drückte mich gegen einen der Holzbalken. Celloklänge im Hintergrund, die dem Moment eine überwältigend bittersüße Nuance gaben. Von Minute zu Minute nahm die ganze Sache an Hitzigkeit zu. »I'm ready to love you«, sang Bryan Adams; ein vom Zufall produziertes und vielleicht gerade deswegen so perfektes Szenario, wie es elektrisierender und erregender nicht hätte sein können.

Als erste unkeusche Gedanken, einen Wechsel der Örtlichkeiten betreffend, durch meinen Kopf schwirrten, riss ich mich fast gewaltsam los. Verdammte Versuchung! Er war aus dem Nichts aufgetaucht und würde morgen wieder ins Nichts abtauchen. Er war ein vertrautes Puzzlestück meines Lebens. Niemand würde jemals von heute erfahren, und heimliche Begegnungen dieser Art gab es hier im Hotel wahrscheinlich Nacht für Nacht. Es wäre nur eine kleine Sünde. Eine vielleicht sogar lässliche Sünde.

Jetzt reiß dich endlich zusammen, dachte ich. Herrgott noch mal, es ist die Magie des Augenblicks, die dir das Gehirn vernebelt. Wenn du jetzt nicht die Notbremse ziehst, wirst du sämtliche frivolen Sehnsüchte, in denen Gunnar Grabow zurzeit die Hauptrolle spielt, durch Tatsachen ersetzen, von denen du nicht weißt, ob sie dir gefallen werden. Und dein Leben ist kompliziert genug.

Spießerfrau, sagte das kleine Teufelchen in mir, nun sei doch nicht so prüde! Die westliche Welt lebt nach dem Lustprinzip, und wen interessiert denn schon, was morgen ist? Meinst du nicht, dass du hier etwas verpasst?

Kann schon sein, dachte ich. Vielleicht. Aber ich wollte auch in fünf Jahren noch lächelnd an diesen Abend denken können, den Pinot und die leise Melancholie nachschmeckend, die Handküsse und den Holzbalken und die Stromschläge spürend, und mit einem kleinen Flattern in den Kniegelenken meine Gedanken in jene Richtung schweben lassen, wie es wohl gewesen wäre, wenn wir –

Und dann wusste ich, dass ich das, was mir der Abend gegeben hatte, nicht gegen etwas Ungewisses eintauschen wollte. Es würde keinen One-Night-Stand im Hotelzimmer geben, nicht hier, nicht heute, nicht in diesem Leben. Hier ging es nicht um temporäre Lust. Hier ging es um eine andere Dimension. Und zu dieser gehörte es auch, den Weg nicht bis zum Ende zu gehen. Ich atmete tief durch, lehnte mich mit dem Rücken an den Holzbalken, umklammerte mit beiden Händen das raue, narbige Holz. Gunnar stand etwa einen halben Meter von mir entfernt, den rechten Arm auf die Theke gestützt, und beobachtete mich mit seinem undefinierbaren Blick.

Ich musste weg von ihm und weg von der Bar, so viel stand fest. Aber das Hotelzimmer im dritten Stock war sicher nicht der geeignete Ort, um zur Ruhe zu kommen. Ich allein in dem Bett, und Gunnar nur ein paar Türen weiter? Ganz zwangsläufig würden sich meine Gedanken selbständig machen, durch die Zimmerwände zu ihm hinschleichen und dort möglicherweise auf ausgesprochen bereitwillige Kollegen treffen, und was diese dann miteinander veranstalteten, lag auf der Hand. Absolut sinnlos also, ins Bett zu gehen und an Schlaf zu denken.

Es waren nur dreihundert Kilometer nach Hause. Und mein momentaner Rausch kein Fall für die Flensburger Punktekartei.

»Weißt du was? Ich fahre jetzt nach Hause«, sagte ich und registrierte, dass etwas mit meinen Stimmbändern nicht in Ordnung war.

»Jetzt?«

»Jetzt.« Ich liebte ihn dafür, dass er mich nicht durch weitere Handküsse oder andere sehr überzeugende Dinge daran zu hindern trachtete, sondern an der Theke stehen blieb. Er sah mich nur an. Sehr intensiv, sehr definierbar. Und er lächelte.

»Du bist eine kluge Frau«, sagte er, »eine verflixt kluge Frau.«

Ach was, dachte ich, von klug kann keine Rede sein. Feige bin ich, geh zur Ruh' –

Um kurz vor fünf standen wir auf dem Parkplatz neben dem blauen BMW. Die Morgendämmerung hatte noch nicht richtig eingesetzt. Tautropfen im Gras, sommerliche Nachtkühle, die vier Laternen vor dem Hotelportal gaben dem noch ungeborenen

Morgen einen gelben Schimmer. So also schloss sich der Kreis. Auf dem Parkplatz hatte es begonnen, auf dem Parkplatz würde es enden, und nichts an diesem Abend wäre jemals zu reproduzieren, ganz gleich, unter welchen Umständen wir uns wieder sahen. Noch fünf Minuten bis Buffalo. War es nicht schizophren, einen Menschen zu vermissen, obgleich dieser noch direkt neben einem stand?
»Kein Kaviar, kein Kokosnuss, kein Obst noch Weinbergschnecken – am Tage, da ich reisen muss, da will mir nichts mehr schmecken«, fiel mir ein. Ach, Tom, was bist du weit weg.
»Wie bitte?«, sagte Gunnar dunkel.
»Das ist von Ringelnatz. Ich habe einen Freund, der – Mensch, ist doch völlig egal.« Schweigen machte sich breit. Wie ein Ende finden, und vor allen Dingen, *womit* ein Ende finden? Stumm betrachtete ich das verschlossene Auto neben mir. Gleich war alles vorbei. Gleich war alles schon wieder Vergangenheit.
»Mach's nochmal«, sagte ich rau, »nur für mich.«
»Was denn?«
»Das ›bss‹. Einmal noch das ›bss‹«.
Er verstand sofort. Ohne den Blick von mir zu nehmen, zog er den Autoschlüssel aus der Hosentasche, hielt ihn in Richtung der Fahrertür, es machte »bss«. Dann leuchteten die Blinklichter kurz auf.
So ein Unsinn muss einem auch erst mal einfallen, dachte ich, da stehen wir morgens um fünf Uhr auf einem dunklen Parkplatz herum, wissen beide, dass wir uns möglicherweise niemals wieder sehen werden, und was tun wir? Wir spielen mit der Fernbedienung von einem BMW. Aber es war ein Schlusspunkt, den ich niemals vergessen würde. Ich ging so lange auf Verdacht rückwärts, bis ich mit der Wade gegen den Kotflügel von dem Fiesta stieß. Gunnar lehnte an seinem Wagen, unbeweglich, schweigend, beide Hände in den Hosentaschen vergraben.
»Gunnar?« Und dann rannte ich zum zweiten Mal an diesem Abend los. Ich lief zurück, quer über den Parkplatz, und bremste erst wenige Zentimeter vor ihm ab. Legte ganz langsam beide Arme um seinen Hals, und er machte jenen Schritt auf mich zu, der

nötig war, um die letzten Zentimeter Distanz zu überwinden. Es war eine letzte gegenseitige, stumme Reverenz. Nichts musste mehr gesagt werden.
Wenig später startete ich den Fiesta. Fuhr los, ohne mich umzusehen. Mach's gut, Swann.

Trio oder Quartett?

Nach außen hin veränderte sich nach meiner Rückkehr nichts. Auch weiterhin verbrachte ich zwei bis drei Nächte in der Woche mit Lukas, auch weiterhin betrachtete ich regelmäßig seinen schlafenden Körper im Dämmerlicht der verhängten Nachttischlampe, und auch weiterhin machten wir uns gegenseitig ironische kleine Szenen, wann immer er frühmorgens aufstand und der Wohnungstür entgegenstrebte, um die Morgentoilette in seinem eigenen Badezimmer zu verrichten. Nach Regeln, die niemand kannte außer uns, spielten wir alberne kleine Spiele und schmiedeten absurde Pläne für die Zukunft (erst Planwagenfahrt nach Moskau, dann Eröffnung einer Schaf-Farm in Ostwestfalen-Lippe), als ob nichts gewesen sei.
Es war ja eigentlich auch nichts gewesen. In jener Nacht an der Hotelbar jedoch hatte sich ein Fremdkörper in meinen Gedanken eingenistet, ein unebenes Puzzlestück mit rauen Kanten, das nicht in unser Spielfeld passte. Da es nicht passte, störte es auch. Statt nachts friedvoll in den Schlaf zu gleiten, versuchte ich neuerdings, der Sache auf den Grund zu gehen. Handelte es sich tatsächlich nur um Verliebtheit? Oder liebte ich ihn doch? Mir war, als sei innerhalb einer Nacht meine geistige Unschuld abhanden gekommen. Und wie soll man unbeschwert »Hand in Hand am Strand von Feuerland« spielen, wenn ein Teil des Herzens nicht mehr daran glaubt?
Ach, alles Unsinn, Cupido hatte sich nicht abgewandt. Ich zwang

die grauen Gedanken aus meinem Kopf. Natürlich liebte ich Lukas.
»Bleib noch ein bisschen«, sagte ich lachend und hielt ihn am Hosenbund fest und meinte eigentlich etwas ganz anderes. Und er rutschte zurück in mein Bett, streichelte kritisch meine Füße und sagte: »Wenn wir auf dem Boot sind, werde ich deine Füße stündlich mit kaltem Salzwasser begießen. Vielleicht schrumpfen sie dann auf damenhafte Größe achtunddreißig.« Ich machte unverzüglich eine zweideutige Bemerkung über die allgemeinen Folgen kalter Salzwassergüsse, über die er sich köstlich amüsierte, und alles war wie immer.

Ein paar Tage später stolperte ich auf dem Weg zum Briefkasten über Tom. Er stand mit der schlanken Blondine und einem vollen Mülleimer im Hausflur und erklärte ihr gerade den Unterschied zwischen Backbord und Steuerbord. Ganz oben auf dem Mülleimer lag eine leere Espressopackung. Wie angewurzelt blieb ich stehen. Verdammt, Gunnar, wenn ich gewusst hätte, was dieser Abend für Folgen hat, wäre ich nicht von der Autobahn abgebogen, dachte ich. Du bist an allem schuld, du allein. Hätte ich dich nicht getroffen, so könnte ich noch immer in meiner unbeschwerten Sorglosigkeit verweilen. Gleichzeitig wusste ich, dass ich mir selber etwas vormachte. Bloß weil man etwas nicht wahrhaben will, sollte man für die veränderten Umstände keinen Sündenbock suchen.
»Hallo, Nachbar«, sagte ich betont munter und wollte mich an ihm vorbeiquetschen.
»Na, wie geht's den Turteltäubchen?«
»Bestens. Es könnte gar nicht besser!«
»Das freut mich«, sagte er und entblößte einen Eckzahn, aber so, dass nur ich es sehen konnte. »Ihr zwei kennt euch noch nicht, glaube ich. Romea, sag brav hallo zu Maren. Sie kommt nächstes Wochenende auch mit aufs Boot.«
Sieh mal einer an, dachte ich, nun scheint er endlich bei ihr gelandet zu sein. Das lässt hoffen, denn nun wird er seine Aufmerksamkeit anderen Dingen zuwenden, und Lukas und ich haben endlich

unsere Ruhe. »Freut mich! Übrigens, du siehst schlecht aus, bekommst du nicht genügend Schlaf?«
»Seine letzte Nacht hat sich mehr oder weniger auf dem Klo abgespielt«, warf Maren ein. »Wir waren gestern Mittag alle beim Italiener, und leider hat Tom eine verdorbene Garnele erwischt.«
»Wer, wir alle?«
»Na, Tom und Lukas und ich«, erklärte sie, »ein feines Trio, das muss man schon sagen! Der Wirt war heillos erleichtert, als er uns endlich loswurde.«
Es versetzte mir einen nadelfeinen Stich. Mit keinem Wort hatte Lukas dieses Mittagessen erwähnt. Andererseits ließ sich so ein Trio ja durchaus erweitern; *mir* musste Maren ja nicht gefallen. Sie hauchte Tom einen Kuss auf die Wange. »Bleibt es bei morgen Mittag?«
»Okay. Grüß Sebastian.«
Abgang der Blondine. »Darf ich fragen, wer Sebastian ist?«, sagte ich und schaute ihr nach.
»Ihr Freund.«
Also noch immer kein Fortschritt in Sachen Cupido. Allerdings schien Tom zu hoffen, auf dem Boot endlich seine Schäfchen ins Trockene bringen zu können. Na ja, warum auch nicht? Steter Tropfen höhlt bekanntlich den Stein, und bei einem romantischen Wochenende auf See sind schon ganz andere Leute schwach geworden.
Er warf mir einen seiner schelmischen Blicke zu. »Und sonst? Wie war's eigentlich bei deinem Bruder?«
»Nett«, sagte ich, »und auf dem Rückweg habe ich noch meinen Klavierlehrer getroffen, ach, es war wunderbar. So ein Wiedersehen macht eine Menge … hat eine Menge …« Plötzlich fiel mir nichts mehr ein, womit ich den Satz zu einem vernünftigen Ende hätte bringen können.
Und prompt schnappte Tom nach dem versehentlich ausgeworfenen Köder. »Was meinst du damit?«
»Ach, nichts. Spielt keine Rolle«, wehrte ich ab und sah unwillkürlich nach, ob noch Kaffeesatz unter meiner Schuhsohle klebte.

»Sag mal, sehe ich da etwa einen romantischen Schimmer in deinen Augen?«
»Och, nicht direkt. Es war nur –«
Um seinen Mund erschien ein sarkastischer Zug, den ich an ihm noch nicht kannte. »Ich fasse es nicht. Du bist ja gefühlsmäßig total verworren! Du weißt ja überhaupt nicht mehr, wo du hingehörst!«
»Weiß ich wohl«, sagte ich nach Kleinmädchenart und sehr trotzig.
»Tust du nicht! Weißt du, was *ich* glaube? Ich glaube, dass dir in Wirklichkeit so ganz allmählich aufgeht, was für eine Dummheit die Geschichte mit Lukas ist. Liege ich da richtig?«
»Also, seit ich mit Lukas liiert bin, liege ich allerdings richtig«, knurrte ich. Nun fing er schon wieder damit an!
»Alles Spitzfindigkeiten. Mach doch mal die Augen auf!«
Mit Vergnügen, dachte ich, und zwar heute Nacht, wenn Lukas neben mir liegt. An diesem Abend fuhr ich sehr nachdenklich ins »Blue Moon«. An einer Ampel kam ich hinter einem noblen Zweisitzer mit Stern zu stehen; für kurze Zeit blinkte der Mercedes im gleichen Rhythmus wie mein Fiesta, dann geriet er mehr und mehr aus dem Takt. Ich betrachtete den Wagen vor mir. Was trieb Männer eigentlich dazu, ihre Autos mit Heckspoilern und Frontschürzen auszustatten und so tief zu legen, dass sie bei jeder stecknadelkopfgroßen Unebenheit aufsetzten? Potenzprobleme? Nicht eine der Frauen, die ich jemals kennen gelernt hatte, wäre auf den Gedanken gekommen, fünfstellige Beträge für derlei Kinkerlitzchen auszugeben.
Der Mercedes und mein Fiesta blinkten nun völlig asynchron. Ich starrte vor mich hin, dachte ein bisschen an Lukas, an Tom und Maren, schon schlichen sich meine Gedanken mal wieder auf Zehenspitzen zu Gunnar in die Hotelbar bei Hannover, als die Ampel endlich auf Grün sprang. An diesem Abend mussten die Gäste des »Blue Moon« auf *Hit the road Jack* und andere schwungvolle Hits verzichten. Voller Genuss spielte ich eine Menge langsamer, sehr bluesiger Nummern. Besonders viel los war in der Bar ohnehin nicht; nur wenige Stammgäste hatten sich

eingefunden, darunter erfreulicherweise das gediegene Quartett vom Tisch vorn links. Man kam regelmäßig, jedoch nie in weiblicher Begleitung. Einer der vier winkte mir zu und verlangte *The shadow of your smile*, aber ich schüttelte den Kopf. Klimperte mich lächelnd in eine andere Tonart hinein, war schon im richtigen Rhythmus.
»Die Erinnerung ist das einzige Paradies, aus dem wir nicht vertrieben werden können«, sagte ich leise ins Mikro. Und dann sang ich Billy Joels *Just the way you are*. Für den Mann mit den schmalen Fingern, der nicht da war.

Wasserspiele

»Will mit ans Meer«, schluchzte Ninni, »will auch planschen gehen!«
»Ich vielleicht nicht?«, zeterte Suse sauer. »Seit zwei Jahren sind wir nicht mehr weggefahren!«
Nur Carlo sagte nichts. Mit einer ausgeprägten senkrechten Falte auf der Stirn lehnte er am Kleiderschrank und beobachtete, wie ich ein T-Shirt, einen Slip, einen Pullover, einen Badeanzug und ein Handtuch in meine kleine Reisetasche stopfte. So, fertig gepackt. Was brauchte man schon im Sommer auf einem Segelboot?
»Mama, bitte hör mir mal zu«, setzte Carlo nun auf diplomatische Weise an, »wenn wir uns tadellos benehmen und kein einziges Mal ›Scheiße‹ sagen und nichts anfassen – glaubst du, man würde uns dann auch auf das Boot lassen?«
Ich hatte gerade überlegt, ob ich nicht vielleicht doch etwas nettes eng Anliegendes für den Abend mitnehmen sollte, und verschluckte mich nun fast, als ich die gespreizten Worte meines Sohnes vernahm. »Tut mir Leid. Ausnahmsweise handelt es sich um einen Ausflug nur für Erwachsene. Ihr würdet euch bald langweilen.«

»Nie im Leben«, schrie Suse erschüttert, »ich und langweilen! Ich könnte angeln und schwimmen gehen und –«
»Will auch angeln«, ergänzte Ninni und kroch mit ihrem Bären in die Reisetasche.
»Kinder, ich bin doch nur eine Nacht weg, und die Fahrt dauert ganz schön lange. Stattdessen dürft ihr mit Papa und Sylvia Canasta spielen, das ist doch viel schöner!«
Mit einem hinterhältigen Grinsen trat Carlo ans Bett und kippte die Reisetasche aus, woraufhin sowohl Ninni als auch der Bär über das Bett purzelten. »Mama, Carlo hat mich aufs Bett geschmeißt!«, schrie Ninni in heller Aufregung. »Und Willi hat er auch geschmeißt! Und jetzt ist sein Arm abgebrecht!«
Ach, wie ich Ninnis Art und Weise liebte, das Perfekt zu bilden! Ich zog sie auf meinen Schoß und trocknete ihre Tränen. »Carlo, war das wieder nötig?«
»Mensch, verstehst du denn nicht, dass wir keinen Bock auf Sylvia haben?«, erwiderte Carlo übellaunig, »die ist langweilig und macht nie Quatsch.«
»Und sie kocht immer so einen ekligen Salat mit Blutsaft«, fügte Suse hinzu, »den müssen wir essen, damit wir groß und stark werden.«
»Sie meint den Rote-Bete-Salat. Bah!« Carlo drehte sich auf der nackten Fußsohle um und verschwand.
Draußen auf der Straße ertönte Dieselgebrumm. Fahrschule Steinhauer, natürlich, Ännchen hatte den Kampf um die Fahrerlaubnis ja noch immer nicht aufgegeben. Ich warf einen kurzen Blick aus dem Fenster – strahlender August-Sonnenschein über ganz Deutschland! – und war trotz des Zwergenaufstands von träumerischer Vorfreude erfüllt. Morgen schon würde mein Süßer mit mir segeln geh'n! Ein Jodler aus männlicher Teenagerkehle riss mich aus meinen Gedanken. »Zorro hat sich zu uns durchgebuddelt!«
Sekunden später stand ich neben meinem Erstgeborenen. Mein Blick folgte seinem abgespreizten Zeigefinger Richtung Gartenzaun, wo eine tunnelartige Öffnung im Gras von reger Maulwurftätigkeit zeugte. Ein Gastgeschenk hatte der Malteser übrigens

nicht mitgebracht. Als ihm das Versäumnis bewusst wurde, pinkelte er ersatzweise an eine unserer Tannen. Sofort ging neben mir der mehrstimmige Radau los: »Iiiih, der macht bei uns hin!« Unter hektischen Ksch-Ksch-Rufen stürmte Carlo ins Freie. Es dauerte drei, vier Minuten, bis er humpelnd ins Haus zurückkam. »So, er ist wieder weg. Aber jetzt habe ich einen Dorn im Fuß, nur wegen dem Köter!«
»Wegen *des* Köters! Suse, sei so lieb und hol mal die Pinzette. Sollen wir die Blessur ein bisschen kühlen? Zum Beispiel inwendig, mit Erdbeereis?«
In einer schattigen Ecke des Gartens lümmelten wir uns auf eine Decke und eliminierten anderthalb Liter Eis, während Nachbar Gates mit missmutigem Gesicht das Loch unter dem Zaun wieder zuschippte. Kein Wort mehr von Kiel, kein Wort mehr von Sylvia-nett-aber-langweilig, und ich war mittlerweile schon halb davon überzeugt, dass man meine extravaganten Pläne tatsächlich akzeptiert hatte, als Suse plötzlich ihren Löffel in das Schüsselchen fallen ließ und wie elektrisiert hochzuckte. »Mama, da fällt mir was ganz Tolles ein! An deinem Geburtstag hat Frau Borowski doch versprochen, auf uns aufzupassen, wenn du segeln gehst!«
»Au ja«, sagte Carlo eifrig, »mit der ist es bestimmt nicht so langweilig wie mit Sylvia!«
Zweifelnd wischte ich mein Eisschälchen mit dem Finger aus. »Du weißt doch gar nicht, ob sie überhaupt schon aus Frankreich zurück ist.«
»Ruf sie an«, bettelte Suse, »versprochen ist versprochen!«
Nun gut. Nach Art des Rattenfängers von Hameln ging ich ins Haus zurück, umsprungen von drei aufgeregten Kindern, wobei Ninni zwar nicht so genau wusste, worum es ging, jedoch aus lauter Solidarität mit ihren Geschwistern mithüpfte. Wundersamerweise war Frau von Borowski tatsächlich zu Hause, schon seit mehreren Tagen übrigens, es hatte ihr bisher nur die Zeit gefehlt, bei uns hereinzuschauen. »An sich wäre ich ja gern noch geblieben«, sagte sie, »aber dieses Jahr herrschte in der Provence eine so mörderische Hitze, dass mir dauernd der Kreislauf schlapp

machte. Bin ja nicht mehr die Jüngste! Also, bis September bleibe ich erst mal hier. Und wie geht's euch so?«
»Bestens«, sagte ich und begann sehr umständlich, ihr den Wunsch der Kinder in stark verklausulierter Form mitzuteilen, bis sie mich unterbrach und schlicht sagte: »Wann soll ich kommen?«
»Wenn's Ihnen nicht zu viel ausmacht ... ich meine, äh, ginge es gleich morgen?«
»Es macht mir überhaupt nichts aus, im Gegenteil. Um wie viel Uhr wollen Sie fahren?«
»Um sieben«, sagte ich mit einem Blick auf die aufgeregten Gesichter neben mir. Es bedurfte dann lediglich eines flüchtigen Nickens, um eine Art Urknall hervorzurufen. Das Gebrüll war von derartiger Lautstärke, dass ich alle drei mit einer herrischen Handbewegung Richtung Garten winken musste, um einem Hörsturz zu entgehen. »Entschuldigung, Frau von Borowski, die Kinder spielen verrückt. Sie freuen sich so!«
Die Gräfin lachte. »Na, dann ist ja alles geregelt. Punkt sieben bin ich da! Ich müsste nur am Sonntag gegen drei wieder abgelöst werden. Übrigens, wenn ich fragen darf – was macht eigentlich die Angelegenheit mit dem bewussten dunkelhaarigen Mann?«
Unwillkürlich errötete ich. »Die gedeiht und blüht.«
»Also hat's geschnackelt, wie man in Bayern so schön sagt«, fasste sie unbekümmert zusammen, »na bitte. Dann wird es ja auf dem Boot doppelt so nett.«
Das hoffte ich auch. Überhaupt verlief der Rest des Tages ungeheuer nett. Mit Feuereifer schmiedeten die Kinder Pläne für das Wochenende. Arme Frau von Borowski! Wenn sie sich zu allem breitschlagen ließe, was Suse und Carlo so ausheckten, wäre sie bei meiner Rückkehr reif für das Müttergenesungswerk. Freibad. Schnitzeljagd im Wald. Schlesische Dampfnudeln sollte sie zubereiten und Kalten Hund. Vorfreude allerorten!
Achtzehn Stunden später lag das Schlimmste an der ganzen Fahrt, der Elbtunnel, hinter mir. Auf solche unterirdischen Röhren reagiere ich grundsätzlich mit feuchten Händen und klaustrophobischem Herzklopfen, erst recht bei Stop-and-go-Verkehr. Nach einer weiteren Stunde endlich leuchtete es blau vor mir auf: die

Kieler Förde! Außerordentlich froh fuhr ich am Westufer entlang, sah Hunderte von weißen Segeln, hingetupft auf dem schimmernden Wasser. Schließlich kam die Abzweigung zum Sporthafen Stickenhörn. Die Luft roch wunderbar würzig nach Meer. Eine kräftige Brise wehte, über mir keiften die Möwen, ein Sommertag, wie er heller und beschwingender kaum sein konnte.

An einer hohen Betonmauer entlang, die den Hafen von der Förde trennte, schlenderte ich barfuß über den Bootssteg; rechts eine kaum zu überschauende Anzahl von schmucken Jachten, alle dicht nebeneinander geparkt. Die sommerlich gekleideten Bootsbesitzer fummelten mit Tauwerk herum oder erledigten sonstige maritime Arbeiten, deren Sinn und Zweck sich mir leider nicht erschloss. Andere saßen einfach nur gemütlich in der Sonne und aßen Nudelsalat aus Plastikbehältern oder sahen ihren nassen Handtüchern beim Trocknen zu. Schon schrie eine vertraute Stimme meinen Namen. Windzerzauste Haare, eine Hand, die sich mir entgegenstreckte, dann fühlte ich warme Bootsplanken unter den Füßen. »Na endlich«, sagte Tom mit lachenden blauen Augen, »wir warten schon seit einer Stunde auf dich.«

Vorsichtig tastete ich mich Richtung Bootsende, wo ich zwei eingelassene Holzbänke vorfand, das so genannte Cockpit. Auf einer der Bänke saß Maren mit offenem Haar und Sonnenbrille. Sie trug einen Badeanzug, dessen Beinausschnitte knapp unter den Armen endeten, und war konzentriert damit beschäftigt, Sonnenmilch auf ihren Schenkeln zu verteilen. »Hallo, Maren«, grüßte ich und zog unwillkürlich den Bauch ein, ahnend, dass ich rein figürlich nicht mit diesem göttlichen Wesen würde mithalten können. Davon abgesehen waren meine Beine im Gegensatz zu den ihren reichlich weiß. Mit dem Mund näherte ich mich Toms linkem Ohr. »Na, hat's bei euch jetzt endlich gefunkt?«

»Nicht dass ich wüsste. Lukas ist übrigens unten. He, Zoeppel, deine Süße ist da!«

»Hallo, Romea«, sagte nun auch Maren. Gewissenhaft verstrich sie einen Klecks Sonnenmilch auf ihrer Hüfte. Interessiert registrierte ich eine Spur von Zellulitis, wenigstens *ein* optischer Makel! »Gut, dass du da bist und somit das Gleichgewicht der Geschlechter wiederhergestellt ist. Ich hatte einen schweren Stand gegen die beiden Kerle!«

»Nur verbal«, erklang plötzlich die Stimme meines Lovers schräg unter mir. Elastisch schob er sich durch eine enge Luke nach oben, und dann bekam ich einen jener Küsse, von denen man im Normalfall als Frau nur träumen kann: zärtlich, diskret und verlangend zugleich. Die drei Sonnentage an Bord hatten seinem ohnehin recht dunklen Teint eine bronzefarbene Tönung verliehen, seine Zähne wirkten noch weißer als sonst, und wäre ich Besitzerin einer Werbeagentur gewesen, hätte ich diesen Mann vom Fleck weg für ein Shooting in Paris gebucht. Übrigens trug er Bootsschuhe, die mit verschiedenfarbigen Lederflicken markiert waren, einer rot, einer grün. Interessant. Neigten Segler wegen der kontrastarmen Wasserwüste um sie herum dazu, die Orientierung zu verlieren und infolgedessen ständig rechts und links zu verwechseln?

»Und nun ahoi, meine kleine Landratte. Du hast vielleicht 'n Glück mit dem Wetter, gestern wehte hier bloß so eine lahme Rentnerbrise. Also auf nach Sonderburg!« Mit einem flüchtigen Blick streifte er Marens Fahrgestell. Das blonde Elfenwesen cremte sich zurzeit die Haut auf den Zehen ein. Sicherheitshalber fragte ich rasch noch nach, ob wir auch gewiss morgen nach dem Frühstück wieder zurück in Kiel sein würden.

»Nein, wieso?«

»Na, ich muss doch um drei wieder zu Hause bei den Kindern sein.«

»Ach, du meine Güte.« Tom kratzte sich ratlos am Kopf. »Das kriegen wir aber nicht hin. Wenn wir Sonderburg anlaufen, sind wir frühestens mittags wieder da. Was machen wir jetzt, Lukas?«

Auf dessen Stirn bauten sich zwei unwillige Querfalten auf. »Romea, wir hatten doch von einem Wochenende gesprochen, oder? Von einem *ganzen* Wochenende!«

»Ja, schon, aber –«, betreten blickte ich auf die hellen Bootsplanken.

»Komm, Zoeppel, mach jetzt kein Theater«, beschwichtigte Tom,

»dann kreuzen wir eben ein bisschen vor der Küste und kommen heute Abend schon zurück. Oder wir bleiben über Nacht in Kappeln. Ist doch nicht so schlimm.«

Lukas' Gesicht verzog sich nun noch mehr. Er sah aus wie der personifizierte Vorwurf. »Ach, das lohnt sich doch gar nicht. Ich wollte heute Abend in Sonderburg essen gehen!«

»Dann gehst du eben nächstes Mal dort essen.«

Mir war plötzlich sehr, sehr flau in der Magengegend. Wenn Lukas' Laune baden ging, bevor wir überhaupt abgelegt hatten, würde sich die ganze Sache zum Flop des Jahrhunderts entwickeln, und *ich* wäre schuld. Fing ja gut an, dieses Wochenende mit Dolce far niente.

»Skipper«, sagte da Marens Stimme neben mir ganz sanft, »wenn du weiterhin so ein knitteriges Gesicht machst, wirst du Falten bekommen! Aber ich helfe dir dann gerne ein Stück weit mit meiner Nachtcreme aus.«

Mutige Replik, dachte ich erschrocken. Was sein Äußeres und dessen Pflege betraf, war Lukas' Sinn für Humor nur wenig entwickelt. Ein einziges Mal hatte ich den Fehler begangen, angesichts der Vielfalt an Kosmetiktiegeln auf seiner Badezimmerablage eine respektlose Bemerkung zu machen, diese jedoch hatte der Stimmung derart prompt den Todesstoß versetzt, dass ich dazu übergegangen war, seinen Pflegetick konsequent zu ignorieren.

»Kerl, nun stell dich doch nicht so an«, sagte Tom ärgerlich und boxte ihn in die Rippen, »willst du uns allen die Laune ruinieren?«

»Das verhält sich doch wohl eher umgekehrt.« Über Marens Beine hinweg stelzte Lukas ganz nach hinten. »Also, meinetwegen, machen wir das Beste daraus. Los geht's!«

Plötzlich kam Leben auf das fast unbeweglich im Wasser liegende Boot. Tom kurbelte geschäftig an diversen Metallhebeln herum, spuckend blubberte der Dieselmotor los, ganz langsam ging es rückwärts aus der Parklücke heraus und dann vorwärts in die Förde hinein. Das leise Schwanken unter meinen Füßen nahm spürbar zu. Jetzt hoch das Segel! Nach Leibeskräften kurbelnd, schickte Tom Unmengen von flatterndem weißen Tuch Meter für

Meter nach oben. Lukas legte den Kopf in den Nacken und murmelte etwas von achterlichem Wind oder so ähnlich. Fasziniert betrachtete ich sein schönes Profil, das sich scharf gegen den blauen Himmel abzeichnete. Mein Störtebeker beim Erobern eines Weltmeeres, was für ein prachtvoller Anblick! Das Segel war oben. Für kurze Zeit trieben wir seitlich weg, bis der Wind im richtigen Winkel auf das weiße Dreieck traf. Schlagartig ließ das Knattern nach.

»Achtung!«, brüllte Lukas plötzlich, aber im gleichen Moment war es bereits passiert: Irgendetwas hatte mich seitlich so hart am Kopf getroffen, dass ich vor Schmerz nach Luft schnappte. »Au! Verdammt, wollt ihr mich umbringen?«

»Um Gottes willen«, rief Lukas. »Romea, bist du in Ordnung?«

Schon kniete Tom neben mir; mit beiden Händen durchwühlte er besorgt meine Haare. »Da ist nichts aufgeplatzt, zum Glück. Wird aber eine feine Beule geben. Menschenskind, du musst auf das Segel aufpassen! Da sind schon Leute bei getötet worden, wenn das so mit Wucht zur anderen Seite schlägt!«

»Danke für den zeitigen Hinweis«, ächzte ich und hielt mir den Schädel, während Lukas sich wieder und wieder für die verunglückte Patenthalse entschuldigte.

Maren stand auf. »Allmählich bekommst du ein Stück weit eine Vorstellung davon, wie nett das Bootsleben mit den beiden Herren ist«, sagte sie lakonisch.

Offenbar gehörte »ein Stück weit« zu den bevorzugten Formulierungen ihres Sprachschatzes. Leise jammernd hielt ich mir ein zusammengeknautschtes nasses Handtuch an den Kopf. Wirklich erholsam, so eine Segelpartie! Zweimal noch musste Tom den kalten Umschlag erneuern, bis ich ihm erleichtert mitteilen konnte: »Okay, es tut nicht mehr weh. Aber unter ›Mastkur‹ hatte ich mir eigentlich etwas anderes vorgestellt.«

Noch immer tuckerten wir langsam seewärts. Salziger Sommerwind streichelte mein Gesicht. »So, und nun wird gesegelt«, sagte Lukas unvermittelt und stellte den Motor ab. Der Diesel erstarb, plötzlich herrschte paradiesische Stille. Bis auf das leise Zischen, mit dem der Bug des Bootes durch das Wasser schnitt, war nichts mehr zu hören. Mit angezogenen Knien hockte ich auf meiner Bank und ließ das ungewohnte Auf und Ab auf mich einwirken, war mir jedoch bald sicher, von intestinalen Störungen aller Art verschont zu bleiben. Lediglich die Heckwellen der größeren Schiffe lösten kurzfristig in mir und meinem Magen das Bedürfnis aus, sich irgendwo festzuhalten.

»Na, ist das nicht fabelhaft?«, rief Tom übermütig. Sein verblichenes T-Shirt flatterte im Wind, sodass ich Mühe hatte, das darauf abgedruckte Zitat zu entziffern. Es war von Ondaatje: »Ich möchte nur, dass du es weißt. Noch vermisse ich dich nicht.«

Ich nickte. Schöner Spruch. Schöner Anblick, das sanft ansteigende Fördeufer. Ach, alles schön! Und mit welcher Leichtigkeit man doch seinen Gedanken nachhängen, wie wunderbar man mit allen Sinnen die Welt um sich herum wahrnehmen konnte, wenn man mal für zehn Minuten von schweigenden Menschen umgeben war. Respektvoll nahm ich zur Kenntnis, dass Skipper Lukas die Segelei mit der gleichen ihm eigenen preußischen Korrektheit betrieb wie – fast – alle anderen Tätigkeiten auch. Der Wind blähte das Segel zu einer ästhetischen Rundung und pustete uns stetig voran Richtung Ostsee. Bald erfuhr ich, dass es auf dem Wasser ebenso festgeschriebene Verkehrsregeln gibt wie zu Lande: Backbordbug vor Steuerbordbug, Luv weicht Lee, Maschinenfahrzeuge sind dem Segelfahrzeug gegenüber ausweichpflichtig.

»Alles verstanden?« Lukas sah mich prüfend an. Noch immer stand er hellwach an der Ruderpinne, respektvollen Abstand von allem haltend, was dick motorisiert durchs Wasser manövrierte.

»Klar«, behauptete ich kühn. »Rechts hat Vorfahrt, der Schwächere gibt nach, aber wer eine Bremse hat, muss sie auch benutzen.«

»Haha, sehr witzig. Merk dir erst mal, dass rrrrechts Steuerrrrbord ist!«

Ich hatte ihm gerade versprochen, noch heute Nacht alle Fakten auswendig zu lernen, die für den maritimen Verkehr auch nur entfernt von Bedeutung sein konnten, als Tom meine Hand ergriff und mich hochzog. »Komm, ich zeige dir mal das Innere des Bootes.« Fünf steile Holzstufen ging es hinab, den Niedergang, woraufhin man in einem sehr elegant vertäfelten, schmalen Raum landete. Links eine Art Kochecke, rechts ein Schreibtisch, der Rest des Raumes bestand aus einer gepolsterten Sitzecke mit großem Esstisch und hieß Salon.

»Ganz schön eng hier drinnen«, sagte ich und verschwendete ein paar zweifelnde Gedanken an die heutige Nacht, da ich nirgendwo ein Bett sah.

»Nicht eng, sondern kompakt!« Tom drückte mir eine gekühlte Dose Cola in die Hand. »Tolle Inneneinrichtung, nicht? Schau, der Herd in der Pantry ist kardanisch aufgehängt, und der Tisch hat Schlingerleisten. Hier kann man sogar bei Seegang kochen und essen, ohne dass einem die Teller um die Ohren fliegen. Und jetzt das Bad!« Er führte mich hinter den Kartentisch, öffnete eine schmale Tür. Sinnierend betrachtete ich die herumliegenden Kosmetikartikel. Eine offene, verschmierte Tube Blendamed, daneben eine säuberlich verschlossene Reisepackung Aronal und Elmex. Typisch Tom, typisch Lukas, Nachfragen bezüglich der Besitzverhältnisse erübrigten sich da von selbst.

»Übrigens, bitte wirf kein Papier ins Klo. Wir haben ein Problem mit dem Seeventil, und wenn man nicht aufpasst, steigt die Brühe immer höher.«

»Ich werd's mir merken. Und wo schläft man hier so?«

»Im Bett«, grinste er, »oder dachtest du, wir hätten Hängematten? Komm mit.« Zielstrebig marschierte er zu einer Schiebetür, hinter der sich ein durchaus respektables Lager auftat, das vorn schmal zulief und exakt die Spitze des Bootes ausfüllte. Toll, dachte ich beeindruckt, dieses Lotterbett ist zwar einigermaßen apart geformt, aber in Sachen Atmosphäre um Klassen besser als mein olles Ikea-Bett!

»Guck nicht so lüstern«, fauchte Tom prompt, »und mach dir bloß keine Hoffnungen auf eine romantische Nacht, Darling, hier sind die Wände aus Papier! Eine gewisse Eigendynamik als Paar kann man auf so einem Kahn nur entwickeln, wenn man zu zweit ist und bleibt.« Er schnitt eine Grimasse, die sich sowohl auf Lukas und mich als auch auf Maren und ihn beziehen konnte, und deutete dann auf den Esstisch. »Schau mal, was man erhält, wenn man die Rücklehne der Sitzbank hochklappt: noch ein Bett, nämlich meins. Alles vom Feinsten hier, nicht?«

»Schick«, lobte ich, wenn auch diese Bettstatt eindeutig zweite Wahl war, da man mitten im Wohnzimmer lag und deswegen wahrscheinlich dauernd mit nächtlichen Klogängern rechnen musste, die einen überkletterten.

Die dritte Schlafgelegenheit, die so genannte »Hundekoje«, fand sich dann hinter einer weiteren Schiebetür neben der Pantry. Übrigens roch die Kemenate ganz schwach nach Parfüm, woraus ich sogleich schloss, dass hier Maren logierte. Von der Geschichte mit den Papierwänden einmal abgesehen, hatte ich insgesamt weder am Boot noch am nächtlichen Arrangement etwas zu beanstanden. Und jetzt schnell raus aus den Klamotten! Kurz darauf kletterte ich aus dem stickigen Salon zurück ins Freie, drehte mein Gesicht in den Fahrtwind und ließ mich durchpusten. Übrigens saß mein Badeanzug nicht minder tadellos als der des anderen weiblichen Passagiers, und war auch der Weißheitsgrad meines Körpers beträchtlich, so empfand ich das nicht unbedingt als Problem. Dennoch stellte sich angesichts Marens auf sehr wirksame Weise hoch gelegter Beine die Frage, wie es dieser Frau trotz ihres nordischen Typs eigentlich gelang, so fabelhaft zu bräunen.

»Aber hallo!«, krähte Tom freudig. »Den Unterschied bei Mann und Frau sieht man durchs Schlüsselloch genau!«

Auch Lukas hatte trotz seiner schwierigen Steuermannstätigkeit Zeit für einen Kommentar aus der Abteilung »unmittelbare Begeisterung«. Zufrieden blieb ich noch ein bisschen stehen. Diese köstliche, klare Luft, und wie weit die Küste schon hinter uns lag!

»Singst du wirklich abends in einer Kneipe?«, erkundigte sich Maren und starrte auf meine blassen Oberschenkel, als seien diese ein Hinderungsgrund.

»In einer Jazzbar gehobenen Niveaus«, berichtigte ich. »Und du, du bist Bankerin, nicht?«

Sie bestätigte dies, um mich gleich darauf hinzuweisen, dass ihr, obwohl erst zweiunddreißig Jahre alt, bereits die Verantwortung

für die Anlageberatung übertragen worden sei. Erneut warf sie einen Blick auf meine Schenkel. »Also, ich für mein Teil gehe ja regelmäßig ins Sonnenstudio«, teilte sie mir unaufgefordert mit und schenkte der ganzen Runde ein bezauberndes Lächeln, »würde dir auch mal gut tun. Man wirkt doch gleich ein Stück weit aktiver und dynamischer, wenn man nicht so bleich ist.«
»Danke«, sagte ich lieblich und überlegte sehr heftig, wie ich ein Stück weit auf diese Äußerung reagieren sollte. Undynamisch fand sie mich also! Nun, aus ihrer Sicht hatte sie ja nicht Unrecht. Im Gegensatz zu ihr war ich blass und gebaut wie ein Elefant und hatte drei Kinder und ein Speckröllchen unter dem Bauchnabel. Aber was wusste sie schon vom Alltag mit drei Kindern, von manchmal kaum zu ertragender Verantwortung, von langen Nächten im verräucherten »Blue Moon«, von hastig heruntergeschlungener Schokolade zwischen *Stormy Monday* und *Lover man*. Aus unerfindlichen Gründen war mir plötzlich sehr nach Zurückfeuern. »Weißt du, Maren«, sagte ich also spitz, »ich glaube nicht, dass man noch ein Stück weit dynamisch wirkt, wenn man sich vom Sonnenstudio faltige Lederhaut eingehandelt hat.«
Einzige Reaktion war ein verzeihendes Lächeln. Unschlüssig blieb ich noch ein Weilchen stehen. Registrierte eher nebenbei, dass Tom sich seines T-Shirts zu entledigen begann und seinen Oberbau entblößte. Alles eine Spur schmaler und heller als Lukas' durchtrainiertes Gegenstück, aber durchaus angenehm fürs Auge. So richtig wurde mein Interesse erst geweckt, als er begann, an seinen Schuhen herumzunesteln, sind doch die Füße einer der größten Schwachpunkte beim Mann. Insbesondere die Fußnägel sehen häufig aus wie verhornte Rinderhufe und sind entweder zu lang oder zu gelb oder beides. Der andere große Schwachpunkt des Mannes sind ja bekanntlich jene Haare, die ihm nach dem vierzigsten Geburtstag zu sprießen beginnen, sei es nun in den Gehörgängen oder in / auf der Nase. Lässt der Mann unbekümmert wachsen, so wuchert sein Gesicht im Laufe der Zeit unweigerlich zu, was in dem einen oder anderen Fall sicherlich wünschenswert ist. Nur: Warum kürzen so viele Männer den Wildwuchs nicht? Um den an

anderer Stelle einsetzenden Haarausfall zu kompensieren oder gar zu vertuschen? Sind Frauen vielleicht blind oder blöd?
Mitten in dieser geistigen Ketzerei flog einer von Toms Bootsschuhen an mir vorbei Richtung Salon. Der Zustand seiner Füße bewegte sich übrigens an der Grenze des Akzeptablen. Wenigstens hatte er keine rissigen Hornhautfragmente unter den Fersen.
»Tom, nimm doch mal das Ruder«, sagte Lukas plötzlich und schickte mir einen zärtlichen Blick, »Romea und ich nehmen jetzt eine hübsche kleine Auszeit. Ich möchte ihr dringend meine Seemannsknotensammlung zeigen.« Er wartete, bis Tom seinen Platz eingenommen hatte, dann warf er sich ein großes Badehandtuch um den Hals, ergriff eine Flasche Sonnenmilch und kletterte mit mir nach vorn aufs Deck. Dort breitete er das Handtuch aus. »Komm mal her. Das ist ein Befehl.«
»Mit Vergnügen, Skipper.« Bäuchlings lagen wir nun nebeneinander, die Gesichter einander zugewandt. Über mir die Sommersonne, unter mir das stete Heben und Senken des Bootsrumpfes, in mir ein warmes Paar-Gefühl. Welch Genuss!
»Ist dein Magen in Ordnung?«
»Ja, mir geht's ausgezeichnet. Wie war's eigentlich gestern Abend?«
»Wir hatten unglaublich viel Spaß. Maren ist wirklich nett.«
»Ach, ich habe dir also gar nicht gefehlt?« Zärtlich betrachtete ich seine dichten, dunklen Wimpern und seine braunen Haare, die in der Sonne glänzten und sich sachte im Wind bewegten. »Käpt'n, erzähl mir was Maritimes. Von der rollenden See vor Kap Hoorn bei deiner ersten Weltumsegelung oder von damals, als ihr alle Skorbut gekriegt habt und dann auf einer Südseeinsel notlanden musstet. Oder zeig mir endlich deinen Seemannsknoten.«
Beeindruckt pfiff er durch die Zähne. »Du entwickelst dich ja zu einer richtigen Meerkatze! Welchen Seemannsknoten möchtest du lernen, vielleicht den Rundtörn mit zwei halben Schlägen?«
»Bloß nicht. Lieber etwas ohne Schläge.«
»Dann den klassischen Palstek? Das ist eine Schlinge, die sich nicht zuzieht, aber leicht zu lösen ist.«
Unauffällig lächelte ich in meinen Unterarm hinein. Den Palstek

hatten sich offenbar Leute ausgedacht, die an so starken Beziehungsängsten litten wie Lukas noch vor einigen Wochen. »Hast du nichts Romantischeres auf Lager?«
»Dann bleibt eigentlich nur der Kreuzknoten. Der wird angewandt, um zwei gleich starke Enden zusammenzustecken.«
»Ja, der passt zu uns. Also los, Skipper, fang an zu knoten!«
»Erst die Sonnenmilch«, sagte er mit einem hinreißend zweideutigen Unterton, »sonst siehst du heute Abend aus wie ein gekochter Hummer. Und das wollen wir doch nicht, oder?«
»Nein«, sagte ich und schloss die Augen, weil er auf außerordentlich gefühlvolle Weise begann, mich einzucremen. Zwar unterbrach er seine Tätigkeit alle paar Sekunden, dies allerdings nur, um mir wie ein verliebter Zufallsgenerator mal hierhin, mal dorthin einen Kuss zu geben. Augenblicklich kam ein Kommentar von den billigen Plätzen im Cockpit. Aus voller Kehle brüllte Tom: »Die Lieb', die Lieb' hat alle Stund' neu wunderlich Gelüsten; wir bissen uns die Lippen wund, da wir uns neulich küssten!«
»Steinkrüger!!!« rief Lukas drohend.
»Nein, Mörike!«, grinste Tom und warf uns eine Kusshand zu.
Ich kicherte leise, erstens, weil Tom so gar nicht davon lassen konnte, Lukas und mir dazwischenzufunken, und zweitens einfach so, aus purer Lebensfreude. Ein feuchtkalter Klecks Sonnenmilch landete nun auf meiner Schulter. Lukas räusperte sich verhalten. Ob er jetzt endlich weitermachen dürfe? Des Fahrtwindes wegen würde ich es vielleicht nicht so merken, aber die Sonne brenne ganz schön. Mit einer schnellen Bewegung schob er den rechten Träger von meiner Schulter, der linke folgte alsbald. Sanft kreisend massierten seine Hände Sonnenmilch in meine Haut; er ging systematisch und präzise vor und vergaß weder Kniekehlen noch Waden, während ich mich in dem wohligen Gefühl aalte, wie eine Prinzessin behandelt zu werden. »Komm, dreh dich um. Nun ist die andere Seite dran.«
»Lieber nicht«, sagte ich, weil ich insgeheim ahnte, worauf die Sache hinauslief.
»Doch.« Kurzerhand drückte er meine Schulter hoch. Ein behut-

samer Ruck, und ich lag auf dem Rücken. »Siehst du, so bekommt dein Bauch auch ein bisschen Luft, du puritanisches Häschen. Weit und breit ist niemand, der an einer nackten Brust Anstoß nehmen könnte. Sieh dich doch mal um!«

Gehorsam stützte ich mich auf die Unterarme und hob den Kopf. Zwischen uns und dem Horizont war nichts als glitzerndes, gelegentlich gegen die Bordwand gischtendes Wasser mit vereinzelten Schaumkronen. Die Küstenlinie ließ sich nur noch in weiter Ferne als dünner, grauer Strich ausmachen. Weit draußen auf dem offenen Meer sichtete man ein paar Schiffssilhouetten, aber man musste schon sehr genau hinsehen, um sie überhaupt wahrzunehmen. Übrigens blies hier draußen keine Rentnerbrise mehr, sondern ein durchaus flottes Lüftchen; die Jacht neigte sich leicht zur Seite – »wir krängen«, wurde ich von Lukas belehrt – und machte ganz ordentlich Fahrt.

Nirgendwo eine Grenze. Klarblauer Himmel mit ein paar winzigen Zirrus-Wolken. Keine Abgase, keine Hektik, kein Lärm. Hinter uns im Cockpit hörte ich Tom und Maren leise lachen. Ich legte mich zurück. Schloss die Augen und dehnte mich und summte *Parlez-moi d'amour* von Juliette Greco. Und anschließend *Summertime*. Noch nie zuvor hatte ich die Zeile »an' the living is easy« als wahrhaftiger empfunden als in diesem Moment, noch nie war ich von solch schwebender Leichtigkeit erfüllt gewesen. Blaue Stunde. Alles reduzierte sich auf das zischende Wasser und das leise Brausen des Windes. Lukas' Haare kitzelten mich am Hals, an den Hüften, am Oberschenkel.

»Die anderen können uns sehen«, wisperte ich und wünschte mir heftigst, das Gegenteil wäre der Fall.

»Na und?«

»Ein bisschen Diskretion möcht schon sein, findest du nicht?« Verlegen wand ich mich unter Lukas' Gewicht.

»Nein«, raunte er mir ins Ohr und streifte meinen Badeanzug noch ein paar Zentimeter weiter herunter, »ich finde, ein bisschen sündigen möcht schon sein.« Überaus gekonnt wanderten seine Lippen dem Badeanzug hinterher. Vor lauter Erotik bekam ich kaum noch Luft. Träge Willenlosigkeit, willenlose Trägheit, Ver-

führung der exquisitesten Art. Unter meinen Händen glatte, feste Muskelstränge und von der Nachmittagssonne aufgeheizte Haut. Das Schiff vibrierte in den Ostseewellen.
Und dann brach das ganze vollendete Kartenhaus von einer Sekunde zur anderen jäh zusammen. »Lukas!«, rief eine helle Frauenstimme. »Das blöde Seeventil klemmt schon wieder! Kannst du bitte mal nachsehen?«
Lukas zuckte zusammen, ich zuckte zusammen, gleichzeitig fielen wir in eine Art völlige Starre. Auf mir lagen fünfundachtzig bewegungsunfähige Kilo. Allein meine Lider mochten meinem Willen noch halbwegs gehorchen. Nein, nicht wach werden, dachte ich. Nicht jetzt, nicht auf diese profane Weise. »Verdammt«, sagte ich dumpf. Plötzlich konnte ich meine Arme wieder bewegen. Ich versenkte beide Hände in seinen Haaren. »Ignorier sie doch einfach. Meinetwegen schenke ich dir ein nagelneues original verpacktes Seeventil aus reinem Platin zum Geburtstag, aber bleib um Himmels willen liegen!«
Er richtete seinen Oberkörper auf und betrachtete mich bedauernd. »Tut mir Leid, aber das Boot geht vor. Hoffentlich habe ich genügend Werkzeug da.«
»Fast alle Reparaturen im Haushalt lassen sich mit einer gerade gebogenen Büroklammer und einem abgebrochenen Messer bewerkstelligen, Süßer. Nun beeil dich!«
»Ach, Romea«, sagte er sehr herzlich, »du bist zwar eine außerordentlich praktisch veranlagte Frau, aber hier an Bord hast du vom Tuten keine Ahnung.«
»Na, wenigstens nur vom Tuten«, murmelte ich, wälzte mich auf den Bauch und sah ihm nach, wie er athletisch über das Deck turnte und dann durch die Luke nach unten glitt. Immerhin wusste ich jetzt, dass Toms krasse Vorschriften in Sachen Keuschheit pure Erfindung waren. Ich musste lachen. Angeschwindelt hatte der Kerl mich, und zwar einzig und allein, um zu verhindern, was ihm so wenig in den Kram passte. Was für ein Sturkopf! Träumerisch blickte ich auf die bewegte Wasseroberfläche. Die Wellen kamen und gingen. Bildeten sich neu, verschwanden erneut und tauchten an anderer Stelle und in anderer Form wieder auf. Ein

Perpetuum mobile, das bis in alle Ewigkeit funktionieren würde, solange der Mensch die Finger davon ließ.
Direkt unter mir ertönte ein heftiger Fluch, nur wenig gedämpft von dem hölzernen Kajütdeck. Das Seeventil schien tatsächlich ein ernst zu nehmender Gegner zu sein. Nun tauchten Lukas und Maren nacheinander im Cockpit auf. Da sei nichts mehr zu machen, teilte uns mein Lover sehr erzürnt mit.
»Ach, im Grunde braucht man ja gar kein Klo.« Tom grinste fröhlich in die Runde. »Segler haben immer einen Eimer an Bord.«
Tatsächlich alles vom Feinsten hier, dachte ich ironisch, während Maren naserümpfend ablehnte; lieber würde sie nach Stickenhörn zurückkehren. Ich schrak zusammen. Segeln wollte ich, nur segeln! In diesem Moment fühlte ich mich wie ein Kind, das an einem Lutscher geleckt hat und, den wunderbaren Geschmack noch auf der Zunge schmeckend, hinnehmen muss, dass ein Erwachsener den Lolli wegnimmt, weil er Karies fördert.
»Keine Lust«, brummte Lukas dankenswerterweise, »da ist abends doch tote Hose. Links die Betonmauer, keinerlei Ausblick aufs Meer, viel öder geht's ja wohl nicht.«
Mit attraktiv flatternden Haaren an der Luke des Niedergangs lehnend, warf Maren die Frage auf, ob man denn unbedingt auf den Hafen angewiesen sei. Könne man nicht später noch ein Stück weit den Standort verändern und an einem hübschen Ort irgendwo in der Förde ankern, um dort zu kochen und zu essen und einen schönen Abend zu verleben?
Lukas dachte heftig nach. »Eigentlich nicht schlecht, die Idee. Steinkrüger, was hältst du von Möltenort?«
»Einverstanden.«
Damit war die Sache geregelt, schnell und ohne Diskussionen. Einwände fielen auch mir keine ein. Wo genau wir nun den Abend verbrachten, war mir vollkommen gleichgültig, Hauptsache, wir blieben draußen auf dem Wasser. Ach, noch tagelang hätte ich mit Lukas über das blaue Meer schippern können. Gemeinsam der Sonne beim Aufgehen zuschauen. Und abends würde ich für uns beide kochen und hernach mit ihm in die Koje klettern. Kinder kamen in diesem erstaunlichen Szenario übrigens nicht vor. Mittler-

weile hatten die beiden Herren begonnen, lautstark darüber zu diskutieren, wer die Jacht in die Förde zurücksegeln werde.
»Ich natürlich«, stellte Lukas unmissverständlich fest, »du bist doch bestenfalls der Brötchentüten-Navigation mächtig, Steinkrüger.«
»Und du triffst ohne Satellitenhilfe nicht einmal die Hafeneinfahrt«, schnauzte Tom zurück.
Meine Visionen verblassten. Worum ging es hier eigentlich?!
»Unter Brötchentüten-Navigation, meine Liebe«, sagte Tom eisig, »versteht man, wenn ein Segler keine Ahnung hat, wo er sich befindet, aufgrund dessen an Land schwimmt und in der nächsten Bäckerei ein paar Brötchen kauft. Anhand des Aufdrucks auf der Papiertüte kann er sich dann verlässlich über seinen Standort orientieren.«
»So fahre ich manchmal Auto«, freute ich mich, »ist doch eigentlich nicht so schlimm. Ach, Jungs, *müsst* ihr denn immer streiten?!«
Schließlich und endlich einigte man sich auf einen Kompromiss: Tom bekam die Pinne bis zur Fördeeinfahrt zugesprochen, den anschließenden Teil würde Lukas erledigen. Das Wendemanöver absolvierten sie schon wieder gemeinsam und in tiefer Eintracht. Sonderbare Sache, so eine Männerfreundschaft. »Komm schnell zurück in unser Séparée!«, rief ich meinem Lover halblaut zu. »Und bring was zu essen mit, ich bin kurz vorm Verhungern!«
Kurz darauf lagen wir wieder nebeneinander auf unserem Badehandtuch. Lukas servierte mir ein Schälchen mit wunderbar aromatischen, kernlosen Weintrauben, dazu ein Glas Frascati. Meile auf Meile näherten wir uns der Küstensilhouette und damit auch der Realität, dem zweckgebundenen Tun. Wie viele Gegensätze doch in einem einzigen Tag liegen können. »Hat unser hübsches Boot eigentlich einen Namen, Käpt'n?«
»Es hat. *Nereïde* heißt es, nach den fünfzig Töchtern des Meeresgottes Nereus, die allesamt so freundliche Meeresnymphen waren wie du. Sollen wir mal ein bisschen beidrehen, damit du schwimmen gehen kannst?«
»Och nö«, sagte ich faul und schob ihm eine Weintraube in den

Mund, »das Wasser sieht schrecklich tief und unheimlich aus, und es gibt hier bestimmt Quallen und anderes Meeresgetier, das mich in die Füße beißen will.« Mir war sehr wohl ums Herz, so untätig neben meinem schönen Lover herumzuliegen und vor mich hin zu quasseln.

»Unfug.« Sein Zeigefinger strich über meine Wirbelsäule. Unverzüglich gingen alle Härchen auf meinem Rücken in Hab-Acht-Stellung. »Schlimmstenfalls hinterlässt eine Möwe ein kleines Andenken auf deinem Kopf. Möwen haben alle kaputte Seeventile.«

»Keine Lust. Schließlich sind auch stille Wasser nass!«

»Wenn ich die See seh, brauch ich kein Meer mehr«, alberte er zurück.

»Willst du viel, fahr nach Kiel!«, reimte ich triumphierend. »Ha, blöde Sprüche klopfen kann ich auch!« Dann schrie Maren aus dem Cockpit herüber, in Plön sei es schön. Aha, sie hatte unserem mehr oder minder sinnfreien Gespräch also gelauscht. Frechheit eigentlich. Halblaut lästerte ich: »Aber nur ein Stück weit, Schätzchen!«

Lukas nahm seine Hand von meinem Nacken. »Sag mal, hast du was gegen sie?«

»Nicht direkt. Aber irgendwie geht mir ihre Art auf den Wecker, und –«

»Es ist doch jedes Mal das Gleiche«, unterbrach mich Lukas plötzlich mit umwölkter Stirn, »nimmt man *keine* Frau mit aufs Boot, ist alles in Ordnung. Nimmt man *eine* Frau mit, geht auch noch alles glatt. Aber sobald man *zwei* Frauen an Bord hat, gibt es prompt Sticheleien. Muss das denn sein?«

Vollkommen perplex setzte ich mich auf. War wie vom Donner gerührt.

»Ach, ist doch wahr.« Er verzog den Mund zu einem schmalen Strich, was ihm nicht allzu gut zu Gesichte stand. »Gestern Abend nach der Ankunft von Tom und Maren klappte alles noch tadellos. Wir haben zu dritt Proviant gebunkert und einen feinen Stadtbummel gemacht. Kein Streit, keine Meinungsverschiedenheiten, nichts. Kaum ist noch eine weibliche Person mehr an Bord, fliegen Giftpfeile.«

Mit beiden Händen strich ich mir die völlig verwehten Haare aus dem Gesicht. »Sag mal, kriegst du deine Tage, oder warum bist du plötzlich so aggressiv?«
Er sagte nichts. Beleidigt zog ich die Knie an. Voraus am Horizont war der Leuchtturm in der Einfahrt zur Innenförde schon deutlich zu erkennen. So weit und doch so nah, dachte ich, gleich ist das Segelvergnügen vorbei. Schade. Und die allgemeine Schönwetterlage scheint man ebenfalls zu Grabe tragen zu müssen. Doppelt schade.
Nach einer langen Pause räusperte sich Lukas. »Sorry. Sei mir nicht böse«, kam es in tiefster Tonlage von links, »aber ich hatte mich wohl auf das Fischessen in Sonderburg kapriziert.« Eine seiner Hände krabbelte versöhnlich auf meinem Nacken hoch. Weich, warm und trocken. Er hätte sie auf ewig dort liegen lassen können.
»Soll ich dir nachher Spezialfisch à la Romea kochen?«, sagte ich eifrig und quoll plötzlich fast über vor Emotionen. »Ich bräuchte nur Fischfilet und ein bisschen Gemüse.«
Lächelnd schüttelte er den Kopf. »Du hast heute frei. Maren ist der Pantrysklave, das haben wir gestern ausgelost. Sogar spülen will sie.«
Irgendwie enthielten die letzten Minuten ein bisschen viel »wir«, in dem ich nicht eingeschlossen war, fand ich. Es musste sich wohl gestern Abend auch ohne meine Anwesenheit um ein grandioses Happening gehandelt haben. Mit leiser Eifersucht im Bauch erkundigte ich mich, was er uns denn Schönes kochen würde, unser Pantrysklave, wobei ich jedoch tunlichst jede bissige Nuance vermied.
»Putenschnitzel.« Kehlig lachend beugte er sich zur Seite und biss mich in die Hinterpartie. »Putenschnitzel kann sie gut, sagt sie, und –«, er nahm den Kopf hoch, »sieh mal an, wir kriegen Gesellschaft.«
»Na, ihr zwei?« Zwei schlanke braune Beine tauchten in meinem Blickwinkel auf. »Darf man sich zu euch gesellen?«
Nein, dachte ich, aber Lukas rückte chevaleresk ein Stück zur Seite. »Klar, mit Vergnügen, leg dich nur hin. Was kann es für einen Mann Schöneres geben, als sich mit zwei hübschen Frauen ein Handtuch zu teilen?«

Eindeutig nur, sich mit *einer* hübschen Frau das Handtuch zu teilen, welche Frage! Zu dumm, dass Lukas allen Frauen auf diese charmante Art begegnete.
»Zoeppel, wir sind gleich in der Förde!«, brüllte Tom in meine unfeinen Gedanken hinein. »Willst du nun segeln oder nicht?«
»Ich komme gleich!« Zentimeterweise schob er sich hoch und absolvierte in rascher Folge zwei Dutzend Liegestütze, ohne anschließend auch nur einen Hauch von Ermüdungserscheinungen zu zeigen. Maren lag schläfrig neben ihm und äußerte sich nicht weiter, woraus ich schloss, dass auch ihr Lover täglich ein umfangreiches Fitnessprogramm absolvierte, infolgedessen sie durch den Anblick schwellender Muskeln nicht mehr nennenswert zu beeindrucken war.
Kommentarlos stand ich auf. Das Boot schien heftiger zu stampfen als noch vor einer Viertelstunde, offenbar hatte der Seegang zugenommen, und erstmalig musste ich auf Zehen und Fersen balancieren, um nicht das Gleichgewicht zu verlieren. Achtern im Cockpit hielt Tom gleichmütig das Ruder fest und steuerte auf den Leuchtturm zu, der nun direkt vor uns lag. Ich warf mich neben ihn auf die Bank. »Na du, wie geht's?«
»Tadellos. Beim Segeln kann man so wunderbar vor sich hin träumen. Wenn du wüsstest, wie häufig es mich im trüben Rheinland nach diesen Lüften hier dürstet, nach Sonne und Wind und Salzgeschmack auf den Lippen!«
»Mmh«, bestätigte ich, ohne richtig zugehört zu haben. War Lukas wirklich wegen des verpassten Fischessens so ungehalten gewesen, oder lag die Schuld möglicherweise bei mir? Ich zwang mir ein Lächeln ins Gesicht und ging im Geist mein Sündenregister durch. Starrte aufs Meer, als sei dort die Antwort auf meine Fragen zu finden.
Durch eine flatternde Haarsträhne hindurch warf Tom mir einen schrägen Blick zu. »Ein Schifflein auf der Donau schwamm, drin saßen Braut und Bräutigam, er hüben und sie drüben!«, deklamierte er mit einer hoch gezogenen Augenbraue. »Ich brauche dich nur anzusehen, um zu wissen, dass auf diesem Boot gewisse atmosphärische Störungen herrschen. Also spuck's aus.«

»Nichts ist los. Alles im grünen Bereich.« Störrisch drehte ich mich seitlich unter die Reling und tauchte beide Arme ins vorbeizischende Wasser. In dicken Tropfen perlte das Wasser von meinen Armen. Ach, wahrscheinlich bildete ich mir alles nur ein.
»He, Tom, es hat ja ganz schön aufgefrischt! Endlich kann man von Segelwetter sprechen! Schade, dass wir nicht draußen bleiben.« Behände sprang Lukas ins Cockpit und küsste mich so stürmisch auf den Mund, dass mir jeglicher hässliche Gedanke alsbald verging. »Und jetzt alle backbord hinsetzen, pronto!«
Prachtvoll, dieses aufgebauschte Segel. Die Schräglage der *Nereïde* war nun beachtlich. In einem für mich unglaublichen Tempo pfiffen wir in die Förde hinein. »Mein lieber Herr Kommerzienrat, das sind mindestens zwanzig Grad Krängung!«, schrie Tom wild begeistert. Noch bevor wir am Ehrenmal von Laboe vorbeigesegelt waren, hatten wir in rund zehnfacher Ausfertigung den *drunken sailor* gegrölt, und die Verstimmung zwischen Lukas und mir war so weggeblasen, als hätte es sie nie gegeben. Singen ist eben Gold! Schon tauchte rechts die Betonwand von Stickenhörn auf. Das Segel fiel, rasch verlor die *Nereïde* an Fahrt. Unter dumpfem Dieseltuckern bogen wir in den Hafen ein.
Energisch klatschte Lukas in die Hände. »So, Beeilung, Herrschaften! Und dann schnell wieder raus aufs Wasser, ich habe Hunger!«
»Aye aye, Käpt'n«, sagte Maren kokett. Grüblerisch sah ich zu, wie sie die von Tom dargebotene Hand ergriff und von Bord sprang, und für den Bruchteil einer Sekunde schoss mir die Frage durch den Kopf, ob Maren, wenn sie schon mit Tom nichts anzufangen wusste, es ganz zufälligerweise auf Lukas abgesehen haben könnte, doch dann wischte ich die Eifersucht zum zweiten Mal heute weg.
Kurze Zeit später schaukelte die *Nereïde* Richtung Möltenort. Das Segel blieb bei dieser Überfahrt unten, für die kurze Strecke lohnte sich die ganze Kurbelei wohl nicht. Glasige Spätnachmittagssonne lag auf dem Wasser. Lukas und Tom konzentrierten sich darauf, einen geschützten Ankerplatz zu finden, und beobachteten gleichzeitig eine Digitalanzeige mit fallenden Zahlen. »Der Tiefenmes-

ser«, erläuterte Maren wichtig, »zwei Meter müssen wir unter dem Kiel haben, damit wir nicht auf Grund laufen. Im Übrigen ankern noch andere Jachten in der Bucht, wie du siehst, also brauchen wir Platz zum Schwojen.«
»Ja, besonders Lukas und ich«, sagte ich halbwegs schlagfertig, obwohl ich nur raten konnte, worum es sich beim Schwojen handelte. Und dann rasselte die Ankerkette auch schon laut und metallisch abwärts. Alsbald verschwand Maren in der Kajüte und begann, mit Pfannen und Töpfen zu klappern. Lukas holte eine Flasche Wein aus dem Kühlschrank. Stumm sah ich ihm zu, wie er den Korkenzieher wohl platziert in der Mitte des Korkens ansetzte. Eine elegante Handbewegung genügte, um die Flasche zu öffnen, ohne Hauruck, ohne jede brachiale Verrenkung, und ich hatte plötzlich das brennende Verlangen, ihm für die nächsten Jahre dabei zuzusehen, wie er Weinflaschen öffnete. Dann ließ er sich neben mich auf die Sitzbank fallen und legte gleichfalls die Füße hoch. Seine braun gebrannten Männerbeine mit der kräftigen dunklen Behaarung standen in einem interessanten Kontrast zu Toms deutlich helleren Waden, auf denen es sich eher golden-brünett kringelte. Ein ebenso augenfälliger Kontrast wie zwischen Marens und meinen Beinen.
Von unten aus der Kombüse stiegen himmlische Essensdüfte zu uns hoch. Tom reichte mir ein Glas Bacardi Cola. »Smutje, dauert's noch lange? Ich verhungere!«
»Nur noch zehn Minuten«, ertönte es von unten.
»Dann gehe ich jetzt schwimmen. Wer kommt mit?«
Ich war sofort auf den Beinen. Eiskaltes Wasser auf sonnendurchglühter Haut. Zu dritt planschten wir herum wie ausgelassene Grundschüler. Tom tauchte etwa so elegant wie ein greiser Erpel und zog mich dauernd am Fuß, während Lukas durchs Wasser schnellte und mehrfach probierte, mir den Badeanzug auszuziehen. Leider bereitete der Ausruf »Essen ist fertig« dem Vergnügen allzu rasch ein Ende. Keuchend kletterten wir zurück an Bord. Beim Abtrocknen stellte ich wimmernd fest, dass mein Rücken entsetzlich wund war. Trotz aller gegenteiliger Bemühungen hatte ich mir einen schauderhaften Sonnenbrand geholt.

»Überwältigend«, sagte Lukas und starrte blinzelnd in meinen Ausschnitt, der leider auch feuerrot eingefärbt war.
Nun, das Putenschnitzel auf dem unzerbrechlichen Plastikteller war zwar durchaus genießbar, dennoch fand ich die Vielzahl von »Mmmms«, die Tom und Lukas den ersten Bissen hinterherschickten, etwas übertrieben. Da sich das Tischgespräch überwiegend aus weiteren Varianten des kulinarischen Lobes zusammensetzte, gab es für mich nicht viel zu sagen. Schließlich nickte Maren dankend mit dem Kopf. »Ach, ihr übertreibt, das ist doch nichts als ein mittelmäßiger Imbiss!«
»Da stimme ich dir allerdings zu«, sagte ich ohne nachzudenken und piekte sorgfältig das letzte Tomatenstückchen auf.
Lukas' Kopf schoss zur Seite. Zwar sagte er nichts, aber der Blick, den er mir nun zuwarf, hatte mindestens Kaliber zweiundzwanzig.
»Na, wer hat denn damit angefangen, sie oder ich?«, verteidigte ich mich kauend »Sorry, Maren, war nicht so gemeint.«
»Ist okay. Ich weiß ja, wer's gesagt hat.«
»Selig sind die Friedfertigen, Maren«, dröhnte Tom salbungsvoll in bester Sonntagspredigtmanier und lachte etwas gequetscht, »das Beste an euch Frauen ist doch immer wieder dieses wunderbare Harmoniebedürfnis!«
Romea, fahr den Giftstachel ein, dachte ich. In diesem Kino läuft heute nicht »Der Schöne und das Biest«, also sei nett und liebreizend! Vorerst jedoch war der Wurm drin. Die Gesprächspausen wurden lang und länger. Genügte für gewöhnlich ein Halbsatz, ein Wortspiel, um bei uns quietschvergnügte Ausgelassenheit zu erzeugen, so fehlte es nun an der wichtigsten aller Ingredienzien: dem schweigenden Einverständnis zwischen uns dreien.
Wir sind wie eine Luftmatratze, bei der irgendein Idiot den Stöpsel herausgezogen hat, dachte ich niedergeschlagen. Mea culpa, der Idiot an Bord bist *du*. Ich gab mir also redlich Mühe, die Angelegenheit wiederzubeleben, jedoch mit nur spärlichem Erfolg. Jede noch so abstruse Pointe ertrank mehr oder weniger unbeachtet in der Förde. Bald ging Tom dazu über, entweder vor sich hin oder aufs Wasser zu schauen. Was Maren betraf, so sammelte sie nun das

Geschirr ein, trug es nach unten und begann zu spülen. Und von Lukas' legendärem Esprit war nichts, aber auch gar nichts mehr zu merken. Er saß nur so da, lächelte mich gelegentlich an und wirkte ansonsten reichlich antriebslos: Stimmungsmisere vom Bug bis zum Heck. Ein paar Boote weiter war genau das Gegenteil der Fall, dort herrschte wildes Remmidemmi. Kreischende Frauenstimmen und jenes Gelächter, das bei mir grundsätzlich eine Gänsehaut auslöst: erst ein schrilles »Aaaa« im obersten Frequenzbereich und daraufhin, etwa eine Oktave tiefer, aber nicht minder schrill, das »Hahaha« (läuft das Ganze mehrstimmig ab, so handelt es sich meist um einen weiblichen deutschen Kegelverein).
Allmählich ließ der Verkehr auf dem Wasser nach, auch Fördedampfer tauchten nur noch vereinzelt auf. Die untergehende Sonne zauberte einen rötlich-orangenen Feuerschein auf das Wasser, der bald in pastelliges Rosablau überging. Scherenschnittartig zeichneten sich die in der Bucht ankernden Segelboote gegen das sanfte, vielfältig schattierte Rosa ab. Wie überaus schade, dass mein Lover aus dem romantischen Szenario keinerlei Nutzen zu ziehen wusste, jedenfalls keinen, der mit mir in direktem Zusammenhang gestanden hätte. Männer, dachte ich desillusioniert. Warum tun sie so gern im richtigen Moment das Falsche?!
Seufzend tappte ich nach unten, um mein Sweatshirt zu holen. Obwohl mir nicht entgangen war, dass Maren soeben den letzten Teller weggeräumt hatte, fragte ich sie höflich, ob ich ihr beim Abtrocknen helfen solle, was mir einen wenig liebenswürdigen Blick eintrug. Eins der über dem Kartentisch liegenden Bücher nahm ich mit nach oben. Eine Schande ist das, dachte ich. Da bist du *einmal* auf einem Boot, und was passiert? Du langweilst dich.
»Wolltest du jetzt etwa lesen?«, sagte Tom konsterniert und betrachtete eingehend, wie Maren sich Jeans und einen schwarzen Pulli anzog.
Ich zuckte mit den Achseln. »Warum nicht? Hier ist ja nichts los.«
Schon beim flüchtigen Blättern in dem Segelhandbuch stolperte ich über bemerkenswert beklemmende Sätze. Als der Autor mich wissen ließ, vor eine Belegklampe gehöre eine Lippklampe, besonders in Tidengewässern, sonst würde bei Änderung des Wasser-

standes der Festmacher an Reling und Bugkorb schamfilen, legte ich das Druckwerk rasch beiseite.

»Warum wippst du eigentlich dauernd von einer Pobacke zur anderen?«, erkundigte sich Lukas kritisch und füllte mein Glas nach.

»Weil ich mir auch am Hintern einen Sonnenbrand der Güteklasse A geholt habe und kaum sitzen kann.« Kläglich deutete ich auf meine verlängerten Schenkel. »Ich suche gerade nach der richtigen Stellung.«

»Das tu ich seit Jahren«, konterte Tom trocken und reichte mir ein weiteres Sitzkissen. Daraufhin war es um uns beide geschehen. Wiehernd kugelten wir uns so lange auf der Sitzbank herum, bis mein Sonnenbrand mich zu manierlicherem Verhalten mahnte. »Ach, Tom«, seufzte ich, »ich danke dir vielmals, dass mich endlich jemand zum Lachen gebracht hat!«

»War auch höchste Zeit«, sagte er, »der Kahn fing schon an, einem Totenschiff zu ähneln. Maren, nun lach doch mal! Was ist eigentlich mit euch los heute? Hör mal zu, ich kenne da noch ein hübsches Gedicht:

›Ich habe einen Frisiersalon. Komm mit, dort wollen wir knutschen.
Ich wollte, ich wäre ein Malzbonbon, und du, du würdest mich lutschen.‹«

Behutsam legte er den Arm um ihre Schulter. Keine Reaktion. Ein abendlicher Windhauch trug Toms Gelächter fort und mit diesem den zarten Keimling, der sich bei etwas gutem Willen doch noch zu einem netten Abend hätte auswachsen können. Es war nun fast dunkel, der pastellige Schimmer auf dem Wasser längst vergangen und die Kulisse in ein mattes Dunkelblau getaucht. Rundherum begann eine Vielzahl von Lichtern zu blinken, dazwischen leuchteten rote und grüne Positionslampen, und in beruhigender Regelmäßigkeit schickte uns der Leuchtturm Friedrichsort seine Lichtblitze. Wunderschön, dieses Gefunkel auf nachtblauem Wasser.

»Mondbeglänzte Zaubernacht«, sagte Lukas plötzlich in einer

sehr privaten Stimmlage, obwohl vom Mond weit und breit nichts zu sehen war, »da kann man ja richtig auf prickelnde Gedanken kommen.«

Nanu, war mein Lover wieder zum Leben erwacht? Zufrieden fühlte ich seinen rechten Arm auf meiner Hüfte und beobachtete das Auftauchen eines beleuchteten grauen Militärschiffs in der Bucht. Oben auf Deck flitzten Dutzende von Blauen Jungs herum und befolgten die Kommandos einer blechernen Lautsprecherstimme. »Was tun die da um diese Zeit?«, erkundigte ich mich und verlagerte mein Gewicht zur Abwechslung auf meine rrrechte Steuerrrbord-Pobacke.

»Manöver üben«, sagte Lukas zweideutig, »in diesem Fall vielleicht das Beiliegen.«

»Ach so.« Frivol kippte ich den letzten Schluck Wein herunter. »Also, das übe ich auch ganz gerne, so dann und wann. Sag mal, lautet das Kommando wirklich ›Antreten zum Beiliegen‹? Muss ich mir unbedingt merken.«

Tom amüsierte sich sichtlich. Ganz aufgegeben hatte er wohl doch noch nicht. »Antreten zum Beiliegen, wie sich das anhört! Maren, was hast du denn, du bist doch sonst nicht so maulfaul. Schläfst du schon?« Er strich ihr über die Wange.

Noch immer reagierte sie nicht. Weder rutschte sie von ihm weg noch beantwortete sie seine Annäherungsversuche. »Von wegen«, sagte sie nur, »ich höre und sehe alles.«

Na, wenn's ihr denn Freude bereitet, dachte ich und drehte den Kopf hoch, um einen Kuss von Lukas zu ergattern. Mich mit einem solchen zu beglücken, hatte jedoch gar nicht in seiner Absicht gelegen, jedenfalls nicht in diesem Moment. Lukas war nämlich gerade sehr beschäftigt. Um genau zu sein, so konzentrierte er sich auf seinen hochintensiven Lukas-Blick. Auf den Blick, der mir in den Monaten nach meinem Einzug in die Wolframstraße so häufig weiche Knie beschert hatte. Auf seinen Jägerblick.

Aber er galt nicht mir. Er galt Maren.

»Hallo«, zupfte ich ihn am Ärmel, »aufwachen, Herr Zoeppel!«

»Wie?« Irritiert sah er auf mich herab. »Ach so. Entschuldige, ich war gerade ein bisschen geistesabwesend.«

Verdammt, dachte ich, irgendwas läuft anders als geplant. Diese Flirterei muss aufhören, und zwar schleunigst. Dass Tom seinen Arm ganz unvermittelt wieder von Marens Schulter nahm, erfüllte mich mit zusätzlicher Sorge. »Wie kriegt man einen Oboisten dazu, ein ais zu spielen?«, sagte ich in dem verzweifelten Bemühen, die stumme Konversation zwischen Lukas und Maren zu unterbinden.

»Eis kann man doch nur essen, oder?«, erwiderte Lukas.

»Ais! Nicht Eis!« Herrje, wenn man schon mal Nichtmusikern einen Musikerwitz zu erzählen versuchte. »Na, weiß es einer?« Keine weiteren Wortmeldungen. Sehr gekünstelt fing ich an zu kichern. »Man nimmt die Batterien aus seinem Stimmgerät! Oder hier, noch einer: Wie bringt man einen Cellisten dazu, fortissimo zu spielen? Lukas, nun rate doch mal!«

»Weiß nicht.«

»Man schreibt in seine Noten ›solo, espressivo, pianissimo‹!«

»Hübsche Pointe«, murmelte Lukas. Wenigstens Tom lachte, wenn auch etwas halbherzig. Er wirkte leicht beunruhigt. Offenbar war ihm nicht entgangen, dass die Sache brenzlig zu werden begann.

Maren schnitt eine kleine Grimasse, relativ unauffällig zwar, dennoch entging es mir nicht. »Wie bringt man eine Sängerin dazu, dass sie den Mund hält?«, sagte sie halblaut zu Lukas. Der gab sich nicht einmal Mühe, sich zu beherrschen, sondern prustete ungehemmt los.

Ach, so war das also! Ich verfiel in gekränktes Schweigen.

»Entschuldige, Romea, das war Situationskomik«, beeilte Lukas sich richtig zu stellen. Er ergriff meine Hände und sah mich flehend an. »Wortwitz und Situationskomik, sozusagen. Komm, nun sei nicht sauer.«

»Bin ich doch gar nicht.« Ohne langes Nachdenken entschloss ich mich zu einem sofortigen Taktikwechsel. Erste Maßnahme: ein tiefer, betörender Blick. Zweite Maßnahme: Aufforderung zum Tanz. »Lukas«, flüsterte ich rauchig und achtete darauf, dass Maren auch jedes Wort verstehen konnte, »lass uns ins Bett gehen. Mir ist so wahnsinnig nach … nach Schlaf, Darling.«

»O Mann«, sagte Tom entgeistert; Maren enthielt sich zwar jedes

Kommentars, doch registrierte ich einen erfreulich verkniffenen Zug um ihren Mund. Touché!
»Bist du so erledigt?«, erkundigte sich Lukas erstaunt.
»Und wie.« Ich schenkte ihm noch einen Blick, in dem so ziemlich alles lag, was ich zu bieten hatte. »Es war ein langer Tag. Die anstrengende Fahrt, und dann die viele frische Luft!«
Unsicher sah Lukas auf die Uhr. »Aber eigentlich müssten wir hier noch Klarschiff machen. Morgens über leere Weinflaschen zu stolpern liegt mir nicht so, weißt du.«
»Och, das kann doch unser Pantrysklave übernehmen«, flötete ich, stand kurzerhand auf und zog Lukas mit mir hoch. Ich ließ ihm keinen Millimeter Handlungsspielraum. Bevor er auch nur ansatzweise begriffen hatte, wie ihm geschah, hatte ich ihn auch schon den Niedergang hinuntergeschubst. Unten im Salon warf ich mit einem bühnenreifen Aufschrei meine Arme um seinen Hals. »Lukas, mein wilder –«
»Sag mal, tickst du noch richtig?«, unterbrach er mich verstört. »Du bist doch sonst nicht so!«
Antreten zum Beiliegen, dachte ich, ha! Jetzt ist es Zeit für *mein* Dessert. »Entschuldige, aber das war Situationskomik«, murmelte ich. Dann nahm ich ihn an die Hand und führte ihn zielstrebig in die Kabine mit dem Lotterbett.

Er hüben und sie drüben

Irgendwann im Laufe der Nacht weckte mich ein äußerst unangenehmer Traum. Man hatte mich hinter einer Segeljacht festgebunden, die eine Sandpiste überquerte und mich ohne Rücksicht auf Verluste hinter sich her schleifte. Mein ganzer Körper brannte lichterloh und brannte auch dann noch, nachdem ich mit einem leisen Schmerzensschrei erwacht war und das nächtliche Trugbild zu verblassen begann. Ich richtete mich auf und tastete mit der Hand nach rechts, wo Lukas lag. Sehen konnte ich ihn nicht, denn die maritime Lasterhöhle war, Lukas' Lichtneurose wegen, außergewöhnlich gut gegen Sonnen-, Mond- und Sternenstrahlen abgedichtet. Manche Angewohnheiten dieses Mannes waren wohl besser mit Eigentümlichkeiten umschrieben.

»Lukas, bitte wach auf und schau dir mal meinen Rücken an. Lukas?« Meine Hand fasste ins Leere. Leise wimmernd zog ich ein T-Shirt über und stolperte zur Tür. Links im stockfinsteren Salon Toms gleichmäßige Atemzüge. Kein leichtes Unterfangen, die ausgesprochen ungünstig stehende Koje zu umschiffen. Prompt eckte ich am Tischbein an.

»Hör ich das Pförtchen nicht gehen, hat nicht der Riegel geklirrt?«, sagte plötzlich eine verschlafene Stimme hinter mir. »Was ist los?«

»Mein Sonnenbrand piesackt mich. Sag mal, hast du eine Ahnung, wo Lukas steckt?«

»Der sitzt draußen«, Tom gähnte sehr nuancenreich, »das macht er nachts oft. Alles in Ordnung, Romea, leg dich wieder hin und schlaf weiter.«

»Ich geh lieber ein bisschen Sterne zählen. Wie macht man eigentlich die Luke auf?«

»Erstens heißt es *das Luk*, und zweitens lässt man es zu.«

»Also, gute Nacht weiterhin.« Angestrengt linste ich durch die Dunkelheit nach vorn, wo ich den Niedergang vermutete. Tastete mich voran, bis ich direkt vor dem Luk stand, und fummelte auf der Suche nach einem Griff ungeduldig an der Holzkonstruktion herum. »Hilfst du mir mal? Das Ding scheint zu klemmen.«

»Um so besser. Komm, bleib unten.« Seine Schaumstoffmatratze knarrte ein bisschen. Offenbar hatte Tom sich aufgesetzt.

»Wieso denn, schneit es draußen? Nun hilf mir doch mal!«

»Bleib unten«, wiederholte er mit einem beunruhigenden Unterton.

Irritiert drehte ich mich um. In meinem Inneren begann eine Alarmsirene zu schrillen, noch ziemlich entfernt, doch unmissverständlich mitteilend, dass hier irgendetwas faul war. »Und warum sollte ich nicht an Deck gehen?«

»Weil es ein Fehler wäre.«
»Fehler mach ich doch dauernd«, sagte ich launig, aber mit zunehmend nervöser klopfendem Herzen.
»In diesem Fall wäre es aber ein großer Fehler.«
In meinem Kopf wimmelten sonderbare Gedanken durcheinander, dazwischen das nunmehr unerträglich laute Schrillen der Alarmsirene. Toms Aufforderung, unten im Salon zu bleiben, enthielt eindeutig eine Information. Eine codierte Botschaft, deren Bedeutung ich unbedingt entschlüsseln musste, um zu verstehen, was hier vor sich ging.
Bleib unten. Jägerblick und Antreten zum Beiliegen. Maren. War es das?!
Langsam legte ich meine Handflächen gegen die hölzerne Verbretterung hinter mir, die man so sorgsam geschmirgelt und lackiert hatte, dass ein Sonnenstrahl sie zum Schimmern brachte. Dennoch registrierten meine Fingerspitzen jede Unebenheit, jede noch so kleine Verdickung im Holz. Ahnen, aber nicht wissen; fast wie damals, ganz zu Beginn.
»Der Hahn hat längst gekräht«, sagte Tom sehr leise.
Die Hände noch immer flach gegen das Luk gepresst, ließ ich mich zentimeterweise nach unten rutschen. Noch ehe der Hahn kräht, wirst du mich dreimal verraten haben. »Das heißt also, dass –«, setzte ich stockend hinzu, obwohl es keine Schlussfolgerung mehr gab, die noch hätte verbalisiert werden müssen. Längst hatte ich begriffen, was er mir mitteilen wollte. Mitten im Satz brach ich ab.
Für einen endlosen Moment kam keine Antwort. Irgendwann murmelte Tom: »Genau das heißt es. Tut mir unendlich Leid.«
Dann wurde es sehr still im Salon. Fünf Minuten, zehn Minuten, eine halbe Stunde? Wer kann das bei völliger Dunkelheit schon abschätzen. Noch immer hockte ich im verschlossenen Niedergang, sagte nichts, tat nichts, sondern sah nur vor mich hin ins Leere. Wenn Tom jetzt »Siehste« sagt, erwürge ich ihn, dachte ich bitter. Aber obwohl er allen Grund dazu gehabt hätte, tat er es nicht. Stattdessen sagte er nur: »Achtung, ich mache jetzt das Licht an. Armes Mädchen, komm mal ein bisschen in den Arm.« Zehn Se-

kunden später saß ich neben Tom auf der Bettkante und heulte in sein T-Shirt hinein.
»Ist ja schon wieder gut«, redete er mir besänftigend zu, »komm, leg deinen Kopf auf meine Schulter, ja, genau so. Und jetzt weinst du dich schön bei Onkel Tom aus, das tut doch gut, nicht?«
»Nein«, weinte ich.
»Doch. Nun hör auf zu heulen. Der Scheißkerl hat dich doch gar nicht verdient.« Minutenlang hielt er meine Hand und redete sotto voce auf mich ein, auf die gleiche Art, wie man ein Kleinkind tröstet, das sich den Kopf an der Tischkante gestoßen hat. Fehlte nur noch, dass er »Heile, heile Segen« sang.
Plötzlich vernahm ich draußen ein Geräusch. Ein unrhythmisches Plätschern, als ob kleine Wellen gegen die Bordwand schlugen. Lauschend hob ich den Kopf. »Hörst du das auch?«
»Nein«, Tom hielt mir die Ohren zu, »da ist nichts.«
Mit einem Ruck schob ich seine Hände weg. »Doch. Hör doch mal genau hin!«
Wieder dieses Plätschern, nun begleitet von unterdrücktem Gelächter, so ausgelassen, dass mir der Brustkorb eng wurde. Halb besinnungslos sprang ich auf, stolperte zum Fenster und begann, heftig an dem Sichtschutz herumzurütteln.
»Menschenskind, nun lass das doch sein!«, sagte Tom beunruhigt.
»Bevor ich das alles glaube, will ich's mit eigenen Augen sehen!«
Ratsch, brach mein rechter Daumennagel ab. »Mitternachtsbad in mondbeglänzter Zaubernacht, ha! Nichts und niemand wird mich davon abhalten, mir diesen ... diesen miesen Einakter da draußen anzuschauen!«
Seine Hand schloss sich fest um meinen Oberarm. »Nun lass es doch endlich sein, Romea, und gib die Schlacht verloren. Es gibt Menschen, um die kämpft man nicht.«
Die ruckelnden Bewegungen meiner Hände erlahmten. Verdammter Herzschmerz. Verdammte Demütigung. Minutenlang standen wir nur so da, schweigend und äußerlich fast regungslos.
»Weißt du was?«, sagte Tom plötzlich böse. »Ich habe eine prima Idee. Wir zahlen es ihm jetzt heim und hauen einfach ab! Sollen sie

doch nach Stickenhörn schwimmen, wenn ihnen so nach Wasser zumute ist! Na, die werden vielleicht Augen machen, wenn das Boot plötzlich abfährt.«
»Quatsch«, erwiderte ich müde, »du kriegst den Ärger deines Lebens, das Boot gehört doch schließlich Lukas! Außerdem – würde Rache noch irgendwas ändern?« Ich drückte mein Gesicht gegen sein T-Shirt. Es roch nach Schlaf, Sonnenmilch und Männerschweiß. »Gott, ist das alles geschmacklos! Gerade noch hat er mit mir ... Judasküsse ... quasi vor meinen Augen! Hätte er denn nicht ein bisschen diskret sein können? Hätte er nicht wenigstens bis morgen warten können? Tom, ich will sofort weg von hier!«
»Geht leider nicht. Wir liegen nicht im Hafen.«
Unwillkürlich lauschte ich nach draußen. Alles war wieder still. Kein Plätschern mehr, kein aufspritzendes Wasser, kein Gelächter.
»Dann schwimme ich eben an Land. Und dann fahre ich nach Hause«, schnaufte ich, »oder glaubst du etwa, ich lege mich jetzt ins Bett und koche morgen früh Kaffee und setze mich dann gemütlich mit Lukas und Maren an den Frühstückstisch?!«
»Ach, Herzchen«, seufzte er teilnahmsvoll, »ich weiß ja, wie dir zumute ist, aber dein Wagen steht am anderen Fördeufer, du hast also miserable Karten! Wie willst du da hinkommen, zumal um diese Uhrzeit?«
Verzweifelt starrte ich vor mich hin. Nur weg vom Boot, weg von Lukas, und zwar schnellstens. »Vom Strand aus könnte ich per Anhalter nach Stickenhörn fahren«, überlegte ich laut, »oder ich gehe am Hafen in eine Telefonzelle und lasse mir einfach ein Taxi kommen. Pump mir doch mal eben einen Hunderter.«
Er ergriff meine Schultern und schüttelte mich. »Glaubst du denn ernsthaft, ein Taxifahrer ließe dich so tropfnass in sein Auto einsteigen?«
Betroffen sackte ich in mich zusammen. Bedingt durch die Umstände war die Jacht offenbar ähnlich ausbruchssicher wie der Felsen von Alcatraz. Das Erkennen der momentanen Ausweglosigkeit stürzte mich in noch tiefere Verzweiflung. Hätte ich mich heimlich abseilen können, wäre die Grenze des gerade noch Erträglichen vielleicht nicht überschritten worden, aber so –

»Moment mal«, sagte da Tom in mein Ohr, und es war ein Funken Entschlossenheit in seiner Stimme, der mich aufhorchen ließ, »ich glaube, es gibt eine Möglichkeit. Pass auf, ich motore jetzt mit dem Boot über die Förde, setze dich am anderen Ufer beim Auto ab und kehre wieder hierhin zurück. Sollen die zwei doch am Strand warten! So, geht's dir jetzt besser?«
»Nein.« Irgendwie kam ich aus dem Heulen nicht heraus. Und dann erst dämmerte mir, dass ich nicht die Einzige auf diesem Boot war, die gerade Schiffbruch erlitten hatte. Meine Güte, aufgrund der pikanten nächtlichen Ereignisse war ja Maren für Tom in unerreichbare Ferne gerückt, wie hatte mir das entgehen können?
Er lächelte mit schief gelegtem Kopf. »Das geht alles vorbei, glaub mir.«
Eilig klaubte ich meine Jeans vom Boden und stieg hinein. Die Reisetasche stand unangetastet dort, wo ich sie vorhin abgestellt hatte. Vorhin, dachte ich mit neu hereinbrechender Melancholie, wie dehnbar doch diese Zeitbegriffe alle sind. Vorhin hatte der Hahn noch nicht gekräht. Vorhin war gestern, und gestern war vorbei. Auch Tom hatte sich zwischenzeitlich eine Hose angezogen. Er sah zum Gotterbarmen verstrubbelt aus und hatte einen großen Rotz-und-Wasser-Fleck auf der Schulter. Alles mein Werk, dachte ich schuldbewusst, ebenso wie die dunklen Müdigkeitsringe unter seinen Augen. Was hatte ich nur aus dem armen Mann gemacht!
»Fertig. Tom, das vergesse ich dir nie.«
Er winkte nur achtlos ab. Nacheinander kletterten wir auf Deck. Rechts erstreckte sich die Förde als nachtschwarze, unbewegte Wasserfläche bis zum Horizont und ging konturlos in den Himmel über. Eine dichte Reihe heller Lichter markierte das gegenüberliegende Ufer. Zu hören war nichts, von dem gelegentlichen Glucksen des Wassers an der Bordwand einmal abgesehen.
»Siehst du was?«, flüsterte ich Tom zu, der angestrengt die Augen zusammenkniff und Richtung Strand starrte. Wo die Lampen der Anlegestelle den Steg beleuchteten, reflektierte das Wasser den Lichtschein mit einem fahlen Schimmern.
»Nein. Schwimmen tun sie nicht mehr, das würde man hören. Ich schätze, sie sind am Strand. Hilf mir doch mal mit dem Anker.«

Gemeinsam holten wir den Eisenhaken aus dem Wasser. Rasselnd wickelte sich die tropfnasse Kette um die Winde, Meter für Meter, bis der Anker endlich oben war und wir ihn auf Deck heben konnten. Die Beschäftigung mit dem Boot lenkte für kurze Zeit auf wohl tuende Weise ab. Zu meinem großen Erstaunen blieben neue Tränen aus. Ich war nur noch voll bodenloser Wut.

»Gute Arbeit, Matrose Becker«, keuchte Tom, »hast ganz schön Muckis in den Armen! Bist du nass geworden?«

»Fast gar nicht«, keuchte ich zurück, »jetzt lass uns endlich abhauen, Mann!«

Keine Minute später durchbrach das Tuckern des Dieselmotors die auf der Bucht liegende nächtliche Stille. Was noch nachmittags im Tageslärm als lästiges, aber notwendiges Nebengeräusch kaum aufgefallen war, wuchs sich nun zum dröhnenden Höllenradau aus. »Das hört man doch bis Flensburg!«, rief ich ängstlich. »Nun gib Gas, bevor die Lunte riechen und uns den Weg abschneiden!«

Voller Galgenhumor grinste Tom mich an. »Kimble auf der Flucht ist gar nichts gegen dich, aber ich kann's verstehen. Sollen wir die beiden Nachtschwärmer zum Abschied ein bisschen ärgern?«

»Nein! Doch, natürlich!«

Er schob den Gashebel ein Stück nach vorn, woraufhin sich der Radau zu einem dumpfen Fortissimo steigerte. Begleitet von dieser privaten Schlachtmusik nahmen wir ganz langsam Kurs auf den Strand. Die helle Sandfläche vor dem toten Dunkel der Uferböschung war von Meter zu Meter besser zu überblicken. In totaler Anspannung beobachtete Tom die Digitalanzeige des Tiefenmessers. Sechs Meter. Fünf. Vier. Bei zwei Metern war Schluss, das wusste ich noch. Und dann passierte es.

»Heeeee!«, rief eine Männerstimme vom Strand. Die Stimme gehörte ganz unverkennbar Lukas, und ich hoffte voller Zynismus, dass wir ihm gerade den unerträglichsten Interruptus seines Lebens verschafft hatten. »Tom, was machst du da? Bist du wahnsinnig geworden?!«

»Die hauen ab!«, schrie eine weibliche Stimme fassungslos. »Wartet auf uns!«

Der Tiefenmesser meldete zwei Meter. Augenblicklich drehte Tom parallel zum Strand bei und schaltete in den Leerlauf zurück. Dann legte er beide Hände trichterförmig vor den Mund. »Na, Zoeppel, genießt du die laue Sommernacht?«
Mit einem glühenden Gefühl des Triumphes verschränkte ich die Arme vor der Brust und spähte über das Wasser. Ach, was für armselige Gestalten das doch waren, die da so aufgeregt am Strand herumhüpften und mit den Armen ruderten. Weder Kleidung noch Geld besaßen sie, nur diese Sommernacht und sich selbst. Aber war das letztendlich nicht genau das, was sie gewollt hatten?
»Was soll das, du Idiot?«, brüllte Lukas. »Mensch, du hängst gleich auf dem Grund fest!«
»Ach wo. Außerdem ist das Boot doch gut versichert. Und nun wünsche ich euch beiden weiterhin viel Spaß!«
Wutentbrannt stürmte Lukas ins Wasser, warf sich mit einem Hechtsprung nach vorn und kraulte los, was ihm allerdings nur wenig nutzte, da Tom geistesgegenwärtig den Gang eingelegt hatte und sich die *Nereïde* nunmehr ganz langsam vom Ufer wegbewegte. Maren kreischte auf und rannte ein paar Schritte hinterher ins flache Wasser.
»Wer ist wohl schneller, Lukas oder wir?«, sagte ich nachdenklich und beobachtete die wilden Bewegungen zu Wasser und zu Lande. Heftig spritzend kraulte Lukas noch immer hinter dem Boot her.
»Das hängt davon ab, ob wir ihm eine Chance geben«, erwiderte Tom gemütlich und ging zurück in den Leerlauf, behielt aber die Hand reaktionsbereit am Schalthebel. »Was meinst du, sollen wir?«
Ich nickte boshaft. Sprang nach unten in den Salon, riss Lukas' teures Badehandtuch an mich und raste zurück nach oben. Die *Nereïde* lag auf der Stelle und dümpelte leicht auf und ab, während Lukas sich mittlerweile ganz ordentlich vorgearbeitet hatte. Uns trennten bestenfalls noch neun, zehn Meter. »Halt!«, brüllte er keuchend und spuckte ein bisschen Salzwasser aus. In diesem Moment hoffte ich aufrichtig, dass eine Menge Badegäste heute am

Strand kein Klo gefunden hatten. »Steinkrüger, nun hör endlich auf damit! Ich warne dich zum letzten Mal!«
Synchron schrie Maren am Strand schrill nach Hilfe. Eigentlich ziemlich unweiblich, diese Stimmlage. Bis zu den Knien im Wasser stehend, hatte sie sich ihre Arme um den nackten Oberkörper gewickelt und wirkte, als sei ihr ein bisschen kalt.
»Lukas, du hast es ja gleich geschafft«, rief ich der durch das Wasser pflügenden Gestalt aufmunternd zu und gab gleichzeitig meinem Verbündeten hinter mir Handzeichen. Fünf ausgestreckte Finger. Vier. Lukas kam immer näher. Rhythmisch klatschten seine Arme auf das Wasser. Drei Finger. Nur noch wenige Kraulschläge bis zur Bordwand. Zwei. Bei eins beugte ich mich nach vorn. Show-down.
»Hier, Liebling, für dich, nicht dass du dich erkältest!« Damit warf ich Lukas sein Badehandtuch zu. In hohem Bogen flog es über die Reling und landete knapp neben ihm im Wasser. »Jetzt, Tom, schnell!«
Augenblicklich gab Tom Gas. Laut dröhnend nahm die Jacht Fahrt auf. Ich umklammerte mit beiden Händen die Reling und starrte auf den Mann, der mein Lover gewesen war und immer kleiner wurde. Lukas brüllte etwas hinter uns her, was sich entfernt wie »Arschloch« anhörte, aber vielleicht hatte ich mich auch verhört.
»Schrei, bis du berstest, Schurke!«, sagte Tom befriedigt und wandte seinen Blick ab. Für mich gab es nun nichts mehr zu tun. Breitbeinig stellte ich mich ins Cockpit und sah ein letztes Mal Richtung Möltenort. Durch unsere Heckwelle in heftige Bewegung versetzt, schwappte das Handtuch auf der Wasseroberfläche herum und sah aus wie eine gigantische Wasserlilie im Sturm; daneben, nur noch schwach zu erkennen, ein Kopf und ein winkender Arm. Ciao, Strohfeuerliebe.
Ruckartig drehte ich mich um. Warf einen Blick auf meinen Spießgesellen, der mit flatternden Haaren an der Ruderpinne stand und konzentriert quer über die Förde steuerte. Der nackte Mast der *Nereïde* schaukelte auf und ab. Ich atmete einmal tief durch, bevor ich neben Tom trat: Zwei Verlierer auf dem Weg nach Hause. Ich

ergriff seine freie Hand und klammerte mich an ihr fest. »Tut mir Leid für dich. Ich hätte es dir so gewünscht.«
Sanft entzog er mir die Hand und legte stattdessen einen Arm um meine Schulter. »Schon gut. Na, wie haben wir das gemacht? Nicht schlecht, hm?«
»Erstklassige Arbeit«, bestätigte ich matt, »aber ich denke, wir sollten gleich die Polizei benachrichtigen, dass sich ein Nudistenpaar am Strand von Möltenort herumtreibt. Stell dir vor, es kommen Kinder! Die erschrecken sich doch zu Tode!«
Der Gedanke an Kinder im Allgemeinen wurde von einem sehr heftigen Gedanken an Kinder im Speziellen abgelöst. Ob zu Hause alles in Ordnung war? Wahrscheinlich schliefen alle drei den Schlaf der Gerechten. Ninni, ihren blauen Bären fest im Arm und leise schnorchelnd; »Ich habe gut geschlaft«, würde sie mir morgen vermutlich berichten. Carlo hatte unter Garantie nach dem Gute-Nacht-Sagen noch eine Stunde heimlich gelesen. Und Suse? Die nahm sich schon mal Gummibärchen mit ins Bett, vergaß aber meistens, die Verpackung verschwinden zu lassen, sodass sich die nächtliche Sünde anderntags unwiderlegbar nachweisen ließ. Ach, und wie sie vorgestern »Kaviar« mit »Kadaver« verwechselt hatte, zu komisch. Plötzlich hatte ich den Bauch voll brennender Sehnsucht.
Schon näherten wir uns der hell beleuchteten Spundwand von Stickenhörn. Die Hafeneinfahrt, zum vierten Mal heute; Tom ging am erstbesten freien Steg längsseits. Schweigend trotteten wir nebeneinander zum spärlich beleuchteten Parkplatz. Fast wie damals mit Gunnar, dachte ich trübe, schon wieder so eine Nacht, in der ich mit einem Mann auf einem Parkplatz herumstehe, schon wieder wilde Emotionen, nur mit dem Unterschied, dass mir in jener Nacht mit Gunnar nichts weggenommen worden ist. Ein paar Sekunden lang verweilte mein Blick auf Lukas' Cabrio. Und auf Toms T-Shirt. *Ich möchte nur, dass du es weißt. Noch vermisse ich dich nicht.* Und dann, ohne es zu wollen, brach ich plötzlich in lautes, hysterisches Gelächter aus. Wie Lukas geflucht hatte! Wie sie im jetzigen Augenblick vermutlich frierend und hadernd im Gebüsch Schutz suchten! Ich lachte und lachte, während mein

Verstand bemüht war, meiner Seele den Verlust mit ein paar sachlichen Argumenten zu versüßen. Scheißkerl, sagte er. Ein Glück, dass du ihn nie richtig geliebt hast.
Vergeblich. In so konzentrierter Form lässt sich die Seele nur ungern belügen. Die Wundränder waren viel zu frisch.
»Ziemlich genau zweieinhalb Monate hat's gedauert«, sagte ich melancholisch, bevor ich wieder an Toms Schulter sank. »Meine ganz privaten 9½ Wochen.«
»Überdurchschnittlich«, murmelte er in meine Haare hinein, »länger hat's, glaube ich, noch keine geschafft.«
Na, wenn das kein Trost ist, dachte ich, während der herbsüße Geschmack der Genugtuung in meinem Mund von neu hereinbrechender Bitterkeit überdeckt wurde. Ich fing an zu frösteln.
»Morgen früh haue ich hier ab. Und dann schmeiße ich als Erstes den verdammten Cupido weg. Soll ich Lukas noch was ausrichten?«
Nein. Es gab niemanden mehr, dem etwas auszurichten gewesen wäre, und es gab auch nichts, was auszurichten noch irgendeinen Sinn gehabt hätte. Es gab auch nichts mehr zu sagen. Außer »tschüs« vielleicht. Und »Gute Fahrt«.

Zwei alte Tanten tanzen Tango

»Mama?« Jemand zupfte an meiner Bettdecke. Sekunden später verriet mir das Wippen der Matratze, dass ich nicht mehr allein im Bett lag. »Mama, schläfst du?«
Ich drehte mich um. Nein, geschlafen hatte ich nicht, jedenfalls nicht richtig. Ich befand mich gerade in jenem Stadium des Dahinduselns, in dem sich bauschige Wolkenbilder über Erinnerungssequenzen legen und diesen zu einer gewissen Unschärfe verhelfen.
Ein verschwitzter Kinderarm schob sich über meinen Bauch. »In meinem Zimmer ist es so heiß! Dauernd wache ich auf!«

»Suse, wir haben nun mal Sommer«, murmelte ich müde, »ich kann das Zimmer leider nicht kälter zaubern. Zähl doch Schäfchen.«
»Habe ich längst gemacht. Aber trotzdem konnte ich nicht einschlafen, weil jedes dritte Schaf nicht über die Mauer kam. Und dann tauchte plötzlich ein Schaf auf, das war der europäische Weitsprungmeister, und der konnte fünfzig Meter weit springen, und alle haben geklatscht, und dann war ich wieder ganz wach!«
Leise kicherte ich in mein Kissen hinein. Seit vielen Wochen war dies die erste Nachtvorstellung, die Suse gab; ich genoss sie umso mehr, als sich das Problem der Schlaflosigkeit wegen nächtlicher Sommerhitze angenehm von demjenigen der Schlaflosigkeit wegen inwendigen Gedankenslaloms abhob. »Dann stell dir doch einfach vor, du wärst am Meer, und die Wellen rauschen leise an den Strand, und –« Verdammt, falsches Szenario. Augenblicklich erstarb meine nächtliche gute Laune zwischen Kopfkissen und Laken.
Letzteres entging Suse glücklicherweise. Im Übrigen war sie von ernst zu nehmenden Einschlafversuchen weit entfernt, wie ich nun feststellte. »Mama, darf man eigentlich ›Toilettentieftaucher mit Arschbackenbeleuchtung‹ sagen?«
»Wenn's unbedingt sein muss«, sagte ich widerstrebend. Etwa zwei Minuten lang blieb es still neben mir. Ich verdrängte jeden weiteren Gedanken an Lukas, versank erneut in diffusen Einschlafbildern.
»Mama?«
»Mmmh?«
»Mama, warst du schon mal verliebt? Außer in Papa, meine ich?«
Ich schluckte. Nein, Kind, verliebt war ich noch nie, in wen auch?! Seit gestern steht das schwarze Cabrio wieder vor der Tür, seit gestern liegt eine latente Spannung über diesem Haus, die mich Schritte im Treppenhaus hören und baumelnde Rosen sehen lässt, wiewohl es weder etwas zu hören, geschweige denn etwas Derartiges zu sehen gibt. Und allen Widrigkeiten zum Trotz muss ich heute Abend wieder in Form sein und singen. Also lass mich jetzt schlafen!

»Mama, nicht einschlafen! Du sollst mir sagen, wie das ist, wenn man verliebt ist!«
Scheußlich ist das, dachte ich, man wird verletzbar und kriegt dauernd was auf die Mütze. »Das ist, als ob man Schmetterlinge im Bauch hat«, sagte ich ausweichend, »und wenn man denjenigen sieht, in den man verliebt ist, fangen alle Schmetterlinge an zu flattern.«
»Ach so. Mama, hast du eigentlich den Robin schon mal gesehen? Den mit den Rasta-Locken? Der ist sooo süß.«
Endlich verstand ich, worum es hier ging. »Und, hat er dich schon mal angelächelt?«
»Nö, er kennt mich ja gar nicht. Aber er sitzt im Bio-Raum auf meinem Platz! Gestern habe ich ihm auf den Tisch geschrieben, dass ich Susanne heiße und ihn süß finde, und er hat geantwortet, dass er in der 8a ist! Toll, ne?«
»Toll«, bestätigte ich, »darf ich jetzt ein bisschen schlafen?«
»Gleich. Aber die Miriam, die liebt Robin auch. Und jetzt wissen wir nicht, wie wir das machen sollen.«
Obwohl dieses Gespräch in offenen Wunden herumwühlte, musste ich schon wieder kichern. Grundsätzlich gesehen beinhaltete die Frage, die Suse eben aufgeworfen hatte, einen hochinteressanten zwischenmenschlichen Abgrund, für den weder Aristoteles noch Shere Hite eine konfliktarme Lösung anzubieten hatten. »Vielleicht ist euer Robin ja schon in eine ganz andere verliebt«, gab ich vorsichtig zu bedenken.
»Das habe ich Miriam auch schon gesagt. O Mama, es ist so spannend, verliebt zu sein!« Verklärt drückte sie meine Hand. »Wann kommt eigentlich Tom zurück?«
Ja, das hätte ich auch ganz gern gewusst. Aus welchem Grund auch immer war er wie vom Erdboden verschluckt. Angerufen hatte er auch nicht, und irgendwie fehlte mir seine hausfreundliche Schulter, an der ich mich täglich über die hässlichen Begleiterscheinungen des Lebens hätte ausweinen können. Davon ganz abgesehen interessierte es mich natürlich rasend, was am Tag nach jener schwarzen Nacht auf dem Boot vorgefallen war. Hatten Lukas und Maren ihm womöglich etwas angetan? Prompt fiel mir der Seeräu-

berroman ein, den ich als Kind dutzendfach verschlungen hatte. Dort wurde alle fünf Seiten ein Missetäter an ein Tau gebunden und unter dem Boot durchgezogen; eine Strafmaßnahme, die sogar Menschen mit einer so robusten Konstitution wie Tom bestenfalls einmal überstanden.

Ach was, alles Unsinn. Ich wälzte mich auf die andere Seite. Tom war auf dem Weg nach Hause garantiert noch bei seinen Eltern vorbeigefahren und würde spätestens mittags wieder in der Wolframstraße auftauchen, damit ich pünktlich im »Blue Moon« antreten konnte. Aber was, wenn er *nicht* kam? Vielleicht konnte Frau von Borowski noch ein-, zweimal einspringen, aber was dann? Mir wurde außerordentlich flau im Magen.

»Tom soll wiederkommen«, sagte die Kinderstimme neben mir, eine zunehmend schläfrige Stimme übrigens, »meine Gangschaltung hakt.«

Meine auch, dachte ich metaphorisch und stellte mir vor, wie dieses Gespräch zu dem Zeitpunkt abgelaufen wäre, als ich mein Bett noch mit Lukas teilte. Dass keines der Kinder etwas von der Affäre mitbekommen hatte, grenzte eigentlich an ein Wunder. Andererseits entsprach das wohl genau Lukas' Wünschen und im Nachhinein auch den meinen. Auf diese Weise war ich den Kindern gegenüber wenigstens nicht in Erklärungsnotstand geraten. Ein Glück, dass die Sache vorbei war.

Und bitte, lieber Gott, dachte ich, bitte plane dahingehend, dass Lukas mir vorläufig *nicht* über den Weg läuft.

Lukas begegnete mir dann genau in dem einen Moment, als ich am wenigsten darauf vorbereitet war, nämlich morgens um Viertel vor sieben, als ich gerade im Schlafanzug und mit strubbeligen Haaren die Zeitung aus dem Briefkasten holte. »Guten Morgen«, sagte plötzlich jemand ein paar Meter über mir, sehr freundlich, sehr verbindlich, sehr frisch.

Mein Blick zuckte von der aktuellen Schlagzeile weg Richtung Treppenhaus. Sehr zurückhaltend gab ich den Gruß zurück, ging aber weiter, ohne Lukas eines Blickes zu würdigen.

»Warte! He, wie geht's dir denn so?« Er war mittlerweile im Erdgeschoss angekommen. Wider alle Vernunft drehte ich mich nun doch um. Braun gebrannt, seriös in Anzug und Krawatte gekleidet und glatt rasiert, stand er vor mir. Einen Moment lang löste sein Anblick allerlei wilde Gefühle in mir aus. Die Frau, die dich mal kriegt, ist zu beneiden, dachte ich. Du bist attraktiv und gebildet und humorvoll und ein verdammt guter Liebhaber. Aber gleichzeitig gilt dieser Frau mein tiefstes Bedauern, denn du selbst bist gar nicht zu haben. Du bist eine Attrappe, Lukas, eine mit einer Verführerstimme ausgestattete Attrappe, deren Herz nicht zur Disposition steht. Dein Herz schlägt nur für dich selbst, du ... du Rohrkrepierer!

»Danke, es geht mir ausgezeichnet«, sagte ich kühl und ignorierte den feinen Geruch nach Davidoff, der im Hausflur hing. Was ich jedoch sehr wohl registrierte, war die Tatsache, dass der Magnetismus seiner Augen nicht mehr funktionierte.

»Und dein Sonnenbrand? Wie ich sehe, fängst du schon an dich zu pellen.« Sein Blick glitt an meinen nackten Beinen entlang, an denen die auf dem Boot verbrannte Hautschicht eine weißliche Färbung angenommen hatte und sich abzulösen begann.

Was soll das, dachte ich. Spielst du neuerdings den barmherzigen Samariter, oder fällt dir in dieser prekären Situation schlicht nichts Besseres ein, womit du dich aus der Affäre ziehen könntest? »Hast Recht«, sagte ich sarkastisch, »ich bin dabei, mich zu häuten.« Dann drehte ich mich weg.

Eine Hand griff nach meinem Arm. »Romea, es tut mir wirklich Leid. Ich wollte nicht, dass es so kommt, das musst du mir glauben!«

Ich schüttelte die Hand ab und betrachtete den Mann, der einmal mein Lover gewesen war, seine schimmernden braunen Haare, seine Augen, das Grübchen in der rechten Wange. Ein Teil von mir hätte ihm gern geglaubt. Hätte nur zu gern lächelnd die Hand nach ihm ausgestreckt und die Nacht auf dem Boot vergessen gemacht. Aber es war nur ein Teil von mir, und es war der kleinere. Der größere empfand erstaunlicherweise nicht viel. »Schönen Tag noch«, sagte ich und ging in die Wohnung zurück.

Im Laufe des Tages verlagerte sich mein Problem. Nicht Lukas spukte mir mehr im Kopf herum, sondern mein Job. Wenn Tom nach dem Fiasko an Bord kurzerhand in Urlaub gefahren war und erst in ein, zwei Wochen wiederkäme, würde ich erneut im »Blue Moon« absagen müssen. Und dass Ninni seit zwei Wochen endlich einen Platz im Kindergarten hatte, war zwar praktisch, weil ich mich nun vormittags noch ein Stündchen hinlegen konnte, doch nutzte mir das ja abends herzlich wenig. Vertragliche Bindungen zu Tom, auf die ich mich notfalls hätte berufen können, gab es erst recht nicht. Eine Tatsache, die mich an diesem Morgen mehr belastete als alles andere, denn bekanntlich ist kaum etwas vergänglicher als eine mündliche Absprache.

Als ich bei der zweiten Tasse Tee plötzlich erkannte, auf welch tönernen Füßen das Fundament meiner nächtlichen Kinderbetreuung und somit auch meines Jobs stand, wurde mir so eng um die Brust, dass ich zum Telefon eilte und unverzüglich bei der Gräfin anrief. »Guten Morgen, Frau von Borowski«, sagte ich nervös, »tut mir Leid, dass ich so früh anrufe. Habe ich Sie geweckt?«

»Ach wo. Ich habe schon um sechs den Garten gewässert, der braucht das bei dieser Hitze. Was gibt es denn so Brandeiliges, meine Liebe?«

»Tom ist seit Tagen verschwunden, und ich habe niemanden, der nach den Kindern sehen könnte!«

»Nicht? Was ist denn mit dem dunkelhaarigen Herrn, hat der denn keine Zeit?«

»Der Dunkelhaarige ist kein Herr«, sagte ich, »er steht nicht mehr zur Debatte.«

Sie stutzte. »So schnell? Ich weiß ja durchaus, dass die Zeiten schnelllebig geworden sind, aber finden Sie nicht, dass Sie da ein bisschen überstürzt haben?«

»*Er* hat ein bisschen überstürzt«, berichtigte ich und konnte nicht verhindern, dass sich vor meinem inneren Auge der Strand von Möltenort mit zwei nackten Gestalten auftat.

»Ach, wie schade! Aber sagen Sie, wann ist das denn alles passiert?« Ihre Stimmlage veränderte sich ins Mütterliche. Der Tonfall tat mir gut.

»Noch an Bord. Genau in jener Nacht.«

»Sie Ärmste! Da haben Sie sich am Sonntag aber gut unter Kontrolle gehabt. Respekt, man hat Ihnen nicht das Geringste angemerkt! Und was ist mit dem anderen Mitbewohner, der sonst immer die Wechselsprechanlage hütet? Ich habe seinen Namen leider schon wieder vergessen.«
»Sie meinen Herrn Steinkrüger? Der hat sich in Luft aufgelöst«, erwiderte ich, »jedenfalls stecke ich schon wieder in der Klemme. Ich muss doch heute Abend auftreten! Könnten Sie unter Umständen –?«
Sie überlegte ein bisschen. »Eigentlich bekomme ich heute Abend Besuch.«
Verdammt. Die graue Wolke, die seit Samstag konstant auf meiner Grundstimmung lag, dunkelte rapide nach und nahm an Gewicht zu. Säße ich heute Abend schon wieder nicht bei Ronny hinter dem Flügel, so würde es nicht mehr allzu lange dauern, bis er sich von der unzuverlässigen dreifachen Mutter trennte. Und danach bliebe nur wieder der Gang zu Herrn Lonnendöncker. Vor Abwehr krampfte sich in mir alles zusammen. »Frau von Borowski, Sie könnten Ihren Besuch doch mitbringen!«, platzte ich heraus. »Dann hätten wir zwei Fliegen mit einer Klappe geschlagen.«
»Auf diese Idee wäre ich jetzt nicht gekommen«, stellte sie verblüfft fest, »natürlich, Sie haben ganz Recht, so ginge es! Und meiner Schulfreundin ist es wahrscheinlich gleichgültig, wo wir reminiszieren. Übrigens, ich fahre erst in zehn Tagen zurück in die Provence, bis dahin kann ich abends gern einspringen. Also bis später. Bussis für die Kinder!«
Frau von Borowskis Schulfreundin Hetty entpuppte sich als lebensfrohe Seniorin mit Blaustich im Haar. Sie wirkte ebenso distinguiert wie die Gräfin, sprach aber mit einer ganz entzückenden schwäbischen Färbung. Zum ausführlichen »Reminiszieren« hatte man eine Tragetasche mit Fotoalben mitgebracht. Ich machte mich auf den Weg.
Im »Blue Moon« war nicht viel los. Kein Wunder bei der Hitzeglocke, die über der Stadt lag. Ein knappes Dutzend Gäste verlor sich in der Kneipe, an der Theke standen drei, vier einsame Gestalten herum, und von den Stammgästen ließ sich heute keiner bli-

cken. Insgesamt hatte ich dagegen nicht viel einzuwenden, denn je weniger Leute sich in dem Raum aufhielten, desto weniger konnte deren Körperwärme die Temperatur weiter in die Höhe treiben. Dem gigantischen Ventilator, der sich unter der Decke drehte, gelang es längst nicht mehr, einen kühlenden Luftzug zu erzeugen, sondern er verquirlte nur noch verschieden heiße Luftschichten zu einer gleichmäßig warmen.
Mit verschwitzten Fingern rutschte ich hinter den Flügel. Erwartungsgemäß war und blieb der Applaus den gesamten Abend über dünn. Wie üblich begann ich mit *Lover man* und versuchte dabei angestrengt, nicht an Lukas zu denken. Schon nach ein paar Takten bemerkte ich überrascht, dass der Kloß im Hals ausblieb. Bestenfalls ein Schleier aus Melancholie. Doch statt meine Stimmbänder anzugreifen, verhalf er mir erstaunlicherweise dazu, mein Programm so intensiv wie selten zuvor herunterzusingen. Bis Mitternacht hatte ich das unbestimmte Gefühl, dass Ronny mich beobachtete. Leicht verunsichert lehnte ich mich in der Pause gegen den Tresen und wartete auf die zweifellos bevorstehende Kritik.
»Irgendwie singst du heute anders als sonst. Bist du verliebt?« Ronny sah mir prüfend in den Ausschnitt. Dort pellte sich die Haut auch, was den ästhetischen Gesamteindruck meines Dekolletés nicht unbedingt verbesserte, nebenbei gesagt.
»Nö«, sagte ich und kippte mein Bier herunter, »die Liebe kommt, die Liebe geht, aber die meiste Zeit unseres Lebens befinden wir uns doch in dem Stadium davor oder danach, nicht? Gib mir noch 'n Bier.«
Misstrauisch starrte er mich an. Seine grauen Löckchen waren an der Stirn nass geschwitzt und ringelten sich unkontrollierbar über seinen Ohren. Mir schien, als sähe er heute noch blasser und übernächtigter aus als sonst. »Wenn du anfängst zu philosophieren, dann stimmt etwas nicht mit dir. Brauchst du ein paar Tage Urlaub?«
Bloß nicht, dachte ich. Dann hätte ich ja abends nichts Gescheites zu tun und würde nur stundenlang nach dem Sinn von Lebenskrisen im Allgemeinen und Speziellen fragen, ohne eine Antwort zu finden. Nein, der geregelte Tages- und Nachtablauf musste beibe-

halten werden. Im Alltagstrott ginge die Tatsache, dass ich wieder Single war, vielleicht einfach unter. »Urlaub will ich nicht. Aber lässt du mich heute ein bisschen früher gehen? Ich habe ein Problem mit der Kinderbetreuung.«

»Ist das ein großes oder ein kleines Problem?« Ronny stülpte zwei Biergläser über die Bürste im kupfernen Spülbecken und stellte sie zum Abtropfen beiseite. Danach gab es keine schmutzigen Gläser mehr, die gespült hätten werden müssen. Eigentlich gab es überhaupt nichts mehr zu tun. Die paar Gäste, die den Weg ins »Blue Moon« gefunden hatten, waren mit Getränken versorgt, die Kühlschränke nachgefüllt und alle Gläser poliert. Babsi war gar nicht erst zum Servieren angefordert worden. Ganz schön beunruhigend eigentlich, diese gastronomische Sommerflaute. Ronnys Einnahmen mussten mehr als defizitär sein.

»Ein mittelgroßes«, sagte ich und vergriff mich an den Erdnüssen, die an sich den Gästen vorbehalten waren, »im Moment hänge ich etwas in der Luft.«

Er nahm mir das Schüsselchen weg. Mit durchdringendem Blicke erkundigte er sich, ob ich die Sache mit dem Au-pair noch immer nicht in Angriff genommen hätte. Plitsch. Ein Schweißtropfen löste sich von seiner breiten Nasenspitze und landete auf der Theke.

»Nein. Bisher bestand ja gar kein Bedarf. Aber ich werde das schon regeln, keine Sorge.« Grübelnd sah ich vor mich hin. Los, Tom, nun komm schon zurück, dachte ich. Wie soll das alles ohne dich funktionieren? Ohne dich bin ich aufgeschmissen!

»Dann hau ruhig ab, ist eh nichts los hier. Die Leute sitzen alle draußen in den Biergärten.« Nachdenklich setzte er hinzu: »Irgendwie müssten wir für nächsten Sommer auch so etwas haben. Mir gehen sonst auf Dauer zu viele Einnahmen flöten. Was hieltest du davon, wenn ich den Innenhof dazupachtete?«

»Tu das«, sagte ich leichthin und überlegte gleichzeitig, ob der Babysitter, der vergangenes Jahr ein paar Mal auf die Kinder aufgepasst hatte, eventuell noch zur Verfügung stand. Das Mädchen war nett gewesen. Gleich morgen früh anrufen!

Eine halbe Stunde später stellte ich den Fiesta in der Wolfram-

straße ab. Kein Cabrio, kein Polo weit und breit, kein Tom. Im ersten Stock war alles dunkel. Die Enttäuschung zuckte mir in Sekundenschnelle vom Herz in den Kopf. Müde und demoralisiert schlich ich in die Wohnung. Hoffentlich erwartete man von mir weder gepflegte Konversation noch das Ausschenken von alkoholischen Betthupferln aller Art. Nun, im Wohnzimmer erwartete mich eine erschreckend aufgekratzte Frau von Borowski, die zusammen mit ihrer Schulfreundin die Angelegenheit mit den Betthupferln offensichtlich längst mehrfach und umfassend erledigt hatte. Nebeneinander saßen sie auf dem Sofa, auf dem Schoß jeweils ein Fotoalbum. Sogleich fiel mir auf, dass der vormals so entzückende schwäbische Windhauch in Hettys Sprache sich in den Stunden meiner Abwesenheit zu einem ziemlichen Sturm entwickelt hatte. »Adrienne, i hans dir doch glai gsagt, do isch die Dame des Hauses. Setztet Sie sich doch dahanna no. Möchtet Sie au ebbes trinke?«
Ich seufzte. Nein, ich wollte nicht ebbes trinke, sondern ebbes schlafe. In wenigen Stunden kröche Ninni zu mir ins Bett und verlangte von mir frische, ausgeschlafene Aufmerksamkeit. Am unverzüglichen Verschwinden Richtung Schlafzimmer hinderte mich neben meiner anerzogenen Höflichkeit lediglich der Umstand, dass ich plötzlich das Fehlen der kleinen Tiffanylampe neben dem Couchtisch bemerkte. Was war vorgefallen? Hatten vielleicht die Kinder –?
»Nehmen Sie doch ein Gläschen Quittenlikör mit uns«, sagte Frau von Borowski gemütlich, »mir ist gerade ein bezauberndes Foto in die Hände gefallen. Stellen Sie sich vor, das hat fünfzig Jahre lang zusammengefaltet hinter Hettys Hochzeitsfoto versteckt gelegen!«
»Sonscht hätt mer der Ernscht des gwieß weggnomme, wenn i des hätt rumliege lasse«, bestätigte diese jungmädchenhaft kichernd. »Adrienne, du gibsch des jetz her!«
Ich gähnte sehr auffällig, was man jedoch ignorierte, und starrte mit glasigen Augen auf das zerknitterte Foto, das mir die Gräfin hinhielt. Es zeigte einen etwas dümmlich dreinblickenden jungen Mann mit Seitenscheitel und Hängeschultern.

»Sehen Sie sich den Kerl an«, verlangte sie, »diesen jämmerlichen Spargeltarzan hat Hetty mal verehrt! Der hat doch Beine wie ein Spatz Krampfadern!«
Trotz meiner Müdigkeit brach ich in schallendes Gelächter aus. Ausdrücke kannte die vielleicht! Fast achtzig Jahre und dennoch imstande, lose Witze über die Herren der Schöpfung zu reißen!
»Jetzt hat sie so einen als Schwiegersohn«, fuhr die Gräfin geringschätzig fort, »und er wird von der Tochter hofiert und betüdelt und entwickelt sich zunehmend zum Pascha! Furchtbar ist das. Ich dachte eigentlich, die Zeiten seien vorbei.«
Hetty blies beleidigt beide Backen auf. »Die Kerschtin isch ebe ein unverbesserlichs Hauswaible! Jetz hat sie wänigschtens aufghört, ihrem Mo die Fußnägel zum schnaida.«
Plötzlich fing ich einen ziemlich verschämten Blick vonseiten der Gräfin auf. »Romea, wir müssen Ihnen etwas beichten«, sagte sie vorsichtig, »uns ist da vorhin ein kleines Missgeschick mit der Lampe passiert. Nicht wahr, Hetty?«
Hetty nickte eifrig. »Was Saudomms isch bassiert. Wissets, die Flasch isch mr aus dr Hand grutscht, un na hab i grad die Lamp verwischt –«
»Ach, das ist nicht so schlimm«, unterbrach ich sie hastig, weil ich verhindern wollte, dass die alte Dame sich auf peinliche Weise bloßstellte. Ärgerlich war die Sache lediglich insofern, als es sich um den einzigen Gegenstand von einem gewissen Preisniveau handelte, den ich aus der Ehe mit Uwe ins Singledasein hinübergerettet hatte. »Die Lampe kann man ersetzen. Aber wieso sprechen Sie eigentlich Schwäbisch, wenn Sie doch zusammen mit Frau von Borowski ganz woanders aufgewachsen sind?«
»Ja wisset Sie net, wie des isch mit dem Sprüchle ›wo die Liebe hifällt‹?«, entgegnete Hetty verwundert. Ihre blau-silbern schimmernde Frisur geriet ins Wippen.
Doch, das wusste ich ziemlich genau; sogar um die Bedeutung des Sprüchles »*wenn* die Liebe hifällt« wusste ich, und das mittlerweile in verschiedenen Variationen. Hetty vertraute mir bereitwillig an, wie sie kurz nach Kriegsende den Handelsvertreter Ernst Hägele getroffen hatte und anschließend mehr oder weniger nach

Reutlingen verschleppt worden war. Beschwingt quasselte sie vor sich hin, während ich längst windschief und mit halb geschlossenen Augen auf dem Sofa hing.

»Hetty, du Plaudertasche, nun mach allmählich mal einen Punkt«, warf die Gräfin irgendwann ein, was ich ausgesprochen rücksichtsvoll fand. »Romea schläft gleich ein, siehst du das denn nicht?«

»Ha no«, sagte Hetty betroffen und ließ mit Andacht den letzten Schluck Likör in ihr Glas fließen, »warum saget Se denn net, dass Se miad sen?«

»Weil du niemanden außer dir zu Wort kommen lässt! Nun trink aus, das Kind muss ins Bett. Morgen kaufen Sie bitte eine neue Lampe, Romea, selbstverständlich erstatten wir Ihnen alle Kosten. Und danach gehen Sie ein bisschen bummeln, damit Sie mal auf andere Gedanken kommen; Hetty und ich hüten die Kinder. War ja alles nicht so einfach in den letzten Tagen, nicht?«

»Mmmh«, sagte ich schläfrig.

»Bevor ich's vergesse, Ihre Mutter hat angerufen, und gleich danach Ihr Exmann. Er stellt sich morgen wieder irgendwo vor, lässt er ausrichten. Und dann war da vorhin noch ein Anruf, so vor einer Stunde etwa.«

»Mmmh?«

»Dieser Herr ..., ich meine, der junge Mann, dessen Namen ich immer vergesse.«

»Ja?« Schlagartig saß ich aufrecht.

»Wie heißt er nochmal?«

»Thomas Steinkrüger«, sagte ich aufgeregt, »also, wo steckt er, was macht er, wann kommt er zurück?«

»Er hält sich noch bei seiner Schwester auf, will Sie aber in den nächsten Tagen aufsuchen.«

Ich atmete erleichtert durch. In ein paar Tagen käme Tom zurück, in ein paar Tagen würde sich alles wieder normalisieren. Gott sei Dank. Ganz allmählich begann mein inneres Sorgenknäuel sich zu entwirren.

»Passet Se guet auf, Mädle«, sagte Hetty zum Abschied und deutete mit einer zierlichen, blauadrigen Hand auf die beiden schlichten Goldringe an ihrem rechten Ringfinger. »Die Männer sin zwar

läschtig, aber wenn man vom Mo dann bloß no de Ring hat, fehlt einem doch ebbes.«
»Mir nicht, Hetty«, sagte die Gräfin spitz, »aber ich rede auch nicht so viel wie du.«
Lachend schloss ich die Tür hinter den beiden. Nahm Anlauf aufs Bett, ohne mir noch die Zähne zu putzen. In dieser Nacht schlief ich zum ersten Mal seit jenen unseligen Ereignissen auf der *Nereïde* wieder durch.

Kleine Bitte an Franz Lehar

Anderntags war es so unerträglich heiß, dass nicht einmal die Kinder mehr draußen spielen mochten. Jede Bewegung, jeder Körperkontakt wurde zur Qual. Um Hitze und Sonnenstrahlen den Zugang zum Wohnzimmer zu erschweren, ließen wir die Rollläden zu zwei Dritteln herunter. Danach war der Raum in ein dämmeriges Halbdunkel getaucht, das Kühle suggerierte, ohne das Versprechen wahr zu machen. Wir spielten »Die Bärenfamilie hält Winterschlaf« und überboten uns gegenseitig mit absurden Schilderungen des Gefühls, sich in pulverigem Neuschnee zu wälzen.
»Vorletztes Jahr an Silvester war es eiskalt, Kinder, minus neunzehn Grad! Mir fror der Sekt im Glas fest!«, sagte ich und fächelte mir mit einem Bilderbuch Kühlung zu.
»Boh«, sagte Suse beeindruckt. »Also, wenn jetzt Winter wäre, würde ich mich in einen Iglu legen und dort ganz nackig schlafen, Bärenmama.«
»Und ich, ich würde am Nordpol baden gehen!«, übertrumpfte Carlo seine Schwester. Er trug zwar nichts als Boxershorts, schwitzte jedoch zum Gotterbarmen. Mittlerweile hatte er unter jedem Arm ein Büschel dunkler Achselhaare vorzuweisen, die wohl Mitverursacher des etwas stechenden Körpergeruchs waren, der neuerdings an heißen Tagen von ihm ausging.

Ninni krabbelte zu mir auf den Bikini-Schoß und klebte augenblicklich an meiner Haut fest. »Mama, liest du mir was vor?«
»Kind, ich halte gerade Winterschlaf«, sagte ich matt, »und Bären, die gerade schlafen, können auch nicht vorlesen.«
»Du *sollst* aber!«, begehrte sie auf.
Aufseufzend nahm ich das Buch in die Hand. Pikanterweise handelte es von einem Bären, der sich warm anzieht, damit er nicht frieren muss. Carlo stöhnte leise. Als ich gerade bei dem Vers »und an den kalten Wintertagen, da will mein Bär ein Halstuch tragen« angelangt war, klappte die Haustür ins Schloss. Jemand stieg die Treppe hoch. Tom! Mit einem Sprung war ich auf den Beinen. Und dann bot mir der Spion doch wieder nur Ausblick auf Hosenbeine mit Bügelfalten. Hochgradig enttäuscht ging ich zurück zu den Bärenkindern, die zurzeit unbekleidet durch einen imaginären fauchenden Schneesturm wandelten. »Da, ein Affenmensch! Hilfe, der Yeti will uns fressen!«, brüllte Carlo albern.
Sofort brach Ninni in Tränen aus, weil sie sich gruselte und nicht gefressen werden wollte; Carlo reagierte mit brüderlicher Gehässigkeit, indem er sie auslachte, und mitten in das Gebrüll hinein klingelte es. Tom?! Nein, wieder nicht, leider. Es handelte sich um Frau von Borowski und ihre Schulfreundin Hetty. Verflixt, den von den beiden alten Damen oktroyierten Einkaufsbummel hatte ich völlig vergessen.
»Sie sind ja noch gar nicht angezogen!« Die Gräfin musterte mich voller Erstaunen. Ebenso wie Hetty trug sie ein durchgeknöpftes Seidenkleid mit kurzen Ärmeln, um ihren Hals hing eine zweisträngige Goldkette, schlicht, aber vermutlich sagenhaft teuer. Das Erstaunlichste an ihrer Erscheinung war jedoch, dass sie trotz des glühenden Sonnenscheins frisch und kühl wirkte. Keine schweißglänzende Stirn, keine dunklen Flecken unter den Armen.
»Ach, heute ist es doch viel zu heiß«, wehrte ich ab und fragte mich, wie man es schaffte, Kontrolle über seine Schweißdrüsen zu gewinnen.
»Sie gehen jetzt einkaufen!«, widersprach Hetty energisch und auf hochdeutsch. »Ich will, dass die Sache mit der Lampe in Ordnung kommt. Baschta.«

Verdutzt ließ ich sie an mir vorbei. Also hatte der nächtliche schwäbische Orkan tatsächlich in direktem Zusammenhang mit dem Quittenlikör gestanden. Frau von Borowski lächelte fein. »Widerspruch ist zwecklos, Romea, was Hetty sich in den Kopf gesetzt hat, das führt sie auch aus. Also ziehen Sie sich etwas Leichtes an und machen Sie sich auf den Weg. Am besten fahren Sie zu ›Lampen-Meier‹, da ist die Auswahl am größten.«
Lustlos schlüpfte ich in den ärmellosen Viskosefummel, den ich vorletzte Woche erstanden hatte, und kündigte den Kindern meine baldige Rückkehr an. Hetty saß schon auf dem Sofa und war damit beschäftigt, Ninnis blauen Bären warm einzupacken, damit sich dieser sich keine Erfrierungen zuzöge, falls er vom Yeti in eine Gletscherhöhle verschleppt werden sollte. Frau von Borowski hatte sich zwischen den beiden Großen niedergelassen und schilderte halblaut den Kriegswinter 1944. Ehrfürchtig hing Suse an ihren Lippen, während Carlo zwar auch lauschte, aber wie üblich mit einem zweifelnden Zug um den Mund. Er glaubte grundsätzlich erst mal nur die Hälfte von dem, was man ihm erzählte.
»Vergessen Sie das Kuvärle nicht«, rief Hetty mir noch zu, »das müsste eigentlich langen.«
In dem Briefumschlag steckte ein funkelnagelneuer Fünfhundertmarkschein. Erschrocken schüttelte ich den Kopf, Hetty jedoch lachte nur und sagte ziemlich lässig, so eine Tiffanylampe koste schon was, und falls etwas übrig bliebe, solle ich für die Kinder ein Federballspiel oder ein Indianerzelt oder beides kaufen. Dem sich daraufhin entwickelnden Begeisterungssturm entwich ich Richtung Auto. Erreichte »Lampen-Meier« nass geschwitzt und mit aufgequollenen Füßen. Wanderte unschlüssig an Hunderten von Lampen vorbei und konnte an keiner richtig Gefallen finden. Und verguckte mich dann auf Anhieb in eine moderne Designerlampe aus Chrom, die ohne Lampenschirm auskam. Die Glühbirne steckte hinter einem mattroten Herz aus Glas. Nun, als Leselampe taugte das Ding wahrlich nicht, zudem konnte man sie nicht mitten in den Raum stellen, weil das Herz die Glühbirne nur von vorne verdeckte, dennoch fand ich sie bildschön.
»Die Leuchte ist von diesem italienischen Designer, diesem Anto-

nio Dings, Sie wissen schon«, sagte der Verkäufer. »Sie kostet zweihundertsiebenundvierzig Mark.«

Ich betrachtete die Lampe eingehend. Davon abgesehen, dass sie ausgezeichnet zu unserem Wohnzimmer mit dem schwarzen Sofa passte, symbolisierte das halbe Herz auf bestechende Weise auch meine vergangene Liebespleite. Lieber Franz Lehar, dachte ich, es wird allmählich Zeit, dass du dein »Land des Lächelns« auf den neuesten Stand bringst. Eine Arie namens *Dein ist mein halbes Herz* klänge doch wesentlich überzeugender, realistischer und zeitgemäßer. Wer auf diesem Erdenrund hat heutzutage schon ein *ganzes* Herz zu verschenken?

»Gut, packen Sie die Lampe ein«, sagte ich zu dem Verkäufer und hätte mich ohrfeigen können, weil ich so bewusst und mit vollen Händen Salz in meine Wunden streute.

Er lachte verschmitzt. »Na, dann will ich sie doch mal genau kontrollieren. Nicht dass das Herz womöglich einen Sprung hat, frei nach dem Motto: Glück und Glas, wie leicht bricht das, stimmt's?«

Stumm sah ich auf meine Füße, während der Verkäufer das rote Glasherz sehr gewissenhaft mit den Fingerknöcheln abklopfte und mich dann wissen ließ, alles sei intakt. Bei *ihm* habe der Doktor ja leider schon Gefäßveränderungen festgestellt. »Ach, das Herz, das ist so eine Sache!«, ließ er mich launig wissen. »Ich lege Ihnen noch eine Glühbirne als Reserve dazu.«

Kann man wohl sagen, dass das Herz so eine Sache ist, wütete es in mir. Meins hat zurzeit Trauerränder, die wegzulügen ich mir große Mühe gebe. Mit der Glühbirne in der Hand wies er mich nun auf ein hübsch dekoriertes Tischchen in Bodennähe hin, auf dem eine weitere Herzlampe stand. Gleiche Farbe, gleiche Größe, aber hier war das rote Glasherz nicht nach hinten hin offen, sondern rundherum geschlossen. »Warum nehmen Sie eigentlich nicht diese Leuchte hier? Sie kostet zwar hundert Mark mehr, aber dann hätten Sie ein ganzes Herz, nicht nur ein halbes.«

Das war zu viel. Mit brüchiger Stimme teilte ich dem Verkäufer mit, den Kauf angesichts der immensen Auswahl doch lieber einmal überschlafen zu wollen, dann hetzte ich ins Erdgeschoss zum

Ausgang. Sackte auf dem Treppenaufgang vor dem Geschäft in mich zusammen. Und brach so diskret wie möglich in Tränen aus.

Alles Selbstbetrug, dieses beschönigende Nur-eine-kleine-Affäre-Getue, alles verdammter Selbstbetrug! Allein war ich und einsam. Und während ich leise vor mich hinschniefte, dämmerte mir endlich, wo der Ursprung meines Elends zu suchen war: In Wirklichkeit ging es weder um Lukas noch um verletzte Gefühle. In Wirklichkeit ging es darum, dass mir seit jener Nacht auf dem Boot niemand mehr nahe war. Nicht Lukas vermisste ich. Es war das Gefühl des Zusammen-, des Beisammenseins, das mir fehlte, das »wir«. Jemand an meiner Seite.

Auf der anderen Seite des breiten Treppenaufgangs räusperte sich jemand. Unangenehm berührt wandte ich den Kopf ab. Ich mag es nicht, wenn jeder Hinz und Kunz in meinem Gesicht ablesen kann, was in mir vorgeht.

»Warum weinst du, Giraffenkind?«, fragte die Stimme von links.

Ich zuckte zusammen und riss den Kopf zur Seite. Fünf Meter weiter auf gleicher Höhe saß Tom in Shorts und kurzärmeligem Hemd. »Mann, wo kommst du denn so plötzlich her?«

»Von dahinten.« Er machte eine vage Handbewegung Richtung Osten.

»Ja, aber –«, verwirrt sah ich ihn an. Er war beim Friseur gewesen und hatte sich ein gutes Stück seiner Strubbelsträhnen abschneiden lassen, wodurch sein Gesicht irritierend erwachsen wirkte. Ich wischte mir mit dem Handrücken über die Augen und rutschte ein Stück nach links. »Woher wusstest du, dass ich hier bin?«

Auch er lüftete nun seinen Hosenboden und schob sich einen Meter näher. »Haben die beiden angeschickerten Damen dir gestern nicht ausgerichtet, dass ich kommen wollte?«

»Doch. Aber von heute war nicht die Rede.« Wieder zwei Hopser per Sitzfläche, dieses Mal fast gleichzeitig.

»Nun ja, die Schwäbin berichtete mir blumig und wortreich, auf welche Weise sie mit dem Fläschle das Lämple ausgeschossen habe, und kündigte an, du würdest heute Nachmittag Ersatz beschaffen. Und in dieser Stadt geht nun mal jeder zu ›Lampen-Meier‹, der

eine Lampe braucht. Daraufhin habe ich beschlossen, dich hier zu treffen.«
»Warum nicht in der Wolframstraße?«, fragte ich verständnislos und rutschte noch ein Stückchen auf ihn zu. Viel Platz war jetzt nicht mehr zwischen uns. Wer den Laden betreten wollte, musste sich schon außen herum bemühen.
»Weil ich noch keinen Bock auf eine Begegnung mit Lukas hatte«, grinste er und bewältigte den letzten halben Meter Distanz. Schön ordentlich saßen wir nun nebeneinander auf der Treppenstufe. »Hallo, Nachbarin, schön, dich zu sehen! Wie geht es?«
»So leidlich. Mensch, dass du endlich zurückgekommen bist!« In geraffter Form berichtete ich von den vergangenen Tagen, von der schwülen Hitze im Rheinland und meinem abendlichen Betreuungsproblem.
Weder zu dem einen noch zu dem anderen mochte er sich äußern. Stattdessen schlug er vor, an den See zu fahren, dort sei es vielleicht etwas kühler. In Anbetracht des Umstandes, dass mein Hinterteil auf der sonnendurchglühten Treppenstufe schon im Begriff stand, sich in einen geschmorten Schinken zu verwandeln, fand ich die Idee ausgezeichnet. Sein Wagen stand wie üblich einen Meter vom Fußweg entfernt und ziemlich schief. Lachend ließ ich alle Scheiben des Fiesta herunter und steuerte den See vor der Stadt an. Eigentlich handelte es sich gar nicht um einen richtigen See, sondern nur um eine ehemalige Grube, die vor fünfzig Jahren geflutet worden war, dennoch liebte ich das Gebiet sehr. Der direkt am Seeufer beginnende Wald und das Inselchen in der Mitte, das längst zu einem undurchdringlichen Dschungel zugewuchert war, gaukelten einem auf überzeugende Weise vor, man befände sich mitten in einem riesigen Waldgebiet statt am Rande einer Großstadt. Schweigend liefen wir nebeneinander her. Der Hitze wegen war der Spazierweg um den See kaum frequentiert, von ein paar irren Joggern abgesehen, die auch heute ein paar schwerfällige Runden drehten.
»Was ist nach meinem Abgang in der bewussten Nacht eigentlich noch passiert?«, durchbrach ich endlich die Stille, weil ich meine Neugierde nicht mehr zu zügeln vermochte.

»Nicht viel.«
»Hat Lukas dich zum Duell aufgefordert? Hat er irgendwas gesagt? Dir gedroht, gebrüllt, getobt?«
»Nein, eigentlich nicht.«
»Und du?«
»Ich habe an Deck geschlafen.«
»Und Maren? Meine Güte, wenn du jetzt noch einmal antwortest, ohne etwas zu sagen, dann schubse ich dich in den See!« Vor Ungeduld stampfte ich mit dem Fuß auf.
Tom lächelte verschmitzt. »Maren hat mich lediglich darauf hingewiesen, du hättest Lukas schließlich nicht gekauft.«
»Nicht mal ein Stück weit«, brummelte ich und ließ einen Jogger mit Pferdeschwanz und hochrotem Gesicht vorbei. Eine Minute später hastete schon der Nächste an uns vorbei. Er trug ein »Just do it«-Hemdchen und keuchte auf sehr unschöne Weise vor sich hin. Irgendwann traute ich mich endlich, die entscheidende Frage zu stellen. »Du, Tom, wie soll das eigentlich mit uns und den Kindern abends weitergehen? Ich meine ... du wirst vielleicht verstehen ... also, nach allem, was gewesen ist, habe ich nicht die geringste Lust dazu, bei euch so ein- und auszugehen wie früher.«
Abrupt blieb er stehen. »Sag mal, bin ich für dich eigentlich nur ein Kinderhüter?«
»Quatsch!«, sagte ich empört und boxte ihn in die Schulter. »Ich bin heilfroh, dass du wieder da bist, du Blödmann, das weißt du doch!«
Er trat mit der Fußspitze nach einem Kieselstein, bevor er weiterging. »Wenn du wüsstest, wie unangenehm ich den Gedanken finde, weiter mit Lukas in der WG zu hausen. Mir wäre sehr nach einem Kirmesbesuch mit Hau-den-Lukas, aber feste!«
»Vielleicht hat er ja wenigstens so viel Anstand im Leibe, Maren von eurer Wohnung fern zu halten«, überlegte ich, »kann doch sein, dass er tatsächlich dazugelernt hat?«
»Pah, Lukas und dazulernen, dass ich nicht lache.« Er schnaubte verächtlich durch die Nase. »Nee, nee, der macht so weiter wie bisher. So lange, bis er irgendwann mal tot aus dem Bett fällt.«
»Danke«, sagte ich gekränkt.

Ein paar Minuten lang hing jeder seinen Gedanken nach. Der See lag völlig still da. Kein Luftzug kräuselte das Wasser, kein Blatt rührte sich in den Baumkronen über uns. Kurz bevor wir den See einmal umrundet hatten, tauchte links ein schmaler hölzerner Steg auf, an dessen Ende sich ein sechseckiger Pavillon befand. Während wir den Steg betraten, keuchten die schweißtriefenden Jogger wieder vorbei. Angenehm kühl war es unter dem Pavillondach. Erst hier, in unmittelbarer Nähe des dunkelgrünen Wassers, konnte man erkennen, dass der See mitnichten still und starr ruhte, sondern in schwacher, aber konstanter Bewegung war. Wo ein Fisch nach Luft schnappte, entstanden feine konzentrische Kreise, die sich ebenso rasch wieder auflösten wie die von den vorbeipaddelnden Enten erzeugten zarten Wellen. Die Bäume auf dem Inselchen spiegelten sich im Wasser. Trotz der Gluthitze war der Anblick von herber Schönheit. Tom starrte gleichfalls auf den See.
»Wo ist der Mensch, den ich gerade brauche?«, sagte er plötzlich tonlos. »Mir ist illegitim traurig zumut. Als läge meine Traurigkeit im Bauche.«
»Ist das von dir?« Überrascht sah ich hoch.
»Nein, leider nicht, Giraffenkind.«
»Nun werd nicht depressiv. Aber ganz nebenbei – wärst du zuerst in die Wolframstraße gefahren, dann wüsstest du, dass ich kein Giraffenkind bin, sondern eine Bärenmama.« Lächelnd berichtete ich ihm von unseren nachmittäglichen Kältephantasien.
Sofort richtete Tom sich begeistert auf. »Ha, das Spiel hätte ich aber gewonnen! Als ich damals beim Bund war, musste ich mal eine ganze Nacht in einem eingeschneiten Zelt schlafen, der Schlafsack war völlig zerrissen, und –«
»Und was, du Angeber?«
Er sprach nicht weiter. Stattdessen stand er auf und trat ein paar Schritte auf den Steg. Rechts tauchten die Jogger wieder auf, der Erste, gleich darauf der Zweite. Jeder Schritt erzeugte auf dem völlig ausgedörrten Kiesweg ein knirschendes Geräusch. Tom drehte sich wieder zu mir um. »Gleich kommt der Letzte, der mit dem ›Just do it‹-Hemd«, sagte er und sah knapp an mir vorbei, »dann rennt hier sechs Minuten lang keiner mehr durch.«

»Ja und?«
»Weißt du, ich lasse mich so ungern beobachten, wenn ich mein Leben umkrempele.«
»Was?«, sagte ich irritiert.
Und dann setzte er sich neben mich und lächelte. »Meine Güte, du bist mit Abstand der begriffsstutzigste Mensch, der mir jemals begegnet ist. Kleinigkeiten, ja, die kapierst du auf Anhieb! Aber wenn's um wichtige Dinge geht –«
»Was???«
»Die Rosen waren alle von mir, du dummes Giraffenkind«, sagte er in einer unbeschreiblich zärtlichen Stimmlage und zog meine rechte Hand zu sich herüber.
Sprachlos starrte ich ihm in die Augen. Tom hatte mir die Rosen geschickt? Nicht Lukas?! Und dann wurde mir schlagartig alles klar. Restlos. Sein Wutausbruch nach der ersten Knutscherei mit Lukas im Flur. Die absurde Fahrt im offenen Cabrio, damals, als es noch so kalt gewesen war. Seine fast unverständliche Zurückhaltung Maren gegenüber.
Thomas Steinkrüger liebte Ringelnatz und dreieckige Schokolade aus der Schweiz. Und offenbar mich.
Ich liebte meine Kinder und Musik und mein Leben. Alles andere war so undurchsichtig wie das Wasser um mich herum.
»Du warst also gar nicht hinter Maren her?«, stammelte ich.
»Niemals. Keine Sekunde lang.«
»Warum hast du dann … ich meine, wie lange bist du schon …?«
»Seit kurz vor Weihnachten, wenn du es ganz genau wissen willst.«
So war das also. In meinem Hinterkopf klickten die letzten noch fehlenden Relais zusammen. Der Zweikampf mit Herrn Lonnendöncker. Die Sache mit dem Auto. Schweigend betrachtete ich seine Hände, die noch immer an meiner Rechten herumkneteten. Zum ersten Mal nahm ich die dünne Narbe an seinem Daumen wahr.
»Tut mir Leid, entschuldige. Ich hätte besser meinen Mund halten sollen«, murmelte Tom plötzlich ausgesprochen kleinlaut, »hast ja wohl im Moment genug um die Ohren. Aber ich konnte es einfach nicht mehr aushalten.«

Verwirrt blickte ich auf die Härchen auf seinem Unterarm, die Bewegung in der Muskulatur, als er unvermittelt den Druck auf meine Hand verstärkte. Und war noch immer viel zu durcheinander, um etwas entgegnen zu können.
»Ich muss jetzt zurück zu den Kindern«, brachte ich irgendwann heraus.
»Natürlich, ist klar.« Ohne meine Hand loszulassen, räusperte er sich verlegen. »Rufst du mich mal an? Oder soll ich vielleicht?«
»Lass mal«, sagte ich leise und starrte auf den sich nähernden Jogger mit der schwarzen Hose. Die sechs Minuten waren offenbar um. Wie lange brauchte man eigentlich so im Durchschnitt, um sein eigenes oder ein fremdes Leben umzukrempeln? Damals, als Uwe arbeitslos geworden war, hatte ein zweiminütiger Anruf ausgereicht. Lukas hingegen war so frei gewesen, seiner persönlichen Variante des Umkrempelns eine ganze Nacht Zeit einzuräumen. Andererseits ist der Moment der Wahrheit letztendlich immer nur ein Moment. Fünf, sechs Worte, wenige Sekunden genügen in der Regel, um zu erkennen, dass sich gerade alles geändert hat. Sie sind gefeuert. Ich liebe dich. Der Befund ist leider positiv. Ich will die Scheidung. Solche Sachen gehen schnell. Schwierig ist bekanntlich immer nur das Danach, jene Phase des Begreifens, die zwangsläufig auf die fünf Sekunden des Erkennens folgt und, je nach Inhalt der Grundaussage, Tage, Wochen oder Jahre andauern kann.
»Hör mal, wir können auch einfach nur Freunde sein«, sagte Tom auf dem Weg zum Parkplatz plötzlich ganz ernsthaft und strich sich nach alter Gewohnheit die Haare aus der Stirn, obgleich es wegen deren Kürze kaum noch etwas zum Aus-der-Stirn-Streichen gab. »Wenn ich mich sehr anstrenge –«
»Danke«, sagte ich und küsste ihn ganz rasch aufs Kinn.
Zu Hause war alles wie immer. Unter Hettys Aufsicht hatten die Bärenkinder mit Wolldecken aus dem Esstisch eine fabelhafte Höhle gebaut, deren Boden über und über mit Salzstangenkrümeln und Popcornresten bedeckt war; Hetty selbst kniete vor dem Tisch auf einem Sofakissen. Um ihr Seidenkleid nicht zu beschmutzen, hatte sie es sicherheitshalber bis in die Mitte der fülligen Oberschenkel hochgezogen, und ich lachte und küsste jedes

Einzelne der Kinder auf die Schnute und war sehr erleichtert, wieder in der Geborgenheit meiner Wohnung angekommen zu sein.
Die Gräfin hatte die Zeit meiner Abwesenheit genutzt, um in der Küche alle Schubladen auszuleeren und zu säubern. Trotz der gelben Gummihandschuhe sah sie außerordentlich würdig und elegant aus. Ich konnte nicht anders, als das Bild zu belächeln. »Noblesse oblige, wie man sieht.«
Daraufhin drückte sie mir einen Lappen in die Hand, deutete auf den Kühlschrank und sagte, bei dieser französischen Sentenz falle ihr doch gleich die Geschichte mit dem Jagdtreffen ein, ob sie mir die überhaupt schon erzählt habe?
»Nein«, sagte ich und dachte an Tom. Mein Gott, er liebte mich!
»Also, das war so«, hob Frau von Borowski an und bedeutete mir erneut, den Kühlschrank abzuputzen, »anlässlich des Internationalen Jagdtreffens in Berlin saß Uli Jaenecke, ein Spross der Hofschuhmacher-Dynastie Unter den Linden, neben der Frau eines Gauleiters an der Tafel. Es wurde artig parliert und Konversation betrieben, was den Unmut der Frau Gauleiter erregte, weil es ihr in sprachlicher Hinsicht nicht deutsch genug zuging. Schließlich sah sie sich genötigt, zu sagen: ›Herr Jaenecke, wir wollen doch *Deutsch* sprechen.‹ Daraufhin Uli: ›Ja, wenn Gnädigste zur Toilette Scheißhaus sagen wollen – mir widerstrebt das ...‹ Große Stille. Sein Freund lotste ihn dann aus dieser illustren Gesellschaft, ehe noch Schlimmeres geschah. Aber Romea, Sie sind ein bisschen blass um die Nase, ist Ihnen nicht gut?«
»Vorhin habe ich Tom getroffen«, sagte ich still, obwohl mir Herz und Mund schier überlaufen wollten, »und wissen Sie, was passiert ist? Er hat mir gestanden, dass er seit längerem in mich verliebt ist. Können Sie sich das vorstellen?«
»Das wusste ich schon an Ihrem Geburtstag«, sagte sie fröhlich und räumte die Esslöffel wieder ein.
»Sie wussten das?!« Ich ließ den Putzlappen sinken. Mit aufgerissenen Augen starrte ich auf die Besteckschublade, die sich klappernd füllte.
»Natürlich, das sah doch ein Blinder mit Krückstock.« Daraufhin lehnte sie sich für einen Moment an den Küchenschrank und er-

zählte mir von einem Mann, der in ihrer Jugend in sie verliebt gewesen war und dies auch weiterhin blieb, trotz ihrer Heirat, trotz der Kinder, die sie zur Welt brachte, trotz der Entfernung, die zwischen ihnen lag. »Übrigens hat er nie geheiratet. Nein, er verbrachte sein ganzes Leben als Junggeselle und schrieb mir Briefe. Immer weiter, unbeirrbar, so lange, bis er vor drei Jahren starb.«
Warum erzählt sie mir das, dachte ich. Wenn ich nicht wüsste, dass sie die Wahrheit sagt, müsste man diese Kitschgeschichte augenblicklich als Erfindung abtun. Dein ist mein ganzes Herz, ha! Die oder keine, ha! Lasst mich doch alle mit euren Herz-Schmerz-Geschichten in Ruhe!
Und dann kam auch schon wieder Ninni anmarschiert und verlangte, ich solle endlich frisches Wasser in das Planschbecken im Garten lassen, und Hetty und Frau von Borowski wateten mit hochgezogenen Seidenkleidern auf ihren krampfadrigen Beinen durch das Becken und amüsierten sich königlich. Glücklicherweise war ich bis spät abends so beschäftigt, dass kaum Zeit blieb, in Ruhe über die Geschehnisse am See nachzudenken. Nur die Frage, warum ich eigentlich ohne neue Lampe nach Hause gekommen war, hatte ich Hetty nicht zufrieden stellend beantworten können.

Beckers Bester

Ein paar Tage lang lebte ich wie unter einer Glasglocke. Zwar nahm ich alles wahr, was in meiner unmittelbaren Nähe vor sich ging, ohne jedoch dass Feinheiten zu mir durchgedrungen wären. Es war ein sehr simples, gedämpftes Leben, das ich unter dieser Glocke führte, ein Leben ohne Sinn für die Geräusche und Gerüche von außerhalb. Schrillte das Telefon, so zuckte ich nicht zusammen, klingelte es an der Tür, hatte ich nicht das Bedürfnis, nachzusehen, wer draußen stehen mochte, stand ich im »Blue

Moon« vor den Gästen, das Mikro in der Hand, so sang ich *Lover Man* herunter, als handele es sich um ein Rezept für Gemüsesuppe.

Allerdings dachte ich in dieser Zeit heftig nach.

Und genau das war mein Fehler. Ich benutzte meinen Kopf, statt nach innen zu horchen. Ich benutzte ihn lange und ausgiebig und gab mir entsetzliche Mühe, gedanklich auf einen grünen Zweig zu kommen. Aber wenn der Kopf gar nicht gefragt ist, haben solche Anstrengungen ja wenig Aussicht auf Erfolg, so auch in diesem Fall. Zwischendurch buchte ich in einem kleinen Hotel an der Nordsee ein paar Tage Urlaub. Viel war dort vermutlich nicht los, aber mit den Kindern über den Strand toben und sich ohne Reglementierung ein bisschen Seeluft um die Nase wehen lassen zu können erschien mir verlockend genug. Vielleicht sah man aus der Distanz klarer.

Tom war da, ohne sich groß bemerkbar zu machen. Ich begegnete ihm mit künstlicher Kumpanei in der Stimme, auf die er mit freundlicher Zurückhaltung reagierte. Etwas Neues, etwas Fremdes war zwischen uns getreten, mit dem wir beide noch nicht so recht umgehen konnten. Immerhin funktionierte unser nächtliches Abkommen, MoMiFrei betreffend, so perfekt wie eh und je. Nachts behielt ich das Ritual bei, die Wechselsprechanlage zu benutzen, wenn ich mich aus dem »Blue Moon« zurückmeldete. Es dauerte dann immer ein paar Sekunden, bis es in dem Lautsprecher knackte und ich die ebenfalls längst zur Gewohnheit gewordenen Worte »alles klar hier« vernahm. Trotz der diffusen Sachlage sah ich keinerlei Veranlassung, an diesem Ritual Änderungen vorzunehmen. Es hatte genügend Veränderungen in den letzten Wochen gegeben.

»Tom, warte mal eben«, hielt ich ihn eines Nachts zurück, »ich muss dich noch was fragen. Wie geht es eigentlich mit dir und Lukas? Kriegt ihr euch dauernd in die Haare, oder habt ihr euch mittlerweile ausgesprochen?«

Er gähnte ausgiebig. »Tja, wie soll's schon gehen? Plätschert alles so an der Oberfläche dahin, und die bewusste Nacht wird konsequent totgeschwiegen. Irgendwie auch kein Dauerzustand, nicht? Gute Nacht.«

»Gute Nacht, Tom«, sagte ich und stellte den Babysender ab. Interessant, diese bizarre Duplizität der Verhaltensmuster. Auch zwischen Tom und mir plätscherte es ja so an der Oberfläche dahin, auch wir schwiegen den bewussten Tag tot. Grübelnd schlüpfte ich in meinen Schlafanzug. Was war das eigentlich für ein Mann, der wochenlang mit angesehen hatte, wie die Angebetete in den Armen eines anderen lag, und dennoch darauf verzichtete, sie zu bedrängen, sobald er freie Bahn hatte?

Eine Woche nach jenem umkrempelnden Ereignis am See überschritt die Hitzewelle endlich ihren lähmenden Höhepunkt und nahm ein so rasches Ende, als habe jemand den Zentralschalter für das Wetter umgelegt. Man konnte wieder die Butter neben dem Kühlschrank vergessen, ohne dass sie zu einer gelblichen Creme zerlaufen wäre, und die Kinder hörten auf, von Freibädern in einer Gletscherspalte zu fabulieren. Im Supermarkt gab es die ersten Lebkuchen und Nikoläuse. Dann packte die Gräfin drei Koffer und ließ sich von ihrem soignierten Neu-Ulmer Freund mit dem anthrazitfarbenen Mercedes abholen.

»Sagen Sie ruhig Adrienne zu mir«, sagte sie zum Abschied und strich Ninni über den Kopf, »hier, das ist unsere Telefonnummer in der Provence, falls Sie mal Lust haben sollten, sich zu melden. Ein Fax haben wir übrigens auch. Und bitte tun Sie das Richtige.«

Ein milder Spätsommer brach an. Allmählich begann das »Blue Moon« sich abends wieder zu füllen. Es waren etliche bekannte Gestalten, die von den Biergärten im Stadtzentrum zurück in die mittlerweile wieder angenehm temperierte Jazzkneipe wechselten, und ich freute mich aufrichtig, sie wiederzusehen. Um zu verhindern, dass bei den Stammgästen Langeweile aufkam, überarbeitete ich mein Standardprogramm gründlich, warf ein paar allzu abgenudelte Nummern aus dem Repertoire und ersetzte sie durch neue. Als ich bei meiner Heimkehr in der Nacht zum Samstag feststellte, dass die Wohnung im ersten Stock mit Ausnahme von Toms Fenster hell erleuchtet war, geriet ich unverzüglich in Panik. Hilfe,

die Kinder! Mit hochgerafftem Abendkleid jagte ich in die Wohnung, fand dort aber meine gesamte Nachkommenschaft schlafend im Bett vor. Allerdings knackte und pfiff es im Lautsprecher der Wechselsprechanlage, noch bevor ich mich überhaupt gemeldet hatte. Toms außerordentlich wache Stimme sagte: »Guten Morgen, Romea, du bist spät heute.«
Wie immer irritierte es mich, dass er mich bei meinem Namen nannte. Erschreckend eigentlich, wie sehr ich mich an »Giraffenkind« gewöhnt hatte. Aber seit jenem Nachmittag am See war dieses Wort nicht mehr gefallen, höchstens dass er mal »Bärenfrau« zu mir sagte. »Mensch, was ist los bei euch?«, japste ich. »Ist etwas passiert? Geschlafen hast du ja wohl noch nicht, oder?«
Daraufhin teilte er mir mit, von Schlaf könne nicht die allergeringste Rede sein, im Gegenteil. Vor drei Stunden habe Lukas ihn an den Küchentisch genötigt und eine Art Krisensitzung einberufen. Er, Tom, habe nun mindestens einen Liter Espresso im Bauch und werde frühestens in drei Tagen wieder zu schlafen imstande sein.
»Darf ich erfahren, worum es ging?«, sagte ich und kam vor Neugierde fast um.
Tom hüstelte so dramatisch, dass die Wechselsprechanlage zu streiken begann und nur noch verzerrte Knackgeräusche wiedergab. »Na ja. Maren hat ihre Tage nicht gekriegt.«
»Nein!«, schrie ich und brach in schallendes Gelächter aus. »Das gibt's ja wohl nicht!« Augenblicklich produzierte mein Gehirn ein farbenprächtiges Bild vom werdenden Vati beim Kauf von Schnullern und Pipitöpfchen. Was für eine abstruse Vorstellung! »Ja, und wie hat er reagiert? Was ist mit Maren? Nun sag schon, Mann!«
Trotz der Störgeräusche im Lautsprecher hörte ich ihn förmlich grinsen. »Also, Maren sitzt zu Hause und heult, weil Lukas ihr schnöde die unromantische Frage ›Konntest du denn nicht besser aufpassen?‹, an den Kopf geworfen hat. Sie ist ganz versessen darauf, Lukas einen Sohn zu schenken, und träumt schon von einer Familienidylle in Hellblau.«
»Auweia«, kicherte ich, »und Lukas?«

»Der findet die Perspektive wenig prickelnd. Seit einer Stunde brütet er vor sich hin und starrt Löcher in Bierflaschen, weswegen diese im Gegensatz zu Lukas alle leer sind. In welche Richtung seine gerstensaftdurchsetzten Gedanken schwanken, hat er nicht mehr so genau artikulieren können.«
Vor Vergnügen quietschte ich auf. Lukas betrunken, und das wegen einer Frau! »Na, dann soll er mal zusehen. Hätte er nicht so viel und exzessiv gesündigt, dann säße er jetzt nicht in der Klemme.«
»Arme Maren«, sagte Tom nachdenklich, »die wird an dem Päckchen schwer zu tragen haben. Buchstäblich.«
Ja, arme Maren. Meine schadenfrohe Ausgelassenheit fiel in sich zusammen. Einen Mann wie Lukas erst an den heimischen Herd zwingen und ihn anschließend dort anketten zu wollen kam der Aufgabe gleich, die Pyramiden von Gizeh an die Alster versetzen zu müssen.
Tom seufzte. »Wenn Lukas tatsächlich in Familie machen sollte, dann werde ich wohl demnächst mein Päckchen schnüren. Ist sowieso die beste Lösung.«
»Was meinst du mit ›Päckchen schnüren‹?«, fragte ich begriffsstutzig.
»Ausziehen. Mir eine neue Bude suchen. Was sonst?«
Mit gerunzelter Stirn wickelte ich das Telefonkabel in engen Spiralen um meinen Zeigefinger. »Nein, das geht aber nicht.«
»Und warum nicht?« Ein Hauch Verwunderung schwang in seiner Stimme mit.
»Weil ich das nicht will«, sagte ich trotzig.
»Und warum willst du das nicht?«
»Weil –«
Unvermittelt kühlte seine Tonlage ab. »Für die Kinder wirst du schon jemanden finden. Ich muss jetzt nach Lukas sehen. Schlaf gut.«
Mit sehr gemischten Gefühlen ging ich zu Bett. Kam nicht zur Ruhe, egal wie sehr ich mich auch anstrengte. Wälzte mich stattdessen im Bett herum und dachte mal wieder nach. Was war richtig, was war falsch? So viele Dinge gab es, die unbedingt zu klären

waren. Und seit dem Flop mit Lukas traute ich mir selbst so gar nicht mehr über den Weg.
Morgens um drei umfing mich die Melancholie wie ein dunkelblaues Seidentuch.
Um halb fünf warf ich die Decke mit einem Ruck von mir und setzte mich auf. Und plötzlich wusste ich, dass ich den falschen Weg gegangen war. Es gab überhaupt nichts, worüber ich hätte nachdenken müssen. Nichts war im Kopf zu klären, absolut nichts. Es gab nur etwas zu fühlen. Und dann dorthin zu gehen, wohin das Herz mich trug.
Ich möchte nur, dass du es weißt. Noch vermisse ich dich nicht.
Tom musste unter allen Umständen bleiben. Er war der vertrauteste Mensch meines Lebens, ich hatte es nur nicht begriffen. Stattdessen hatte ich mich verrannt, über Monate hinweg. Gott, war ich blind gewesen! Blind und taub und ohne Sensoren für Zwischentöne. Hatte mich mit Oberflächlichkeiten begnügt, wo der Weg in ganz andere Dimensionen frei gewesen wäre.
Bitte tun Sie das Richtige, hatte die Gräfin bei ihrer Abreise gesagt. Und jetzt erst ging mir auf, was damit gemeint gewesen war. Dass sie im Gegensatz zu mir längst konkret wusste, wo ich hingehörte.
Ohne noch einen Moment zu zögern, ging ich auf geradem Weg zum Telefon und rief oben an. Es klingelte etwa zwanzigmal, bis Lukas' verschlafene Stimme »Ja?« krächzte.
»Ich bin's«, sagte ich, »bitte geh und weck Tom. Ich muss ihn dringend sprechen.«
»Spinnst du? Weißt du eigentlich, wie spät es ist?!«
»Halt's Maul, Zoeppel«, sagte ich freundlich, »und hol endlich Tom her!«
Der Hörer knallte heftig auf die Ablage. Eine Tür schlug zu. Im Hintergrund eine brummelige Männerstimme und schlurfende Schritte.
»Was ist passiert, um Gottes willen?« Tom krächzte nicht minder als Lukas.
Nichts ist passiert, dachte ich, nichts und alles zugleich. Ich habe mir etwa eine Million Fragen gestellt, und zu neunundneunzig

Prozent waren diese Fragen überflüssiger Natur. Nun habe ich endlich die Antwort gefunden, die Antwort auf die letzte und einzige Frage von Bedeutung. Und jetzt brauche ich Gewissheit. Mehr ist eigentlich nicht passiert.
Ich holte Luft. »Entschuldige, dass ich dich geweckt habe, aber … hör mal, Tom, du hast früher immer … ich meine, bevor du … bevor wir am See …«
»Ganz ruhig«, sagte er, »und nun noch mal von vorn und mit System, ja?«
»Ja. Sag mir bitte, warum du mich früher immer ›Giraffenkind‹ genannt hast.«
Statt sich über die nächtliche Ruhestörung zu beschweren, lachte er leise. Schien von einer Sekunde zur anderen hellwach zu sein. »Ach, das habe ich in einem Gedicht von Ringelnatz geklaut.«
Ich umklammerte den Telefonhörer. »Hat das Gedicht eine Bedeutung?«
»Die hat es.«
»Dann sag es mir auf.«
Für einen Moment war es still zwischen uns. Schließlich fragte er zögernd: »Jetzt?«
»Jetzt.« Wann denn sonst, Mensch? Nun gib mir endlich Gewissheit!
»Also schön. Mein Vater, ein Hotelportier, ging schwimmen einst im Tegernsee.«
»Tom!!!«
»Ist ja gut, reg dich nicht auf.« Sein verlegenes Gelächter wurde leiser. Er schien ein paar Gedanken auf die begreifliche Frage zu verschwenden, warum ich ihm ausgerechnet morgens um halb fünf das Aufsagen von Lyrik abverlangte. Aber gleichfalls schien er verstanden zu haben, dass es sich hier um eine Angelegenheit von beträchtlicher Tragweite handelte. Nach einer längeren Pause hörte ich ihn schlucken. Und dann endlich kam das Gedicht:

»Schenk mir dein Herz für vierzehn Tage
du weit ausschreitendes Giraffenkind,
auf dass ich ehrlich und wie in den Wind

dir Gutes und Verliebtes sage.
Als ich dich sah, du lange Gabriele,
hat mich ein Loch in deinem Strumpf gerührt,
und ohne dass du's weißt, hat meine Seele
durch dieses Loch sich bei dir eingeführt.
Verjag sie nicht und sage: ›Ja!‹
Es war so schön, als ich dich sah.«

Tom verstummte, und auch ich schwieg. Mindestens eine Minute lang war die Leitung wie tot. Mein Innenleben allerdings befand sich in ziemlichem Aufruhr.

Sag's ihm, Romea, dachte ich, los! Aber ich versagte schmählich. Kein einziger brauchbarer Satz fiel mir ein. Wie nur sollte ich ihm auseinander setzen, dass mir nicht nur am Kinderhüter Tom gelegen war, sondern am ganzen Kerl? Wie sollte ich es anstellen, dass er mir glaubte, nach allem, was sich ereignet hatte?

»Sag mal, hast du was auf dem Herzen?« Seine Stimme war sehr weich.

Unruhig friemelte ich wieder mit den Fingern an der Telefonschnur herum und wünschte mir nichts anderes, als dass er jetzt neben mir auf diesem Sofa sitzen und meine Hände kneten und »Giraffenkind« zu mir sagen möge. »Nein. Das heißt, ja. Übernächste Woche fahre ich mit den Kindern ein paar Tage an die Nordsee, du hast also abends frei.«

Verdammt, alles falsch. Ich kaute auf meiner Unterlippe herum und brachte kein Wort mehr heraus. Diese dämliche Angst vor der eigenen Courage!

»Schön«, sagte Tom erstaunt, »aber das hättest du mir doch auch morgen erzählen können.«

Da hatte er allerdings Recht. Benommen sah ich vor mich hin. Der letzte Rest Mut versickerte irgendwo in meiner Blutbahn.

»Ist sonst noch was?«

»Nein«, sagte ich. »Gute Nacht, Tom.« Ich legte auf.

Scheiße.

Am Montag war das »Blue Moon« zum ersten Mal seit Wochen wieder so gut besucht, dass es an Sitzplätzen fehlte und die Gäste in Zweierreihen vor der Theke herumstanden. Auch meine Fans, die gediegenen Jungs vom Tisch vorn links, schauten mal wieder rein. Ich schickte ihnen ein schmeichelndes Lächeln, bevor ich ihnen zuliebe *The shadow of your smile* sang, eine Nummer, die Ronny unmissverständlich mit einem Bannfluch belegt hatte. In diesem Fall jedoch war mir das ziemlich gleichgültig. Ich hatte das Bedürfnis, dem Quartett eine Freude zu machen.

»Hör mal, Romea«, sagte Ronny in der Pause nach dem zweiten Durchgang, »bei der nächsten Schnulze drehe ich dir den Saft ab, nur dass du's weißt. Was ist eigentlich aus deinem Betreuungsproblem geworden? Hast du die Sache mit dem Au-pair endlich angeleiert?«

»Bin ich nun anwesend oder nicht?«, entgegnete ich lässig.

»Ob du alles im Griff hast, will ich wissen!« Sein ohnehin überbreiter Mund wuchs noch ein bisschen mehr in die Breite, wie immer, wenn er gereizter Stimmung war. Ich ahnte, dass er sich nachher bei *Baby it's cold outside* wieder dauernd verspielen würde. Wenn Ronny schlecht aufgelegt war, neigte er dazu, die falschen Tasten zu treffen, und neuerdings war er häufig schlecht aufgelegt.

Mit kühler Stimme teilte ich ihm mit, dass zumindest bei mir alles wie am Schnürchen liefe, was ja nur partiell die Unwahrheit war. Dann ging mir der Gedanke durch den Kopf, dass Ronnys Stimmungsschwankungen möglicherweise auf gravierende Dinge zurückzuführen waren. »Ist irgendwas mit Sarah?«, erkundigte ich mich besorgt. »Ist sie vielleicht krank? Oder steckst du in Schwierigkeiten?«

Daraufhin setzte er mir auseinander, die Bilanzen des »Blue Moon« seien in letzter Zeit außerordentlich schlecht ausgefallen. Es fange an, kritisch zu werden. Aufgrund dessen erwäge er durchgreifende Veränderungen.

Mir stockte der Atem. War das die verkappte Ankündigung meines bevorstehenden Rauswurfs gewesen? »Um Gottes willen, was willst du damit sagen? Machst du den Laden etwa dicht?«

»Papperlapapp«, grinste er, »im Gegenteil, wir expandieren! Nächstes Jahr werden wir einen Biergarten haben, in dem die Leute abends gemütlich draußen sitzen können. Das wird den Gästeschwund im Sommer drastisch drosseln. Im Januar nehme ich erst mal den Nebenraum dazu und baue ihn um. Na, was sagst du dazu?«

Mir fielen ganze Granitblöcke vom Herzen. Kein Wunder, dass der Mann ständig so angespannt wirkte. Die Investition für die Erweiterung des Lokals musste eine beträchtliche sein, und das nach diesen flauen Wochen –

»Inwieweit kann ich eigentlich auf dich zählen?«, fügte er nachdenklich hinzu, »ich meine, würdest du außer der Singerei noch andere Aufgaben übernehmen wollen, einen Teil des Bürokrams zum Beispiel? Das natürlich nur unter der Voraussetzung, dass für die Kinder gesorgt ist. Also, leg dir endlich ein Au-pair zu, dann bist du aus dem Schneider!«

Du hast Recht, Ronny, dachte ich und stellte sehr langsam mein Glas zurück auf die Theke, demnächst sollte ich mir jemanden zulegen. Es muss ja nicht unbedingt ein Au-pair sein, oder? Denn weißt du, Ronny, eigentlich gefällt mir die Vorstellung nicht, Tag und Nacht einen möglicherweise netten, aber dennoch völlig fremden Menschen um mich herum zu haben. Nein, mir schwebt da eher jemand anders vor. Einer mit lachenden blauen Augen. Einer, der meine Schwächen liebt und mir fast alles zutraut. Einer, den ich Tag und Nacht um mich haben kann und will. Und das Beste an der Sache ist, dass ich praktischerweise das einzige Exemplar dieser Spezies ganz in der Nähe weiß!

»Ich glaube, die Chancen stehen insgesamt nicht schlecht«, sagte ich sibyllinisch und schlenderte zurück an den Flügel. Dann sang ich für die Seniorenfraktion vorne links *My heart belongs to Daddy*, hob nach dem letzten Ton eine Hand an den Mund und blies dem Quartett ein kokettes Küsschen zu. Die hölzerne Schatztruhe mit der Aufschrift ›Pour les artistes‹ enthielt an diesem Abend einen Fünfzigmarkschein mit dem Vermerk »von Hajo, Neithard, Fritz und Hermann«.

Mein Schutzengel heißt Cupido

Geschlagene drei Tage lang wartete ich auf eine neue Gelegenheit. Wenigstens dieses eine Mal im Leben wollte ich alles richtig machen.

Das heikle Unterfangen erschien umso schwieriger, als es dabei zwei Dinge zu berücksichtigen gab. Erstens, in jedem Fall unerlässlich war eine gewisse Ungestörtheit. Ich musste Tom unbedingt *ohne* Kinder erwischen, denn diese hätten mich entweder unterbrochen oder aus dem Konzept gebracht oder gar nicht erst zu Wort kommen lassen, das Gesamtergebnis also auf alle Fälle verfälscht. Die andere Voraussetzung für das Gelingen war der Ort des Geschehens. Es schien mir ganz und gar nicht einerlei, *wo* ich Tom zu fassen bekam. Für äußerst ungünstig hielt ich es beispielsweise, vor der Tür darauf zu warten, dass er den Müll herunterbrachte, und ihm dann schlicht zu eröffnen, er sei der Mann meines Lebens. Kein Wort hätte er mir geglaubt. Man hätte es ihm nicht einmal verübeln können.

Zu dumm, dass unser beider Wohnungen tabu waren. Neutrale Territorien, die einer unausgesprochenen Vereinbarung zufolge weder er noch ich betraten. Noch ärgerlicher jedoch fand ich, dass die romantischste aller Möglichkeiten aus nahe liegenden Gründen ausschied. Denn wenn ich ihn ins »Blue Moon« lockte und dort im Dämmerlicht mit einem gehauchten *You are the sunshine of my life* von meinen lauteren Absichten zu überzeugen versuchte – schön und gut, aber wer passte zeitgleich auf meine Brut auf?

Es war wie verhext. Obwohl mir Tom in jenen drei Tagen unablässig über den Weg lief, schaffte ich es nicht, loszuwerden, was mir so gewichtig auf dem Herzen lag. Entweder schwirrten die Kinder um mich herum, oder Ännchen Wolnischek wischte gerade das Treppenhaus, oder sonst etwas hinderte mich. Bei der dritten Begegnung endlich schienen die Voraussetzungen außerordentlich vielversprechend zu sein. Die Kinder spielten im Garten, Ännchen hatte Fahrstunde, und das Treppenhaus war sauber und menschenleer. So, Romea, dachte ich, ein Hausflur eignet sich für zarte

Geständnisse ebenso gut wie jeder andere Ort auch. Du wirst jetzt auf der Stelle das lahmende Gespräch vom heutigen Wetter in die Richtung »Das Leben, die Liebe und andere Umwege« lenken und endlich Nägel mit Köpfen machen!
Ich sah ihn an und holte Luft, und dann kochte bedauerlicherweise in der Küche der Topf mit dem Pudding über. Aus, vorbei, passé.
Ihn zu einem Spaziergang um den See zu animieren und unter dem Dach des verschwiegenen Pavillons endlich auszupacken, traute ich mich des enormen Kitschfaktors wegen nicht. Bei der fünften Begegnung traute ich mich nicht einmal mehr, Luft zu holen. Die Angst vor einem Fehlschlag nahm mir den letzten Rest an Courage. Was, wenn Tom mich nicht ernst nahm? Und, schlimmer noch: Was, wenn er mich abwies? Ohne auch nur einen einzigen Versuch gemacht zu haben, das bewusste Thema anzuschneiden, ließ ich die Gelegenheit einfach verstreichen. Und ärgerte mich anschließend schwarz.
Einstweilen also tat ich nichts als warten. Warten auf den passenden Moment und auf den passenden Ort.
Zwei Tage später hatte sich weder das eine noch das andere ergeben. Draußen wurde es noch mal sommerlich warm. Ich entschloss mich dazu, Tom alles in schriftlicher Form darzulegen. Ein Brief ist etwas Praktisches, dachte ich, ausgezeichnete Idee. Erstens hat man beim Schreiben alle Zeit der Welt, seine Gedanken vollständig auszuformulieren. Zum anderen bringt man sich durch den Umstand, dass die unmittelbare Kommunikation mit dem Adressaten wegfällt, nicht selbst in Misskredit, indem man beispielsweise stammelt, stottert, sich verheddert oder einfach nur Blödsinn redet.
Die erste Fassung beanspruchte drei Briefbögen und unterschied sich nicht wesentlich von den Schlusskapiteln einschlägiger Kitschromane, die an Bahnhofskiosken erhältlich sind. Ich knüllte sie zusammen und warf sie in den Müll. Die zweite Fassung war schon kürzer, las sich aber so trocken wie eine wissenschaftliche Arbeit über das deutsche Baustellenwesen. Auch diese Version landete im Mülleimer. Die dritte Fassung schließlich war eine Art

Mischform aus den ersten beiden und übertraf alles bisher Dagewesene um Längen. Grauenhafter Text, dachte ich und starrte verzweifelt auf die neue rote Herzlampe neben dem Couchtisch. Es war selbstverständlich die teurere Variante, die mit dem ganzen Herzen.

Noch mal von vorn! Verdammt, wie sag ich's meinem Hausfreund?!

Kurz bevor mich völlige Resignation überkam, zuckte die langersehnte Inspiration durch meinen Kopf. Ich fuhr in die Stadtbibliothek, lieh dort ein Bändchen mit Ringelnatz-Gedichten aus, studierte die Sammlung aufmerksam und brachte dann binnen weniger Minuten die vierte Variante zu Papier.

Diese Fassung war mit Abstand die Beste.

Diese Fassung würde Tom sofort verstehen.

Übrigens war sie nur eine einzige Zeile lang und lautete folgendermaßen: »Ich habe ein unbeschreibliches Wundsehnen seit einer Woche.«

Befriedigt schob ich den zusammengefalteten Briefbogen in ein Kuvert, klebte dieses sorgfältig zu und nahm mir fest vor, es bei der nächstbesten Gelegenheit einzustecken. Morgen würde ich es tun. Ganz bestimmt morgen. Man kann schließlich nicht ewig vor sich selbst davonlaufen.

Der Morgen kam. Und als ich nach dem Frühstück zur Tat schreiten wollte, war der Umschlag verschwunden. Dreimal hintereinander suchte ich die Wohnung nach dem Bekennerbrief ab, bis ich ihn schließlich unter einem Heizkörper wiederfand; Ninni hatte einen Papierflieger daraus gefaltet und diesen bunt bemalt. Höchst unzufrieden mit mir selbst rutschte ich in meine Turnschuhe und fuhr zum Supermarkt. Vielleicht war es besser, vor einem neuerlichen Anlauf erst den Einkauf zu erledigen. Neue Briefumschläge brauchte ich schließlich auch.

Auf dem Parkplatz des Supermarkts in der dritten Reihe stand Toms Polo.

Unverzüglich rutschte mir das Herz in die Hose. Was jetzt? Fersengeld geben oder vielleicht einen Zettel schreiben und ihn Tom

unter den Scheibenwischer klemmen? Ich starrte auf den schwarzen Wagen mit dem kaum zu erkennenden schwarzen Sylt-Aufkleber an der Tankklappe. Dann riss ich mich zusammen. Feigling, dachte ich, eine Windschutzscheibe ist nicht der richtige Platz für solcherlei schwerwiegende Mitteilungen. Du wirst jetzt augenblicklich einen Einkaufswagen aus der Schlange ziehen und dein Leben umkrempeln gehen, und zwar von Angesicht zu Angesicht!
Mit feuchten Händen schob ich mich durch den Supermarkt. Versuchte mich darauf zu besinnen, was wir außer Milch noch brauchten. Eier vielleicht? Genau. Eier kann man immer gut gebrauchen. Fahrig packte ich noch ein paar Äpfel in eine Tüte. Auch Äpfel kann man immer gut gebrauchen. Ich blinzelte verstohlen nach rechts und links: kein Tom. Ging weiter zum Kühlregal und stellte fest, dass das Regal mit Frischmilch leider ganz und gar leer gefegt war. Sehr ärgerlich, denn H-Milch mochte bei uns keiner. Dann sah ich ihn. Den Rücken mir zugewandt, in Jeans und einem halb aus der Hose gerutschten blauen Hemd, stand Tom drei Meter links von mir vor dem Käseregal und drückte an einem Camembert herum. Die Haut seines Nackens war hell, viel heller als die seiner Arme, und es dauerte ein Weilchen, bis mir aufging, dass der noch frische kurze Haarschnitt daran schuld war.
Plötzlich wusste ich, dass ich keinen Brief brauchen würde. Mein Schutzengel hieß schließlich Cupido.
Vorsichtig rangierte ich meinen Einkaufswagen links an Tom vorbei. Noch immer war er damit beschäftigt, den Reifegrad des Käses zu prüfen; was hinter ihm vorging, registrierte er nicht. In seinem Einkaufswagen lag ein Liter frische Milch. Offensichtlich war er der Glückliche gewesen, der die letzte Packung ergattert hatte. Gänzlich unbemerkt stahl ich ihm die Milch aus dem Wagen.
So, Herr Steinkrüger, dachte ich, nun wollen wir doch mal sehen, ob wir diese vertrackte Angelegenheit nicht zu einem hübschen Ende bringen können. Im Film kriegen sich Held und Heldin zwar nie im Supermarkt, sondern entweder an der Riviera oder am Fuße des Eiffelturms oder ganz oben auf dem Empire State Building, aber die Wirklichkeit funktioniert nun mal nach eigenen Spielregeln.

Ich stellte mich bei der Backwarentheke an. Dort würde er mich auf keinen Fall übersehen. Wenn auch mein Herz wie wild schlug, so war mir doch außerordentlich leicht zumute. Aufgeregt nach hinten lauschend, betrachtete ich die Bleche mit Weihnachtsgebäck vor mir; ein eigenartiger Anblick, zumal draußen schönstes Frühherbstwetter herrschte. Wahrscheinlich wegen der wenig adventlichen Außentemperaturen waren die Kekse aufgegangen wie Hefekuchen. Zimtsterne mit zwölf Zentimeter Durchmesser hatte ich noch nie gesehen.

»Ein Sechskornbrot, bitte«, sagte ich laut zu der Verkäuferin, starrte auf die absurd breiten Zimtsterne. Ob Tom mich schon gesichtet hatte? Vor lauter Nervosität fing ich prompt an zu faseln. »Interessant, diese Riesenkekse. Aus jedem dieser Fladen könnte man doch glatt vier einzelne Zimtsterne machen!«

»Aus dir könnte man auch glatt vier einzelne Zimtzicken machen«, sagte da eine männliche Stimme hinter mir.

Ich drehte mich um und sah in ein Paar blauer Augen. Augenblicklich legte mein Herzschlag einen Zwischengalopp ein.

»Das liegt am Wetter«, kam es von jenseits der Theke, »aber schmecken tut das Gebäck wie immer. Hier, Ihr Brot. Sonst noch'n Wunsch? Die Sesambrötchen sind heute im Angebot.«

Ach, was interessieren schon Sesambrötchen, wenn man im Begriff steht, sein Leben umzukrempeln, wenn man gerade seine schief hängende Welt aus den Angeln heben und sauber wieder einhängen will?

»Hast du mir etwa meine Milch geklaut, Romea?«, erkundigte sich Tom streng.

Ich schluckte. Aus seinem Mund wirkte das »Romea« noch immer höchst nüchtern und befremdlich. Dann sagte ich: »Ich muss dich dringend mal was fragen.«

»Nur zu. Was möchtest du gern wissen?«

»Wenn man einen Liter Milch teilt, wie viel bleibt dann für jeden?«

In seinem Gesicht spiegelte sich eine gewisse Verblüffung. »Das kommt wohl drauf an, wie viele Personen zu berücksichtigen sind, nicht?«, erwiderte er. »Manche Leute mögen überhaupt keine

Milch, schon gar nicht, wenn sie warm ist, und Kinder brauchen mehr Milch am Tag als Erwachsene. Geht es denn bei dieser kryptischen Rechnung überhaupt um Kinder?«
»Geht es.«
»Und um wie viele, wenn ich fragen darf?«
»Um zwei Mädchen und einen Jungen. Macht also drei.«
»Hm. Einen halben Liter pro Tag und Kind, würde ich sagen.«
»Kopfrechnen schwach«, sagte ich kritisch, »es ist doch insgesamt nur ein Liter da.«
»Tja, dann wird's ziemlich knapp. Erwachsene gibt es eventuell auch noch zu versorgen?« Er neigte den Kopf zur Seite und warf mir einen fragenden Blick zu.
»So ist es«, sagte ich. In mir war plötzlich alles ruhig und friedlich. »Der eine Erwachsene trinkt zwar fast nur Tee, nimmt aber den Espresso gerne mit ein paar Tropfen Milch, und der andere Erwachsene trinkt abends häufig warmen Kakao.«
»Das sind ja richtig viele Leute«, meinte er, ohne den Blick von mir abzuwenden, »wenn meine Rechnung stimmt, kommt man auf … fünf Personen?«
»So ist es«, sagte ich wieder.
Tom überlegte ein Weilchen, während ich mit beiden Händen den Einkaufswagen umklammerte. Dann runzelte er leicht die Stirn.
»Aber der zweite Erwachsene –«
»Ja?«
»Trinkt der abends nicht seine eigene Milch aus dem eigenen Kühlschrank in seiner eigenen Wohnung?« Ein unergründlicher Blick traf mich.
Ich holte mal wieder tief Luft. Dann sagte ich schlicht: »Ich finde, das hat er lange genug getan.«
»Aha. Hm. Findest du.«
Mann, nun mach's mir doch nicht so schwer, dachte ich wild. Aber du hast ja Recht. Ich hab's nicht anders verdient.
»Ja, finde ich«, sagte ich sehr deutlich, »und ich finde, er sollte schleunigst damit aufhören, einen eigenen Kühlschrank zu benutzen. Der Kühlschrank einen Stock tiefer wartet schon auf ihn. Schon seit längerer Zeit. Er wusste es nur noch nicht.«

So, nun war es heraus. Herr Steinkrüger, Sie dürfen die Braut jetzt küssen!

Leider fiel die Reaktion gänzlich anders aus als erwartet. Denn weder *tat* er irgendetwas wahnsinnig Romantisches, noch *sagte* er irgendetwas wahnsinnig Romantisches. Mehr als ein schweigendes Hochziehen der Augenbrauen löste meine Mitteilung nicht aus. Doch dann beugte er sich plötzlich zur Seite und zog meinen Einkaufswagen zu sich heran. Den Inhalt lud er in seinen eigenen Wagen um. Erst die Tüte mit den Äpfeln. Die Eier. Und zum Schluss die Milchpackung. Eine Menge Handgriffe waren das, und alle begleitet von diesem Besorgnis erregenden Schweigen.

Voller Verwirrung sah ich ihm zu. Was hatte das zu bedeuten?

»Wenn ein einziger Kühlschrank für fünf Personen reicht, dann reicht in Zukunft doch auch ein einziger Einkaufswagen«, stellte Tom sehr sachlich fest. In seinen Augenwinkeln jedoch zogen sich die ersten Lachfältchen zusammen. »Wäre dir das eventuell recht?«

Jawohl, es wäre mir recht, dachte ich und nickte heftig. Des Weiteren wäre es mir recht, wenn du jetzt deine Arme um mich legtest und vorläufig nicht wieder losließest. Und am allerrechtesten wäre es mir, wenn du mich endlich küssen würdest. Lass mich nicht so zappeln! Ganz vorsichtig berührte ich seine Hand.

»Moment«, sagte er bedächtig und zog seine Finger weg, »das Brot fehlt noch. Ohne Brot ist so eine große Familie doch total aufgeschmissen.« Verdutzt verfolgte ich, wie er das in Papier gewickelte Sechskornbrot von der Backwarentheke nahm und es neben die Äpfel in den Einkaufswagen legte.

»Tom«, sagte ich weich und machte einen Schritt auf ihn zu, »Tom, ich bin so ein Hornochse –«

»Aber nicht doch«, erwiderte er fast tadelnd, »schau, in so einem großen Supermarkt sollte man seine Gedanken beisammenhalten. Wenn man beim Einkaufen dauernd abgelenkt wird, vergisst man die Hälfte.« Ohne auf meine flehenden Blicke zu reagieren, baute er sich nun erneut vor der Verkäuferin auf und stemmte die Hände in die Hüften. »Frollein, bitte fünf Gebäcksterne!«, verlangte er mit derart dröhnender Stimme, dass er sofort bedient wurde, obgleich

er eigentlich gar nicht an der Reihe war. »Fünf Stück dieser gezackten Fladen, ja? Ach, eine phänomenale Zahl ist das, die Fünf! Rankt sich durch die gesamte Kulturgeschichte der Menschheit, meine Gutste, haben Sie jemals darüber nachgedacht? Die fünf Weisen aus dem Morgenland! Schneewittchen und die fünf Zwerge! Der Wolf und die fünf Geißlein! Die fünf Weltwunder der Antike!«
Er schwafelte so unbeschreiblichen Unsinn, dass die Backwarenverkäuferin sich sichtlich beeilte, die Gebäcksterne abzuwiegen. Mit außerordentlich gemischten Gefühlen beobachtete ich Toms Showeinlage. Dass er mich noch immer zappeln ließ, konnte ich ja halbwegs verstehen, aber diese Unberechenbarkeit –
Schließlich drehte er sich um. Schlenderte provozierend gemächlich auf mich zu und blieb etwa einen Meter vor mir stehen. Auf seiner ausgestreckten flachen Hand lag ein Zellophantütchen. »Da, für dich«, sagte er und lächelte absolut unwiderstehlich.
Klarer Fall. Den letzten Schritt, den letzten Meter hatte *ich* zu bewältigen. Ich ließ den Einkaufswagen los.
»Ich habe ein unbeschreibliches Wundsehnen seit einer Woche«, sagte ich aufgebracht. »Jetzt küss mich endlich, verdammt noch mal.«
Das Tütchen mit den Keksen fiel zu Boden. Dann sagte eine ganze Zeit lang keiner mehr etwas. So lange, bis eine tiefe Stimme uns mit einem missbilligenden Knurren aufschreckte. »Mein Gott, muss das denn sein? Habt ihr denn kein schönes Zuhause?!«
Noch nicht, dachte ich. Aber bald haben wir eins. Wir gründen ein Sündikat, dann brauchen wir auch nicht mehr im Supermarkt zu knutschen. Besten Dank, Cupido!
»Hast du ihn wirklich weggeschmissen? Den Cupido, meine ich?«, flüsterte ich.
»Natürlich nicht.« Eine Hand legte sich um meine Wange. Ich fühlte mich unendlich geborgen. »Sein Pfeil hatte doch so gut getroffen! Ach, mit dem schießt's tief ins Herz hinein und macht dir's liebenswund!«
Ich musste lachen. »Meine Güte, kannst du es denn nicht mit deinen eigenen Worten sagen, Thomas Steinkrüger? Ein einziges Mal nur?!«

»Bei Gelegenheit denke ich mir was Passendes aus«, murmelte er und küsste mich. »Aber eins musst du mir ja noch beichten, du blindes Wesen. Wann hast du endlich gemerkt, dass du …?«
Zerknirscht lächelte ich zurück. »Als du sagtest, du würdest dir vielleicht eine neue Wohnung suchen. Ich bekam plötzlich so grässliche Angst davor, dich zu vermissen, dass –« Weiter kam ich nicht. Sein Mund schmeckte ein bisschen nach Pfefferminz. Eine Ahnung von Knoblauch war auch dabei.
»Lass uns gehen«, sagte er ein schönes Weilchen später.
Gemeinsam bückten wir uns nach dem Tütchen mit den zerbröckelten Gebäcksternen, gemeinsam und mit allen vier Händen schoben wir den Einkaufswagen Richtung Kasse. Bezahlten symbolisch jeder die Hälfte. Ein guter Anfang, fand ich. Kurz bevor wir den Parkplatz erreicht hatten, blieb ich stehen, denn mir war plötzlich etwas eingefallen, etwas sehr Wichtiges.
»Moment«, sagte ich, »ich hab was vergessen. Bin gleich wieder da! Rühr dich nicht von der Stelle, ja?«
»Nein, bleib hier. Ich habe schon lange genug auf dich gewartet. Du hast nichts vergessen.« Seine Stimme klang bestimmt, und der Griff seiner Hände war es auch.
»Doch.« Ich verbiss mir ein Lachen und riss mich los. Durch die automatische Schwingtür rannte ich zurück in den Laden. Riss einen ganz bestimmten Gegenstand aus einem der Regale, drängelte mich rücksichtslos zur Kasse durch, bezahlte. Eine knappe Minute später stand ich wieder vor Tom. Und hielt ihm eine Vierhundert-Gramm-Tafel Toblerone hin.
»Das ist meine Aussteuer«, sagte ich, »da, für dich.«

Epilog: Im Paradies gibt's Toblerone

Nordsee im Herbst! Graubraunes Wasser wühlte den Strand auf, am Himmel flogen die Wolken vorbei. Sturmböen, Sonnenschein und peitschender Regen wechselten sich ab. Jeden Tag tobten wir ausgiebig auf dem feuchtkalten Sand umher und jagten Ninnis Ball hinterher, den der Wind mit Vorliebe in die Dünen trieb. Die Kinder litten ständig unter so gewaltigem Hunger, dass die Hotelküche diesen kaum zu stillen vermochte, gleichgültig, was für Kartoffelberge man mittags auffuhr. Und die vier Brötchen, die Carlo zum Frühstück verdrückte, schienen im Wesentlichen aus Luft zu bestehen. Einen sättigenden Effekt hatten sie bestenfalls für eine halbe Stunde.

Abends waren wir einer Sauerstoffvergiftung nahe. Fielen todmüde ins Bett und schliefen, bis der Hunger uns wieder weckte.

Nach drei Tagen ließen die Sturmböen endlich nach. Wir trödelten ein bisschen am Strand herum und sammelten Muscheln, angetriebene Reste von Fischernetzen und anderes Strandgut. Wie immer trieb uns der Hunger gegen eins ins Hotel zurück. Die Kinder, rotwangig und zerzaust von der Seebrise, dackelten in Gummistiefeln und Friesennerzen hinter mir her und sahen zum Anbeißen aus. Jeder Schritt hinterließ ein mittelgroßes Sandhäufchen.

»Hoffentlich gibt's bald was zu essen«, sagte Carlo und zog geräuschvoll die Nase hoch. Ich übrigens auch. Leider vergaßen wir morgens grundsätzlich, Papiertaschentücher einzustecken.

Die Rezeptionistin zwinkerte ihm zu. »Junger Mann, der Koch hat deine Portion heute verdreifacht. Vorhin ist übrigens ein Fax für Sie gekommen, Frau Becker.« Dann reichte sie mir unsere beiden Zimmerschlüssel und einen Briefumschlag.

Unverzüglich riss ich ihn auf. Das Fax war von Tom und lautete folgendermaßen:

»An Frau Romea Becker, vormals ›Giraffenkind‹ genannt, c/o Hotel Klabautermann.
Liebste Bärenfrau, es ist ein schreckliches Gefühl, ohne dich einschlafen zu müssen. Gerade habe ich mir vorgestellt, du wärst hier, wir säßen im Liegestuhl im Garten unter der Ebäresche, um uns herum die Kinder mit Erdbäreis, und tränken einen eisgekühlten Bärnod oder ein Gläschen Dom Bärignon. Oder liebär ein Glas Johannisbärsaft, damit wir nicht die bedrohliche Vitaminmangelkrankheit Bäri-Bäri bekommen. In den nächsten Sommerferien fahren wir übrigens nach Bärgamo. Oder nach Bärlin, wo wir das Bärgamonmuseum besichtigen können. Und werden bärmanent glücklich sein. Dein Tom.
PS. Muss jetzt aufhören. In einer Stunde geht mein Zug nach Cuxhaven. Toblerone bringe ich mit.«
Verblüfft steckte ich das Fax zurück in den Umschlag. Das war ja nun wirklich etwas Eigenes.
Bärfekt, dachte ich.

Karin Hartig

Reihenhaus-Blues

Roman

Band 13239

Corinna, frustrierte Hausfrau und Mutter eines achtjährigen Sohnes, hat von der ereignislosen Idylle im Reihenhaus die Nase voll. Um nicht ganz zu versauern, verdingt sie sich auf der Suche nach einer sinnvollen Tätigkeit als Fotografin bei der örtlichen Tageszeitung. Volltreffer, denkt sie zufrieden und genießt die Tatsache, zum ersten Mal seit Jahren nicht mehr Anhängsel ihres Mannes, sondern eine eigenständige Frau zu sein, die nicht nur staubsaugen, sondern auch erstklassige Fotos machen kann. Einzige Stolperfalle ist Rüdiger, der kultivierte Kollege vom Hörfunk, zu dem sie bald in heißerer Zuneigung entbrennt, als es ihrer Ehe guttut. Rüdiger allerdings hält allen Gefühlen zum Trotz prinzipiell nichts von Seitensprüngen, ganz im Gegensatz zu ihrem Gatten Benno, der etwas weniger strenge Maßstäbe anlegt und der fleischlichen Versuchung in Gestalt seiner engelshaarigen Auszubildenden Marianne erliegt. Ich hab den Reihenhaus-Blues satt, denkt Corinna und beschließt, die Sache selbst in die Hand zu nehmen.

Karin Hartig

Ehemänner und andere Irrtümer

Roman

Band 13881

Corinna Beifuß ist temperamentvolle 33 Jahre alt und eigentlich rundherum zufrieden. Sie hat Familie, sie hat einen Job, und beide bringt sie auf unnachahmliche unkonventionelle Art und Weise unter einen Hut. Sogar die mehr oder weniger geschlechtsbedingten Macken ihres Ehemannes Benno und die Neurosen der Nachbarschaft können sie kaum noch aus dem Konzept bringen. Doch als Benno so heimlich wie überraschend den Entschluß faßt, ein halb verfallenes Haus auf dem Lande zu kaufen und mitsamt Corinna und Sohn Julian dort einzuziehen, geht es plötzlich rund. Von einer Minute zur anderen geraten die Grundpfeiler ihres so mühsam geregelten Lebens ins Wanken. Ein Landei laß ich nicht aus mir machen, schwört Corinna und nimmt den Kampf auf. Zwar gelingt es ihr nach einigen Verwicklungen tatsächlich, Benno umzustimmen, es kehrt also wieder Frieden ein, aber wie so oft nach einem vermeintlichen Sieg entpuppt sich die Ruhe als ausgesprochen trügerisch.

Fischer Taschenbuch Verlag

fi 722 / 5

Barbara Dobrick

Sommertheater

Roman

Band 13894

Die Rundfunkjournalistin Susanne Quast wird zur Kontaktperson im Entführungsfall der Enkelin von Seebrandt Kleinschmidt, einem Hamburger Unternehmer. Knapp drei Spätsommerwochen lang wird das Leben der Kulturjournalistin durch die Entführungsgeschichte durcheinandergewirbelt. Ganz unpassend ist also der Zeitpunkt für weitere Aufregungen, die Susannes Mutter auslöst. Sie eröffnet ihr Einzelheiten über sich und ihren verstorbenen Ehemann, die Susanne das Gefühl geben, ihre Lebensgeschichte völlig überdenken zu müssen. Während der Woche lebt sie allein in Hamburg. Die Wochenenden verbringt sie in Krayenhude bei ihrer Freundin Telse und deren Mann Viktor. Telse ist eine extrovertierte, beherzte Lehrerin, die es schwer hat mit ihrem phantasievollen, aber ziemlich eigenbrötlerischen Ehemann. Als sie hört, daß Susanne das Lösegeld für die Enkelin von Kleinschmidt übergeben soll, läßt sie sich nicht davon abhalten, ihre Freundin auf dieser aufregenden Fahrt zu begleiten.

Fischer Taschenbuch Verlag

fi 746 / 8

Barbara Dobrick

Überraschung am Valentinstag

Roman

Band 14619

Durch den Tod des Ehemannes einer Kollegin wird die resolute Telse von ihrem turbulenten Berufs- und Familienleben abgelenkt. Mord, Selbstmord oder Unfall? Die beiden Freundinnen Telse und Susanne decken die bestürzenden Hintergründe auf. Nur vermeintlich steht die Aufklärung einer Straftat im Mittelpunkt des Geschehens. Genauso wichtig wie die Suche nach Motiv und Täter, die Susanne und Telse umtreibt, sind die behagliche Atmosphäre in dem hübschen Haus auf dem Land und die freundschaftlichen Beziehungen der drei Hauptakteure. Telses amüsant-ironische Schilderung des Alltags, die anschauliche Darstellung der aus dem Winterschlaf erwachenden Natur und nicht zuletzt die liebevolle Beschreibung des Miteinander von Katzen und Menschen machen den Reiz dieser Geschichte aus.

Fischer Taschenbuch Verlag

fi 3019 / 1

Barbara Dobrick
Tanz in den Mai
Roman

Band 15039

Die bekannte Autorin und Talkmasterin Mara Malerius ist im Watt vor Föhr ertrunken. Die Rundfunkjournalistin Susanne Quast begibt sich auf ihre Spuren und erfährt ein sensationelles Geheimnis.

Auch Susannes Privatleben spielt in diesem Beziehungskrimi eine wichtige Rolle: ihr neuer Liebhaber und ihre Mutter, vor allem aber ihre beiden Freunde, die handfeste Lehrerin Telse und deren liebenswert-skurriler Mann Viktor im Dorf Krayenhude, Susannes Wochenenddomizil.

Ein Roman mit viel Atmosphäre, klug, heiter und spannend.

Fischer Taschenbuch Verlag

fi 15039 / 1

Christine Vogeley

Leni, Susanna und Molly Melone

Roman

Band 14861

Kaum zu glauben, dass sie dieselbe Mutter haben: die übergewichtige, unansehnliche Jeannette mit der wundervollen Stimme und die bildschöne, aber kalte Susanna. Doch das Leben bietet auch in der Eifel große Chancen und Möglichkeiten zur Veränderung, und so wird Jeannette für die Bühne entdeckt und Susanna für die Liebe.

Ein zauberhafter Roman voller Lebensklugheit und Poesie.

Fischer Taschenbuch Verlag

fi 14861 / 1

Lea Wilde

Aus lauter Liebe zu dir

Roman

Band 14857

Als Stilberaterin weiß Juliane genau, was zueinander passt. Bis sie Johannes begegnet, der einen Hang zu Süßigkeiten hat, reichlich rund ist und gar nicht dem entspricht, was sie an Männern schätzt. Und trotzdem fühlt sie sich wohl in seiner Nähe ...

Ein temporeicher und unterhaltsamer Roman um zwei grundverschiedene Menschen, die die Liebe entgegen aller Wahrscheinlichkeit zusammenführt.

Fischer Taschenbuch Verlag

fi 14857 / 1

Anna Johann

Die kleine Sekunde Ewigkeit

Roman

Band 14174

Anna Wagner hat ihr Wunschziel erreicht. Sie ist nun Auslandskorrespondentin in Washington. Aus der unsicheren Anfängerin, die nach der Scheidung versuchte, ihren Weg im Beruf zu finden, ist eine erfolgreiche Journalistin geworden. Es geht ihr gut. Das ändert sich von einem Tag auf den anderen, als ihre Tochter Lisa spurlos verschwindet, ohne dafür eine Erklärung zurückzulassen. Anna macht sich auf die Suche. Ihr Weg führt sie nach New York, denn dort wurde Lisa zuletzt gesehen. In der verzweifelten Hoffnung, Lisa so vor Unglück bewahren zu können, aber auch um den Kontakt nicht abbrechen zu lassen, beginnt Anna, einen endlosen Brief zu schreiben, der immer mehr auch zur Auseinandersetzung mit ihrem eigenen Leben wird. Dem gegenüber stehen die Aufzeichnungen von Lisa und ihr Konflikt mit der Mutter.

Fischer Taschenbuch Verlag

fi 523 / 5